Liefde op de werkvloer

Boeken Bed en Benefits

alia smith

BAL
KON
media

BOEKEN, BED EN BENEFITS

Uitgegeven door Balkon Media

Paperbackeditie ISBN: 978-1-916970-25-0
Ook verkrijgbaar als e-book

Redactie door Hanna Elizabeth
Omslagillustraties & -ontwerp: graphichouse123

www.balkon.media

OOK VAN ALIA SMITH

*Voor degenen die bewijzen dat de beste matches soms juist diegene
zijn die helemaal niet bij elkaar passen.*

EEN

'En ze leefden nog lang en gelukkig' is mijn vak. Erin geloven is optioneel. Waarschijnlijk is dat de reden dat ik geen geduld heb met romantiek die op papier niet klopt.

Ik omcirkel nog maar eens een onhandige zin, terwijl de marges al verdrinken in de correcties. Het is hoofdstuk tien – of misschien elf – van *Lovers in the Cotswolds* en ik zit tot over mijn oren in het ontwarren van een subplot dat nergens op slaat. Een groots romantisch gebaar van een personage dat het hele boek emotioneel onbereikbaar is geweest? Gedurfde keuze, Melissa. Gedurfd. Mijn rode pen zweeft boven de geprinte pagina's die over mijn bureau verspreid liggen, klaar voor een volgende chirurgische ingreep.

'Laat het zien, vertel het niet...', mompel ik, terwijl ik weer een alinea doorstreep waarin de heldin drie zinnen besteedt aan het beschrijven van hoezeer ze van zonsondergangen *houdt*. 'We snappen het. De lucht is oranje. Ga verder.'

Er zit een ritme in dit werk, rustgevend in zijn voorspelbaarheid. Problemen dienen zich aan; ik los ze op. Verhalen hebben een vorm, regels, en ik oefen een almachtige macht uit over verkeerde komma's, overmatig gebruik van bijwoorden en obscure metaforen. Orde en precisie. Een tevreden gevoel gonst in mijn borst als het proza onder mijn hand scherper wordt.

Ik zet mijn bril recht – voor de derde keer in vijf minuten –

en pak mijn koffie. Die is koud. Natuurlijk is die koud. Ik trek een vies gezicht, maar neem toch een slok, afgeleid door de volgende notitie die zich in mijn hoofd vormt.

Melissa, schrijf ik in de marge op pagina vijfennegentig, overweeg hier emotionele belangen te introduceren in plaats van meer interne monoloog. Lezers hebben iets nodig om voor te juichen.

En dan, net als ik op dreef kom, trilt mijn telefoon. Fiona's naam licht op mijn scherm als een onheilspellend lichtsignaal.

'Geweldig.' Als Fiona ervoor kiest te bellen in plaats van te mailen, is het nooit goed nieuws. Meestal gaan die telefoontjes gepaard met een toon die suggereert dat ik al halverwege het oplossen zou moeten zijn van welke ramp ze ook op het punt staat over me uit te storten.

'Hoi Fiona', neem ik op, terwijl ik de telefoon tussen mijn schouder en oor klem en doorga met het opschrijven van correcties. Multitasken: de levensader van de uitgeverswereld.

'Laat alles vallen', bijt Fiona me toe, kordaat en efficiënt als altijd. Ik kan haar gemanicuurde nagels praktisch op haar bureau horen tikken. 'Vergaderzaal. Nu.'

'Gaat dit over het nieuwe omslagontwerp?', vraag ik, terwijl mijn ogen door het manuscript blijven scrollen alsof het afmaken van deze zin me zou kunnen redden. 'Want als het weer een aquarelontwerp is, dan zweer ik het u... '

'Niet het omslag. Groter probleem. Kom gewoon.'

'Over hoe groot hebben we het...' Maar de verbinding wordt verbroken. Klassiek Fiona.

Ik zucht, klap mijn laptop dicht en gris mijn notitieboekje mee. Wat dit ook is, het is serieus genoeg om mijn zorgvuldig geplande workflow te onderbreken, wat betekent dat het geheid mijn dag zal verpesten. Terwijl ik naar de vergaderzaal loop, zet ik me schrap. Fiona's noodgevallen hebben meestal te maken met bestsellerauteurs met een godcomplex of lastminuteverzoeken die zowel de logica als de wetten van de tijd tarten.

Wanneer ik de deur openduwd, is Fiona al aan het ijsberen, een duidelijk teken dat ze volledig in de aanvalsmodus is. Ze kijkt niet eens op als ik binnenkom.

'Rachel is zwanger', kondigt ze aan, alsof dit op de een of andere manier mijn schuld is.

'Eh... gefeliciteerd, Rachel dan maar?'

'Ze gaat met zwangerschapsverlof. Per direct.'

'Wauw.' Ik knipper met mijn ogen. 'Dat is... plotseling. Is ze er net achter gekomen?'

'Doe niet zo belachelijk, Lara. Ze weet het al maanden, maar heeft op de een of andere manier verzuimd mij in te lichten. Blijkbaar "wilde ze er geen ophef over maken".' Fiona's aanhalingstekens in de lucht zouden door staal kunnen snijden. 'Waar ze ook geen zin in had, was mij vertellen dat Rory Keane *maanden* achterloopt op zijn manuscript. Maanden.'

Ah. Daar is het. Het kwartje valt zo hard dat ik de trilling in mijn ruggengraat voel. Rory Keane. De golden boy van Uitgeverij Scott & Drake. Bestsellerauteur. Lieveling van de romantiek. De ongelofelijk knappe, chronische deadline-ontwijker... loopt achter op schema.

'Laat me raden', zeg ik droog, terwijl ik in een stoel wegzak. 'Het is niet alleen te laat; het is nog lang niet af.'

'Nog lang niet', bevestigt Fiona, en ze stopt met ijsberen om me met een doordringende blik aan te kijken. Haar ogen zijn fel, onvermurwbaar. 'Rachel heeft hem al die tijd de hand boven het hoofd gehouden en mij aan het lijntje gehouden met vage updates. En nu is ze weg en laat ze ons met de rotzooi zitten.'

'Dat klinkt als een probleem voor Rachel', opper ik, hoewel ik precies weet waar dit naartoe gaat.

'Niet meer. Nu is het uw probleem.'

'Natuurlijk is het dat.'

'De voorinschrijvingen voor *Fully, Forever* lopen in de tienduizenden', kondigt Fiona aan, haar stem snijdt als een guillotine door de steriele lucht van de vergaderzaal. 'Marketing is al maanden bezig met het opbouwen van de hype. De publicatiedatum staat vast. We hebben afspraken voor tv-optredens overdag. Dit boek *moet* op tijd uitkomen, Lara.'

Ik sla mijn armen over elkaar en leun achterover in de te stijve stoel, en probeer niet te geïrriteerd te raken onder haar priemende blik. De geur van verbrande koffie van een vergeten kopje in de buurt hangt in de lucht, vermengd met de vage hint van Fiona's frisse, citroenachtige parfum. Ze is zoals altijd onberispelijk kalm, maar er smeult een spanning onder haar gebruikelijke zelfbeheersing. Het is alsof je naar een elegante zwaan staart waarvan je weet dat hij je vinger eraf kan bijten als je hem provoceert.

'Dus als ik het goed begrijp', zeg ik langzaam, terwijl ik mijn toon neutraal houd. 'Heeft Rachel maandenlang op Rory Keane gepast terwijl hij... wat? Zijn innerlijke gekwelde kunstenaar naar boven haalde? En nu, omdat zij besloot ons te laten zitten voor babyslofjes en pufcursussen, moet ik de heldin uithangen en de boel redden?'

'Vrijwel', antwoordt Fiona zonder een seconde te aarzelen. Haar gezicht vertrekt geen spier. Indrukwekkend.

'Oké.' Ik adem langzaam uit. 'En met "de boel redden" bedoelt u een manuscript in elkaar flansen waarvan ik aanneem dat het minder een roman en meer een... existentiële crisis in Word-documentvorm is?'

'Precies', zegt ze, terwijl ze haar handen netjes op de gepolijste tafel vouwt. 'U hebt zes weken.'

'Zes weken?' Mijn stem klinkt hoger dan ik zou willen en ik schraap mijn keel om hem weer omlaag te dwingen. 'Fiona, zes weken is niet genoeg tijd voor de tekstredactie van een van Rory Keanes romans, laat staan om grote plotproblemen op te lossen. Ervan uitgaande dat hij überhaupt al iets geschreven heeft.'

'Daarom heb ik u nodig,' zegt ze op onverstoorbare toon, alsof dit allemaal volkomen redelijk is. Alsof ze me niet zojuist een en al chaos heeft overhandigd, netjes verpakt met een strik eromheen. 'U bent de beste redacteur die we hebben, Lara. U zorgt er wel voor dat het lukt.'

'Vleierij is leuk, maar het verandert niets aan het feit dat dit onmogelijk is.' Ik maak een vaag gebaar naar het plafond, waar de naam van Rory Keane net zo goed in gouden letters had kunnen prijken. 'Die man is berucht en allergisch voor deadlines. En structuur. En, als ik het mag zeggen, verantwoordelijkheid.'

'Daarom vertrouw ik erop dat *u* hem aankunt.' Fiona leunt naar voren, haar ogen vernauwen zich op een manier die me het gevoel geeft een prooi te zijn. 'Denk er eens over na wat hier op het spel staat. We stevenen af op een pr-nachtmerrie. Geannuleerde voorbestellingen. Geen displays op verkooppunten. Een zeer publieke blamage voor Scott & Drake. En dan hebben we het nog niet eens over onze concurrenten, die niets liever zouden zien dan dat onze sterauteur volledig afgaat. Zowel Colleen als Emily brengen in de herfst een boek uit, dus dan zouden we moeten uitstellen tot volgend voorjaar. Een totale nachtmerrie.'

'Klinkt leuk.'

'Leuk of niet, het staat te gebeuren,' snauwt ze, haar stem als een zweepslag. 'Tenzij u liever heeft dat ik dit aan iemand anders overdraag? Misschien iemand die niet zo capabel is als u? Iemand die dit hele project misschien laat imploderen en onze reputatie met zich meesleept?'

Ah. Daar is het. De fluwelen dreiging verpakt in een compliment. Klassiek Fiona. Ik knijp mijn ogen tot spleetjes, terwijl mijn gedachten op hol slaan. Ergens diep vanbinnen weet ik dat ze gelijk heeft. Er staat astronomisch veel op het spel, en als iemand dit voor elkaar kan krijgen, ben ik het waarschijnlijk. Maar dat maakt het vooruitzicht niet minder ergerlijk.

'Prima,' zeg ik gespannen, terwijl ik rechterop ga zitten. 'Maar laat ik duidelijk zijn: Rory Keane en ik gaan een hartig woordje met elkaar spreken. Heel wat woordjes. Misschien wel op luide toon.'

'Goed.' Fiona glimlacht flauwtjes, het soort glimlach dat haar ogen niet bereikt. 'Eerlijk gezegd verdient hij een flinke schop onder zijn kont. U heeft morgen hier een afspraak met hem.'

Fiona's stem dreunt door, helder en dwingend, maar ik vang slechts om de drie woorden iets op. Iets over hoe het uitgeven van boeken zoveel leuker zou zijn als we niet met auteurs te maken hadden. Mijn aandacht blijft haken aan de rand van de tafel, waar mijn vingers in een nerveus staccato tegen het gepolijste hout tikken. Ik dwing ze te stoppen en bal mijn hand in plaats daarvan tot een vuist. Professioneel. Beheerst. Dat is wie ik nu hoor te zijn.

'Luistert u eigenlijk wel, Lara?' Fiona's toon trekt me terug de kamer in als een elastiekje tegen de blote huid.

'Natuurlijk,' antwoord ik, terwijl ik me opricht in mijn stoel en met één weloverwogen vinger mijn bril rechtzet. 'Rory Keane redden. Het boek redden. Scott & Drake redden van publieke vernedering. Heb ik iets gemist?'

'Ja, het deel waar u ophoudt te doen alsof dit een keuze is.' Ze kijkt me met die vlijmscherpe blik aan en ik knik met tegenzin instemmend.

Mijn maag draait zich om, niet door haar woorden, maar door wat ze impliceren. Rory Keane. Dé *Rory Keane*. De golden boy van de romantiek, wiens laatste acht boeken ons bedrijf miljoenen hebben opgeleverd, die zowel interviewers als lezers charmeert met die nonchalante grijns van hem, alsof hij in zijn benijdenswaardige leven nog nooit een dag van tegenslag heeft gekend. Charmant, getalenteerd, onbetrouwbaar. Een drie-eenheid van alles wat ik vermijd in zowel auteurs als mensen.

Terwijl ik de kamer verlaat, voel ik een vreemde mix van vrees en vastberadenheid over me neerdalen. Dit wordt een ramp. Een ramp die ik op de een of andere manier moet afwenden. Maar als iemand Rory Keane en zijn onvoltooide meesterwerk aankan, dan ben ik het wel. Waarschijnlijk.

TWEE

Ik moet een van de zinnen van Rory Keane drie keer herlezen om er zeker van te zijn dat dit de woorden zijn die op de pagina staan; een regel zo zoetsappig dat het glazuur van mijn tanden springt.

'Liefde stroomde uit zijn ziel als zonlicht dat door een open raam gutste.' Ik lees de zin zachtjes hardop voor, en als sarcasme een toon had, had ik hem zojuist perfect getroffen. Mijn gezicht vertrekt onwillekeurig, een mengeling van een grimas en een grijns. Zonlicht dat gutst? Zijn ziel? Ik krabbel een notitie in de kantlijn: *Overdreven. Te abstract. Waar is het emotionele anker?*

Mijn vingers trommelen nu sneller, terwijl ik naar de klok kijk voor wat de derde keer in vijf minuten moet zijn. Te laat. Natuurlijk is hij te laat. Van Rory Keane, de #1 bestsellerauteur van *The Sunday Times* en literaire sensatie, kan onmogelijk worden verwacht dat hij op tijd arriveert zoals wij, gewone stervelingen. Nee, stiptheid zou waarschijnlijk botsen met zijn zorgvuldig gecultiveerde imago van moeiteloze genialiteit.

Ik leun achterover, sla mijn armen over elkaar en probeer me hem niet voor te stellen, hoe hij hier binnen komt waaien met die kenmerkende grijns die miljoenen paperbacks verkoopt, duizenden harten breekt en op de een of andere manier zowel *Vertrouw me* als *Succes ermee om mij te doorgronden* zegt. Het is woedend makend hoe iemand er zo verzorgd uit kan zien op zijn auteursfoto op de achterflap, en toch zinnen schrijft als *Haar liefde was een vuurtoren die zijn schipbreukelingen hart leidde.*

Nog een notitie: Die zeemetaforen moeten stoppen.

Net op het moment dat ik overweeg of ik tijd heb om nog een kop koffie in te schenken voordat hij besluit mij met zijn aanwezigheid te vereren, kraakt de deur open. En daar is hij. De man van het moment, in al zijn nonchalante, verwarde glorie, slentert de kamer binnen alsof hij niet alleen deze vergadering bezit, maar de tijd zelf.

'Hallo, Rory. Ik ben Lara Yates. Ik neem het over van Rachel.' Ik steek mijn hand uit en hij schudt hem.

'Goedemiddag,' zegt hij, zijn stem warm en zonder haast, alsof we oude vrienden zijn die bijpraten tijdens de lunch in plaats van twee professionals met een naderende deadline. Zijn donkere haar is warrig, alsof hij er de hele ochtend in diepe creatieve gedachten met zijn handen doorheen is gegaan, of misschien is hij gewoon net uit bed gerold. De mouwen van zijn gekreukte witte overhemd zijn opgestroopt tot aan zijn ellebogen en onthullen onderarmen die ongetwijfeld ergens fanfictie inspireren, en zijn spijkerbroek is net op het randje van ongepast voor een zakelijke bijeenkomst.

'Fijn dat u zich bij me voegt,' antwoord ik op afgemeten toon. Ik neem niet de moeite om de irritatie in mijn stem te verbergen; die hoffelijkheid verdient hij niet.

Hij schenkt me een brede, onbeschaamde glimlach, en er verschijnt een kuiltje als een leesteken aan het einde van zijn charmeoffensief.

'Zou het niet willen missen,' zegt hij, terwijl hij in de stoel tegenover me ploft met een lome gratie die ervoor zorgt dat ik zo hard met mijn ogen wil rollen dat ze misschien nooit meer terugdraaien. Zijn tas zakt op de grond, het toonbeeld van onzorgvuldigheid.

Ik kijk naar het manuscript voor me en dan weer naar hem. Het contrast tussen ons kon niet groter zijn. Mijn jasje is onberispelijk, mijn aantekeningen hebben kleurcodes en liggen netjes opgestapeld. Rory ziet eruit alsof hij is binnengelopen vanuit een bohemien kunstenaarsloft, waar hij zojuist een levendig debat over de zin van het leven heeft gevoerd onder het genot van sigaren en cognac.

'Laten we beginnen,' zeg ik kortaf, terwijl ik de manier negeer waarop zijn grijns dieper wordt, alsof hij mijn zakelijke houding eindeloos vermakelijk vindt. God sta me bij, ik heb nu al spijt dat ik met deze bijeenkomst heb ingestemd.

'Uw heldin, Sophie,' begin ik, terwijl ik naar de eerste gemarkeerde pagina in het manuscript blader, 'is ongeveer net zo emotioneel beschikbaar als een baksteen.' Ik tik met een gemanicuurde nagel op de rand van de tafel om mijn woorden kracht bij te zetten. Mijn stem is vlak, mijn woorden precies, en ik kijk Rory niet eens aan. Oogcontact voelt als terrein prijsgeven, en ik ben vandaag niet in een gulle bui.

Tegenover me voel ik hoe hij zich uitstrekt in zijn stoel. Elke beweging is bedachtzaam, zonder haast. Als ik eindelijk opkijk, trekt zijn mondhoek op, in een uitdrukking die schreeuwt: *geamuseerd, niet gealarmeerd.*

'Gaat u verder,' zegt hij, zijn toon licht, zelfs uitnodigend. Alsof ik een boeiend verhaal vertel onder het genot van een drankje en niet systematisch zijn levenswerk aan het ontmantelen ben.

'Goed,' snauw ik, en ik sla een andere gemarkeerde sectie om met de precisie van iemand die door een juridisch dossier scheurt. 'Deze scène hier? Pagina achtenvijftig? Waar ze een band zouden moeten scheppen over hun gedeelde jeugdtrauma, maar in plaats daarvan gewoon... ongemakkelijk flirten? Het werkt niet. U gebruikt dialogen in plaats van diepgang, en het zijn niet eens goede dialogen. Veel ervan leest als opvulling, of als aantekeningen voor uzelf die u later had willen vervangen.'

'Opvulling?' herhaalt hij en hij rekt het woord uit alsof het een nieuwe smaak ijs is die hij proeft. Zijn grijns wordt breder, brutaler, en ik zweer dat het me alle moeite kost om het manuscript niet over de tafel te smijten. 'Interessant punt van kritiek.'

'O, vindt u?' Ik trek een wenkbrauw op en weiger me door hem te laten provoceren. 'Want wat ik hier zie zijn twee personages die vermoedelijk verliefd aan het worden zijn, maar meer klinken alsof ze tekstkaartjes voorlezen voor een Arbo-video.'

Zijn wijsvinger strijkt over de vage stoppels op zijn kaaklijn, een achteloos gebaar dat duidelijk maakt dat hij dit alles niet serieus neemt.

'Ik moet toegeven, die is nieuw. Krijg ik punten voor originaliteit?'

'Wilt u punten, of wilt u een werkbaar manuscript?'

'Waarom niet allebei?' kaatst hij soepel terug, terwijl hij naar voren leunt en zijn ellebogen op de tafel laat rusten alsof we samenzweerders zijn in een groots complot in plaats van redacteur en klant die in een strijd verwikkeld zijn. Er verschijnen lachrimpeltjes bij zijn ogen, wat oprecht vermaak verraadt. 'Ik bedoel, is dat niet de droom?'

'Niet de mijne,' kaats ik terug. 'Mijn droom is dat auteurs manuscripten inleveren waarop ik niet op elk hoofdstuk een spoedoperatie hoef uit te voeren.'

'Ah, juist, en ik maar denken dat we een soort creatieve tango dansten. U weet wel, samen artistieke grenzen verleggen, magie creëren.'

'Magie ontstaat niet als uw personages zeventig procent van hun tijd ruziemaken over pizzatoppings.'

'Hé, wacht eens even,' werpt hij tegen, en hij heft een vinger alsof ik een of andere heilige grens heb overschreden. 'Dat was een metaforische discussie over compromissen sluiten.'

'Zeker,' zeg ik, 'en metaforen zijn geweldig als ze daadwerkelijk doel treffen. De uwe? Die storten neer en branden uit.'

Zijn grijns wankelt niet, maar ik vang een vage flits op van iets anders eronder. Als ik niet beter wist, zou ik denken dat het me gelukt was een klap uit te delen. Maar dan verschuift hij in zijn stoel, rolt met zijn schouders alsof hij het gewicht van het moment van zich afschudt, en de grijns keert in volle kracht terug.

'Herinner me eraan u nooit uit te nodigen voor mijn verjaardag,' merkt hij op, zijn stem doorspekt met gespeelde gekwetstheid. 'U zou waarschijnlijk kritiek hebben op de taart.'

'Alleen als die halfgaar is,' antwoord ik zonder een seconde te aarzelen. 'Pagina honderdzevenentachtig. Oliver bekent zijn liefde tijdens een... tromgeroffel, alstublieft... een autoachtervolging. Een *autoachtervolging*, Rory. Want niets schreeuwt "ziels-verwant" zo hard als het ontwijken van vrachtwagens op de snelweg.'

'Hoge inzet,' brengt hij naar voren, terwijl hij één schouder ophaalt alsof dit een briljante verdediging is. 'Adrenaline. Passie. Gierende banden, het is allemaal heel filmisch.'

'Zeker, als u probeert *Fast & Furious: Valentijnseditie* te schrijven,' snauw ik, terwijl ik de pagina met meer kracht dan nodig omsla. Mijn stem begint te stijgen, maar ik houd me in en probeer koel en professioneel te klinken. Wat spectaculair mislukt. 'Maar romantiek? Echte romantiek? Die draait om verbinding. Kwetsbaarheid. Niet om... paardenkracht.'

'Vergeet het lachgas niet,' zegt hij, en zijn grijns wordt breder alsof hij precies weet hoezeer hij me op de zenuwen werkt.

'Rory.' Mijn handen liggen plat op het bureau, mijn hand-palmen drukken zo hard dat ik de nerf van het hout in mijn huid voel priemen. 'Sommige delen van dit boek zijn werkelijk prach-tig. Het beschrijvende proza is zelfverzekerd, het plaatsgevoel is uitmuntend. Hoofdstuk vier deed me huilen. Ik ben daar met hen op de glooiende heuvels, proef dezelfde lucht en hoop dat Oliver gewoon haar hand in de zijne zal nemen.'

'Maar?' Hij houdt zijn hoofd schuin.

'Maar... het merendeel van de dialogen is schrikbarend slecht. Flauwe, goedkope woordgrappen, het voelt lui en ik *weet* dat u beter kunt. U hebt hele hoofdstukken geschreven waarin uw personages letterlijk voor explosies vluchten. Hoe moet de lezer geloven dat ze verliefd worden als ze geen vijf minuten achter elkaar echt met elkaar praten?'

'Praten is niet hun liefdestaal,' werpt hij tegen. 'Ze communi-ceren door middel van actie. En samen granaatscherven ontwijken bouwt vertrouwen op. Dat is wetenschap.'

'Nee, Rory. Wetenschap is dat ik mijn bloeddruk onder het niveau van een beroerte houd elke keer dat ik weer een van deze ongeloofwaardige, overdreven scènes lees. Kijk hier eens naar...' Ik por nogmaals naar de pagina, de randen kreuken onder mijn nagel. 'Het grote romantische moment vindt plaats terwijl ze een bom onschadelijk maken. Een letterlijke bom. Wat *is* dit überhaupt?'

'Symbolisch,' zegt hij gladjes, terwijl hij zijn hoofd schuin houdt. 'Liefde is per slot van rekening de ultieme tikkende tijdbom.'

'Dat is niet symbolisch,' schiet ik terug, terwijl ik hem woedend aankijk. 'Dat is het resultaat van u die te veel actiefilms kijkt en het probeert te laten doorgaan voor emotionele diepgang.'

'Zou u dan liever hebben dat ik ze verliefd laat worden tijdens koffiedates en ongemakkelijke stiltes?' Zijn toon is luchtig, plagend, maar er zit nu een scherp randje aan; een lichte rimpeling onder het kalme oppervlak. 'Want dat is al tot vervelens toe gedaan. Ik ben hier aan het innoveren, Lara. De mal aan het doorbreken.'

'U doorbreekt zeker iets,' antwoord ik, 'en het is niet de mal. Het is mijn levenslust.'

Hij lacht, luid en ongeremd, en tegen mijn wil in voel ik een prikkeling van iets wat gevaarlijk dicht bij vermaak komt. Verdomme. Verdomme, die stomme, jongensachtige lach die op de een of andere manier de scherpe randjes van zijn arrogantie verzacht.

'Kom op,' zegt hij, en zijn stem zakt naar een warmere, overhalende toon. 'Vertel me niet dat u niet op zijn minst genoten hebt van de scène in het brandende pakhuis. Dat was goud.'

'Als u met goud compleet belachelijk bedoelt, dan zeker. Goud.'

'Belachelijk kan charmant zijn, kijk naar ons.'

'Ons?' herhaal ik, en het woord voelt absurd uit mijn mond. Alsof ik schoenen probeer aan te trekken die twee maten te klein zijn. 'Er is geen "ons", Rory. Er is u, ik en dit manuscript dat nog lang niet klaar is voor publicatie. En ik denk dat u dat weet. Dat moet u weten.'

'Hard,' zegt hij, terwijl hij met gespeelde pijn naar zijn borst grijpt. 'Maar ik denk dat hier een beetje chemie is. Vindt u ook niet?'

'De enige chemie die ik op dit moment voel, is de drang om zoutzuur over dit excuus voor een plot te gooien.'

'Ziet u?' Hij grijnst weer, breed en tergend. 'Dat vuur. Die passie. Het is inspirerend.'

'Gebruik mij *niet* als inspiratie,' waarschuw ik hem, en ik wijs met een vinger in zijn richting. 'Wat dit ook is' – ik maak een vaag gebaar tussen ons in, voornamelijk uit frustratie – 'het blijft uit uw boek.'

'Genoteerd,' zegt hij, hoewel de glinstering in zijn ogen me vertelt dat hij liegt dat hij barst. 'Maar voor de goede orde, ik denk dat we een geweldige subplot zouden zijn.'

'Dan is het maar goed dat dit een strikt professionele relatie is,' zeg ik, en mijn stem snijdt als een mes. Toch kruipt er een blos in mijn nek, en ik haat het dat hij het kan zien. Erger nog, ik haat het dat hij ervan lijkt te genieten.

'Strikt professioneel,' herhaalt hij, zijn toon licht en plagend.

'Rory,' zeg ik, en mijn geduld raakt op. 'U kunt zich niet met een grijns onder uw publicatiedatum uit wurmen. Dit...' Ik stoot met mijn vinger naar het manuscript dat tussen ons ligt uitgespreid. 'Dit werkt niet, het lijkt in de verste verte niet op uw vorige boeken. Het is... niet goed genoeg.'

Zijn grijns wankelt, maar een fractie van een seconde, maar ik zie het. Zijn vingers stoppen met trommelen op de armleuning van zijn stoel en voor het eerst sinds hij te laat binnen kwam slenteren met die branieachtige charme, lijkt hij... stil. Alsof het gewicht van mijn woorden hem raakt.

'Niet goed genoeg?' herhaalt hij, zachter dan ik had verwacht. Er is iets rauws in zijn uitdrukking, iets ongepolijst, onbewaakt. Zijn stem zakt naar een register dat ik nog nooit van hem heb gehoord. 'Denkt u dat ik dat niet weet?'

Ik knipper met mijn ogen, uit het veld geslagen door de plotselinge eerlijkheid. De Rory Keane die ik inmiddels verwacht – degene die alles afwimpelt met een grap en een flits van zijn tanden – is nergens te bekennen. In plaats daarvan is er deze versie van hem: somber, kwetsbaar en verontrustend menselijk.

'U heeft een succesformule. Waarom probeert u iets anders te doen?' Mijn stem klinkt eerder beschuldigend dan nieuwsgierig. Ik haat hoe defensief ik klink, alsof zijn kwetsbaarheid een soort hinderlaag is waar ik niet op voorbereid was.

'Omdat ik het niet meer heb,' geeft hij toe, terwijl hij met een hand door zijn donkere haar gaat. Daarna staat het een beetje overeind, warrig en onvolmaakt, en op de een of andere manier maakt dat detail hem echter dan ooit. 'De vonk, de... wat het ook was dat me goed maakte in het schrijven van dit soort dingen. Die is weg.' Hij maakt een vaag gebaar, alsof hij iets onzichtbaars probeert te grijpen dat net buiten zijn bereik is. 'Ik dacht dat ik het misschien kon faken – teren op wat eerder werkte – maar u prikt daar duidelijk zomaar doorheen.'

'Duidelijk,' herhaal ik zachtjes, hoewel de gebruikelijke voldoening die ik krijg van het ontdekken van gebreken ontbreekt. In plaats daarvan voel ik een knaging in mijn borst, onwelkom en hardnekkig, als het venijnige gevoel van een papercut.

'Luister,' gaat hij verder, zijn blik gericht op de stapel papieren tussen ons in plaats van op mij. 'Ik ben er niet trots op, oké? Maar het is moeilijk om over de liefde te schrijven als...' Hij aarzelt en perst zijn lippen op elkaar tot een strakke lijn. 'Als je het al een hele tijd niet meer hebt gevoeld.'

Iets draait zich diep in me om bij die bekentenis. Het voelt te persoonlijk, te intiem voor deze steriele vergaderruimte met zijn tl-verlichting en kantoormeubilair. Ik zou het gesprek moeten ombuigen, ons terug moeten sturen naar veilig terrein. Maar dat doe ik niet.

In plaats daarvan bestudeer ik hem: de spanning in zijn kaak, de manier waarop zijn handen bewegingloos op tafel liggen, zo anders dan hun gebruikelijke rusteloze energie. Er is hier geen spoor te bekennen van de zelfverzekerde playboy-auteur, alleen een man die stilletjes toegeeft dat hij de weg kwijt is.

'Rory...' Ik weet niet eens waar ik naartoe wil met dit. Sympathie is geen onderdeel van mijn functieomschrijving. Empathie al helemaal niet. En toch voel ik hier beide in overvloed.

Hij kijkt me recht in de ogen, en voor een keer is er geen plagende twinkeling, geen grijns – alleen oprechtheid, rauw en ontwapenend.

'U wilde serieus, Lara. Wel, hier heeft u het. Ik weet niet hoe ik dit moet oplossen, omdat ik niet meer weet hoe ik het moet voelen.'

Mijn keel knijpt samen en ik dwing mezelf weg te kijken, en richt me in plaats daarvan op de rode inkt die over zijn manuscript is gekrabbeld. De strakke lijnen van mijn correcties vervagen een beetje, en ik realiseer me met schrik dat dit moment – dit stomme, kwetsbare moment – elke grens die ik zorgvuldig tussen ons heb opgetrokken, op de proef stelt.

'Dat is niet mijn probleem,' zeg ik kordaat. Ik schuifel onnodig met de papieren, omdat ik iets – om het even wat – nodig heb om mijn handen bezig te houden. 'Mijn taak is u te helpen een beter boek te schrijven, niet om therapeut te spelen voor uw existentiële crisis.'

'Eerlijk punt,' zegt hij zacht, terwijl hij weer achteroverleunt in zijn stoel. Maar de kwetsbaarheid verdwijnt niet helemaal; die blijft in zijn ogen hangen, een schaduw die weigert zich terug te trekken.

Ik zeg tegen mezelf dat ik me op het werk moet concentreren, op de deadline die als een guillotine boven ons hoofd hangt. Maar zijn woorden blijven hangen, koppig en opdringerig, alsof ze zich in een verborgen hoekje van mijn brein hebben genesteld. Want de waarheid is, ik weet hoe het voelt om die vonk te verliezen – om naar een lege pagina te staren en je af te vragen of je die ooit weer met iets betekenisvols zult kunnen vullen. Ik weet het maar al te goed.

'Laten we ons gewoon bij het manuscript houden,' zeg ik ten slotte, op een afgemeten toon die aan de randjes echter wankelt.

Als hij het merkt, zegt hij er niets over. In plaats daarvan knikt hij klein, ingetogen en vreemd respectvol.

'Wat u zegt, kapitein Kritiek,' zegt hij, maar er zit geen venijn in de bijnaam. Alleen berusting.

Het zou als een overwinning moeten voelen. In plaats daarvan voelt het als een wapenstilstand.

'Misschien is dat het probleem,' zegt Rory, zijn stem zo zacht als honing, maar met een opzettelijk scherp randje waardoor ik opkijk van mijn notities. Zijn vingers zijn in elkaar gevouwen alsof hij op het punt staat een baanbrekende onthulling te doen.

'Ik probeer over de liefde te schrijven zonder... nou ja, zonder het echt te voelen.'

Ik knijp mijn ogen tot spleetjes, niet zeker waar dit naartoe gaat, maar nu al geïrriteerd.

'En wiens schuld is dat?'

'Touché.' Hij grijnst, zonder berouw. 'Maar hoor me even aan. Misschien heb ik geen nieuwe lezing nodig over emotionele lading of verhaallijnen.' Zijn blik flitst – nee, blijft hangen – op mij, en iets in de lucht tussen ons verschuift, subtiel maar onmiskenbaar. 'Misschien moet ik de romantiek uit de eerste hand ervaren. Weet u, voor onderzoeksdoeleinden.'

O, nee. Absoluut niet. Ik leg mijn pen met weloverwogen precisie neer. 'Zeg me alsjeblieft dat u een grapje maakt.'

'Niet helemaal,' zegt hij. 'Denk er eens over na. Hoe kan ik iets authentieks schrijven als ik het niet voel? En wie kan me daar beter bij helpen dan mijn gewaardeerde redactrice, die duidelijk alle antwoorden heeft over hoe liefde eruit zou moeten zien?'

'Stop.' Ik houd een hand omhoog en snijd hem de pas af voordat hij zich nog dieper in deze absurditeit kan graven. 'Ten eerste is het uw taak om fictie te creëren, niet om het te beleven. Als elke auteur ervaring uit de eerste hand nodig had om overtuigend te schrijven, zou de helft van het fantasygenre niet bestaan. Ten tweede' – ik duw mijn bril hoger op mijn neusrug, een gebaar waarmee ik een halve seconde tijd win om mijn kalmte te hervinden – 'wat u voorstelt is buitengewoon onprofessioneel, om nog maar te zwijgen van belachelijk.'

'Belachelijk?' Zijn wenkbrauwen gaan omhoog, gespeeld beledigd. 'Ik vind het innovatief. Meeslepende verhalen. Methodwriting.'

'Methodwriting is geen ding,' snauw ik, 'en zelfs als dat het wel was, ga ik niet... met u *daten* omwille van een manuscript.'

'Wie had het over daten?' Zijn grijns wordt breder en ik heb onmiddellijk spijt van mijn woordkeuze. 'U heeft nogal een verbeelding, Lara. Geen wonder dat u zo'n goede redactrice bent.'

'Rory.' Mijn toon is puur ijs, mijn uitdrukking zorgvuldig neutraal ondanks de hitte die in mijn nek kruipt. 'Focus. Op. Het. Manuscript.'

'Goed, goed,' geeft hij toe, terwijl hij zijn handen opheft in overgave, maar hij ziet er veel te tevreden met zichzelf uit. 'Het was maar een idee. Een goed idee, als u het mij vraagt.'

'Wat ik niet deed,' zeg ik, terwijl ik door de pagina's voor me blader. Mijn polsslag is irritant snel, en ik haat het dat hij precies weet hoe hij me moet stangen, hoe hij reacties uit me kan trekken die ik liever verborgen houd. 'En als we nu klaar zijn met het brainstormen over uw buitenschoolse activiteiten, kunnen we dan alsjeblieft weer verdergaan met het herstellen van het complete gebrek aan emotionele groei van uw vrouwelijke hoofdpersoon?'

Hij reageert niet meteen, en als ik opkijk, kijkt hij me aan met een onleesbare uitdrukking. De plagende glimlach is er nog steeds, vaag maar aanwezig, maar zijn ogen... die zijn nu zachter, rustiger.

"Zeker," zegt hij uiteindelijk, met een lagere, bijna bedachtzame stem. "Terug naar het manuscript."

"Goed." Ik knik kordaat, terwijl ik doe alsof ik niet net een onzichtbare strijd heb verloren. Alsof zijn eerdere opmerking zich niet ergens in mijn borst heeft genesteld, hardnekkig en onwelkom.

"Rory, ik wil dat u iets begrijpt." Ik leg mijn pen met een opzettelijke klik neer op het glazen tafelblad en kijk hem recht aan. "De deadline is niet zomaar een willekeurige datum. Dit manuscript staat gepland voor de zomeruitgave om alle *Beste Strandlectuur*-lijsten te halen. Het marketingteam draait al overuren met hun campagne. De voorbestellingen stromen binnen en we hebben in honderden boekhandels toonbankdisplays geboekt en betaald. Als dit niet goedkomt..." Ik haal adem en dwing mezelf om niet te klinken alsof ik een rebelse puber de les lees, hoewel de verleiding groot is. "Het is niet alleen uw reputatie die op het spel staat. Het is die van de uitgever. En, eerlijk gezegd, de mijne."

"De uwe?" Hij trekt een wenkbrauw op. "Ik wist niet dat u persoonlijk geïnvesteerd was in mijn succes, Lara."

"Dit is mijn werk. Mijn naam is net zo goed aan dit project verbonden als de uwe. Als het mislukt omdat u besloten heeft om er met de pet naar te gooien, verliezen we allebei."

"Met de pet naar gooien? Au."

Ik schuif het manuscript naar hem toe, erop gebrand om door te pakken, en tik met mijn vinger op een van de vele gemarkeerde passages. "Pagina drieënzeventig. Uw hoofdpersoon bekent zijn liefde aan de heldin na drie dates. Drie. Het is overhaast, het is oppervlakkig, en het leest als... als..."

"Alsof het geschreven is door iemand die al een tijdje niet meer verliefd is geweest?" stelt hij uitdrukkingsloos voor, en ik verstijf midden in mijn getik.

"Dat was niet wat ik wilde zeggen," antwoord ik, maar de blos die op mijn wangen verschijnt, verraadt me.

"Jaja."

"Laat me één ding duidelijk maken." Ik sta op en verzamel de papieren die over de tafel verspreid liggen, elke beweging precies en afgemeten. "Dit is geen spelletje, Rory. U vindt het misschien leuk om de charmante deugniet uit te hangen, maar als dit boek niet aan de verwachtingen voldoet, zal geen enkele knipoog of grijns u redden. Of mij."

Ik klap mijn notitieboek met een besliste klap dicht; het geluid onderstreept het einde van deze tergend onproductieve vergadering. De pagina's staan nu vol met slordige aantekeningen en sterretjes, die me stuk voor stuk herinneren aan het onvermogen – of de weigering – van Rory Keane om zijn manuscript met ook maar enige vorm van focus te benaderen.

"U hebt genoeg te doen." Mijn stem is kortaf, puur zakelijk, zelfs terwijl mijn gedachten alweer malen over meer mogelijke oplossingen voor het treinwrak dat hij heeft ingeleverd onder het mom van een manuscript.

"Genoeg is een understatement," antwoordt Rory.

"U moet vandaag nog met deze bewerkingen beginnen. Alleen dan maken we misschien een kans om dit nog te redden voor de deadline." Ik schuif voor de zekerheid mijn bril recht.

"Redden. Wat een blijk van vertrouwen. Weet u, voor iemand die zoveel tijd besteedt aan het ontleden van romantiek, bent u er verrassend meedogenloos over."

"Meedogenloosheid levert resultaten op," breng ik ertegenin, terwijl ik opsta en mijn tas over mijn schouder hang. "En voor zover ik weet, zijn resultaten precies wat u op dit moment nodig heeft."

Ik loop naar de deur, maar hij maakt geen aanstalten om te vertrekken.

"Was er nog iets?" vraag ik met een opgetrokken wenkbrauw. Mijn geduld raakt op, maar mijn nieuwsgierigheid – zo lijkt het – niet. Een gevaarlijke combinatie.

"U bent best fascinerend als u in uw redacteursrol zit. Angstaanjagend, zeker. Maar fascinerend."

Ik zet een stap richting de deur. "Als dat alles is, heb ik echt werk te doen."

"Weet u, voor iemand die beweert dat dit geen spelletje is, speelt u uw rol verdomd goed."

"En welke rol zou dat dan zijn?"

"De ongenaakbare perfectionist," zegt hij achteloos, maar achter de woorden schuilt een gewicht dat me overrompelt. "Allemaal scherpe randjes en geen ruimte voor fouten. Ik vraag me af of u uzelf ooit laat gaan. Ook maar een klein beetje."

De lucht tussen ons wordt zwaar en ik haat het dat mijn hartslag versnelt. "Mijn persoonlijke gewoontes zijn uw zaak niet," antwoord ik koel, terwijl ik de deur opentrek. "Concentreer u op het herstellen van uw manuscript. Dat is het enige wat hier telt."

"Juist," zegt hij, en hij staat eindelijk op. Terwijl ik door de deuropening stap, volgt zijn stem me, laag en warm, met een ondertoon die ik niet helemaal kan plaatsen. "Maar misschien... als u ooit wilt praten over wat *wel* telt, weet u me te vinden."

Ik kijk niet om. Ik vertrouw mezelf niet genoeg om dat te doen.

DRIE

Ik zit hier al een kwartier naar het scherm te staren. Mijn laptop staat open, mijn inbox stroomt over en het manuscript dat ik zou moeten nakijken, ligt recht voor mijn neus. Maar in plaats van aantekeningen te maken, zit ik gewoon... vast. Verlamd.

Het logische deel van mijn brein weet dat ik vandaag thuis-werk, weet dat de deadline nadert en weet dat ik iets – *wat dan ook* – productiefs zou moeten doen. Maar de rest van me? Het deel dat nog steeds beduusd is van Rory's belachelijke voorstel? Dat deel weigert mee te werken.

Method writing... het lef van die vent.

Alsof hij een gekwelde kunstenaar is die een muze nodig heeft, in plaats van een bestsellerauteur die letterlijk *zijn carrière heeft opgebouwd* met het verzinnen van romantiek. Alsof dit – *wat dit ook is* – gewoon een ander plotelement is dat getest, aangepast en geperfectioneerd moet worden.

'Concentreer je', zeg ik in mezelf en klem mijn handen om de leuningen van mijn stoel alsof pure wilskracht alleen al mijn gedachten bij de taak kan houden. Maar hoelang ik ook naar het scherm tuur, het verandert niets aan het feit dat mijn gedachten allesbehalve hier zijn.

In plaats daarvan tollen ze – nee, ze zitten in een neerwaartse spiraal – door de herinnering aan zijn stem: soepel, warm en nonchalant, alsof hij niet zojuist een orkaan had ontketend in mijn zorgvuldig geordende leven.

Alsof hij niet zojuist de meest belachelijke, onprofessionele, volstrekt ongepaste regeling had voorgesteld met een stalen gezicht waarmee je normaal gesproken voorstelt om een kop koffie te gaan drinken.

Alsof ik de onredelijke was omdat ik er compleet door overrompeld was.

Ik duw mijn stoel van het bureau af, de wieltjes schuren krakend over de vloer.

'De brutaliteit', zeg ik hardop en druk mijn handpalmen tegen mijn slapen alsof ik de irritatie fysiek uit mijn schedel kan masseren. 'Wie *doet* zoiets?'

Het was niet alleen wat hij had gezegd, het was de manier waarop hij het zei, met die halve glimlach die het onmogelijk maakte om te zeggen of hij serieus was of me gewoon voor de grap in de maling nam. Een voorstel, had hij het genoemd. Alsof we over een soort zakelijke deal onderhandelden.

'"Nauer samenwerken, Lara,"' doe ik zijn lage, fluweelzachte stem na, druipend van de charme. Mijn maag draait zich om en de hitte kruipt in mijn nek bij hoe gemakkelijk de klank ervan zich zelfs nu nog in mijn oren nestelt. '"*Nieuwe creatieve mogelijkheden verkennen*,"' voeg ik eraan toe, waarbij ik sarcastisch aanhalingstekens in de lucht maak met mijn vingers.

Misschien wilt u dat ik mijn redactionele suggesties uit door middel van dans. Is dat creatief genoeg voor u?

Ik knijp in de brug van mijn neus en dwing mezelf diep adem te halen. Dit gaat niet over hem. Niet echt. Dit gaat over mij, over het behouden van de controle, over – hoe noemde hij het? O, ja. *Wat losser worden.* Alsof ik een stijve vrijster ben die een fles wijn moet opentrekken en alle voorzichtigheid overboord moet gooien.

Maar onder mijn irritatie zit iets anders. Iets onwelkoms. Een sprankje intrige, misschien. Of nieuwsgierigheid. Of het allerzachtste gefluister van verleiding.

Nee. Echt niet. Absoluut niet. Wat Rory Keane ook denkt aan te bieden met die onuitstaanbare grijns en die tergend expressieve ogen, ik trap er niet in.

Ik ben nu aan het ijsberen. Mijn armen zijn strak over mijn borst gekruist, mijn vingers boren zich in mijn mouwen alsof mezelf fysiek bij elkaar houden op de een of andere manier kan voorkomen dat ik geestelijk instort. Spoiler alert: het werkt niet.

Mijn voeten dragen me bijna als vanzelf naar het raam van de woonkamer en ik druk mijn handpalmen lichtjes tegen het koele glas. Buiten strekt de stad zich breed en glinsterend uit in het vroege avondlicht, een mozaïek van gebouwen en drukke straten die bruisen van het leven. Vanaf hier ziet iedereen er zo doelgericht uit. Zo zeker.

'Hoelang is dat geleden?'

De vraag ontsnapt me voor ik het kan tegenhouden, zacht en onbekend, alsof ik het gewicht van iets breekbaars in mijn handen test. Hoelang is het geleden dat iemand naar me keek zoals Rory op dat moment had gedaan? Me niet alleen zag, maar me ook *wilde*. Mij, niet de gepolijste redactrice op haar verstandige hakken en in haar maatjasjes, maar de persoon daaronder.

Het is een verontrustende gedachte. Intrigerend ook, maar vooral, als ik eerlijk ben, vleiend.

Met mijn vingertop teken ik een klein cirkeltje op mijn inmiddels ijskoude kopje thee. Het is niet dat ik me onaantrekkelijk voel. Niet precies. Maar er is een verschil tussen gewaardeerd worden voor je werk – of zelfs bewonderd – en echt *begeerd* worden. Begeerd op een manier die elektrisch, magnetisch en roekeloos aanvoelt.

Roekeloos, dat is pas een woord dat niet in mijn woordenboek lijkt thuis te horen. Omdat dat ook zo is. Althans, niet meer.

Ik schud mijn hoofd en stap bij het raam vandaan. Ik negeer het lichte trekken in mijn borst terwijl ik me van het uitzicht afwend. Wat Rory ook denkt te zien als hij naar me kijkt – welke vlaag van waanzin hem ook deed denken dat dit een goed idee was – het kan beter onontgonnen blijven. Veiliger. Duidelijker. Gecontroleerd. Grenzen bestaan niet voor niets.

Rory, met die irritante manier waarop hij zijn hoofd schuin

houdt als hij een punt probeert te maken, lijkt dit niet te begrijpen. Of misschien wel en geniet hij er gewoon van om me te zien kronkelen. Hoe dan ook, ik ga hem niet de grenzen die ik zorgvuldig heb getrokken met de grond gelijk laten maken – hoe aantrekkelijk hij ook is –, grenzen die al geruime tijd stevig zijn opgebouwd en die de dingen voorspelbaar en ordelijk houden. Veilig.

Mijn blik blijft haken aan de ingelijste foto die boven mijn bureau aan de muur hangt. Het is een oude foto, aan de randen ietwat vervaagd, maar de personen zijn nog steeds duidelijk te zien: mijn ouders, naast elkaar zittend op de bank in onze woonkamer. Mijn moeder heeft haar gebruikelijke beleefde lerarenglimlach; mijn vader staart uitdrukkingsloos, bijna perplex, recht voor zich uit. Ze lijken meer op collega's van verschillende afdelingen die poseren voor een socialmediapost van het bedrijf dan op twee mensen die ooit hun geloften hebben uitgewisseld.

Ik pak de lijst op en laat mijn duim langs de rand glijden. Het koele glas aardt me terwijl herinneringen onuitgenodigd opborrelen. Hun huwelijk was – en is nog steeds – functioneel, denk ik. Efficiënt, als een goed geoliede machine. Ze deelden de logistieke zaken – financiën, planningen, boodschappenlijstjes – maar passie? Affectie? Verlangen? Dat waren vreemde concepten, afgedaan als frivoliteiten.

'Liefde is niet praktisch, Lara', zei mijn moeder altijd als ik vroeg waarom ze niet veel lachten, of elkaar niet veel aanraakten, of... niet veel *voelden*. 'En het is juist die praktische instelling die een huishouden draaiende houdt.'

Praktische instelling. De hoeksteen van hun relatie. En het langzame, stille gif dat alle kleur eruit zoog. Ik zou er schamper om doen, ware het niet dat ik zelfbewust genoeg ben om te weten dat een beetje van dat pragmatisme ook op mij is afgestreken.

Ik kijk weg van de foto van mijn ouders. Dat leven wil ik niet. Heb ik nooit gewild. Maar het alternatief – de rommeligheid, de onzekerheid, het liefdesverdriet – beangstigt me net zozeer. Misschien zelfs meer.

Dit is precies waarom emoties niet te vertrouwen zijn. Ze vertroebelen je oordeelsvermogen. Ze leiden tot slechte beslissingen. Ze...

Ik maak de gedachte niet af, want Rory's lage, plagende stem weerklinkt in mijn hoofd. 'U bent te stijfjes, Yates. Maak dat bovenste knoopje eens wat vaker los.'

'Eikel', sis ik. Maar zelfs als ik mijn muis beweeg om het scherm te activeren, trillen mijn vingers. Omdat een deel van me de waarheid kent – het soort waarheid dat ik nooit hardop zou durven toegeven.

Het probleem is niet alleen Rory. Het is dat, voor het eerst in jaren, iemand me deed afvragen hoe het zou voelen om dat bovenste knoopje los te maken. Al was het maar voor één keer. Sterker nog, dat hij het misschien wel voor me zou losmaken.

De laatste persoon van wie ik hield, had niet Rory's roekeloze grijns of zijn tergende zelfvertrouwen. Een ander gezicht doemt op. Een standvastiger gezicht. Zachter. Voorspelbaar.

'James', fluister ik. En pardoes trekt de herinnering me mee de diepte in.

De lucht ruikt naar versgemaaid gras en zonnebrandcrème, en een zomerse barbecue zoemt om ons heen terwijl James hamburgers omdraait met dezelfde precisie die hij in elke taak legt. Zijn hemd zit in zijn kaki broek – een kaki broek! – en zijn uitdrukking is er een van diepe concentratie, zijn wenkbrauwen licht gefronst terwijl hij de spatel in zijn hand verstelt.

'Relax, Gordon Ramsay', plaag ik, en ik geef hem een speels duwtje met mijn heup. Hij kijkt me een halve seconde geschrokken aan, voordat zijn mond verzacht tot die vertrouwde glimlach. Warm. Comfortabel. Veilig.

'Iemand moet ervoor zorgen dat deze niet aanbranden', zegt hij op een geamuseerde maar beheerste toon. Altijd beheerst. James was voorspelbaar, als er iets was wat hij was. Het soort man dat nooit een bericht onbeantwoord liet, nooit je koffiebestelling vergat, nooit zijn stem verhief, zelfs niet als hij boos was. Een man met wie je een leven kon opbouwen omdat je altijd precies wist waar je aan toe was.

En toch... terwijl ik hem aandachtig nog een burger zie omdraaien, herinner ik me de holle pijn die in die laatste maanden was gaan groeien. Alsof ik in een huis had gewoond met perfect geverfde muren, maar zonder meubels. Geen warmte. Alleen... ruimte.

'Wil je ooit meer dan dit?', had ik hem eens gevraagd, de vraag ontsnapte me voordat ik hem kon tegenhouden. We zaten op zijn onberispelijke grijze bank – natuurlijk was die grijs – naar herhalingen van een of andere sitcom te kijken waar we allebei niet echt om gaven. Hij keek me toen verward aan.

'Meer dan wat?'

'Meer dan comfort. Meer dan... voorspelbaarheid.'

Hij fronste, duidelijk proberend het te begrijpen. 'Comfort is niet iets slechts, Lara. Comfort is blijvend. Passie brandt op.' Hij zweeg even en voegde er toen, bijna verlegen, aan toe: 'Is dit niet genoeg?'

Ik schud mijn hoofd, alsof ik probeer de herinneringen die aan me kleven van me af te schudden. James' scheve glimlach lost op in Rory's wolfachtige grijns, en plotseling voelt het alsof ik verstrikt ben geraakt in een soort emotioneel touwtrekspelletje waar ik nooit mee heb ingestemd.

Rommelig.

De screensaver van mijn monitor draait verder, het manuscript dat ik zou moeten redigeren, onaangeroerd. Maar het is niet het toetsenbord dat mijn aandacht trekt, het is mijn telefoon. Hij ligt daar, me uit te lachen, me uit te dagen.

Zonder na te denken pak ik de telefoon op, het gladde gewicht ervan aardt me een halve seconde, voordat ik Rory in mijn contacten zoek. Zijn profielfoto – alleen zijn initialen, want ik weiger hem iets persoonlijkers toe te wijzen – staart me aan. Mijn duim zweeft boven zijn naam, millimeters verwijderd van het openen van het bericht of, God verhoede, hem bellen.

'Doe het niet, Lara', fluister ik, mijn stem nauwelijks hoorbaar, maar vastberaden. 'Van impulsieve beslissingen komt niets goeds. Dat weet je.'

En toch voel ik de aantrekkingskracht. Dezelfde magnetische aantrekkingskracht die ik voelde toen hij vandaag grijnsde aan de andere kant van de vergadertafel en zei: *'U bent zo gespannen, Yates. Wanneer heeft u voor het laatst iets gedaan gewoon voor de lol?'*

'Redigeren is leuk', had ik defensief teruggekaatst, voordat ik mezelf kon tegenhouden. Hij had alleen maar gelachen, een lage, volle en veel te zelfverzekerde lach, alsof hij al wist hoe dit verhaal zou aflopen.

Nu sta ik hier, met mijn telefoon in mijn hand alsof het een granaat is waarvan de pin al half uitgetrokken is. Mijn duim zakt dichter naar het scherm en strijkt langs de rand van zijn naam. Eén tikje en ik zou die luie, plagende stem weer kunnen horen. Eén tikje en...

'Nee.' Ik laat de telefoon op het bureau vallen alsof ik mijn vingers eraan brandde, en rol mijn stoel voor de zekerheid verder van het bureau weg. 'Gaat niet gebeuren.'

Het duurt een hele minuut voordat mijn hartslag tot rust komt, hoewel ik me nog steeds pijnlijk bewust ben van de telefoon die daar ligt en nog zachtjes oplicht. Ik weet dat ik zijn nummer niet ga verwijderen – ik ben niet *zo* dramatisch – maar ik weet ook dat ik er niet klaar voor ben om die deur te openen. Vandaag niet. Misschien wel nooit.

Mijn blik schiet weer naar de ingelijste foto van mijn ouders. Hun stijve en geforceerde glimlach, een herinnering aan alles waarmee ik mezelf heb beloofd geen genoegen te nemen. Of wat ik niet zou riskeren.

Ik doe niet aan ingewikkeld.

Rory's naam hangt in de lucht, onuitgesproken maar onmogelijk te negeren.

En ik haat dat deel van me dat zich nu al afvraagt wat hij hierna zal zeggen.

'Thee,' kondig ik aan in de lege kamer, want blijkbaar maakt het hardop zeggen het officieel. 'Thee lost alles op.' Overduidelijk een leugen, maar het geeft me tenminste iets te doen met mijn handen wat niet inhoudt dat ik weer die verdomde telefoon pak.

Ik focus me op de alledaagse handelingen: het gewicht van de waterkoker, de gestage stroom die hem precies tot het juiste niveau vult, het bevredigende geruis als ik hem aanzet. Rituelen zijn goed. Praktisch. Rationeel. Totaal niet zoals het belachelijke voorstel dat ik in mijn hoofd blijf afspelen, hoe hard ik ook heb geprobeerd het te smoren.

Terwijl de waterkoker langzaam begint op te warmen, leun ik tegen het aanrecht. Mijn blik valt op de aangeslagen mok naast de gootsteen, die ik nooit heb vervangen. Een secret Santa-cadeau dat ik tijdens mijn eerste kerst bij Scott & Drake kreeg. Er staat *Keep Calm and Edit On* op, de letters vervaagd door jarenlang overmatig gebruik. Passend, eigenlijk. Was kalmeren maar zo makkelijk als de woorden op keramiek kwakken.

'Jezelf laten gaan,' snuif ik in mezelf. Jezelf laten gaan is wat mensen zoals Rory moeiteloos doen – hij kwam waarschijnlijk ter wereld met die twinkeling in zijn ogen en een perfect warrige haardos. Ondertussen heb ik mijn hele volwassen leven muren gebouwd die hoger zijn dan welk sprookjeskasteel dan ook, compleet met een slotgracht en een draak voor de zekerheid.

De waterkoker slaat af, wat me uit mijn gedachten rukt. Ik duik eropaf alsof het een reddingslijn is en giet het dampende water over het theezakje dat in mijn mok wacht. De geur van kamille stijgt op, zacht en vertrouwd, die me aardt en helpt te verduidelijken waarom dit op zoveel vlakken verkeerd is.

Punt één: Rory Keane is een cliënt.

Punt twee: zijn voorstel – dat belachelijke, brutale *voorstel* – zou vereisen dat ik *nog* meer tijd met hem doorbreng dan contractueel verplicht is om zijn boek af te ronden.

Punt drie: hij heeft een gezicht dat thuishoort op een filmposter voor een of andere zwaarmoedige indie-film. Dat gezicht alleen al voorspelt onheil. Hij zou die mond ongetwijfeld gebruiken om opmerkingen over 'creatieve synergie' te maken, terwijl ik de neiging onderdruk om hem met zijn eigen sjaal te wurgen. Draagt hij überhaupt wel sjaals? Waarschijnlijk dassen. Hij lijkt me het type wel.

Punt vier: losse scharrels – ik *doe* niet aan losse scharrels. In ieder geval niet goed. Niet zonder verstrikt te raken in het web van gevoelens en verwachtingen en alle dingen die ik de helft van mijn leven heb proberen te vermijden.

En punt vijf: dit gaat niet over gevoelens. Dit gaat over controle. En als er één ding is waar ik een hekel aan heb, is het de controle verliezen.

Maar hoezeer ik mezelf ook probeer te overtuigen, er is een knagend klein fluisterstemmetje achter in mijn hoofd – een suggestie, nauwelijks hoorbaar maar hardnekkig. *Wat als loslaten niet betekent dat je de controle verliest? Wat als het... vrijheid betekent?*

God help me, ondanks al het bewijs van het tegendeel, is er iets aan het idee dat verleidelijk is. Slechts voor een moment. Alleen maar om te zien hoe het is om te stoppen met denken, te stoppen met twijfelen, te stoppen met elke interactie te ontleden op zoek naar verborgen subtekst en bijbedoelingen. Om me gewild te voelen – niet om mijn vermogen om plotgaten te dichten en dialogen aan te scherpen, maar om *mij*.

'Briljant,' kreun ik, terwijl ik weer in mijn stoel wegzak. 'Ik ben nu met mezelf in discussie. Fantastisch. Dit is prima. Helemaal prima.'

De mok thee staat nog steeds op het bureau, onaangeroerd en lauw. Ik pak hem toch op en wieg hem in mijn handen alsof het me kan helpen om de avond door te komen. Dat doet het natuurlijk niet. Kamille heeft zijn beperkingen.

Morgen.

Zeg ik vastberaden tegen mezelf, hoewel het woord bitter op mijn tong smaakt. 'Morgen pak ik dit aan.'

VIER

De volgende dag komt echter sneller dan me lief is en als ik weer
op kantoor ben, ontdek ik dat de uitgeversgoden hebben samenge-
spannen om ervoor te zorgen dat er van een rustig begin van de
dag geen sprake zal zijn. De e-mail staat op mijn scherm, een
oplichtende voorbode van onheil. Onderwerp: *Volledig, Voorgoed*/R. *Keane – Kritieke Inkomstenstroom*. Subtiel.

Ik lees de regels voor de derde keer door, maar ze worden er
niet milder op. Zinsneden als 'belangrijk fiscaal kwartaal' en
'geprojecteerde winstmarge' springen eruit en klemmen zich als
een bankschroef om mijn borstkas. De bedragen zijn duizelingwekkend: een bedrag van zes cijfers, dat gevaarlijk dicht in de
buurt van de zeven komt. Het gaat niet eens meer om Rory's ego;
het gaat om het bedrijfsresultaat. Fiona had net zo goed kunnen
schrijven: 'Geen druk, Lara, maar als dit boek flopt, zijn we allemaal de klos. Nog een prettige dag!'

Hier heb ik toch voor getekend? Mislukte verhalen repareren.
Bevende schrijvershandjes vasthouden. De uitgeefwereld redden,
subplot per subplot. Maar Rory Keane? De bestseller- en prijs-
winnende Rory Keane? Hij hoort onaantastbaar te zijn. Die man
ademt praktisch succes. En nu is het aan mij om ervoor te zorgen
dat zijn nieuwste manuscript Scott & Drake niet in een financiële
afgrond stort. Stelt niks voor.

Mijn blik glijdt naar de ingelijste prent op mijn bureau, een simpel zwart-witcitaat van Dorothy Parker: *Ik haat schrijven, ik vind het heerlijk als ik iets geschreven heb.*

Hetzelfde hier, Dorothy. Hetzelfde hier. Alleen heb ik al jaren niets geschreven, tenzij je vernietigende kanttekeningen meetelt, wat niemand doet.

Wanneer ik de vergaderruimte binnenstap, word ik getroffen door een stoot airconditioning. Het voelt kouder dan normaal, of misschien zijn het gewoon mijn zenuwen die me te pakken krijgen. Ik tref Rory Keane, de man die in zijn eentje onze lichten aan houdt, zittend aan het uiteinde van de tafel.

'Wauw', zeg ik voordat ik mezelf kan tegenhouden. 'Ben je op tijd?'

Rory kijkt verbaasd op en er vallen me meteen twee dingen op: ten eerste is zijn haar warrig – warriger dan normaal – alsof hij er de hele ochtend met zijn handen doorheen is gegaan; en ten tweede zit hij met een pen te friemelen, die hij tussen zijn vingers door laat schieten. Rory Keane friemelt niet. Hij hangt onderuit. Hij grijnst. Hij charmeert. Deze... nerveuze energie? Volledig tegen zijn imago in.

'Kijk niet zo geschokt', zegt hij met een snelle grijns. 'Het is bijna beledigend.'

'Bijna?' Er is iets niet in de haak, iets rauws onder zijn gebruikelijke gepolijste uiterlijk. De pen glipt uit zijn vingers, klettert tegen de tafel, en hij vloekt binnensmonds terwijl hij hem opraapt alsof de zin van het leven erin verborgen ligt.

'Zware ochtend?' vraag ik luchtig, terwijl ik in mijn stoel schuif. Mijn toon is nonchalant, zelfs professioneel, maar mijn redacteursbrein is al elk detail aan het catalogiseren: de spanning in zijn schouders, de vage frons tussen zijn wenkbrauwen, de manier waarop zijn knie onder de tafel op en neer stuitert alsof hij een gedachte probeert te ontlopen die hij niet wil vangen.

'Zoiets', zegt hij, terwijl hij de pen weer laat ronddraaien.

'Nou', zeg ik vlot, 'laten we eens kijken of we dit ding kunnen redden voordat je existentiële crisis nog erger wordt.'

'Ga je gang, Yates', zegt hij, zijn stem weer glad. Gepolijst. Weer volgens zijn imago.

'Het is Lara', herinner ik hem eraan.

'Ik geef de voorkeur aan Yates. Een sterke literaire naam. Past bij je.'

Ik heb te veel te zeggen over zijn manuscript om hiertegen in te gaan. Als hij mijn advies opvolgt en zijn herzieningen snel instuurt, mag hij me noemen hoe hij wil.

'Goed, aan de slag dan. We hebben een hoop werk te verzetten als we willen dat dit op iets publiceerbaars gaat lijken.'

Zijn ogen schieten weer naar me, maar er is iets vreemds aan de manier waarop ze focussen. Alsof hij er lichamelijk is, maar niet helemaal met zijn geest.

'Rory', zeg ik, waarbij ik mijn stem bewust professioneel houd, hoewel mijn nieuwsgierigheid aan de randen kriebelt. 'Is er een reden dat je naar me kijkt alsof je je net herinnert waar je je autosleutels hebt gelaten?'

'Ik was gewoon aan het denken', zegt hij luchtig, nog steeds de pen ronddraaiend. Het is een antwoord dat onschuldig bedoeld is, maar de zwaarte in zijn toon past er niet bij. Voordat ik kan besluiten of ik door moet vragen of het moet laten gaan, voegt hij er bijna terloops aan toe: 'Weet je, het is grappig. Al die veranderingen die je me voorstelt voor het personage van Sophie... doen me aan jou denken.'

De wending is zo abrupt dat ik met mijn ogen knipper. 'O?' Zijn toon is te nonchalant, te berekend.

'Ja.' Zijn blik richt zich met een onthutsende precisie op me. 'Je wilt dat ik Sophie zo... sceptisch maak over romantiek. Bijna alsof ze er helemaal niet in gelooft.'

En daar is het. De val, perfect opgezet. Ik voel mijn irritatie opborrelen voordat ik die kan onderdrukken.

'Ben je nu serieus je eigen personage aan het psychoanalyseren?' vraag ik, terwijl ik hem een scherpe blik over de rand van mijn bril toewerp. 'Want als dat zo is, zou ik je aanraden dat voor therapie te bewaren en je te richten op het verbeteren van haar motivatie.'

'Ik ben eerder jou aan het psychoanalyseren', kaatst hij gladjes terug, terwijl hij een wenkbrauw optrekt. 'Belangrijker nog, je hebt het niet ontkend.'

'Dat is omdat het absurd is', antwoord ik, mijn stem scherp, maar ondanks mezelf geamuseerd. 'Sophies scepsis is perfect geworteld in haar achtergrondverhaal. Het betekent dat ze een langere emotionele reis te gaan heeft. Dat heet *karakterontwikkeling*. Misschien moet je dat eens proberen.'

'Zal ik doen. Beloofd.'

'Goed. Oké. Ik heb nog wat opmerkingen over het conflict in het midden. Zoals het er nu voor staat, is er niet genoeg spanning die de beslissingen van de personages aanstuurt. We hebben een sterkere emotionele katalysator nodig, iets wat onvermijdelijk maar toch verrassend aanvoelt.'

'Jij weet de sfeer wel te verpesten, hè?'

'Iemand moet het doen', antwoord ik, terwijl ik een snelle notitie maak voordat ik weer naar hem opkijk. 'En aangezien jij vastbesloten lijkt om vandaag geen echt werk te doen, is die iemand mij.'

'Hard', zegt hij, 'maar eerlijk.'

'Blij dat we eindelijk op één lijn zitten', kaats ik terug, terwijl ik met een weloverwogen zwaai een volgende pagina van het manuscript omsla. Ik houd mijn aandacht op de woorden voor me gericht, zelfs als ik zijn ogen op me voel rusten, me bestuderend. Laat hem maar kijken. Laat hem maar denken wat hij wil. Ik heb een taak te volbrengen en ik weiger me door hem – of zijn tergende grijns – daarvan te laten afleiden.

'Als je nog niet klaar bent voor het midden van het verhaal, laten we dan in ieder geval de openingsscène aanpakken.'

'Je vindt het geweldig, hè?'

'Ik haat het.'

'O.'

'Na drie prachtige, beschrijvende alinea's begint Sophie haar ochtend letterlijk met een ruzie met haar kat over een verbrande boterham. Dat is niet bepaald het spul waar bestsellers van worden gemaakt.'

'Hé, mijn lezers zijn dol op katten,' werpt hij tegen, 'en verbrande toast is herkenbaar. Ik ga hier voor authenticiteit.'

'Authenticiteit is geweldig,' antwoord ik, terwijl ik snel een notitie in de kantlijn van zijn manuscript krabbel. 'Maar je lezers pakken dit boek niet voor bloemrijk, beschrijvend proza. Ze willen conflict, iets wat op het spel staat, iets wat hen bij de keel grijpt en niet meer loslaat. Op dit moment is het meer een beleefd handdrukje.'

'Wacht,' onderbreekt hij me en houdt een hand op. 'Wat als – en hoor me even aan – de kat er niet alleen is als komische noot? Misschien heb ik hem erin gestopt omdat het... een metafoor is?'

Ik knipper met mijn ogen naar hem. 'Een metafoor voor wat?'

'Eenzaamheid,' zegt hij serieus. 'Denk erover na. De kat staat voor haar angst voor verbinding. Het is haar veilige, voorspelbare metgezel omdat ze te bang is om iemand anders toe te laten.'

'Of, het is gewoon een kat. En in plaats van er een onnodige metafoor in te proppen, kunnen we die ruimte gebruiken om haar emotionele wond daadwerkelijk te introduceren. Weet je wel, het ding dat haar verhaallijn voortstuwt?'

'Zeg eens iets, Yates,' zegt hij, zijn stem zacht en samenzweerderig, alsof we een groot geheim delen in plaats van onder de tl-verlichting van een zieloze vergaderruimte te zitten. 'Geloof je überhaupt wel in de liefde?'

Ik knipper een, twee keer met mijn ogen naar hem en laat de vraag in de lucht hangen als een bijzonder nare geur.

'Wat?'

'Gewoon nieuwsgierig,' zegt hij gladjes, terwijl hij dichterbij leunt, zijn blik met een zenuwslopende intensiteit op de mijne gericht. Die stomme donkere ogen van hem fonkelen, en ik haat het dat het me opvalt. 'Je besteedt zoveel tijd aan het opdelen van liefdesverhalen in plotpunten die op een bepaald moment moeten plaatsvinden, dat ik me begin af te vragen of je überhaupt denkt dat het echt is, of gewoon gefabriceerd.'

'Niet doen,' waarschuw ik, terwijl ik een hand opsteek alsof ik een slecht idee afweer.

Maar het is te laat. Rory Keane denkt dat hij een sappig bot te pakken heeft, en hij is niet van plan het los te laten.

'Ik denk dat jij degene bent die het geloof in de liefde heeft verloren, en dat dat, bewust of onbewust, de manier beïnvloedt waarop je je Sophies personage voorstelt. Elke notitie spoort aan tot voorzichtigheid, zorg, wantrouwen... en angst. Ik denk dat je haar in jou ziet... en jou in haar.' De grijns die om zijn mond speelt, is er een die me iets kleins, hards en onbreekbaars naar hem wil laten gooien. Bij voorkeur naar zijn hoofd.

'Liefde is heel echt,' antwoord ik kordaat. 'Het is ook subjectief, zeer verkoopbaar en gevoelig voor clichés. Daarom is het mijn taak om ervoor te zorgen dat *jouw* versie ervan lezers geen suikercoma bezorgt. Graag gedaan, trouwens.'

'Ah, en daar is het.' Hij wijst met de pen naar me alsof hij zojuist een oeroude code heeft gekraakt. 'De klinische afstandelijkheid. "Liefde is subjectief." "Liefde is verkoopbaar." "Liefde is een trope." Dat zou je op een koffiemok kunnen zetten. Hoor je jezelf? Het is geen wonder dat je denkt dat Sophie allergisch is voor emotionele kwetsbaarheid.'

'Ik zei niet dat ze *allergisch* is,' werp ik tegen, terwijl ik iets onzinnigs in mijn notities krabbel, puur om te voorkomen dat ik hem rechtstreeks aankijk. 'Ik zei dat ze voorzichtiger moet zijn. Realistischer. En eerlijk gezegd is dat wat er aan je hele manuscript ontbreekt: realisme.'

'Realisme,' herhaalt hij, terwijl hij het woord uitrekt. Zijn uitdrukking verandert – minder plagerig nu, meer bedachtzaam. 'Oké dan. Laten we jouw realisme eens testen, zullen we?'

'Laten we dat maar niet doen,' zeg ik snel, terwijl ik hem over de rand van mijn bril aankijk. Dit voelt als een valstrik, en het bevalt me niet waar dit naartoe gaat.

'Slechts hypothetisch,' dringt hij aan, onverstoord. 'Wat als ik je zou kunnen bewijzen dat liefde niet zomaar een... constructie of plotpunt is dat geanalyseerd en tot onderwerping geredigeerd moet worden? Wat als ik je kon laten zien dat het echt is? Tastbaar. Zelfs voor iemand die zo... "voorzichtig" is als jij.'

'Bewijzen?' herhaal ik, vol ongeloof. Er ontsnapt een lach voordat ik hem kan tegenhouden – kort en volkomen afwijzend. 'Wat stel je precies voor? Een veldonderzoek? Moet ik tegen het einde van de week een presentatie met statistieken en staafdiagrammen verwachten?'

'Misschien,' kaatst hij zonder een tel te aarzelen terug, zijn grijns in volle kracht terugkerend. 'Of misschien iets meer... ervaringsgericht.'

'Ervaringsgericht,' herhaal ik vlak, want blijkbaar ben ik nu gereduceerd tot het napraten van zijn onzin. 'En wat houdt dat precies in? Romantische speurtochten? Diners bij kaarslicht? Lange strandwandelingen waarop je me trakteert op gedichten over maanlicht en het lot?'

'Zou leuk kunnen zijn,' zegt hij. 'Maar nee. Ik dacht aan iets simpelers. Een soort weddenschap.'

'Absoluut niet,' zeg ik onmiddellijk, en ik klik de dop met een definitief gebaar weer op mijn pen. Wat dit ook is, het moet stoppen voordat het nog belachelijker wordt.

'Kom op, Yates.' Zijn toon is licht, bijna speels, maar er schuilt iets onder – een nauwelijks verhulde uitdaging. 'Speel het spelletje mee. Als ik win, moet je toegeven dat je het mis hebt over de liefde. Eén keer maar. Hardop. Tegen mij.'

'En als ik win?' vraag ik, voornamelijk om *hem* een plezier te doen.

'Dan herschrijf ik Sophies hele verhaallijn precies zoals jij dat wilt. Geen discussie.'

Ik knijp mijn ogen tot spleetjes, op zoek naar barsten in zijn pantser, maar ik vind alleen maar zelfvertrouwen. Te veel zelfvertrouwen. Het is ergerlijk.

'Deze hypothetische deal van jou heeft geen enkele basis in logica of professionaliteit,' merk ik op, terwijl ik al naar mijn noties grijp. 'Dus uiteraard wijs ik het af.'

'Uiteraard,' herhaalt hij, alsof hij al iets gewonnen heeft. En op de een of andere manier is dat nog irritanter dan alles wat hij tot nu toe heeft gezegd.

'Je bent belachelijk,' zeg ik vlak.

Een weddenschap. Hij wil dat ik een *weddenschap* aanga. Alsof dit manuscript – dit project dat gevaarlijk balanceert tussen ramp en verlossing – niet al genoeg druk met zich meebrengt zonder er ook nog persoonlijke belangen aan toe te voegen.

Mijn gedachten schieten alle kanten op, terwijl ik alle mogelijke gevolgen overweeg. Als ik ja zeg, geef ik toe aan zijn grillen, geef ik hem toestemming om ons verder te laten ontsporen – en waarvoor? Om een of ander abstract punt over de liefde te bewijzen? En toch... als ik nee zeg, zal hij dan zijn hakken nog dieper in het zand zetten? Zal Sophies verhaallijn dezelfde slappe puinhoop blijven omdat ik weigerde mee te spelen?

'Je denkt erover na,' zegt hij.

'Absoluut niet.' Ik flap de woorden er instinctief uit, maar ze klinken hol, zelfs voor mij.

'Natuurlijk niet,' zegt hij, zijn stem zo glad als zijde. 'Die frons tussen je wenkbrauwen? Heeft er totaal niets mee te maken. Je denkt vast gewoon na over... de plaatsing van komma's.'

'Kommaplaatsing *is belangrijk*,' werp ik tegen, omdat dat makkelijker is dan de waarheid die tussen ons in hangt aan te pakken. Ik aarzel. God sta me bij, ik aarzel daadwerkelijk.

Ik hou mezelf voor dat het door de deadline komt. Dat is alles wat dit is: het verhaal moet worden gecorrigeerd, en als zijn spelletje meespelen hem zover krijgt dat hij meewerkt, is het misschien het overwegen waard. Maar ergens, diep in dat stille hoekje van mijn hersenen waar ik probeer niet te vaak te komen, flitst een andere gedachte op: *Wat als hij gelijk heeft? Over mij. Over de liefde. Over alles wat ik jarenlang cynisch heb ontleed en afgedaan als onzin.*

'Oké,' zeg ik eindelijk, terwijl ik het woord uitrek en mezelf dwing zijn blik te beantwoorden. 'Luister eens, *Keane*, ik heb geen tijd voor wat voor romantische komedie-subplot je ook denkt dat we beleven. Ik ben hier om je boek te corrigeren, niet om je grillen te vermaken.'

'Genoteerd,' zegt hij, maar zijn grijns verdwijnt niet. Sterker nog, hij wordt breder, onuitstaanbaarder. 'Maar je hebt geen nee gezegd.'

'Omdat het beneden mijn stand is om deze onzin met een echt antwoord te waarderen,' kaats ik terug. 'En nu, zullen we teruggaan naar het deel waar ik je carrière red van zijn onvermijdelijke duikvlucht?'

'Afleiding,' mijmert hij, terwijl hij met een vinger tegen zijn kin tikt alsof hij een puzzel oplost. 'Interessante strategie, Yates.'

'Observatie,' breng ik ertegenin. 'Blijkbaar niet je sterkste punt.'

Hij lacht – een laag, oprecht geluid dat de sfeer onmiddellijk verlicht. 'Je bent hier goed in, weet je. Dat hele ijskoude-redactrice-gedoe. Erg overtuigend. Je had me bijna voor de gek gehouden.'

'Fijn om te zien dat je het eindelijk doorhebt.'

'Goed, je wint,' zegt hij ten slotte. 'Laten we het over het manuscript hebben. Voor nu.'

'Dank je,' antwoord ik, terwijl ik al notities in de kantlijn van de pagina voor me kras. Mijn stem is stabiel, professioneel, precies zoals het hoort. Maar in mijn achterhoofd blijven zijn woorden hangen, even verontrustend als onmiskenbaar: *Je hebt geen nee gezegd.* Hij weet het. Op de een of andere manier weet hij dat hij onder mijn huid is gekropen, en erger nog, hij geniet ervan. Zelfingenomen eikel.

VIJF

Het café ruikt naar geroosterde koffiebonen en versgebakken croissants, maar het geluidsniveau is bijna oorverdovend: sissende melkstomers, klinkende mokken, iemand die zijn gesprek onderbreekt met agressieve tikjes van een lepel op een schoteltje en het geroezemoes van te veel gesprekken die door elkaar heen lopen. Ik duw me door de menigte en ontwijk een man met een laptopscherm dat zo groot is dat het zou kunnen doorgaan voor een thuisbioscoop. Ik laat mijn ogen door de ruimte gaan tot ze op Danny vallen aan ons gebruikelijke hoektafeltje. Hij grijnst al, alsof hij iets weet wat ik niet weet.

En natuurlijk is dat ook zo.

'Lara', roept hij en hij heft zijn mok alsof hij op het Oktoberfest is. 'Je ziet er vanmorgen verrukkelijk... labiel uit.'

'Charmant', zeg ik, terwijl ik me door een doolhof van stoelen en ellebogen wurm om hem te bereiken.

'Vat dit niet verkeerd op', zegt hij en hij leunt naar voren als ik op de stoel tegenover hem plof, 'maar je ziet eruit alsof je net twaalf rondes met een op hol geslagen printer hebt gevochten en hebt verloren. Kansloos.'

'Wauw. Dat is... inspirerend.' Ik trek mijn jasje uit en gooi het over de rugleuning van mijn stoel. 'Fijn om te weten dat mijn beste vriend bijklust als een wandelende beledigingsgenerator.'

'Ik doe gewoon mijn burgerplicht', grapt hij, terwijl hij een

dramatisch gebaar maakt met zijn koffiekopje. 'Maar serieus...'
Zijn blik glijdt naar mijn lichtjes scheve bril en de slordige knot
die wankel boven op mijn hoofd zit. 'Rory Keane, hè? De man, de
mythe, de... migraine?'

'Niet doen.' Ik houd een hand omhoog, maar Danny's grijns
wordt alleen maar breder.

'Hoe voelt het om te werken met het literaire equivalent van
een menselijke golden retriever?' Zijn stem is plagerig, maar er is
die kenmerkende fonkeling in zijn ogen, die verraadt dat hij er vol
voor gaat.

'Vermoeiend', antwoord ik afgemeten, hoewel ik een glimlach
niet kan onderdrukken. 'En voor jouw informatie, Rory Keane is
meer een... hyperactieve bordercollie dan een golden retriever.
Maar bedankt voor de analyse.'

'Graag gedaan', kaatst Danny terug. Hij vouwt zijn handen
onder zijn kin alsof hij op het punt staat wijze raad te geven. 'Ik
bedoel, laten we eerlijk zijn, Lara. Jij hebt die hele...' Hij maakt
een vaag gebaar naar me en neemt alles in zich op, van mijn
gekreukte blouse tot de vage inktvlek op mijn linkerpols. 'Over-
werkte redactrice-chic-uitstraling. Het is eerlijk gezegd indrukwekkend. Een beetje tragisch, maar indrukwekkend.'

'Kun je me er nog eens aan herinneren waarom ik nog met je
omga?', vraag ik, terwijl ik naar de menukaart grijp, ook al weet ik
dat ik toch weer dezelfde zwarte koffie als altijd zal bestellen.

'Omdat ik je niet-homoseksuele beste vriend ben', zegt hij
zonder een seconde te aarzelen. 'En ik hoop dat als je op een dag
besluit dat je er klaar voor bent je te settelen, je voor mij kiest.'

'Ieuw. Nee.'

'Ik zou genoegen nemen met een losse scharrel.'

'Dubbel-ieuw.'

'Oké, prima, omdat je er diep vanbinnen van houdt als
iemand je de waarheid vertelt in plaats van je beleefde leugentjes
op de mouw te spelden. Geef maar toe, ik ben je emotionele-
steuncynicus.'

'Eerder mijn emotionele-steunhoofdpijn', kaats ik terug, maar
mijn glimlach verraadt me. Danny weet precies hoe ver hij kan

gaan en balanceert op het randje tussen tergend en vreemd geruststellend met de precisie van iemand die dit al jaren doet.

'Dus? Spuug het eruit. Hoe erg is meneer Bordercollie?'

Ik zucht alsof ik in één ademteug de frustratie van een decennium uitblaas en zak onderuit tegen de rugleuning van mijn stoel.

'Catastrofaal is zacht uitgedrukt. Hij is nog lang niet klaar. Op een paar geniale hoofdstukken na, is wat hij heeft geschreven niet goed genoeg om zelfs maar afgeleide rotzooi te noemen en ik denk niet dat er ook maar de geringste kans is dat we de deadline gaan halen. Geen enkele druk, toch?'

'Geen enkele', zegt hij opgewekt, pakt zijn mok en neemt een slok. 'Klinkt voor mij als een doodnormale dinsdag.'

'Behalve dat dit niet zomaar een dinsdag is', werp ik tegen. Ik leun naar voren alsof mijn nabijheid hem de absurditeit van mijn netelige situatie op de een of andere manier kan doen begrijpen. 'Dit is... Rory Keane-dinsdag, wat overigens nu officieel een stresscategorie in mijn leven is. Hij komt binnenwaaien met die stomme glimlach...'

'Charmante glimlach', onderbreekt Danny.

'Stomme', houd ik vol en ik kijk hem boos aan terwijl hij grijnzend in zijn koffie kijkt. 'En hij is één en al vlotte praatjes en vanzelfsprekend zelfvertrouwen. Ondertussen behandelt iedereen boven hem alsof hij persoonlijk de menselijke emotie heeft uitgevonden. En hier zit ik dan, en wat wordt er van mij verwacht? Dat ik op magische wijze de creatieve crisis die hij doormaakt oplos, terwijl ik niet bezwijk onder het gewicht van de verwachtingen die ze op mij hebben afgeschoven? Zeker. Helemaal prima. Ik red de dag wel even als een soort redactionele superheld.'

'Dat red je wel, dat doe je altijd.'

'Danny, ik meen het. De man is een bestsellerauteur. Zijn boeken worden verfilmd. Er zijn fanaccounts gewijd aan zijn personages. Vanavond is hij genomineerd voor een Rose Award. En zijn laatste werk is... verschrikkelijk.'

'Gaan we nu echt doen alsof je niet stiekem geniet van de chaos van het oplossen van andermans rotzooi? Want ik meen me te herinneren dat je ronduit uitgelaten werd van het volledig uit elkaar trekken van die laatste thriller.'

'Dat was anders.' Ik schud mijn hoofd. 'Dat was voor een midlist-auteur bij wie, om eerlijk te zijn, de basis in orde was. Dit is Rory fucking Keane. Hij is praktisch uitgefadel. En blijkbaar ben ik de gelukkige boer die de drol die hij heeft ingeleverd mag oppoetsen zodat hij zijn kroon kan blijven dragen.'

'Lara, liefje', zegt Danny en hij zet zijn mok met een theatraal gebaar neer, 'je bekijkt dit helemaal verkeerd.'

'O ja?', vraag ik met een opgetrokken wenkbrauw.

'Ja', zegt hij beslist. 'Kijk, ik snap het. Grote naam, hoge inzet, bla, bla, bla. Maar dit? Dit is jouw moment. Jouw *spotlight*. Jij mag *Rory Keane*, meneer de Internationale Romankoning, aanpakken en de wereld eraan herinneren waarom Lara Yates de redacteur is die iedereen in zijn hoek wil hebben.' Hij tikt voor de nadruk op de tafel. 'Jij poetst niet alleen drollen op, jij bouwt tronen. Dit is het project dat je carrière de stratosfeer in zal jagen.'

'Wauw.' Ik knipper met mijn ogen, ergens tussen geamuseerd en ongelovig in. 'Dat is misschien wel de meest dramatische peptalk die je me ooit hebt gegeven.'

'Dank je', zegt hij grijnzend. 'Maar serieus, hou op jezelf tekort te doen. Als iemand Rory Keane en zijn drollen aankan, dan ben jij het wel. Gebruik dit. Laat ze zien wat je in huis hebt. Sterker nog, laat *hem* zien wat je in huis hebt.'

'Dat', zeg ik en ik wuif hem weg, 'was bijna inspirerend.'

'Bijna?' Zijn wenkbrauwen schieten dramatisch omhoog. 'Liefje, ik doe niet aan *bijna*. Mijn peptalks zijn een TED Talk waardig. Geef het maar toe, je voelt je nu al gesterkt.'

'Gesterkt om weg te rennen en me te verstoppen? Zeker.' Ik trek me terug met een slok van mijn koffie en laat de bittere warmte me afleiden. 'Kijk, ik waardeer dat hele "hup-hup Lara"-riedeltje, maar laten we eerlijk zijn. Ik ben geen creatief genie. Ik heb geen visie of een stem. Ik ben maar een redacteur, een verheerlijkte spellingchecker die af en toe mensen vertelt dat hun plotwendingen waardeloos zijn.'

'Ah, ja, de bescheidenheidsact.' Danny rolt met zijn ogen.

'Ten eerste ben je niet "gewoon" iets. En ten tweede' – hij leunt naar voren en verlaagt zijn stem alsof we iets illegaals bekokstoven – 'heb je meer visie dan de helft van de schrijvers op wie je past. Denk maar niet dat ik die verhaalideeën vergeten ben die je eruit flapt na een paar glazen prosecco te veel.'

'Dat zijn geen... Ze zijn niets. Gewoon... ideeën. Woordkrabbels, eigenlijk. Niet genoeg om een hele roman mee te vullen.'

'Jaaa hoor,' zegt hij, terwijl hij het woord zo uitrekt alsof hij geen letter gelooft van wat ik zeg.

'Stop,' snauw ik, hoewel er geen echte boosheid achter zit. Vooral omdat hij de gevoelige snaar heeft geraakt.

'Oké, oké,' zegt hij, terwijl hij het menu als een schild omhooghoudt. 'Maar op een dag, let op mijn woorden, stop je met het redigeren van andermans "lang en gelukkig" en begin je met het schrijven van je eigen.'

'Vast niet,' zeg ik, hoewel mijn stem zo trilt dat ik ervan ineenkrimp.

Ik kijk op mijn telefoon en zucht. 'Ik moet terug naar kantoor. Ik moet nog een paar dingen afmaken voor de RNA Awards vanavond. Niet dat ik wil gaan.'

Danny fleurt op. 'Nee? Gratis wijn en overenthousiaste romanceauteurs zijn niet aanlokkelijk genoeg?'

Ik schud mijn hoofd. 'Ik zou liever aan het werk zijn. We hebben bijna geen tijd meer. En Rory zou met zijn neus in zijn manuscript moeten zitten, niet paraderen voor Bookstagrammers.'

Danny neuriet nadenkend en grijnst dan. 'Grappig. Je hebt het steeds over focus, en toch is hij op de een of andere manier het enige waar je aan denkt.'

Ik puf, sta op en pak mijn jas. 'Dag, Danny.'

Hij gooit lachend zijn handen in de lucht. 'Fijne avond! Of doe in ieder geval alsof.'

ZES

De champagne is lauw, de verlichting is agressief sfeervol en ik vraag me momenteel af of het ongepast zou zijn om de inhoud van mijn flûte in één keer achterover te slaan.

Ik ben namelijk bij de RNA Awards, het meest glamoureuze evenement van de branche waar iedereen elkaar op de schouders klopt, en waar romanauteurs, redacteuren en PR-teams in het Grosvenor House Hotel bijeenkomen om de allerbesten te vieren. En met 'vieren' bedoel ik flink drinken terwijl we doen alsof het ons niet kan schelen wie er wint.

Scott & Drake heeft een uitstekende tafel dicht bij het podium, wat betekent dat we *technisch gezien* belangrijk zijn. Het marketingteam zoemt van opwinding, half kijkend naar de andere tafels om te zien wie er is, half in hun hoofd de socialmediaberichten voor morgen opstellend: 'Gefeliciteerd aan onze eigen Rory Keane!'. Want laten we eerlijk zijn, hij gaat winnen.

En nu we het toch over hem hebben...

'O, kijk jou nou.' Rory schuift op de stoel naast me, met een geamuseerde uitdrukking. 'Juffrouw Yates, je straalt helemaal vanavond.'

Ik kijk op van mijn menukaart, een volkomen nutteloos document aangezien we allemaal weten dat dit soort evenementen voor negentig procent uit canapés en voor tien procent uit gebroken dromen bestaan.

'Jij bent ook goed opgedroogd,' antwoord ik. 'Een heuse smoking. Ik ben onder de indruk. Heeft iemand je daarin moeten worstelen, of heb je gewoon een weddenschap verloren?'

Hij grijnst en haalt een hand door zijn warrige haardos. Het sfeerlicht valt op de scherpe lijn van zijn kaak, en voor een kort, afschuwelijk moment realiseer ik me dat als ik niet zo door en door bekend was met zijn gekmakende persoonlijkheid, ik hem – objectief gezien – misschien wel aantrekkelijk zou vinden. Heel aantrekkelijk.

Gelukkig ben ik *wel* bekend met hem.

'Het is me helemaal zelf gelukt om me aan te kleden, zelfs het vlinderdasje. Een echte, moet je weten.' Hij grijnst.

Ik sla mijn armen over elkaar en bekijk hem met gespeelde bewondering. 'Ongelofelijk. Werkelijk baanbrekend. Hebben ze al gebeld om je titel van "hopeloos onverzorgde schrijver" in te trekken, of mag je die om sentimentele redenen houden?'

'Lid voor het leven, en je krijgt er echt een speldje bij. Ik heb het hier ergens.' Rory klopt op zijn zakken, in een poging het te vinden...

'Heel goed.' Ik zet mijn glas neer en kijk de balzaal rond. 'Vind je dit soort dingen leuk?'

'Alleen als ik win,' zegt hij luchtig. 'Niets zegt *objectieve artistieke verdienste* zo duidelijk als duizend mensen in galakleding die klappen voor het boek dat dit jaar het meeste geld heeft opgebracht.'

Ik proest het uit. 'Ik wed dat je een hele speech hebt voorbereid en zo.'

'Tja,' hij leunt naar voren, zijn stem warm van ondeugd, 'we willen de fans toch niet teleurstellen, hè?'

Ik rol met mijn ogen, maar er is iets in de manier waarop hij naar me kijkt – lichte geamuseerdheid vermengd met iets anders wat ik niet kan thuisbrengen.

Voordat ik kan uitvinden wat het is, gaat Rory weer rechtop zitten en kijkt naar de ingang. 'Ik ga even een rondje maken voordat het allemaal begint,' kondigt hij aan en schuift zijn stoel naar achteren. 'Probeer me niet te erg te missen.'

Ik houd mijn hoofd schuin. 'Ik zal mijn best doen.'

En daarmee verdwijnt hij in de menigte.

Zodra hij weg is, richt ik mijn aandacht weer op mijn champagne en probeer ik een normaal, functionerend volwassen persoon te zijn door beleefdheden uit te wisselen met het PR-team, dat volledig uit nieuwkomers bestaat die, zo te zien, een jaar of veertien zijn.

Totdat mijn blik aan hem blijft haken aan de andere kant van de balzaal.

Of specifieker, aan met wie hij praat.

Op het eerste gezicht is het niets ongewoons: gewoon Rory, een en al charme en gemak, die een praatje maakt met een jonge vrouw aan een van de tafels van een rivaliserende uitgeverij.

Maar dan...

Dan zie ik haar lachen, met haar hand op zijn arm en vol bewondering in haar grote ogen.

Ah.

Ik weet precies wie ze is.

Alice Morgan. De debuterende dark romance-schrijfster. Een virale sensatie. Haar boek, een vunzige, dramatische TikTok-lieveling, is genomineerd voor Debuutroman van het Jaar. Iedere hoge pief in de branche wil haar binnenhalen. Inclusief, zo te zien, Rory Keane.

Ik kijk weg. Want dit? Dit zijn mijn zaken niet.

Hij is een bestsellerauteur. Hij mag flirten met wie hij wil.

En toch...

Voel ik een klein, irritant steekje in mijn maag.

Het is geen jaloezie. Natuurlijk niet. Het is gewoon... het is onprofessioneel. Dat is alles.

Hij zou hier moeten zijn, aan de tafel van zijn eigen uitgeverij. Niet daarginds, zijn kuiltjes latend zien aan de concurrentie.

Ik richt mijn aandacht weer doelbewust op mijn tafel. Het PR-team van Scott & Drake praat over verkoopcijfers, zich totaal niet bewust van mijn plotselinge en *volkomen onterechte* irritatie.

De lichten dimmen, wat het begin van de ceremonie aankondigt. Ik kijk nog een laatste keer achterom.

Rory is daar nog steeds.

En wanneer de presentator ons welkom heet bij de Romantic

Novelists' Association Awards, wanneer iedereen zich klaarmaakt om te kijken, wanneer hij terug had kunnen komen om naast me te zitten...

Doet hij dat niet.

Hij blijft.

Pal naast haar.

Ik neem een slokje van mijn champagne en doe alsof het me niets kan schelen.

Op het moment dat Rory's naam wordt omgeroepen als de winnaar van Roman van het Jaar, barst de zaal in applaus uit.

Ik klap, natuurlijk, want tja, dat is wat je doet, en dit is goed voor Scott & Drake, maar mijn gezichtsuitdrukking is volkomen neutraal.

Rory laat ondertussen zijn kenmerkende grijns zien terwijl hij opstaat. En ja hoor, de debuterende schrijfster naast hem straalt praktisch van bewondering en geeft hem een enthousiaste, langdurige knuffel voordat hij naar het podium loopt.

Natuurlijk doet ze dat.

Ik neem een slokje van mijn champagne. Absoluut niet geïrriteerd.

De toespraak is typisch Rory: charmant, bescheiden en precies de juiste dosis oprechtheid. Hij bedankt zijn lezers, zijn agent, zijn redacteuren (meervoud, natuurlijk, iets waar ik opzettelijk niet te veel bij stilsta), en eindigt dan met een grootse opmerking over hoe liefdesverhalen ons samenbrengen.

Het publiek smult ervan.

Dan, met de prijs in de hand, komt hij eindelijk terug naar onze tafel.

Naar mij.

Het team overlaadt hem met felicitaties als hij ons bereikt, iedereen wil graag meedelen in de glorie van een overwinning. Ik kom niet uit mijn stoel, mijn armen losjes over elkaar, mijn glas champagne nog halfvol.

'Meervoudig bekroonde auteur Rory Keane,' zegt hij, en hij kantelt zijn trofee een beetje naar me toe, met een plagende ondertoon in zijn stem. 'Ik denk dat ik wel kan zeggen dat ik fan ben van dit soort evenementen.'

'Natuurlijk ben je dat,' zeg ik droog.

Hij grijnst alsof hij verwacht dat ik ga slijmen of ophef maak of – God verhoede het – onder de indruk kijk.

In plaats daarvan trek ik een wenkbrauw op.

'Fijn dat je weer bij ons bent,' zeg ik gladjes, en ik gebaar vaag naar de tafel waar hij het grootste deel van de ceremonie heeft gezeten. 'Ik wist niet dat Scott & Drake slechts een tussenstop was op je sociale agenda.'

De warmte in zijn ogen flikkert.

Ah. Die is aangekomen. Goed.

Hij herstelt zich natuurlijk snel – hij is tenslotte Rory Keane, charmeur van beroep – maar ik ken het verschil tussen zijn oprechte en ingestudeerde glimlach.

Deze? Een beetje geforceerd.

'Kom op, Yates,' zegt hij luchtig, terwijl hij de trofee in zijn hand rechtzet. 'Ik had je niet ingeschat als het jaloerse type.'

Ik knipper met mijn ogen. 'Jaloers?'

Hij buigt iets naar voren, zijn stem net zacht genoeg dat alleen ik het kan horen. 'Want als je dat bent, is dat heel interessant.'

Ik snoof. Want snuiven is waardig.

'Rory,' zeg ik op een afgemeten toon. 'Het kan me niet schelen waar je zit.'

'Juist,' knikt hij langzaam. 'En daarom begin je erover.'

'Ik begin erover,' zeg ik, 'omdat het er niet goed uitziet als een auteur zijn eigen uitgever negeert op de belangrijkste avond van het jaar voor de branche. Geen geweldige pr-zet.'

Hij kijkt me aan, zijn groene ogen onleesbaar.

Dan, net als ik denk dat ik deze strijd, wat het ook is, heb gewonnen, krullen zijn lippen zich in een veelbetekenende grijns.

'Je denkt dat ze met me aan het flirten was,' zegt hij.

Ik verstijf. De klootzak geniet hiervan.

'Ze wás met je aan het flirten,' antwoord ik vlak.

Hij houdt zijn hoofd schuin. 'Was ze dat?'

Ik geef hem een boze blik. 'O, doe niet zo onnozel, Rory. De hand op de arm, het hijgerige gelach, de smachtende blikken als van een reekalf – een schoolvoorbeeld.'

Zijn grijns wordt breder. 'En dat is je allemaal opgevallen?'

Mijn kaken spannen zich aan. Hij is onmogelijk.

'Ontspan,' zegt hij ten slotte, de geamuseerde klank nog steeds duidelijk hoorbaar in zijn stem. 'Ze valt niet op mij.'

'O, alsjeblieft.'

'Ze is getrouwd.'

Dat brengt me tot stilstand.

'Met een leuke vrouw genaamd Jessica, die toevallig calculator is.'

Ik knipper met mijn ogen.

Hij buigt weer naar voren, zijn stem nu zachter, zonder het plagende randje. 'Ze is een van mijn schrijvers. Ik ben vier jaar geleden een online schrijfgroep voor romantische verhalen begonnen, en zij was een van mijn eerste cursisten. Ik wilde haar vanavond gewoon steunen.'

Er trekt iets samen in mijn borst.

Voor een heel kort, vluchtig moment, voel ik me –

O, nee. Absoluut niet.

Ik weiger het onwelkome gevoel dat naar binnen sluipt te erkennen.

In plaats daarvan pers ik er een nonchalante schouderophaling uit. 'Nou. Goed voor haar.'

Hij kijkt me nog een seconde aan – alsof hij besluit of hij erop door moet gaan of niet – maar dan laat hij het los en gooit plotseling het roer om.

'Weet je wat dit evenement niet heeft?' zegt hij, terwijl hij zijn prijs iets optilt. 'Fatsoenlijk eten.'

Ik puf. 'Eens. Het is een ceremonie van drie uur en het enige wat ze ons hebben gevoerd, is een triest, flinterdun plakje rundvlees, twee geroosterde aardappels zo groot als radijsjes en een lepel jus.'

Zijn grijns keert terug, maar dit keer is hij zachter. 'Laten we iets gaan eten.'

Ik trek een wenkbrauw op. 'Vraag je me weer mee uit, Keane?'

'Nee.' Hij grijnst. 'Geen date. Gewoon twee collega's die

samen lijden aan uithongering door canapés, en die een maaltijd gaan eten.'

Ik aarzel.

Dan, voordat ik er te veel over na kan denken, knik ik. 'Prima.'

Want het is geen date.

Het is gewoon eten.

En ik ben uitgehongerd.

Rory kiest een café dat tot laat open is, twee straten verderop, het soort plek dat na middernacht openblijft voor taxichauffeurs en toeristen met een jetlag. Het is een en al tl-verlichting, formica aanrechtbladen en het vage gebonk van housemuziek die ergens op de achtergrond speelt.

Ik houd mezelf voor dat de locatie niet belangrijk is.

Want het is *geen* date.

De serveerster brengt ons naar een rustig tafeltje in de hoek, en op het moment dat ik ga zitten, voel ik het – de *allerkleinste* verschuiving in de lucht tussen ons. Misschien is het gewoon het contrast tussen de luidruchtige, door champagne gevoede chaos van de RNA Awards en de relatieve rust van het restaurant. Misschien komt het doordat ik eindelijk zit na uren op te hoge hakken. Misschien is het niets.

Maar Rory kijkt me aan terwijl ik mijn menukaart pak, zijn blik blijft hangen op een manier die ik niet helemaal kan negeren.

Ik schraap mijn keel, ik heb iets – *wat dan ook* – nodig om de vreemde spanning die binnensluipt te doorbreken. 'Als je ook maar *insinueert* iets te bestellen met minder dan duizend calorieën, dan stap ik op.'

Hij laat een zacht lachje horen en bekijkt de kaart. 'Zou er niet aan denken. Ik denk aan biefstuk. Friet. Misschien een portie uienringen erbij. Iets wat daadwerkelijk *doorgaat* voor een maaltijd.'

Ik knik goedkeurend. 'Goede keus.'

De serveerster komt terug, neemt onze bestelling op en laat een kan water en twee glazen op tafel achter. Ik schenk voor ons beiden in, gewoon om iets te doen te hebben.

'Dus,' zegt Rory, terwijl hij achteroverleunt in het leren bankje. 'Je gaat het echt niet toegeven?'

Ik kijk op. '*Wat* toegeven?'

'Dat je een heel klein beetje jaloers was.'

Ik maak een geluid achter in mijn keel – ergens tussen een snuif en een kreun. 'Rory.'

'Wat? Het is een eenvoudige vraag.'

'*En een belachelijke.*'

Hij grijnst. 'Je was geïrriteerd.'

Ik neem langzaam een slokje van mijn water. 'Ik was *verveeld.*'

'Je *keek* boos.'

'Ik zat te *wachten* tot de ceremonie begon.'

Hij neuriet, duidelijk niet overtuigd, maar laat het rusten.

De serveerster brengt ons eten – gelukkig snel – en een tijdje eten we in betrekkelijke stilte. Het is... *fijn*, eigenlijk. Ik had me niet gerealiseerd hoe hongerig ik was tot ik de eerste hap van mijn biefstuk nam, en ik doe niet eens de moeite om anders te doen.

Rory merkt het op.

'Je kijkt *erg* serieus naar die maaltijd', merkt hij geamuseerd op.

Ik wijs met mijn mes naar hem. 'Ik heb net drie uur verplichte praatjes in de boekenwereld doorstaan, terwijl onze sterauteur met onze grootste concurrent stond te flirten. Ik *verdien* deze maaltijd.'

Hij grinnikt en snijdt in zijn eigen biefstuk. 'Niet aan het flirten.'

'Dat *blijf* je zeggen.'

Zijn blik schiet weer naar me toe, zachter nu. 'Ik praat sowieso liever met jou.'

Het is zo'n simpele opmerking. Bijna *achteloos*. Maar het *raakt* iets wat het niet zou moeten, en stuurt een golfje van warmte door me heen.

Ik beweeg wat op mijn stoel en probeer mijn hartslag tot bedaren te brengen. 'Nou. Beschouw het maar als een voorrecht, veelvuldig bekroonde auteur Rory Keane.'

'O, dat doe ik zeker', zegt hij luchtig.

En zomaar, van het een op het andere moment, loopt het gesprek vanzelf.

We praten over het evenement, over de branche, over de laatste roddels in de uitgeverswereld. Hij vertelt me over de eerste keer dat hij jaren geleden werd uitgenodigd en hoe *doodsbang* hij was om een kamer vol auteurs die hij bewonderde binnen te lopen. Ik deel een bijzonder tenenkrommende anekdote over de keer dat ik per ongeluk een *debuterende* auteur aan iemand voorstelde als een *overleden* auteur.

'Ter mijn verdediging', zeg ik, 'zijn naam *leek* heel erg op die van een dichter uit de negentiende eeuw.'

Rory lacht – *echt* lachen – zo hard dat hij zijn vork moet neerleggen, en ik merk dat ik *glimlach* voordat ik me er zelfs maar bewust van ben.

Het is makkelijk.

Het is *te* makkelijk.

En dat is precies waarom er, wanneer de borden worden afgeruimd en de rekening komt, plotseling een *kriebel* in mijn achterhoofd ontstaat. Een *waarschuwingsbelletje*, zacht maar dwingend.

Rory leunt iets naar voren, met zijn ellebogen op tafel. 'Dus?'

Ik knipper met mijn ogen. 'Dus... wat?'

'Ga je het zeggen?'

Ik frons. '*Wat* zeggen?'

'Dat dit *voelde* als een date.'

Ik schud mijn vinger. 'Het *was* geen date.'

'Maar het *voelde* wel zo', dringt hij aan.

Ik rol met mijn ogen. 'Je bent onuitstaanbaar.'

Hij grijnst. 'En toch zit je hier nog.'

Geen date, herinner ik mezelf. Gewoon eten. Alleen maar een maaltijd tussen collega's.

En toch...

Ik kan het gevoel niet helemaal van me afschudden dat er *iets* is veranderd.

De nachtlucht is fris als we het restaurant uit stappen, een welkome verademing na de warmte van de brasserie. De straten zijn nu rustiger, op een enkele voorbijzoevende taxi en het vage geroezemoes van late gesprekken uit nabijgelegen cafés na. Ik sla mijn jas strakker om me heen, in de hoop dat de frisse lucht mijn hoofd kan leegmaken.

Rory steekt zijn handen in zijn zakken en loopt op een ontspannen tempo naast me. Voor de verandering vult hij de stilte niet met plagende opmerkingen of zelfvoldane observaties, en ik weet niet of dat dit moment beter of slechter maakt.

Ik werp een snelle blik op hem. Hij heeft weer die blik – degene die suggereert dat hij ergens over *nadacht*. Een *nadenkende* Rory Keane is gevaarlijk.

Ik houd mijn stem neutraal. 'Je bent verdacht stil.'

Hij laat een zachte lach ontsnappen. 'Ik geniet gewoon van het moment.'

Ik knijp mijn ogen tot spleetjes. 'Leugenaar.'

'Oké.' Hij kantelt zijn hoofd, peinzend. 'Ik dacht aan iets wat je eerder zei.'

'O, God', kreun ik. 'Wat nu weer?'

Hij stopt met lopen en draait zich een beetje naar me toe. 'Aan tafel, toen je zei dat je die maaltijd *verdiende*.'

Ik frons, overrompeld. 'Wat is daarmee?'

'Je zei dat je de hele avond had toegekeken hoe ik me al flirtend door de zaal bewoog.' Hij pauzeert, zijn ogen onderzoeken de mijne. 'Stoorde het je echt?'

'Ik zei je toch, het geeft de verkeerde indruk aan de branche.'

'Daar heb ik het niet over.'

Ik wiebel op mijn voeten, mijn hartslag plotseling *te* luid in mijn oren. 'Ik was niet echt *gestoord*. Het was...' Ik maak een vaag handgebaar, om tijd te rekken. 'Anderen hadden het kunnen zien als een signaal dat je niet tevreden bent met je huidige uitgever. Wees niet verbaasd als je morgen een telefoontje van je agent krijgt met een paar aanbiedingen van geïnteresseerde partijen.'

Hij mompelt, niet overtuigd. 'Juist. *Geïnteresseerde partijen*.'

Ik zucht, geërgerd. 'Rory.'

Zijn lippen trillen. 'Je *was* wel geïrriteerd.'

Ik sla mijn armen over elkaar. 'Je liet je team in de steek om bij iemand anders te gaan zitten.'

'Voor vijf minuten', weerlegt hij en stapt dichterbij. 'En laten we eerlijk zijn – dit gaat niet over Scott & Drake, hè?'

Ik geef geen antwoord.

Omdat ik het niet *kan*.

Omdat ik het *niet weet*.

Hij kijkt me aan, wachtend.

En plotseling *haat* ik hem hierom. Omdat hij altijd tussen de regels door leest. Omdat hij altijd blijft duwen, stoken, irriteren tot ik het noorden kwijt ben.

Ik kijk weg en dwing mijn stem om luchtig en afstandelijk te klinken. 'Het maakt niet uit.'

Maar diep vanbinnen doet het dat wel.

Dit is niet *zomaar* een luchtig gesprek. Het is niet *zomaar* een vriendschappelijk plagerijtje.

Het is een langzaam, gevaarlijk afglijden naar iets compleet anders.

En plotseling maak ik me zorgen. Als hij me echt mee uit vraagt... weet ik niet zeker wat mijn antwoord zal zijn.

ZEVEN

Ik zou graag een hartig woordje willen spreken met de sadist die het een goed idee vond om een prijsuitreiking op een doordeweekse avond te organiseren.

Tegen de tijd dat ik de conferentieruimte bereik, heb ik mezelf ervan weten te overtuigen dat wat er gisteravond gebeurde gewoon twee collega's waren die van elkaars gezelschap genoten. Of, op zijn minst, ben ik met mezelf overeengekomen om alle gedachten die het tegendeel beweren in een keurig doosje te stoppen met het etiket *Niet openen tot na publicatie.*

De bonzende kater laat zich echter niet zo makkelijk in een doosje stoppen en ploft in plaats daarvan neer in de comfortabele stoel net boven mijn linkeroogkas, waarmee hij duidelijk maakt dat hij van plan is te blijven en dat het voor alle betrokkenen beter zou zijn als ik maar gewoon aan dat idee wen.

Ik zet mijn bril recht, strijk mijn jasje glad en haal diep adem voordat ik naar binnen stap.

En daar is hij. Rory Keane. Winnaar van de prijs Roman van het Jaar. De man die liefdesverhalen schrijft waar volwassen vrouwen van moeten huilen. Als zelfvertrouwen geld was, zou hij miljardair zijn.

'Goedemorgen,' zeg ik en dwing mijn stem in een toon die iets wegheeft van professionele neutraliteit.

'Morgen,' antwoordt Rory, zijn stem warm en zacht, alsof hij auditie doet voor een koffiereclame. 'Ik wist niet helemaal zeker of je terug zou komen.'

'Nou,' zeg ik, terwijl ik mijn laptop op tafel zet en mijn bewegingen vlot houd, 'de waarheid is dat ik hier alleen maar ben omdat iemand me ervoor betaalt.'

Zijn grijns wordt breder, totaal niet onder de indruk van de sneer. Natuurlijk is hij dat niet. Rory Keane is in zijn leven waarschijnlijk nog nooit een situatie tegengekomen waarin charme niet onmiddellijk elke spanning neutraliseerde.

'Laat me raden,' zegt hij, 'je hebt alle aantekeningen van gisteren al samengevat in een lijst met opsommingstekens van alles wat ik moet aanpassen, nietwaar?'

Ik knik.

'En daar wil je dat we ons vandaag op focussen, maar een klein deel van je kan maar niet stoppen met denken aan onze deal.'

'Je hebt het zo mis. Nou ja, niet over de opsommingstekens. Daar heb ik er genoeg van,' antwoord ik en beantwoord zijn blik met een vaste blik van mezelf. 'Dus, als we klaar zijn met het geklets, stel ik voor dat we meteen aan de slag gaan.'

'Ik kan niet wachten,' zegt hij, zijn ogen fonkelend van vermaak.

Ik ga zitten, vastbesloten om vast te houden aan het laatste restje autoriteit dat ik kan opbrengen. Dit is gewoon weer een vergadering, houd ik mezelf voor. Weer een project. Weer een cliënt. Het maakt niet uit dat hij bijna overloopt van charisma, of dat meer dan een klein deel van mij dacht, *wat als...* Het helpt echt niet dat Danny's woorden over tronen en koningen, en, eerlijk gezegd, opgewreven drollen, nog steeds door mijn hoofd spoken. Wat ertoe doet, is professionaliteit. Controle. Afstand.

'Zullen we beginnen?' vraag ik, terwijl ik mijn laptop openklap en opzettelijk niet naar zijn irritant perfecte glimlach kijk.

'Absoluut,' zegt Rory, zijn toon even oneerbiedig als altijd. 'Het zit zo, Lara. Ik heb een voorstel.'

De manier waarop hij 'voorstel' zegt, geeft me de neiging om mijn ogen zo ver naar achteren te rollen dat ik mijn eigen hersens zou kunnen zien. In plaats daarvan zet ik mijn bril recht en geef ik hem de soort lege blik die mindere auteurs ertoe heeft aangezet om hele hoofdstukken te herschrijven.

'Een voorstel,' herhaal ik vlak. 'Wat onheilspellend.'

'Niet onheilspellend. Geïnspireerd.' Hij gaat rechtop zitten en trommelt zachtjes met zijn vingers op de tafel. 'Ik heb je hulp nodig met wat research.'

'Waarvoor? Een nieuw boek? Of ben je nu van plan een carrièreswitch te maken naar de onderzoeksjournalistiek?'

'Grappig,' zegt hij en schenkt me nog een oogverblindende glimlach. 'Nee, het is voor *dit* boek. Het boek dat je nu redigeert met het enthousiasme van iemand die zonder handleiding een IKEA-kast in elkaar moet zetten.'

'Redigeren is mijn werk,' antwoord ik koeltjes en negeer de sneer. 'En ik ben er toevallig erg goed in.'

'Natuurlijk ben je dat,' zegt hij, 'maar dit gaat niet over redigeren. Het gaat over authenticiteit. Over het verhaal naar een hoger niveau tillen. De personages. De romantiek.'

'Precies, want God mag weten dat wat dit boek momenteel mist, authenticiteit is.'

'Precies!' Hij knipt met zijn vingers. 'En daarom wil ik dat je met me op date gaat.'

Ik knipper met mijn ogen. 'Pardon?'

'Een date,' herhaalt hij, alsof dit het meest redelijke voorstel ter wereld is. 'Je weet wel, voor research.'

'Research?'

'Ja. Research.' Hij leunt weer naar voren, zo dichtbij dat ik de vage geur van zijn eau de cologne opvang, iets warms, houtachtigs en tergend afleidends. 'Als ik overtuigend wil schrijven over verliefd worden, moet ik het ervaren. Of op z'n minst... doen alsof. En met wie kan ik dat beter faken dan met mijn briljante, meedogenloos eerlijke redacteur? Je houdt me met beide benen op de grond, zegt me wanneer ik belachelijk doe, en als bonus weet je al hoe je elk van mijn gebreken moet fileren. Het is perfect.'

'Perfect,' herhaal ik, mijn stem doordrenkt met scepsis. 'Behalve het deel waar het niet gaat gebeuren.'

'Waarom niet?' vraagt hij, totaal niet van zijn stuk gebracht door mijn reactie. 'Je hoeft het niet eens een date te noemen als je je daar beter bij voelt. We kunnen het... een excursie noemen.'

'Rory,' zeg ik en knijp in de brug van mijn neus. 'Dit is belachelijk, zelfs voor jou.'

'Is dat zo?' werpt hij tegen, zijn uitdrukking plotseling serieus op een manier die me overrompelt. 'Denk er eens over na, Lara. Hoe kan ik schrijven over liefde, echte, rommelige, gecompliceerde liefde, als ik mezelf er niet in onderdompel? Als ik geen risico's neem? Is dat niet wat we schrijvers altijd vertellen? Schrijf wat je kent?'

'Ja, maar over het algemeen bedoelen we niet: "Ga je redacteur lastigvallen om een rollenspel te spelen waarin jullie een date hebben, voor de lol en de winst."'

'Kom op nou', dringt hij aan, en zijn grijns keert terug als hij het kleinste barstje in mijn vastberadenheid bespeurt. 'Het wordt een professioneel uitje. Net als gisteravond. Niets meer dan dat. Gewoon twee collega's die samen eten – of koffiedrinken, of wat je maar wilt – en over de liefde praten. Puur voor onderzoek.'

'Hoor je jezelf wel praten? Hoor je wel hoe absurd dit klinkt?'

'Misschien. Maar dat is de liefde ook, vind je niet? En is dat niet precies wat we proberen te vangen? Het absurde. Het onvoorspelbare. De... chemie.'

'Chemie', snuif ik, hoewel het woord langer dan zou moeten ergens in mijn achterhoofd blijft hangen.

'Precies', zegt hij, terwijl hij zijn stem net genoeg laat zakken zodat het voelt als een geheim dat alleen voor mij bestemd is. 'Dus, wat zeg je ervan?'

'Ik zeg dat je je aanpak voor creatieve inspiratie moet herzien', antwoord ik. Mijn antwoorden voelen vreemd genoeg zwak onder het gewicht van zijn blik, en ik haat het. Ik haat de manier waarop het hem op de een of andere manier lukt om zelfs de meest belachelijke ideeën bijna aannemelijk te laten klinken. Bijna.

'Denk er maar over na', zegt hij. 'Geen druk. Geen verwachtingen. Gewoon een experiment. Omwille van een geweldig verhaal.'

'Vooruit. Eén drankje', zeg ik, en de woorden verlaten mijn mond nog voordat ik het verraad van mijn eigen stem volledig heb verwerkt. 'Maar puur professioneel. Voor het boek en verder niets. Het is absoluut geen date, dus geen gekkigheid.'

Rory's grijns wordt breder, langzaam en zelfvoldaan, alsof hij zojuist een weddenschap heeft gewonnen waar niemand anders van wist. 'Gekkigheid? Ik?'

'Ik meen het, Rory', snauw ik, terwijl ik ter benadrukking een vinger zijn kant op steek. 'Dit is voor onderzoek. *Jouw* onderzoek. Denk maar geen seconde dat dit – wat dit ook is – meer betekent dan dat.'

'Strikt professioneel. Als twee collega's die... een meeslepende creatieve ervaring delen.'

'Je klinkt als een pretentieuze brochure van de kunstacademie.'

'Hé, ik maak de regels niet', zegt hij schouderophalend, terwijl hij zijn jas van de rugleuning van de stoel pakt. 'Ik volg gewoon waar de inspiratie me leidt. Kom op, het is vrijdagavond. We beginnen meteen.'

De bar die hij uitkiest is tergend charmant, met overal warme verlichting en vintage houten accenten. Het is het soort plek dat zowel intiem als ongedwongen aanvoelt, met zacht zoemende jazz op de achtergrond en flikkerende kaarsen op elke tafel. Natuurlijk zou Rory een omgeving kiezen die rechtstreeks uit een Nicholas Sparks-verfilming is gerukt.

'Laat me raden,' zeg ik terwijl we in een hoekbankje glijden, 'je neemt al je "onderzoeksprojecten" hier mee naartoe?'

'Alleen de speciale', antwoordt hij gladjes.

'Wat een geluk voor mij', zeg ik vlak, terwijl ik de menukaart pak. Ik bestudeer hem en concentreer me op de kleine lettertjes alsof daarin de sleutel ligt om deze avond met behoud van mijn waardigheid te overleven.

'Maak je geen zorgen', zegt hij. 'Ik beloof dat ik niet bijt. Tenzij het voor de authenticiteit is natuurlijk.'

Ik laat de kaart net genoeg zakken om hem eroverheen boos

aan te kijken. 'Praat je altijd zo, of alleen als je me probeert te irriteren?'

'Ik zou er niet aan denken je te irriteren', zegt hij op een toon die druipt van de gespeelde oprechtheid. 'Je bent mijn redacteur. Mijn creatieve partner. Mijn muze.'

'Stop', kreun ik, terwijl ik de kaart nu helemaal neerleg, want lezen is duidelijk onmogelijk met hem daar, er zo verdomd tevreden met zichzelf uitziend. 'Als je me nog één keer je "muze" noemt, loop ik hier weg en dan schrijf jij je boek zonder enige redactionele ondersteuning.'

'Oké, geen "muze" meer. Wat dacht je van medewerker? Medeplichtige? Partner in crime?'

'Wat dacht je van "iemand die er nu al spijt van heeft hier te zijn"?' kaats ik terug, terwijl ik mijn armen over mijn borst vouw.

'Nou, nou', zegt hij, terwijl hij zijn glas whisky omhoog houdt – het glas dat hij op de een of andere manier heeft weten te bestellen terwijl ik druk bezig was met foeteren. 'Laten we proosten op nieuwe ervaringen. Op een geweldig verhaal. En op jou, Lara Yates, omdat je een gok waagt met een gek idee.'

'Trek je geluk niet te ver door', waarschuw ik, hoewel ik met tegenzin mijn waterglas optil om het zijne aan te tikken. Onze glazen klinken zachtjes tegen elkaar, en heel even ligt er iets bijna… oprechts in de manier waarop hij me aankijkt. Bijna.

'Op ons', zegt hij, en zijn stem is nu lager, zachter, alsof hij net genoeg van dat laagje charme afpelt om er iets echters onder te onthullen.

'Op het boek', verbeter ik hem snel, waarmee ik de vreemde betovering die tussen ons is ontstaan, verbreek. Ik neem nog een slok water en negeer de warmte die in mijn nek opkruipt, terwijl ik mezelf er – opnieuw – aan herinner dat dit puur zakelijk is.

'Juist, het boek.'

'Precies', antwoord ik ferm, en ik dwing mezelf om me weer op de taak te concentreren. 'En aangezien dit voor het boek is, laten we dan maar meteen ter zake komen. Wat hoop je nu precies te bereiken met dit experimentje?'

'Ik zei het je al. Authenticiteit', antwoordt hij onmiddellijk. 'Ik wil personages schrijven die echt aanvoelen. Die mensen hier raken' – hij tikt op zijn borst – 'en niet alleen hier' – hij tikt op zijn slaap.

'Dat is geweldig', zeg ik, langzaam knikkend. 'Maar je beseft dat ik een redacteur ben en geen method-acteur, hè? Je hebt mij hier niet voor nodig.'

'Ah, maar daar vergis je je in', zegt hij. 'Want jij, Lara, bent de eerlijkste persoon die ik ken. Brutaal eerlijk zelfs. Als ik jou kan overtuigen, kan ik iedereen overtuigen.'

'Me overtuigen waarvan?' vraag ik, terwijl ik een wenkbrauw optrek.

'Dat de liefde, in al haar absurditeit, het waard is om in te geloven.'

Even geef ik geen antwoord. Want ondanks al zijn bravoure en slimme woordspelletjes, ligt er iets verrassend serieus in zijn uitdrukking. Iets wat het moeilijk maakt om hem zomaar af te wimpelen.

'Succes daarmee', zeg ik uiteindelijk, en ik weiger mijn verdediging verder te laten zakken. 'Je zult flink je best moeten doen om mij te overtuigen.'

'Uitdaging aanvaard', antwoordt hij, en zijn grijns keert in volle kracht terug. 'Zeg eens, ben je een fan van livemuziek? Want ik hoor dat er binnenkort een behoorlijk fantastische band begint te spelen...'

En zomaar verschuift het moment weer – terug naar het geklets, terug naar de veiligheid van onze gebruikelijke dynamiek.

De band is luider dan ik had verwacht. Niet overweldigend, maar net genoeg om het moeilijker te maken me te concentreren. De gezellige bar die Rory heeft uitgekozen – *de perfecte sfeer voor onderzoek*, zoals hij het omschreef – heeft alle kenmerken van een plek die trots is op zijn charme: onbedekte bakstenen muren, gedimd licht en de vage vanillegeur die opstijgt van kaarsen die op elke tafel verspreid staan. Het is ontworpen om te ontwapenen, te verleiden, en ik begin te denken dat Rory precies wist wat hij deed toen hij deze plek uitkoos.

'Oké, we zijn hier nu twee uur en ik snap nog steeds niet hoe dit als "onderzoek" kan doorgaan.'

'Je hebt het naar je zin. Geef het maar toe.'

'Naar mijn zin is niet bepaald het woord dat ik zou gebruiken.'

'Hoe *zou* je dit dan noemen? Pure kwelling? Lichte irritatie? Of' – zijn grijns wordt breder – 'een leuke tijd met tegenzin?'

'Ergens tussen lichte irritatie en een leuke tijd met tegenzin,' zeg ik droog. 'Met de nadruk op de irritatie.'

Hij heft zijn glas. 'Op lichtelijk irritant zijn, dan.'

Ik rol met mijn ogen, maar hef mijn glas – nu een gin-tonic, want ik heb iets fris en afleidends nodig – om het zachtjes tegen het zijne te tikken. 'Op jouw ongeëvenaarde vermogen om mijn geduld op de proef te stellen.'

'*Sláinte,*' zegt hij lachend, terwijl zijn blik net een tel te lang blijft hangen voordat hij nog een slok neemt.

En daar is het weer – die verschuiving. Subtiel maar onmiskenbaar, zoals het moment waarop je je realiseert dat het tij is gekeerd en je niet langer op vaste grond staat. Ik kijk weg, doe alsof ik gefascineerd ben door de flakkerende kaars tussen ons in, maar mijn gedachten raken plotseling in de knoop, weerbarstig.

De band begint aan een nieuw nummer, een langzame, soulvolle melodie die de ruimte tussen ons vult. Even zegt geen van beiden iets. Rory schuift iets dichterbij, zijn arm strijkt langs de mijne terwijl hij zijn elleboog op de rand van de tafel laat rusten.

'Mag ik je iets vertellen?' vraagt hij, zijn stem zo zacht dat het voelt alsof hij alleen voor mij bedoeld is.

'Dat hangt ervan af,' zeg ik, terwijl ik mijn toon nonchalant probeer te houden. 'Komt er weer een verkooppraatje over waarom ik in de liefde zou moeten geloven?'

'Misschien,' zegt hij, terwijl zijn lippen in die gekmakende halve glimlach krullen. 'Of misschien is het gewoon een observatie.'

'Ga je gang dan maar,' zeg ik, ook al weet ik niet helemaal zeker of ik dat wel wil.

'Je onderschat jezelf,' zegt hij simpelweg.

De woorden overrompelen me – niet omdat ze bijzonder diepzinnig zijn, maar door de manier waarop hij ze zegt, alsof het een onbetwistbaar feit is.

'Rory...' begin ik, maar welk weerwoord ik ook naar hem wilde gooien, het sterft op mijn lippen.

'Gewoon iets om over na te denken,' zegt hij, zijn blik vast en onwankelbaar.

De afstand tussen ons voelt nu onmogelijk klein, de grenzen tussen professioneel en persoonlijk vervagen op een manier die me de adem beneemt. Ik zou me moeten terugtrekken, de grenzen herstellen die ik zo hard heb proberen te bewaken, maar om de een of andere reden doe ik het niet.

'Pas op,' zeg ik, en ik forceer een grijns om de plotselinge kwetsbaarheid die dreigt boven te komen te verbergen. 'Je begint oprecht te klinken.'

'Wie zegt dat ik dat niet ben?' Zijn glimlach wordt zachter, en voor een keer is er geen spoor van plagerij in zijn uitdrukking. Alleen stille, onverbloemde intensiteit.

Het nummer wordt levendiger, wat de betovering verbreekt, en ik grijp de kans om achterover te leunen, waardoor er een klein beetje ruimte tussen ons ontstaat.

'Nou,' zeg ik en ik schraap mijn keel. 'Als dit is wat jij onderzoek noemt, denk ik dat je je methoden misschien moet heroverwegen.'

'Alleen als je belooft me te helpen,' zegt hij, zijn toon weer licht, hoewel zijn ogen die verontrustende focus niet hebben verloren.

'Laten we niet op de zaken vooruitlopen,' antwoord ik, weigerend om mijn verdediging nog verder te laten zakken. Maar zelfs terwijl ik het gesprek terugstuur naar veiligere onderwerpen, kan ik het gevoel niet van me afschudden dat er iets onuitgesprokens tussen ons is verschoven – iets wat ik nog niet klaar ben om onder ogen te zien.

ACHT

De koele nachtlucht raakt me zodra we de bar uit stappen, een scherp contrast met de warmte binnen. De straat leeft; koplampen die op het natte wegdek reflecteren, het zachte geroezemoes van gesprekken dat zich vermengt met het af en toe getoeter van een auto. Mijn hakken tikken op de stoep, een gestaag ritme dat mijn aandacht vooruitgericht houdt en weg van de man aan mijn zijde.

"Pas op!" Rory's stem snijdt door het lawaai, net op het moment dat zijn hand zich om mijn pols klemt, stevig en verrassend.

De schok – zowel zijn aanraking als de plotselinge ruk – doet mijn hart op hol slaan terwijl ik een stap achteruit struikel en de wazige beweging voor me nauwelijks kan bevatten. Een fietser schiet voorbij, de banden sissen op het vochtige wegdek, zo dichtbij dat ik een flits van fluorescerend geel opvang.

"Probeer je overreden te worden of is dit een soort dramatische aftocht?"

"Laat los," snauw ik, meer uit reflex dan uit daadwerkelijke verontwaardiging. Maar dat doet hij niet. In ieder geval niet meteen.

Zijn vingers blijven om mijn pols geklemd, warm en stevig, en houden me op mijn plek alsof ik zonder toezicht opnieuw het verkeer in zou kunnen schieten. Ik ben me er veel te bewust van hoe de hartslag in mijn pols snel onder zijn grip klopt.

"Rustig maar," zegt hij, zijn duim strijkt lichtjes over mijn huid op een manier die... weloverwogen aanvoelt. "Ik ben niet van plan je te laten overrijden. Je bent veel te waardevol voor de uitgeverswereld."

"Waardevol?" Ik trek een wenkbrauw op en ruk mijn arm met meer kracht dan nodig terug. Zijn hand laat los, maar de schim van zijn aanraking blijft hangen als statische elektriciteit. "Je hebt duidelijk te veel gedronken als je nu met complimentjes begint te strooien."

"Ik zeg gewoon wat ik zie," zegt hij.

"Nou, probeer het de volgende keer dan zonder me vast te grijpen."

Ik doe een stap achteruit, maar het moment klampt zich aan me vast; zijn aanraking, zijn stem, die verdomde grijns. Mijn arm voelt kaal, bloot zonder zijn hand. Het is belachelijk. Ik heb eerder handen geschud met auteurs, collega's geknuffeld op kantoorfeestjes, en zelfs de af en toe ongemakkelijke zoenen op de wang van overenthousiaste freelancers doorstaan. En toch grijpt Rory Keane mijn pols voor een halve seconde vast, en plotseling besluiten mijn hersenen dat ze hun eigen vuurwerkshow organiseren.

"Hé." Zijn stem is nu zachter en trekt mijn aandacht terug naar hem, of ik dat nu wil of niet. Hij kijkt me aan, zijn hoofd iets gekanteld, geamuseerd maar... afwachtend. Waarop? Mijn spontane zelfontbranding? Een verontschuldiging?

Zijn blik is vast, te vast, en ik haat hoe bewust ik me ervan ben. Bewust van hem. De manier waarop zijn donkere haar net iets in de war zit, alsof hij er de hele avond met zijn handen doorheen is gegaan. De manier waarop er nog een knoopje van zijn overhemd is opengegaan, wat hem die nonchalante, einde-van-de-dag-charme geeft die veel te aangenaam is voor het oog. En die ogen; doordringend, aandachtig, alsof hij elke gedachte kan zien die ik zo hard probeer te onderdrukken.

"Bedankt dat je me hebt gered. Ik lette niet op."

Hij zegt niets. Hij blijft me alleen maar aankijken, zonder

haast, alsof hij de stilte het woord laat doen. Het is zenuwslopend. Nee, het is *gevaarlijk*.

Want dit is het punt: ik weet beter. Ik *weet* beter dan me te laten meeslepen in dit moment dat niets zou moeten betekenen, dat niets *mag* betekenen. Rory Keane is een klant. Een bestsellerschrijvende, ongenaakbare, bloedirritante klant, wiens huidige manuscript vol plotgaten zit en die geen enkele haast lijkt te hebben om ze te dichten. We moeten binnen enkele weken een voltooid manuscript opleveren, en niets, helemaal niets, mag dat in de weg staan. Zeker niet een complicatie die ik zelf veroorzaak.

Ik zou geïrriteerd moeten zijn. Ik *ben* geïrriteerd. En toch... Een deel van mij schreeuwt, *wat als?* Waarom moet dit niets betekenen? Kan ik niet én een publiceerbare roman uit de man trekken én... *dit* verkennen, als ik dat wil? Zijn die twee dingen echt onverenigbaar?

Net zo nadrukkelijk smeekt het andere deel van mij – de verstandige, veilige, risicomijdende Lara – om er niet aan te beginnen. Niet weer. Niet in gedachten, en zeker niet in daden, tenzij ik een herhaling van het hele James-gebeuren wil.

Het straatlawaai verstomt, gedempt door het bonzen van mijn hartslag, terwijl ik de kleinste flikkering van iets achter zijn uitdrukking opvang. Iets voorzichtigs, verwachtingsvols. Alsof hij me uitdaagt om de afstand tussen ons te overbruggen, maar zelf niet de eerste stap zal zetten. Mijn keel knijpt samen, hitte verzamelt zich laag in mijn buik terwijl mijn gedachten worstelen om vaste grond te vinden.

Dit gebeurt niet. Dit *kan* niet gebeuren. Behalve dat het wél gebeurt, want ik sta hier, aan de grond genageld, als een idioot naar hem te staren, mijn eigen waarschuwende verhaal negerend, terwijl de lucht tussen ons dikker, zwaarder, elektrisch wordt. Mijn hart hamert harder dan zou moeten en overstemt elke rationele gedachte die ik ooit heb gehad over grenzen en professionaliteit en gezond verstand.

"Rory," begin ik, maar mijn stem hapert. Zijn naam komt er zachter uit dan de bedoeling was, en strijkt als een bekentenis tussen ons door.

En dan, voordat ik mezelf ervan kan afpraten – of misschien omdat ik dat niet kan – beweeg ik.

Het is niet berekend of gracieus of iets wat ook maar in de verste verte op een goed oordeel lijkt. Het is pure impuls, gedreven door een cocktail van frustratie, adrenaline en iets waarvoor ik de moed niet heb om het te benoemen. Ik buig naar voren, overbrug de kloof in één snelle, roekeloze beweging, en druk mijn lippen op de zijne.

Zijn lippen zijn warm en zachter dan ik verwacht, maar de kus is allesbehalve teder. Het is snel, roekeloos – als een lucifer die langs een stuk vuursteen strijkt – en voor één duizelingwekkende seconde kan ik me alleen maar concentreren op hoe hij smaakt. Een mix van whisky en iets wat inherent *van hem* is, iets wat mijn maag doet kelderen op een manier waar ik nog niet mee om kan gaan.

De wereld kantelt. Mijn vingers krullen zich instinctief in de voorkant van zijn jas, en verankeren me terwijl hitte als een golf door mijn lichaam stort. Rory aarzelt niet, zelfs geen hartslag lang. Zijn hand glijdt omhoog, stevig en zeker, tot zijn handpalm mijn kaak omvat en zijn duim net onder mijn jukbeen strijkt. De sensatie jaagt vonken langs mijn ruggengraat, en ik zweer dat mijn knieën met muiterij dreigen.

Hij buigt zich dichter naar me toe, verdiept de kus, en ik voel het overal: het straalt door mijn borstkas, krult zich op diep in mijn buik en laat de rest van de drukke straat vervagen tot ruis. Zijn greep wordt net stevig genoeg om me met beide benen op de grond te houden, om te voorkomen dat ik helemaal wegzweef, en een vluchtig, gekmakend moment lang vergeet ik waarom dit zo'n rampzalig idee is.

De randen van de stad vervagen en dimmen door zijn pure intensiteit. Ik hoor geen verkeerslawaai, geen zacht gepraat van voorbijgangers, alleen het suizen van het bloed in mijn oren en de druk van zijn mond die op de mijne beweegt. Elke zenuw is springlevend, hyperbewust van waar we verbonden zijn, waar zijn vingers langs de rand van mijn kaaklijn strijken of zachtjes in mijn haar verdwijnen.

Ik weet niet wanneer ik gestopt ben met ademen – misschien ergens tussen die eerste gestolen seconde en nu – maar elk deel van me smacht ernaar hem dichter naar me toe te trekken, om de vonk na te jagen voordat de realiteit me inhaalt.

Ik trek me abrupt terug, alsof ik me zojuist herinner hoe ik moet ademen en dat het meest dringende ter wereld is. Mijn lippen tintelen nog na van de zijne en mijn hart bonkt alsof ik net twintig trappen op ben gerend. Wat heb ik in hemelsnaam gedaan?

'Oké,' flap ik eruit, hoewel ik geen idee heb wat ik met dat ene, nutteloze woord probeer over te brengen. Mijn stem klinkt ademloos – verraderlijk – en ik haat hoe die tussen ons in hangt, kwetsbaar en rauw.

Rory beweegt niet meteen. Zijn hand blijft een fractie van een seconde langer bij mijn gezicht hangen, alsof het nog niet helemaal tot hem is doorgedrongen dat ik er een eind aan heb gemaakt. Langzaam laat hij zijn vingers zakken. Ze strijken langs mijn schouder voordat hij ze volledig terugtrekt. En dan grijnst hij.

Geen kleine grijns. Niet beleefd of verlegen. Nee, dit is de volledige Rory Keane Special: breed, wolfachtig en zo onuitstaanbaar zelfvoldaan dat ik hem van zijn gezicht wil slaan. Of hem opnieuw wil kussen. God, nee. Dat niet.

'Oké,' herhaalt hij, zijn stem laag en gekmakend zacht. 'Dat was onverwacht.'

'Niet doen.' Het woord schiet eruit, scherp en defensief, mijn laatste wanhopige poging om nog een greintje waardigheid te redden. Ik doe een stap achteruit, waardoor er kostbare centimeters ruimte tussen ons ontstaan, maar het helpt niet. Hij kijkt me nog steeds aan alsof ik zojuist zijn favoriete plotwending ben geworden.

'Niet... wat?' zegt hij slepend, terwijl hij zijn hoofd schuin houdt alsof hij oprecht opheldering wil, maar de twinkeling in zijn ogen zegt iets anders. Hij weet *precies* wat ik bedoel.

'Maak hier geen ding van.' Mijn handen zijn nu rusteloos en strijken de voorkant van mijn jas glad, schuiven mijn bril recht –

alles om te voorkomen dat ik zijn blik rechtstreeks hoef te kruisen. 'Het is geen ding.'

'Juist. Geen ding,' herhaalt hij, duidelijk geamuseerd. Hij slaat zijn armen over elkaar en verplaatst zijn gewicht naar één been op die nonchalante manier die hem zo eigen is, vol vanzelfsprekend zelfvertrouwen. 'Gewoon een volkomen spontane, totaal niet-uitgelokte kus midden op straat. Gebeurt de hele tijd.'

'Precies.' Ik knik eenmaal, kort en beslist, alsof instemmen met hem dit op de een of andere manier minder gênant zal maken. 'Een kortstondige beoordelingsfout. Niets meer.'

'Kortstondig, hè?' Hij laat het woord hangen en rolt het rond alsof het heerlijk smaakt op zijn tong. Dan, omdat hij het niet kan laten, voegt hij eraan toe: 'Weet je dat zeker?'

'Rory.' Ik kijk hem eindelijk in de ogen, en dat is een vergissing. Ze zijn nu zacht – nog steeds plagend, ja, maar er is ook iets anders. Warmte. Nieuwsgierigheid. Een stille vorm van verrukking die me het gevoel geeft dat ik in de schijnwerpers sta.

'Ontspan, Lara,' zegt hij zachtjes. 'Ik klaag niet.'

'Juist. Nou. Ik moet-' Mijn stem klinkt geknepen, de lettergrepen struikelen over elkaar alsof ze proberen te vluchten voordat ik dat kan. Herkenbaar.

Ik gebaar vaag achter me, alsof de richting van mijn ontsnapping een uitgemaakte zaak is en niet iets wat ik ter plekke verzin. 'Ik herinner me net – e-mails. Inzendingen van agenten. Noodgevallen in de uitgeverij.' Mijn mond blijft bewegen, maar niets ervan is logisch, zelfs niet voor mij. 'Je weet hoe dat gaat.'

'E-mails,' herhaalt Rory. Zijn wenkbrauwen gaan iets omhoog, maar hij beweegt niet, stapt niet achteruit, doet niets behulpzaams zoals het makkelijker voor me maken. In plaats daarvan blijft hij precies waar hij is, armen nog steeds over elkaar, en ziet er veel te geamuseerd uit voor iemand die net in het openbaar is overvallen met een kus.

'Ja. E-mails.' Ik knik snel, alsof dat ene woord alles verklaart: mijn plotselinge gebrek aan zelfbeheersing, de manier waarop mijn hart tegen mijn ribben hamert, het feit dat ik zojuist Rory Keane heb gekust. En o, God, ik *heb* Rory Keane *gekust.*

'Dringende, levensveranderende e-mails,' voeg ik eraan toe,

want blijkbaar is het graven van kuilen mijn nieuwe hobby. 'En waarschijnlijk ergens een brandje om te blussen. Figuurlijk gesproken.'

'Jahaa,' antwoordt hij, terwijl hij het woord uitrekt en het laat druipen van het vermaak.

'Oké, fijn gesprek.' Ik draai me zo snel op mijn hiel om dat ik bijna mijn enkel verstuik, maar momentum is hier essentieel. Als ik vertraag, begin ik weer na te denken, en denken leidt tot voelen, en daar kan niets goeds van komen. Niet als het gevoel in kwestie de warmte van zijn hand omvat die nog op mijn pols lijkt te liggen, of de manier waarop zijn lippen waren – Nee. Die kant ga ik niet op.

Ik begin de ene voet voor de andere te zetten. Elke stap is een verklaring: ik *verlaat deze situatie*. Mijn jas wappert een beetje in de wind en ik trek hem strakker om me heen, alsof ik me kan beschermen tegen het aanhoudende bewustzijn dat over mijn huid prikkelt.

'E-mails,' zeg ik binnensmonds, half als mantra, half als alibi. De straatlantaarns vervagen aan de randen van mijn gezichtsveld en ik concentreer me er bewust op, laat hun zachte gloed me aarden. Concentreren op letterlijk alles behalve de elektriciteit die nog steeds door mijn aderen zoemt of de domme, zelfingenomen kromming van Rory's grijns die nu permanent in mijn geheugen gegrift staat. Waarom moet hij er altijd zo uitzien? Alsof hij er altijd vijf seconden van verwijderd is om je hele dag te verpesten – en je er op de een of andere manier dankbaar voor te maken?

Ik kijk niet om. Ik durf het niet. Want als ik hem nu zie – als ik ook maar een glimp opvang van die wetende ogen – zou ik zomaar kunnen ontploffen. Of erger nog, ik zou kunnen stoppen met lopen. En stoppen zou catastrofaal zijn. Stoppen zou betekenen dat ik blijf, en blijven zou betekenen dat ik onder ogen moet zien wat er zojuist is gebeurd. Wat *ik* zojuist heb gedaan.

Dus ik blijf lopen. Snelle, vastberaden stappen, die me elk een stukje verder verwijderen van het moment waarop ik mijn waakzaamheid liet verslappen en alles veranderde.

Een zwarte taxi spat door een plas, een autotoeter klinkt

ergens verderop in de straat, en alles om me heen voelt te luid, te fel, *te veel*. Maar het is goed. Alles is goed. Het enige wat ik hoef te doen, is thuiskomen zonder om te kijken.

Natuurlijk kijk ik om.

Het is een blik, amper een halve seconde, maar hij slaat in met de kracht van een meteoor. Rory staat waar ik hem heb achtergelaten, zijn handen nonchalant in zijn jaszakken gestoken alsof hij geen enkele zorg aan zijn hoofd heeft. En die grijns – die langzame, verwoestende kromming van zijn mond – verspreidt zich over zijn gezicht. Zijn donkere ogen vangen de mijne en houden me één verraderlijk moment te lang op mijn plek vast.

Kom op, zeg. Wie *ziet* er nou zo uit nadat je bent overvallen door een kus? Tevreden, geamuseerd, alsof hij dit al afboekt als een soort overwinning. Hij houdt zijn hoofd een beetje schuin, trekt een wenkbrauw op in een onuitgesproken uitdaging, en ik weet – ik *weet* gewoon – dat hij wacht tot ik me omdraai en naar hem terugloop. Of misschien weer over mijn eigen voeten struikel. Beide opties zouden zijn avond waarschijnlijk goedmaken.

Wat bezielde me? Serieus, welk deel van mij dacht dat het ook maar enigszins een goed idee was om Rory Keane te kussen – een man die gedijt op chaos en charme zoals planten op zonlicht?

Spoiler alert: geen enkel deel van mij vond het een goed idee. Niet mijn verstand, niet mijn hart, en al helemaal niet het kleine, rationele redacteurstemmetje in mijn hoofd dat me er doorgaans van weerhoudt om dit soort roekeloze, carrièreverwoestende dingen te doen. Nee, dit was een pure, ongefilterde impuls. Het soort impuls waardoor mensen waarschuwende verhalen worden tijdens de kantoorborrel.

'God, wat ben je een idioot,' fluister ik, terwijl mijn stem wordt opgeslokt door het lawaai van de stad. Ik versnel mijn pas, alsof ik kan wegrennen voor de herinnering aan Rory's ogen die zich in me boorden. Maar het werkt niet. Natuurlijk werkt het niet. Want de waarheid is dat ik niet voor Rory wegren.

Ik ren weg voor het feit dat ik – voor één krankzinnig, zwaartekracht tartend moment – hem opnieuw wilde kussen.

En dat maakt me banger dan wat dan ook. Want dit is niet alleen ingewikkeld – het is catastrofaal. Rory is niet zomaar een willekeurige vent in een bar. Hij is *Rory Keane*, mijn cliënt en de belangrijkste aanwinst van mijn bedrijf. Dit is geen scharrel of een flirt of welk ander woord mensen ook gebruiken om slechte beslissingen goed te praten. Dit is werk. Dit is mijn baan. Mijn zorgvuldig gestructureerde leven. En nu staat dat, dankzij één impulsieve kus, allemaal op de rand van de afgrond.

NEGEN

Ik sluit de deur van mijn flat en zak er onmiddellijk tegenaan, hyperventilerend alsof ik net tien trappen op ben gesprint in plaats van de vijf minuten van het metrostation te hebben gelopen. Mijn vingers zweven een tel boven het slot voordat ik het omdraai, alsof die extra barrière op de een of andere manier kan voorkomen dat de realiteit van de afgelopen uren achter me aan naar binnen sluipt, me op het strafstoel zet en me vraagt eens na te denken over mijn gedrag.

Want die kus? Die *belachelijke*, roekeloze, volkomen onprofessionele kus?

Ik weet verdomme niet wat ik dacht.

Ik schop mijn schoenen uit, loop op de automatische piloot de kamer door en negeer de puinhoop van halfgelezen manuscripten en rondslingerende rode pennen die mijn salontafel bezaaien. Mijn laptop staat open, het scherm gloeit en een knipperende cursor wacht tot ik weer aan het werk ga. In plaats daarvan pak ik een glas van de keukenplank en vul het uit de kraan, het water naar binnen klokkend alsof het de hitte die nog onder mijn huid smeult eruit kan spoelen.

Maar niets kan het gevoel van zijn handen op me wegwassen, de manier waarop hij me terugkuste alsof hij het meende, alsof ik iets was wat hij wilde.

Ik schud mijn hoofd en zet het glas te hard neer. *Herpak je.*

Het was maar een kus. Een moment van... wat? Zwakte? Impuls? Een slechte beslissing?

Ik druk mijn handpalmen tegen de koele rand van het aanrecht en dwing mezelf om te ademen, om rationeel te zijn, maar het probleem is dat ik daarnet niet rationeel was. Ik was roekeloos, en ik *doe* niet aan roekeloosheid. Ik laat me niet meeslepen door het moment. Ik neem nooit het initiatief voor *iets* zonder het eerst goed te overdenken. En toch stond ik daar, mijn vingers door het haar van Rory Keane woelend en hem dichter naar me toe trekkend als een romanheldin in een bekentenisscène in het derde bedrijf.

Ik knijp mijn ogen dicht. Dit is een ramp.

Ik had mezelf nooit zo met hem alleen moeten laten zijn. Had mijn waakzaamheid nooit mogen laten verslappen. Geen seconde, zelfs niet voor een kus. Want nu? Nu zit ik in de problemen.

Mijn telefoon zoemt op tafel en mijn maag draait zich om als ik naar het scherm kijk. Niet Rory. Alleen Danny.

Opluchting overspoelt me, wat dom is. Waarom zou Rory me een sms sturen? Hij heeft waarschijnlijk nog niet half zo lang over die kus nagedacht als ik.

En dat is het echte probleem, nietwaar?

Want als ik nu iets zeg, als ik erover begin, als ik toegeef dat het iets voor me *betekende*, dan ben ik de idioot. De *hopeloze* romanticus. En ik weiger degene te zijn die een moment van aantrekkingskracht verwart met iets meer.

Niet weer. Niet na James. Niet na die keer dat ik drie jaar geleden in een keuken stond, met een trouwuitnodiging in mijn hand, me afvragend hoe ik in hemelsnaam mezelf had laten geloven in iets wat nooit heeft bestaan.

Ik laat een langzame, beheerste adem ontsnappen. Wat dit ook is, wat *dat* ook was, het doet er niet toe.

Want Rory Keane is gewoon een opdracht, en ik ben een professional.

Ik pak mijn telefoon en sms Danny terug:

Hé, ik ga zo naar bed. Spreken elkaar in het weekend. Alles goed xx

Ik ben nog niet klaar om details te delen. Ik heb de implicaties nog niet volledig verwerkt, en het laatste wat ik nodig heb is een 'zie je nou wel'-gevoel van Danny, zelfs via een sms'je. Om een communicatiestilte te garanderen, duw ik mijn telefoon diep in de kussens van de bank en plof er bovenop.

Maar ontspannen is onmogelijk. Ik speel de avond steeds opnieuw af, in de hoop dat ik zowel de uitkomst kan veranderen als de sensaties opnieuw kan voelen.

Het is gewoon lust. Dat is alles wat het ooit is. Dat is alles wat het ooit blijft.

Want liefde? Liefde is iets heel anders. Iets wat voor altijd belooft, maar altijd een manier vindt om uit elkaar te vallen.

Die les heb ik op de harde manier moeten leren.

De laatste keer dat ik mezelf in 'voor altijd' liet geloven, was ik in een flat net als deze, met een verlovingsring om mijn vinger, mijn stem schor van woorden die niets veranderden.

Ik stond in de keuken, James recht tegenover me, met zijn armen over elkaar, zijn kaak aangespannen, zijn ogen op de grond gericht alsof hij al met één been buiten de deur stond.

En misschien was dat ook zo. Misschien was hij al maanden aan het vertrekken. Misschien lette ik gewoon niet op.

'Ik weet niet wat je wilt dat ik zeg,' zegt hij eindelijk met een afgemeten stem.

Ik klem me vast aan het aanrecht om niet te trillen. 'Je zou kunnen beginnen met de waarheid.'

Hij laat een holle lach horen en haalt een hand door zijn haar. 'De waarheid? De waarheid is dat je al hebt besloten hoe dit gesprek eindigt, Lara.'

Ik krimp in elkaar, niet door zijn woorden, maar door hoe juist ze klinken. Alsof hij me beter kent dan ik mezelf ken.

'Ik begrijp gewoon niet hoe we hier zijn beland,' zeg ik, en ik haat de trilling in mijn stem. Ik haat het dat ik *smeek*.

James ademt nadrukkelijk uit en doet een stap naar achteren, alsof hij zich fysiek probeert te onttrekken aan het gewicht van dit gesprek. 'Lara, hier zijn we al een tijdje.'

De woorden komen aan als een klap in mijn gezicht.

'Nee, *jij* bent hier,' snauw ik. 'Jij nam afstand, verzon smoesjes, behandelde me alsof ik gewoon... gewoon *aanwezig* was-'

'Je *bent* ook gewoon aanwezig!' onderbreekt hij me, zijn frustratie de vrije loop latend. 'Je bent altijd aanwezig. Zittend aan je bureau, begraven onder je werk, de woorden van alle anderen aan het verbeteren, maar je zegt nooit verdomme iets over wat je zelf echt *wilt*.'

Ik deins achteruit, zijn woorden zijn iets te raak, iets te waar.

'Dat is niet eerlijk.'

'O nee?' Zijn stem wordt zachter, maar niet op een manier die kalmeert. Op een manier die me doet beseffen dat dit moment, dit *einde*, al vaststond.

Ik pers mijn lippen op elkaar en slik de brok in mijn keel weg.

'James,' zeg ik, nu zachtjes. 'Als je hier niet wilt zijn, zeg het dan gewoon.'

Dan kijkt hij me aan, kijkt hij me écht aan, en ik weet – ik weet – wat er gaat komen.

'Lara, ik denk dat het klaar is tussen ons.'

Ik knik, ook al voelt het alsof de grond onder mijn voeten vandaan wordt getrokken.

'Oké.' Mijn stem is vlak, koel, alsof ik wist dat dit onvermijdelijk was. 'Dus, dat was het?'

James aarzelt. 'Ik wilde niet dat het zo eindigde.'

'Waarom is het dan zo gegaan?'

Hij geeft geen antwoord. Misschien heeft hij er geen.

Misschien heeft hij er wel een, en wil ik het gewoon niet horen.

De stilte tussen ons rekt zich uit. Het is het eerlijkste gesprek dat we in maanden hebben gehad.

Eindelijk zucht James. Hij pakt zijn jas van de stoel, hangt hem over zijn arm en blijft net een halve seconde te lang staan. Alsof hij wacht tot ik van gedachten verander. Alsof hij wacht tot ik hem tegenhoud.

Dat doe ik niet.

Omdat liefde niet genoeg is.

Omdat hoe graag je ook wilt dat iemand blijft, ze dat soms... niet doen.

Soms waren ze dat überhaupt nooit van plan.

De deur valt achter hem dicht en ik adem uit.

En zomaar, op dat moment, stop ik met geloven in de liefde.

Omdat het niet echt is. Niet zoals in de boeken.

Het is lust, aantrekkingskracht, chemie – noem het hoe je wilt. Maar echte liefde? De soort die blijft? De soort die niet zomaar uitdooft of uit elkaar valt zodra het leven ongemakkelijk wordt?

Dat is fictie.

En ik, ik hou mijn verwachtingen liever *realistisch*.

De herinnering blijft hangen als de geur van verbrande toast in een keuken, lang nadat de verkoolde resten buiten in de kliko zijn gegooid.

Ik lig opgerold op mijn bank, een glas wijn in de ene hand, terwijl ik probeer mijn telefoon niet onder het kussen vandaan te halen en de belachelijke verleiding weersta om Rory te appen. *Niet om iets diepzinnigs te zeggen, natuurlijk. Gewoon iets luchtigs. Iets terloops.*

Iets waaruit niet zou blijken dat ik het afgelopen uur heb herhaald hoe hij me kuste.

Waar ben ik in godsnaam mee bezig?

Ik kantel mijn hoofd achterover tegen de kussens en kreun. Ik kan niet geloven dat ik dat heb laten gebeuren. *Ik heb hem gekust.* Ik ben ermee begonnen. Het was niet een of ander moment van romantische serendipiteit waarin we werden meegesleept door krachten buiten onze controle. *Nee. Ik wist precies wat ik deed.* En toch deed ik het.

Ik trek mijn knieën op naar mijn borst, in een poging mezelf op te vouwen tot iets kleiners, iets wat minder ruimte inneemt.

Alsof ik mijn gevoelens fysiek kan verkleinen tot iets hanteerbaars.

Want dit? Dit is niet hanteerbaar. Dit is een probleem.

Ik weet hoe dit verhaal eindigt.

Ik heb het geleerd met James. Ik heb het gezien bij mijn ouders, die nog steeds als huisgenoten om elkaar heen draaien in plaats van als partners. Liefde – echte liefde – *houdt geen stand.* Het begint met passie, met chemie, met een ondragelijke *behoefte* om bij elkaar te zijn, en dan... vervaagt het. Het koelt af. Het wordt iets muffigs, of erger nog, iets bitters.

En het idee om dat opnieuw te laten gebeuren – om iemand dichtbij genoeg te laten komen om me weer zo te kwetsen? Nee. Absoluut niet.

Ik wed dat Rory niet onze kus zit te analyseren en zich afvraagt wat het betekent. Dat hij kalm en wel aan zijn manuscript zit te typen en *helemaal niet aan mij denkt.*

En waarom zou hij ook?

Dit is niet zoiets, herinner ik mezelf. *Hij is niet zo'n man.* Rory Keane is leuk. Hij flirt graag. Hij is *tijdelijk.*

En dat is perfect. Dat is precies wat ik nodig heb.

Niet zoiets waarbij je te snel en te diep valt, iets wat ik mezelf had gezworen nooit meer te doen.

Ik neem nog een slok wijn en verdring de herinnering aan James – aan dat laatste gesprek, aan de jaren die ik mezelf heb wijsgemaakt dat wij voor altijd waren – uit mijn gedachten.

Deze keer zal ik niet dezelfde fout maken.

Deze keer zal ik *slimmer* zijn.

Ik laat er geen gevoelens bij komen.

Ik *kan* het niet.

Ik zet mijn wijnglas met meer kracht dan nodig neer; het glas raakt de salontafel met een harde klik.

Genoeg.

Deze spiraal stopt nu.

Ik sta op en rek mijn ledematen, alsof ik het gewicht van de herinnering van me afschud. De kamer is schemerig verlicht, het geroezemoes van de stad buiten is een constante, gestage aanwezigheid. Ik adem langzaam en beheerst uit en loop rechtstreeks naar mijn bureau. Als mijn brein erop staat te obsessief met Rory bezig te zijn, dan zal ik die energie in iets productiefs steken.

Het manuscript. Datgene waar ik me in de eerste plaats op had moeten richten.

Ik blader door mijn notities, scan de laatste pagina's die Rory heeft gestuurd, en negeer de lichte kramp in mijn maag bij de gedachte aan hem.

Want dat is alles wat dit is. Een fysieke reactie. Een vluchtige aantrekkingskracht.

En ik weet hoe ik moet compartimenteren.

Ik pauzeer bij een passage – een romantische bekentenis van Oliver aan Sophie.

'Ik weet niet wanneer het gebeurde, maar het is gebeurd. Op een dag was je er gewoon. En nu kan ik me geen leven meer voorstellen waarin jij er niet bent.'

Ik slik en pers mijn lippen op elkaar. Te sentimenteel. Het soort dingen dat mensen doet geloven dat liefde onvermijdelijk is.

Ik vervang het door iets veiligers, iets logischers.

'Ik ben graag bij je in de buurt. Dat is genoeg voor me.'

Veel beter.

Ik ga door en duw de gedachten die aan de randen van mijn geest knagen opzij. Dit is wat ik doe. Ik los dingen op. Ik maak ze cleaner, gladder, minder gevaarlijk.

En dat is precies hoe ik Rory Keane ga aanpakken.

We hebben gekust. Dat is alles. Het hoeft niets te betekenen.

Morgen zie ik hem. Dan praten we over het boek.

Ik zal een grens tussen ons trekken en er verdomd zeker van zijn dat geen van beiden die opnieuw overschrijdt.

Ik sluit de map van het manuscript en leg hem netjes op mijn bureau. Alles ligt op zijn plaats. Het boek. Mijn gedachten. Mijn vastberadenheid.

En toch...

Mijn vingers zweven aarzelend boven het bestand. Mijn hartslag is stabiel, beheerst – maar er borrelt iets onder. Een flikkering van iets waar ik geen naam aan wil geven.

Want toen ik Rory kuste, voelde het *anders*.

Niet alleen roekeloos, niet alleen lust of aantrekkingskracht of een moment van slechte inschatting.

Iets diepers. Iets gevaarlijks.

En dat maakt het tien keer angstaanjagender.

Ik moet naar bed, om vandaag, en vooral vanavond, achter me te laten. Die weg sla ik niet nog eens in. Dat kan ik niet.

Ik sta op van de bank en reik naar de lichtschakelaar, die ik met meer kracht dan nodig uitklik.

Dit is geen liefde. Dit is lust.

En zolang ik dat onthoud, komt het wel goed.

Zaterdagmiddag, en het ritmische gezoem van mijn toetsenbord is het enige geluid in mijn woonkamer, afgezien van de af en toe geïrriteerde zucht die ik laat ontsnappen als een zin niet wil meewerken. Mijn vingers zweven boven de toetsen, nu onbeweeglijk, terwijl ik naar de knipperende cursor staar op de nieuwe hoofdstukken die Rory heeft doorgestuurd.

'Gewoon werken,' grom ik in mezelf en probeer mezelf te overtuigen. Mijn bril glijdt van mijn neus en ik duw hem weer omhoog, een ritueel dat vaker lijkt voor te komen als ik zijn materiaal redigeer. Toeval? Onwaarschijnlijk.

Ik scrol weer door het document en bekijk de scène waarover hij zo had aangedrongen om die samen te 'onderzoeken'. Het fictieve stel – nauwelijks verhulde versies van ons, tot mijn grote schaamte – is midden in een speelse woordenwisseling, hun dialoog knettert van de flirt die is verpakt als rivaliteit. Het is irritant goed. Erger nog, het is duizelingwekkend herkenbaar. Ik hoor Rory's stem in elke zin, zie hoe zijn ooghoeken rimpelen als hij bijzonder tevreden met zichzelf is. De herinnering aan zijn scheve grijns van gisteravond port me als een elleboog in mijn ribben.

'Stop ermee,' beveel ik mezelf, terwijl ik mijn hoofd zo hard schud dat mijn paardenstaart heen en weer zwiept. 'Dit gaat niet over hem. Het gaat om het werk.'

Maar het probleem is dat het niet alleen het werk is. Niet meer. We hebben gezoend. We hebben écht gezoend en ik was degene die het initiatief nam. Rory Keane is erin geslaagd zich in mijn hoofd te nestelen als een splinter die ik er maar niet uit lijk te kunnen krijgen. En misschien wil ik dat ook wel niet.

De gedachte schokt me zo erg dat ik bijna mijn koffiemok van het bureau stoot. Ik grijp hem net op tijd, mijn vingers krullen zich om het keramiek alsof het vasthouden ervan me zal stabiliseren. Koffie is veilig. Voorspelbaar. Rory is geen van beide.

'Focus,' fluister ik, terwijl ik strak naar het scherm staar. De cursor knippert terug, even onbehulpzaam als altijd.

Mijn telefoon zoemt naast het toetsenbord, wat me doet opschrikken. Ik kijk naar de melding. Een berichtje van Danny:

Hoe gaat het met het manuscript van de bordercollie? Weersta je zijn overduidelijke charmes nog, of kan ik alvast jullie bruiloft-hashtag gaan bedenken?

'Aargh,' kreun ik, maar ik kan het gelach dat opborrelt niet onderdrukken. Natuurlijk zou Danny *a disturbance in the force* voelen. Ik ben er nog niet klaar voor om hem iets te vertellen en typ snel terug:

Het gaat prima. Alles is prima. Weerstand bieden aan charme totaal niet nodig.

Een schaamteloze leugen, maar op een dag zal hij me vergeven.

Zodra ik op verzenden druk, verschijnt er een ander bericht. Dit is niet van Danny. Het is van Rory:

Denk je nog steeds aan gisteravond? Maak je geen zorgen, ik begin wel met het plannen van ons volgende onderzoeksuitje. Alvast graag gedaan.

Ik staar naar het scherm, terwijl de warmte in mijn nek trekt. De brutaliteit van deze man. Maar ook... de brutaliteit van mijn stomme hart om een slag over te slaan bij het zien van zijn naam op mijn telefoon.

Ik zou hem moeten negeren. Doen alsof ik het niet heb gezien. Beter nog, reageren met een bijtende opmerking die duidelijk maakt dat wat er gisteren gebeurde absoluut eenmalig was. Maar in plaats daarvan zweeft mijn duim besluiteloos boven het toetsenbord.

'Ga er niet op in,' zeg ik streng tegen mezelf. 'Ga er *niet* op in.'

En toch, tegen beter weten in – of misschien juist daardoor – betrap ik mezelf erop dat ik terugtyp.

Professionele nieuwsgierigheid. Dat was alles. Vlei jezelf niet, Keane.

Ik druk op verzenden voordat ik erover kan twijfelen, en heb er onmiddellijk spijt van hoe flirterig het klinkt. Flirten was niet het doel. Professionele grenzen waren het doel. Toch?

De puntjes die aangeven dat hij typt, verschijnen onmiddellijk. Ik leg de telefoon met het scherm naar beneden op het bureau, vastbesloten om hem vandaag niet nog meer ruimte in mijn hoofd te geven. Behalve dan, natuurlijk, dat ik hem dertig seconden later weer oppak.

Toch gevleid

Geniet van de nieuwe hoofdstukken, Lara. Je onderzoeksmethode heeft echt geholpen.

'Verdorie.' Hoewel, ik betrap mezelf op een glimlach. *Verdorie.*

Ik klap de laptop met een vastberaden klap dicht, leun achterover in mijn stoel en staar naar het plafond. Dit had simpel moeten zijn. Het boek redigeren. De zaken professioneel houden. De magnetische aantrekkingskracht van Rory Keane's belachelijke charisma negeren.

Ik faal spectaculair op elk punt.

'Gewoon werken,' zeg ik nog een laatste keer hardop, maar de woorden klinken nu hol. Want diep vanbinnen weet ik de waarheid. Niets van dit alles voelt nog als *gewoon werk*. Die zoen was niet zomaar een fout. Het was een verschuiving – een tektonische – en nu is er geen weg meer terug.

Ik neem me voor dat alle toekomstige redactievergaderingen online zullen plaatsvinden; het is absoluut niet nodig dat we in dezelfde kamer zijn. Dit is allemaal prima op afstand te regelen.

TIEN

Het grind knerpt onder mijn voeten terwijl ik mijn koffer het smalle tuinpad opsleep, mijn laptoptas stuitert bij elke onhandige stap tegen mijn heup. Het huisje doemt voor me op: sfeervol, schilderachtig en door en door irritant. Natuurlijk zou Fiona denken dat dit een goed idee was. Niets schreeuwt zo 'professionele samenwerking' als twee mensen isoleren in een buitenverblijf op het platteland met twijfelachtige wifi en een verleden vol slechte beslissingen.

Fiona weet natuurlijk niets van de kus van vorige week.

Natuurlijk kon ik haar niet de ware reden vertellen waarom ik niet naar Somerset wilde.

Dus nu ben ik hier. Natuurlijk.

'Sfeervol, nietwaar?' Rory's stem komt van over mijn schouder, veel te geamuseerd naar mijn zin. Hij loopt achter me aan, zijn koffer rolt moeiteloos achter hem aan, want natuurlijk doet hij dat.

'Sfeervol', herhaal ik vlak, en klem mijn vingers om het handvat van mijn tas alsof hij vleugels zou kunnen krijgen en weg zou vliegen als ik losliet. 'Als je van kneuterige esthetiek en gedwongen nabijheid houdt.'

'Gedwongen nabijheid kan leuk zijn', zegt hij, en loopt me luchtig voorbij de trap op naar de voordeur. 'Hangt van het gezelschap af.'

Ik slik het bijtende antwoord in dat achter in mijn keel borrelt en volg hem naar binnen, vastbesloten om er niet op in te gaan. De lucht ruikt vaag naar lavendel en oud hout, het soort geur dat thuishoort in peperdure kaarsen die worden verkocht aan vrouwen die nog nooit stress hebben gekend. Het is irritant rustgevend, wat me alleen maar meer irriteert.

Rory neemt de ruimte al in zich op, handen in zijn zakken, een ontspannen zelfvertrouwen uitstralend als zonlicht. Ik haat het hoe hij zich hier op zijn gemak lijkt te voelen, alsof hij hier thuishoort, alsof deze hele belachelijke opzet een grote grap is waar hij met volle teugen van wil genieten. Ondertussen sta ik in de hal mijn spullen vast te houden als een gestoorde pakezel, terwijl ik probeer niet te struikelen over de ongelijke plavuizenvloer.

'Gezellig', verklaart hij, en draait zich naar me om. 'Wat vind jij ervan?'

'Dat ik Fiona een rekening ga sturen voor emotionele schade', mopper ik, en loop langs hem heen om het dichtstbijzijnde beschikbare oppervlak als mijn werkruimte te claimen. De eettafel is prima: solide, functioneel en handig ver van de open haard waar Rory zich al in een fauteuil heeft gedrapeerd als een soort literaire salonleeuw.

Terwijl ik mijn laptop tevoorschijn haal en mijn notitieboekjes met klinische precisie rangschik, voel ik dat hij naar me kijkt. Zijn blik heeft een zwaarte, een hitte die mijn huid onder mijn jasje doet prikkelen. Ik houd mijn ogen op de tafel gericht en doe alsof ik het niet merk.

'Hulp nodig met installeren?' biedt hij aan, zijn toon licht maar doorspekt met iets wat als een uitdaging voelt.

'Ik denk dat het me wel lukt om zelf een laptop in het stopcontact te steken, bedankt', antwoord ik, terwijl ik mijn bril rechtzet en mijn blik strak op mijn scherm gericht houd. Mijn vingers zweven boven het toetsenbord, hoewel ik nog niets typ. Ik moet er gewoon druk uitzien. Afgeleid. Ongeïnteresseerd.

'Moet je zelf weten.' Er is een ritselend geluid als hij in zijn stoel verschuift, gevolgd door een zacht lachje dat me op de zenuwen werkt. 'Word je altijd zo serieus als je samenwerkt, of is dit speciaal voor mij?'

'Sommigen van ons nemen hun werk serieus', zeg ik, en kijk eindelijk net lang genoeg op om hem een veelbetekenende blik toe te werpen.

'Ah, dus ik ben speciaal.'

'Speciaal kun je het wel noemen', mompel ik, en concentreer me weer op het met militaire precisie rechtleggen van de randen van mijn notitieboekje. Als ik mijn handen bezig kan houden, kan ik mezelf misschien afleiden van de herinnering aan zijn lippen op de mijne, van de manier waarop mijn hart in die fractie van een seconde een slag oversloeg voordat de ratio het overnam en alles verpestte.

'Kom op, Lara', zegt hij na een korte stilte, zijn stem nu zachter, bijna overhalend. 'Zo erg is dit toch niet? Een klein uitstapje naar het platteland, frisse lucht, wat creatieve samenwerking...'

'Laten we het gewoon bij de samenwerking houden', kap ik hem af. Zijn wenkbrauwen gaan omhoog, maar hij dringt niet aan, en daar ben ik dankbaar voor.

Rory slentert naar de eettafel en komt bij me zitten. Hij ziet er tergend onverstoord uit, alsof we hier zijn voor een gezellig praatje in plaats van een chirurgische ingreep op zijn rampzalige tweede akte.

'Oké', zeg ik, en verbreek eindelijk de stilte. 'Laten we beginnen met het overduidelijke probleem.'

'Ga je gang', antwoordt hij soepel, gebarend met zijn vrije hand alsof hij me uitnodigt om hem met de grond gelijk te maken. Zijn zelfvertrouwen, ik zweer het je, is zowel vermoeiend als... Nee, het is gewoon vermoeiend.

'Je hoofdpersoon, Oliver', ik leg de nadruk op de naam alsof het een persoonlijke belediging is, 'brengt de helft van de tweede akte, wanneer hij niet met achtervolgingen en explosies te maken heeft, door met mokken omdat hij gedumpt is, maar we worden geacht te geloven dat hij verliefd wordt op iemand anders. Het is emotioneel inconsistent. Je kunt geen diepgang hebben als je aan de oppervlakte blijft.'

'Ah, ja', zegt Rory, en hij knikt plechtig. 'Diepgang. De gezworen vijand van een potje goed mokken.'

'Rory', snauw ik, 'ik ben serieus. Je ontwijkt het emotionele werk. Oliver moet daadwerkelijk iets *voelen*, meer dan alleen zelfmedelijden. Anders zullen je lezers de romance niet slikken.'

'Maar wat als Olivers gejammer een deel van het punt is? Misschien is hij bang om iets echts te voelen omdat het hem kwetsbaar maakt. Kwetsbaarheid is angstaanjagend, Lara. Vind je ook niet?'

'Kwetsbaarheid is herkenbaar', pareer ik gelijkmatig. 'Maar alleen als het verdiend is. Op dit moment leest Oliver als een humeurige tiener die niet weet wat hij wil.'

'Klinkt bekend', zegt Rory onder zijn adem, net luid genoeg zodat ik het kan horen.

'Pardon?'

'Niets', zegt hij onschuldig. 'Maar serieus, denk je dat het gebrek aan emotionele diepgang het grootste probleem is?'

'Een van de problemen', geef ik toe, terwijl ik mijn ogen op het manuscript gericht houd. 'Het tempo klopt ook niet, en sommige nieuwe dialogen voelen... onnatuurlijk. Alsof je te hard je best doet om slim te zijn.'

'Ik denk dat ik de weg een beetje kwijt ben. Het was raar om de afgelopen week niet persoonlijk af te spreken om aan de redactie te werken. Ik heb dit gemist, weet je. Het werken met jou.'

'Het werken met mij of het ruziemaken met mij?' vraag ik argwanend.

'Is er een verschil?', grapt hij, maar er zit een oprechte ondertoon in zijn stem.

'Laten we het weer over Oliver hebben', zeg ik kordaat. 'Hij heeft een duidelijke emotionele ontwikkeling nodig. Begin met je af te vragen waar hij bang voor is. Wat houdt hem tegen?'

'Angst voor afwijzing, misschien.' Rory's antwoord komt snel, maar zijn ogen blijven net iets te lang op me rusten, alsof hij de situatie aftast. 'Of de angst om weer gekwetst te worden. Dat is herkenbaar, toch?'

'Zeker', antwoord ik. 'Zolang het geen excuus wordt voor hem om groei te vermijden. Lezers willen hem zien evolueren, niet stilstaan.'

'Goed', geeft hij toe. 'Wat als hij haar een brief schrijft? Iets puurs, onbewerkts. Kwetsbaars.'

'Eindelijk', zeg ik en ik adem uit alsof ik al die tijd heb gewacht tot hij tot deze voor de hand liggende conclusie zou komen. 'Kijk, nu komen we ergens. Maar het moet wel verdiend zijn. Geen clichés over zonsondergangen of haar ogen vergelijken met edelstenen.'

'Zelfs saffieren?', plaagt hij.

'Vooral saffieren.'

'Oké, snap ik. Hoewel ik, voor alle duidelijkheid, vind dat het een geweldige zin is.' Hij pakt zijn laptop en begint te schrijven, en langzaam vinden we ons eerdere ritme terug terwijl we ideeën uitwisselen. Het is bijna... leuk, om zo te werken. Als hij niet zo onuitstaanbaar zelfingenomen is, luistert Rory zowaar. En als ik niet hyperkritisch ben, geniet ik misschien zelfs van de manier waarop onze gedachten op elkaar aansluiten. Het is tergend productief. Bijna gevaarlijk, eigenlijk.

Terwijl Rory diep in het herschrijven van het einde van akte één zit, grijp ik mijn kans om boven een kijkje te nemen. Mijn aanvankelijke vrees dat Fiona er niet aan had gedacht om te controleren of er twee slaapkamers waren, werd al snel weggenomen. Er zijn er twee en ze zijn allebei prachtig. Het is pure cottage-core en ik ben op slag bekeerd. Ik claim de kleinste van de twee. Niet omdat ik me bijzonder edelmoedig voel, maar omdat die een eigen badkamer heeft. Sinds ik twee jaar geleden dertig ben geworden, heb ik gemerkt dat mijn blaas 's nachts hyperactief wordt, en het laatste wat ik wil, is in de vroege uurtjes gespot worden als ik in mijn pyjama terugren van de gemeenschappelijke badkamer.

Het duurt maar een paar minuten om mijn koffer uit te pakken en het huisje voelt meteen als een tweede thuis. Ik ga op de sprei liggen om mijn ogen te laten rusten, en dankzij de belachelijk vroege start en de lange rit val ik in slaap.

Wanneer ik wakker word, ben ik energiek en opgewonden, en ik kom met een verlangen naar kruidenthee de trap afgestormd. Rory is diep verzonken in het schrijven van nieuw materiaal, dus ik probeer hem niet te storen. In plaats daarvan blader ik door de kleine maar eclectische selectie kookboeken die naast de waterkoker staan.

Met een tajinerecept in mijn geheugen en de plechtige belofte aan mezelf om het deze week eens te proberen te koken, ga ik aan de keukentafel zitten en rek ik me uit, in de hoop wat stijfheid uit mijn rug te krijgen.

Rory spiegelt mijn beweging, behalve dat hij, in plaats van zich uit te rekken, zijn stoel gevaarlijk balancerend op twee poten naar achteren kantelt.

'Niet doen', waarschuw ik automatisch. 'Je slaat nog je schedel in, en ik rij je niet naar het ziekenhuis.'

'Goed om te weten waar ik aan toe ben bij jou.' Hij laat de stoel weer op alle vier de poten neerkomen en vouwt dan zijn armen achter zijn hoofd. 'Dus... over die kus.'

De lucht tussen ons verandert zo plotseling dat ik zweer dat ik het voel. Ik verstijf. *Welke* kus?'

'Kom op, je bent het niet vergeten.'

'Natuurlijk niet, maar het is niet relevant.'

'Is dat zo? Want ik denk van niet.'

'Nou, dan heb je het mis. We zijn hier om te werken, weet je nog? Niet om een of andere... inschattingsfout op te rakelen.' Mijn stem hapert licht bij de laatste drie woorden, en ik haat mezelf erom.

'Interessante woordkeuze.'

'Laat maar, Rory.'

'Oké. Als je erop staat. Weer aan het werk dan?'

'Weer aan het werk', herhaal ik, en ik dwing mezelf om me weer op de pagina te concentreren. Maar de spanning blijft hangen, elektrisch en onopgelost, zoemend in de lucht tussen ons.

'Chemie', zegt hij plotseling, en hij doorbreekt de stilte als een kiezelsteen die in stilstaand water wordt gegooid.

Ik kijk op met een frons. 'Wat is daarmee?'

'In het boek', verduidelijkt hij, hoewel de manier waarop zijn blik naar mij schiet, suggereert dat hij het niet *alleen* over het boek heeft. 'Je zei eerder dat de romance chemie mist. Dat het... vlak aanvoelt.'

'Ja, want dat doet het ook', antwoord ik, terwijl mijn redacteursstem automatisch de overhand neemt. 'De interacties tussen je hoofdpersonages zijn nog te oppervlakkig. Er is geen echte vonk, niets van de emotionele diepgang van je andere boeken. Ze doen maar wat.' Ik pauzeer, op zoek naar het juiste woord. 'Ze draaien hun riedeltje af.'

'Los dit raadsel dan voor me op. Denk je dat chemie gecreëerd kan worden? Of is het iets wat er al moet zijn?'

'Gaan we dit echt doen?'

'Waarom niet? Het is relevant.' Hij staat op en begint te ijsberen. 'Als het probleem met Sophie en Oliver een gebrek aan geloofwaardige chemie is, moeten we misschien onderzoeken wat chemie geloofwaardig maakt.'

'Succes daarmee. Chemie is, ironisch genoeg, geen wetenschappelijk experiment, Rory. Je kunt het niet zomaar' – ik zwaai vaag met mijn pen – 'ontwerpen.'

'Ik ben het ermee eens, het is geen wetenschap. Het is menselijke verbinding. Rommelig, ingewikkeld, onvoorspelbaar. Is dat niet wat ik volgens jou op papier moet zien te krijgen?'

De tweede akte van zijn manuscript *is* inderdaad zwak. De romance mist leven, mist spontaniteit. Het leest te ingestudeerd, te gerepeteerd – alsof de personages hun rol spelen in plaats van die te leven. En als ik eerlijk ben tegen mezelf (een grote *als*), heb ik meer nachten dan ik wil toegeven naar mijn plafond gestaard, me afvragend waarom ik het zo graag wil oplossen. Me afvragend waarom zijn mislukking zo persoonlijk voelt.

'Stop daarmee.'

'Waarmee?'

'Zinnige dingen zeggen.'

Rory lacht, staat op en schenkt voor zichzelf iets te drinken in.

Ik knijp mijn ogen tot spleetjes. 'Je hebt die blik.'

Rory leunt tegen het aanrecht tegenover me, één en al nonchalant zelfvertrouwen. Hij roert suiker in zijn thee alsof hij niet op het punt staat iets belachelijks te zeggen. 'Welke blik?'

'Die meestal voorafgaat aan een verschrikkelijk idee.'

Hij grijnst en brengt zijn mok naar zijn lippen. 'Wat als het een geweldig idee is?'

'Zeer onwaarschijnlijk.'

Hij bestudeert me een moment, alsof hij zijn aanpak afweegt, en zet dan zijn mok met een beslist tikje neer. 'Er is hier duidelijk iets.'

Ik trek een wenkbrauw op. 'Iets?'

'Je weet wel.' Hij maakt een gebaar tussen ons in, alsof het de normaalste zaak van de wereld is. 'Chemie. Spanning. Dat hele "zullen-ze-wel-zullen-ze-niet"-gedoe waar we sinds onze kus van laatst omheen draaien.'

Ik spot en negeer de hitte die bij de herinnering op mijn huid prikt. 'Ik was me er niet van bewust dat we ergens omheen draaiden.'

'O, jawel.' Hij houdt zijn hoofd schuin, alsof hij hier veel te veel van geniet. 'En in plaats van ertegen te vechten, stel ik voor dat we... eraan toegeven.'

Ik adem uit en druk mijn vingers tegen mijn slapen. 'Toegeven?'

Hij grijnst. 'Vrienden met voordelen.'

Ik knipper met mijn ogen. 'Je maakt een grapje.'

'Doodserieus.' Hij kruist zijn armen, een spiegelbeeld van mijn houding. 'We zitten de komende vier weken met elkaar opgescheept om aan dit boek te werken. Jij bent mijn redacteur. Ik ben jouw onwillige manuscriptramp. Er is aantrekkingskracht, dat weten we allebei. Dus waarom zouden we onderweg niet een beetje plezier hebben? Geen verplichtingen, geen complicaties.'

Ik staar hem aan, wachtend op de clou. Die komt niet.

'Denk je dat met elkaar naar bed gaan je zal helpen je boek af te maken?'

Hij krimpt ineen. 'Zo zou ik het niet bepaald omschrijven.'

'Hoe zou jij het dan omschrijven?'

'Ik zou zeggen dat we allebei iets aan deze regeling hebben.'

Ik laat een droge lach horen. 'Gebruik je het schrijven nu echt als een excuus voor seks?'

'Geen excuus,' zegt hij grijnzend. 'Meer een stimulans.'

Ik schud mijn hoofd en neem een slok van de laatste restjes van mijn thee, om tijd te rekken voordat ik iets belachelijks doe, zoals het daadwerkelijk overwegen.

'En als dit onvermijdelijk in ons gezicht ontploft?' vraag ik.

Hij haalt zijn schouders op, totaal onverstoord. 'Dat zal niet gebeuren. We zijn allebei volwassen. Geen verwachtingen, geen druk. Gewoon... een experiment in chemie.'

Ik rol met mijn ogen. 'Je bent een ware plaag.'

'Dat zeg je wel, maar je denkt erover na.'

Verdomme, hij heeft gelijk.

'Sorry,' zegt hij, terwijl hij helemaal niet sorry klinkt. 'Het is een slechte gewoonte. Dat hoort er nu eenmaal bij, denk ik.' Hij maakt een vaag gebaar, alsof zijn hele bestaan één lange oefening in moeiteloze overtuiging is. 'Maar serieus, wat houdt je tegen? Bang dat je de controle verliest?'

'Controle is het probleem niet,' lieg ik, terwijl ik mijn armen over elkaar sla. 'Dit gaat over professionaliteit. Over grenzen.'

'Grenzen kunnen flexibel zijn,' werpt hij tegen, zijn stem laag en zacht. 'Vooral als ze leiden tot betere kunst.'

'Rory, je bent ongelooflijk.'

'Dank je,' zegt hij, met een grijns alsof ik hem net een compliment heb gegeven. 'Kijk, ik snap het, je bent voorzichtig. Terughoudend. Maar soms, Lara, is risico's nemen de enige manier om iets buitengewoons te creëren.'

'Risico's,' herhaal ik, terwijl mijn gedachten langs de duizend manieren flitsen waarop dit spectaculair mis kan gaan. Mijn reputatie besmeurd, mijn emoties een puinhoop en een van ons — *namelijk ik* — met een gebroken hart achtergelaten, een fout die ik na James gezworen had nooit meer te maken. Maar dan is er een andere gedachte, stiller, moeilijker te negeren: *wat als hij gelijk heeft?*

'Denk erover na,' zegt hij, zijn houding bedrieglijk ontspannen terwijl zijn blik op de mijne gericht blijft. 'Jij daagt mij uit, ik daag jou uit. We houden het professioneel tijdens werkuren, en daarna...' Hij laat zijn zin provocerend in de lucht hangen.

'En daarna, wat?'

'Daarna zien we wel wat er gebeurt,' maakt hij zijn zin af, zijn grijns wordt breder. 'Zonder verplichtingen. Puur... voor het boek, uiteraard.'

'Uiteraard,' herhaal ik zachtjes, hoewel niets hieraan vanzelf-sprekend voelt. Of veilig. Of verstandig.

'Kom op, Yates.' Zijn stem wordt zachter, plagerig, maar niet onaardig. 'Je bent de beste redacteur met wie ik ooit heb gewerkt. Laat me bewijzen dat ik de uitdaging aankan. Letterlijk.' Hij grijnst en ik kreun, mijn gezicht in mijn handen begravend.

God, help me, denk ik, al weet ik niet of het een gebed of een vloek is.

'Goed,' zeg ik, het woord uit mij geschraapt alsof het met een koevoet is losgewrikt. Mijn armen zijn zo strak over mijn borst gekruist dat het me verbaast dat ik niets heb ontwricht. 'Ik zal het *overwegen*.'

'Overwegen?' herhaalt Rory, zijn wenkbrauwen opgetrokken in gespeelde verbazing, zijn grijns die hem er zowel jongensachtig als veel te zelfverzekerd uit laat zien. 'Lara Yates, ben je er net mee akkoord gegaan om... wederzijds voordelig te zijn?'

'Daag je geluk niet uit.' Ik geef hem een blik die de meeste mannen zou doen terugdeinzen. Rory lijkt er natuurlijk alleen maar meer geamuseerd door.

'Geen geluk. Gewoon chemie.' Zijn stem wordt iets lager, en er is iets in de manier waarop hij het zegt — zacht, plagerig, maar ook weloverwogen — dat een onwelkome sensatie door mijn borstkas jaagt.

'Grenzen,' kondig ik aan, het gevoel negerend, wat het ook was. Ik knip met mijn vingers voor de nadruk, alsof ik deze bela-chelijke bijeenkomst tot de orde roep. '*Als* — en dit is hypothe-tisch — als we dit doen, zullen er regels zijn.'

'Regels.' Hij knikt plechtig, hoewel de trilling in zijn mond-hoek hem verraadt. 'Ik hou van regels.'

'Op de een of andere manier betwijfel ik dat.' Ik zet mijn bril recht, voornamelijk zodat ik hem niet recht in zijn ogen hoef te kijken als ik het volgende zeg. 'Dit blijft volledig gescheiden van het werk. Volledig. Het manuscript staat op de eerste plaats. Als dit' — ik maak een vaag gebaar tussen ons, alsof ik naar een onzichtbare, idiote overeenkomst wijs die in de lucht zweeft — 'in de weg staat, dan stopt het. Onmiddellijk.'

'Begrepen.' Hij neemt een slokje van zijn drankje en bekijkt me nu te aandachtig. Het is verontrustend, de manier waarop Rory naar me kan kijken, alsof ik niet alleen een verzameling redactionele regels en professionele grenzen ben, maar een echt persoon. Ik heb liever dat mensen zich aan het eerste houden.

'Ook,' vervolg ik, mijn keel schrapend, 'geen openbare vertoningen. Discretie is niet onderhandelbaar.'

'Discretie.' Rory kijkt op en doet alsof hij erover nadenkt. 'Dus geen "Rory + Lara" op wc-deuren schrijven? Geen "Jij maakt me compleet" van de daken schreeuwen?'

'Precies.' Ik geef hem een priemende blik. 'En als je me ook maar één keer schatje of lieverd noemt, dan staan jij en je boek er helemaal alleen voor.'

'Genoteerd.' Hij grijnst, maar zijn uitdrukking wordt, heel lichtjes, zachter. 'Nog iets, of mag ik dit officieel beschouwen als het beste idee dat ik ooit heb gehad?'

'Loop niet op de zaken vooruit,' zeg ik, terwijl ik mijn blik laat vallen op het notitieboekje voor me. Ik sla het open en begin onzin te krabbelen, alles om maar niet te hoeven kijken naar de man die me zojuist heeft overgehaald tot — tot wat, eigenlijk? Een afspraak? Een regelrechte ramp in wording? Allebei?

'Hé,' zegt Rory na een korte stilte, zijn toon nu rustiger, minder speels. 'Bedankt dat je me hierin vertrouwt. Ik weet dat het... ingewikkeld is.'

Ingewikkeld dekt bij lange na de lading niet, maar ik corrigeer hem niet. In plaats daarvan kijk ik op en vang een uitdrukking op zijn gezicht die ik niet herken. Niet de arrogante grijns, niet de charmante glimlach. Iets dat dichter bij oprechtheid ligt, met een vleugje onzekerheid. Het brengt me genoeg uit balans dat ik alleen maar een kort knikje kan geven voordat ik weer naar beneden kijk.

'Nou dan,' zegt hij, terwijl hij aan de eettafel gaat zitten. 'Tijd om verder te gaan met het redden van mijn literaire meesterwerk, hè?'

'Eindelijk komt er iets zinnigs uit je mond.' Ik klamp me vast aan de verandering van onderwerp als aan een reddingsboei en blader met veel meer enthousiasme dan wie dan ook ooit voor structuuraanpassingen zou moeten voelen terug naar mijn aantekeningen. 'Hoofdstuk twaalf moet trouwens nog steeds volledig op de schop. Die hele scène waarin Sophie zijn excuses zo snel accepteert? Ongelooflijk cliché.'

'Ah, ja. De goedmaakseks-scène.' Hij grijnst en pakt zijn laptop. 'Wat jij niet inziet, Yates, is dat het *romantisch* is. Weet je wel, net als wij.'

ELF

Ik leun tegen het aanrecht en staar naar mijn vage spiegelbeeld in het donkere raam. Ik was vergeten hoe stil het platteland is. Geen verkeer, geen sirenes, geen luidruchtige feestgangers op weg naar of terug van de kroeg.

Rory's stem galmt vanuit de woonkamer, iets over hoe slechte filmdialogen eigenlijk een misdaad tegen de menselijkheid zijn. Ik luister met een half oor en knik af en toe zodat hij denkt dat ik oplet.

Want dat kan ik niet. Niet echt.

Deze *afspraak* tussen ons... het is prima. Het is ongedwongen. Zonder verplichtingen. Geen ingewikkelde gevoelens. Gewoon twee volwassenen die met wederzijdse instemming toevallig een geweldige chemie hebben.

Ik ben weer te veel aan het nadenken.

De waarheid is dat ik regels voor mezelf heb opgesteld. Grenzen. Ik heb ze getrokken met de precisie van een van mijn redactionele aantekeningen: strakke lijnen, geen onduidelijkheid. Rory past op geen enkele manier in mijn leven die verdergaat dan... dit. Dat kan niet. Daar heb ik de mentale ruimte niet voor, niet nu ik nog zo veel te bereiken heb, niet nu...

'Nog steeds aan het piekeren, Yates?' Zijn stem rukt me uit mijn neerwaartse spiraal, en ik kijk op en zie hem in de deuropening hangen, met één schouder tegen de post geleund. Zijn witte linnen overhemd is een en al kreukel en er ligt een soort nonchalant zelfvertrouwen in de manier waarop hij me bestudeert, alsof hij precies weet wat ik denk.

'Piekeren is jouw afdeling, Keane', antwoord ik, en ik houd mijn toon licht. Dat is makkelijker. Plagerijtjes zijn veilig. Die hebben geen gevolgen.

'Jaja.' Hij doet een stap dichterbij en mijn hartslag slaat op hol. 'Blijf jezelf dat maar wijsmaken.'

'Iemand moet het doen.' Ik pak mijn glas water, alsof ik iets met mijn handen moet doen.

'Grappig', zegt hij, en nu overbrugt hij de afstand tussen ons volledig. Hij is veel langer dan ik, wat vervelend is omdat het hem een oneerlijk voordeel geeft. Wanneer hij zijn hoofd schuin houdt, klinken zijn ogen zich vast in de mijne, en plotseling voel ik de drang om me gewoon in zijn borstkas te nestelen.

'Rory', begin ik, bedoeld als een waarschuwing, maar het komt er zwakker uit dan ik van plan was.

'Ontspan', fluistert hij. 'Niet te veel nadenken vanavond. Alleen... dit.'

En dan kust hij me.

Het is weloverwogen, alsof hij het al uren, misschien wel dagen, van plan was. Zijn lippen zijn warm, zacht, maar er is niets aarzelends aan de manier waarop ze de mijne opeisen. Zijn hand glijdt naar mijn nek, zijn duim streelt mijn kaak, en zomaar, in een oogwenk, kantelt de wereld.

Ik vergeet alles: de regels, de grenzen, de flinterdunne excuses waar ik me aan vastklampte als een reddingslijn. Het enige waar ik aan kan denken is hij. De warmte van zijn mond, het subtiele schuren van zijn stoppelbaard tegen mijn huid, de manier waarop hij smaakt naar kamillethee en iets zoeters wat ik niet kan thuisbrengen.

Mijn adem stokt als hij de kus verdiept. Zijn andere hand vindt mijn taille en trekt me dichterbij alsof hij het idee van ruimte tussen ons niet kan verdragen. Mijn glas water glipt uit mijn hand en landt met een doffe klap ergens op het aanrecht, maar ik neem het geluid nauwelijks waar.

Het is allesverterend. Hij is allesverterend. En voor het eerst vraag ik me af of ik misschien heb onderschat hoe gevaarlijk Rory Keane eigenlijk is.

Zijn kus is een vraag waarop ik me niet herinner te hebben ingestemd met een antwoord.

Mijn handen drukken tegen zijn borst, misschien om hem weg te duwen, misschien om mezelf in evenwicht te houden, maar op het moment dat ik de hitte van hem onder mijn vingers voel, vervliegen alle gedachten aan verzet als losse papieren in de wind. Zijn mond beweegt met een bezieling die me de adem beneemt en vervangt door iets veel gevaarlijkers: verlangen.

'Wacht', pers ik eruit tussen kussen die me duizelig en stuurloos maken. 'We zouden niet... '

'Wat zouden we niet moeten?' Rory ademt tegen mijn lippen, zijn stem zo laag dat mijn knieën er slap van worden. Hij stopt niet echt met me te kussen. Zijn lippen strelen mijn mondhoek, dan mijn kaak, dan net onder mijn oor, waar hij precies lijkt te weten hoe hij me kan ontrafelen.

'Nadenken', flap ik eruit, hoewel ik, zelfs terwijl ik het zeg, hoor hoe onovertuigend ik klink. Mijn hersenen zijn al tot moes gegaan, en de manier waarop zijn tanden zachtjes tegen mijn oorlel schrapen, helpt totaal niet.

'Nadenken wordt overschat', zegt hij, zijn woorden heet tegen mijn huid, en er zit verdomme een grijns in zijn stem. Natuurlijk zit die er.

In plaats van een stap achteruit te doen, grijp ik de stof van zijn hemd vast en trek hem dichterbij, alsof een verraderlijk deel van me zich aan hem wil verankeren. Het logische deel van mijn geest, dat schreeuwt over grenzen en slechte ideeën, verliest snel terrein. Het is moeilijk om met logica te argumenteren als je polsslag tekeergaat en je lichaam van elke aanraking geniet.

Plotseling stopt hij en trekt zich terug. 'Ik weet wat we eerder hebben afgesproken. Maar ik moet het weten. Is dit wat je wilt?'

'Rory', zeg ik, en zijn naam komt er zacht en ademloos uit. 'Ja. Ja, dat is het.'

'Ja?' Zijn lippen vinden de mijne weer. Deze keer kust hij me langzaam en diep, een opzettelijke kwelling die geen ruimte laat voor samenhangende gedachten.

Ik weet niet wie er als eerste beweegt, maar plotseling struikelen we achteruit, of vooruit, of opzij. Ik heb geen idee welke kant op, want ik kan me alleen op hem concentreren. Zijn handen liggen op mijn taille en de mijne zijn in zijn haar, en op de een of andere manier bereiken we de gang en de trap zonder over onszelf te vallen.

'Deur', zegt Rory met een schorre stem, en ik realiseer me dat hij wacht tot ik de weg wijs.

'O ja', mompel ik, terwijl ik achter me naar de klink van de dichtstbijzijnde slaapkamerdeur tast. Mijn hart bonst zo hard dat het me verbaast dat geen van ons er iets over zegt. Eindelijk geeft de deur mee en we tuimelen zijn slaapkamer binnen, onze monden onafgebroken met elkaar verbonden.

De urgentie tussen ons is elektrisch, vonkend bij elke aanraking en elk geluid. Mijn rug raakt de muur en ik hap naar adem, maar hij is er en vangt het geluid op met een nieuwe kus. Zijn handen glijden naar beneden naar mijn heupen en sturen rillingen over mijn huid, zelfs door de lagen stof heen.

'Nog steeds te veel aan het nadenken?' plaagt hij, zijn stem vol amusement en iets donkerders dat mijn maag doet omdraaien.

'Houd je mond', snauw ik, maar het klinkt meer wanhopig dan geïrriteerd, vooral als ik hem bij de tailleband van zijn spijkerbroek dichterbij trek.

Zijn lach is laag en ondeugend, en voordat ik een gevat antwoord kan bedenken, liggen zijn lippen weer op de mijne en leggen alles het zwijgen op, behalve de vlammenzee die zich tussen ons verspreidt.

Het bed vindt ons, of misschien vinden wij het; de details kunnen me niet meer schelen. Het enige wat ik weet, is dat de ruimte tussen ons volledig verdwijnt en de wereld zich vernauwt tot zijn hitte en zijn handen die precies lijken te weten waar ze naartoe moeten.

'Problemen,' adem ik tegen zijn mond, hoewel ik niet zeker weet of ik het over hem of over mezelf heb. Waarschijnlijk over ons allebei.

'Goede problemen,' brengt hij ertegenin, en ik haat het dat dat op dit moment zo logisch klinkt.

Zijn handen vinden mijn heupen, stevig maar tergend zacht, alsof hij iets uit me losmaakt waarvan ik niet wist dat het er was. Rory verplaatst ons moeiteloos, zijn bewegingen zelfverzekerd maar zonder haast, en ik besef met een mengeling van frustratie en fascinatie dat hij de leiding heeft – me leidt alsof we in een ingewikkelde dans verwikkeld zijn waarvan alleen hij de passen kent.

'Ontspan,' fluistert hij in mijn oor, zijn adem warm en irritant rustgevend.

'Wie zegt dat ik niet ontspannen ben?'

'Mm, dat weet je goed te verbergen dan,' plaagt hij, en hij trekt zich net ver genoeg terug om me aan te kijken. Het is zenuwslopend en opwindend tegelijk. 'Maar maak je geen zorgen, Yates. Ik ben erg goed in afleiden.'

'Beetje arrogant, vind je niet?' kaats ik terug, in een poging enige schijn van controle te herwinnen. Maar dan strijkt zijn duim langs mijn kaaklijn en kantelt hij mijn gezicht naar zich toe, en de gevatte opmerking die ik wilde maken, sterft op mijn tong.

'Zelfverzekerd,' verbetert hij, 'dat is wat anders.'

Voordat ik ertegenin kan gaan – niet dat ik nog coherente argumenten over heb – kust hij me weer, dit keer langzaam en weloverwogen, alsof hij me uitdaagt om te blijven denken in plaats van te voelen. En verdomme, ik voel alles: zijn mond, stevig en toch zacht, de manier waarop zijn handen over mijn heupen glijden en vonken onder mijn huid veroorzaken, de hitte die zich tussen ons opbouwt.

'Beter,' fluistert hij wanneer we eindelijk naar adem happen, zijn stem schor van iets oers en onmogelijk verslavends. Een van zijn handen verstrengelt zich in mijn haar en trekt er zachtjes aan, terwijl de andere over mijn rug glijdt, de ronding van mijn middel vindt en daar blijft rusten alsof hij er thuishoort.

'Word niet te overmoedig,' slaag ik erin te zeggen. Mijn nagels glijden zachtjes over zijn borst, en ik doe alsof ik niet merk hoe zijn adem stokt, hoe zijn pupillen donkerder worden. Ik ben tenminste niet de enige hier die de controle verliest.

'Te laat,' antwoordt hij gevat, maar onder de bravoure schuilt een zachtheid, een oplettendheid die me steeds weer overvalt.

Die zit in de manier waarop hij na elke aanraking, elke kus, mijn gezicht in de gaten houdt, alsof hij om toestemming wacht, zelfs terwijl hij de leiding neemt. Het is ontwapenend, bedwelmend.

Ik sta op het punt iets te zeggen – wat precies, geen idee – wanneer hij me op het bed tilt, zijn bewegingen soepel en zelfverzekerd. Het matras veert in onder mijn gewicht, en voordat ik de verandering kan verwerken, hangt hij boven me, zijn ogen in de mijne vergrendeld met een focus die illegaal zou moeten zijn.

'Denk je nog steeds te veel na?' vraagt hij, een echo van zijn eerdere opmerking, maar er zit nu geen humor in zijn stem, alleen een stille uitdaging. Zijn vingers glijden over mijn arm op een manier die kippenvel tot leven wekt.

'Houd je mond,' adem ik en ik trek hem naar me toe omdat woorden officieel nutteloos zijn geworden. De spanning breekt, en ineens is er geen ruimte, geen aarzeling, alleen wij – volledig synchroon, alsof we dit al duizend keer eerder hebben gedaan en er nog steeds geen genoeg van kunnen krijgen.

Elke aanraking voelt zowel weloverwogen als instinctief, alsof we elkaar tegelijkertijd ontdekken en herinneren. Zijn handen vinden de blote huid onder mijn blouse, en het contrast van de koele lucht en zijn warme handpalmen stuurt een rilling door me heen. Hij merkt het, natuurlijk merkt hij het, en de tevreden grijns die volgt, is genoeg om hem een klap te willen geven – of hem harder te kussen. Ik kies voor het laatste.

'Problemen,' zeg ik weer, mijn stem gedempt tegen zijn schouder.

'Goede problemen,' herhaalt hij, zijn woorden een lage vibratie tegen mijn sleutelbeen. Zijn lippen laten daar een spoor achter, zenuwuiteinden ontstekend waarvan ik niet wist dat ze bestonden, en ik kom tot het duidelijke besef dat ik volkomen, compleet kansloos ben.

Maar dan vangt hij mijn blik weer, zijn glimlach verzacht tot iets bijna eerbiedigs, en voor een seconde – slechts een seconde – voelt het minder als een spelletje en meer als zwaartekracht, onvermijdelijk en onmiskenbaar.

Zijn mond beweegt alsof hij me beter kent dan ikzelf – doelgericht, allesverslindend, verwoestend. Ergens onderweg verlies ik het overzicht van waar zijn handen zijn, of waar de mijne zijn, eerlijk gezegd, want hij is overal tegelijk. Er is een moment, vluchtig maar elektrisch, waarop onze bewegingen haperen en we dan lachen – laag, ademloos, het soort gelach dat dit alleen maar opzwepender maakt. Zijn vingers trekken patronen over mijn ruggengraat en trekken me dichterbij.

'Ben je de grenzen aan het opzoeken, Keane?' slaag ik erin te zeggen, hoewel mijn stem meer beeft dan ik zou willen.

'Gewoon even controleren,' fluistert hij in mijn oor, 'of je het nog steeds oké vindt dat het ongedwongen is.'

Die zin is een uitdaging vermomd als een vraag. Mijn lach blijft in mijn keel steken en verandert in iets wat meer op een snik lijkt als zijn lippen een plekje net onder mijn kaak vinden dat helder denken tot een Hercules-taak maakt.

'Houd je mond,' zeg ik uiteindelijk, maar er zit geen boosaardigheid achter, alleen overgave.

We zijn een kluwen van ledematen en adem en huid, elke beweging weloverwogen en toch verkennend, alsof geen van beiden helemaal kan geloven dat we dit mogen doen. En o, hij is grondig – zijn handen, zijn lippen, zijn lichaam – een man die niet zomaar een pagina overvliegt; hij leest elk woord, twee keer, op zoek naar de subtekst. Tegen de tijd dat we samen neervallen, voelt de kamer anders, alsof de lucht zelf is veranderd om ruimte te maken voor wat er zojuist tussen ons is gebeurd.

Ik staar naar het plafond, terwijl de scherpe randjes van mijn ademhaling langzaam gladder worden. Mijn haar plakt aan mijn voorhoofd, mijn benen voelen als gelei en ergens in mijn achterhoofd ben ik dit moment al aan het bewerken tot iets minder... monumentaals. Iets wat morgen niet onmogelijk zal maken.

Oké, denk ik bij mezelf, terwijl ik probeer mijn gedachten in het gareel te krijgen. Dit is prima. Normale mensen doen dit de hele tijd. Ongedwongen. Leuk. Zonder verplichtingen. Geen problemen.

Maar de waarheid is, hier met hem liggend – zijn arm tegen de mijne gedrukt, zijn ritmisch kalme ademhaling zowel aardend als tergend – voel ik me allesbehalve ongedwongen. Het is niet alleen mijn lichaam dat moe is; het is mijn vastberadenheid, mijn zorgvuldig opgebouwde barrière tussen logica en gevoel. Want dit had niet zo... veel moeten zijn.

Ik werp een steelse blik opzij naar hem. Hij ziet er volkomen onverstoorbaar uit, als iemand die zojuist met succes een vliegtuig heeft geland waarvan hij niet eens wist dat het neerstortte. Mijn borstkas trekt samen, niet van spijt of schaamte, maar van een keiharde, angstaanjagende helderheid: ik heb me flink in de nesten gewerkt. En erger nog? Het zou zomaar kunnen dat ik het leuk vind.

Het bed verschuift wanneer Rory naast me beweegt en het zorgvuldig fragiele evenwicht verstoort dat ik probeerde te bewaren. Ik houd mijn ogen op het plafond gericht, alsof alle antwoorden ergens in de scheuren van het pleisterwerk geschreven staan als ik maar hard genoeg mijn ogen dichtknijp.

'Je bent aan het denken', zegt hij met zijn lage, tergend geamuseerde stem. 'Ik kan de radertjes vanaf hier letterlijk horen draaien.'

'Dat is onmogelijk', antwoord ik kurkdroog, terwijl ik nog steeds naar boven staar. 'Denken maakt geen geluid.'

'Dat van jou wel', kaatst hij vlot terug, en ik voel het matras weer inzakken als hij zich op één elleboog opricht. Hij is nu dichterbij, en ik voel hoe hij naar me kijkt, me bestudeert met dat onwankelbare zelfvertrouwen dat ervoor zorgt dat ik hem tegelijkertijd opnieuw wil kussen en iets zwaars naar hem wil gooien.

'Ga je gang dan', antwoord ik. 'Zeg maar wat voor zelfingenomen opmerking je duidelijk zo graag wilt maken.'

'O, nee', zegt hij luchtig. 'Ik geniet gewoon van het moment. Weet je, ik maak aantekeningen... voor onderzoeksdoeleinden.'

Dat trekt mijn aandacht. Mijn hoofd schiet zo snel zijn kant op dat ik denk dat ik iets verrekt heb. 'Onderzoek?'

'Mmm-hmm', neuriet hij, overduidelijk veel te veel genietend. 'Niet slecht, trouwens. Voor onderzoek.'

'Meen je dat nou?' pers ik eruit, hoewel de woorden er zwak en half ademloos uitkomen op een manier die verraadt hoe van streek ik ben. Wat zijn grijns natuurlijk alleen maar breder maakt.

'Waarom zou ik een grap maken over zoiets belangrijks?'

antwoordt hij onschuldig, maar er is een twinkeling in zijn ogen die me vertelt dat hij *precies* weet wat hij doet. Hij probeert me uit de tent te lokken, en erger nog, het lukt hem.

'Ongelofelijk', zeg ik. De brutaliteit. De *schaamteloosheid*.

'Rustig maar', zegt hij, zijn toon net genoeg verzachtend om me nog verder te ontwapenen. 'Ik maak een grapje. Voor wat het waard is... ik loog niet toen ik zei dat het niet slecht was.'

'Niet slecht', herhaal ik vlak. Een kussen raakt zijn gezicht voordat ik me zelfs maar realiseer dat ik heb uitgehaald. Het is ook een goede klap – stevig, direct – hoewel de bevredigende *plof* van korte duur is wanneer Rory gewoon lacht, laag en onverstoord, alsof hij het had verwacht.

'Echt waar?' Zijn stem is doordrenkt van honingzoete geamuseerdheid terwijl hij het kussen dat nu in zijn schoot ligt, rechtlegt en nonchalant tegen het hoofdeinde leunt alsof ik zojuist niet de oorlog heb verklaard. 'Is dat je reactie? Je toevlucht nemen tot geweld?'

Mijn vingers krullen om de rand van een ander kussen, en ik overweeg een tweede aanval in te zetten. 'Als je denkt dat *dat* gewelddadig was, dan ken je me duidelijk niet zo goed.'

Hij heft zijn armen op als teken van overgave, en ik ga weer liggen, me tegen zijn borst aanvleiend. Zijn rechterarm slaat om mijn schouder, en het voelt ongelofelijk goed om vastgehouden te worden. Om gewild te zijn.

Dit had simpel moeten zijn. Vrijblijvend. Even stoom afblazen, meer niet. Maar terwijl ik hier in zijn bed lig en naar het plafond staar, voel ik het gewicht van de waarheid op me drukken: ik zit in de problemen. Grote, rommelige, hartvormige problemen.

De stilte rekt zich uit, zwaar van alles wat onuitgesproken is. Ik voel hem daar, slechts centimeters van me vandaan, en het vergt elke gram wilskracht om mijn hoofd niet te bewegen. Om niet nog eens naar hem te kijken en het risico te lopen dieper te vallen in wat dit ook is.

'Welterusten, Lara', zegt hij ten slotte.

'Welterusten', antwoord ik, amper luider dan een fluistering.

Ik blijf daar liggen, lang nadat zijn ademhaling rustig is

geworden, en staar naar de vage contouren van schaduwen die over de muren dansen. Dit hoort niet zo te voelen. Het hoort niet... *groot* te voelen.

Maar dat doet het wel.

En dat jaagt me een doodsangst aan.

TWAALF

Ik word wakker in een stilte die te luid aanvoelt. Het felle ochtendlicht valt door de jaloezieën, hard en meedogenloos, en verlicht de chaos in mijn hoofd veel doeltreffender dan me lief is. Mijn lichaam komt in beweging voordat mijn hoofd erbij is – spiergeheugen trekt me overeind, mijn benen zwaaien over de rand van het bed, mijn voeten zoeken naar mijn pantoffels die ik zo bedachtzaam naast mijn bed had klaargezet... in de kamer aan de overkant van de gang. Shit, ik heb de nacht in zijn kamer doorgebracht.

Hij ligt daar in bed, in diepe slaap. Ik kan hem ruiken. Warme huid, cederzeep en waar roekeloze beslissingen dan ook naar ruiken. 'Ongecompliceerd', herinner ik mezelf eraan. Dat hebben we afgesproken. Twee volwassenen die twijfelachtige keuzes maken maar het simpel houden.

'Ongecompliceerd' is een leugen die ik mezelf vertelde om 22:37 uur toen ik hem in de keuken en de hele weg naar boven kuste, en nog een leugen toen zijn handen over mijn rug gleden op een manier die allesbehalve ongecompliceerd voelde.

Ik ga staan en zie mijn blouse over de rugleuning van een stoel hangen – godzijdank voor kleine zegeningen. Ik hoef tenminste niet op jacht naar verdwaald ondergoed of de stukjes van mijn waardigheid van de vloer te rapen. Ik trek de frisse stof aan, strijk de kraag recht en werp een snelle blik in de spiegel.

Haar: rommelig maar te redden. Make-up: onbestaande, maar mijn bril ligt tenminste waar hij hoort, op het nachtkastje. Professionele houding: intact, ook al voelt de persoon die hem draagt zich alsof ze door emotionele granaatscherven is geraakt.

'Herpak jezelf,' zeg ik terwijl ik mijn haar in een lage paardenstaart trek. Het is nu een mantra, zo betrouwbaar als koffie of deadlines.

Mijn telefoon trilt op het nachtkastje, wat een welkome afleiding is. Ik grijp hem voordat hij de schone slaper wakker kan maken en scroll door e-mails, nieuwsberichten en een groepsapp van het personeel met de vraag wie er vanavond zin heeft in een drankje (spoiler: ik niet). Het werk is er ook, wachtend zoals altijd, standvastig en betrouwbaar in zijn eisen. Een e-mail van marketing over Rory's boek, onderwerp: *Dringend - ASAP feedback nodig.*

'Natuurlijk,' zucht ik en open de mail. Feedback is mijn comfortzone. Het is zwart-wit, praktisch, zonder al die rommelige, grijze toestanden – in tegenstelling tot wat dit met Rory dan ook is.

Ongecompliceerd. Ik herhaal het woord alsof het een toverspreuk is die ervoor zorgt dat mijn hersenen geen kortsluiting maken. Er is hier geen ruimte voor complicaties, geen plek voor persoonlijke gevoelens die in het professionele vaarwater terechtkomen. Ik heb te hard gewerkt, te veel van mezelf opgeofferd om deze carrière op te bouwen, om het te laten ontrafelen door één... oké, twee nachten van slechte beslissingen verpakt in goede bedoelingen.

Ik probeer me te concentreren, en scroll door de e-mail. Marketingjargon, herziene verkoopcijfers, vragen over doelgroepen – het is veilig terrein, heerlijk onpersoonlijk. Mijn borstkas voelt iets losser, het vertrouwde ritme van het werk duwt al het andere naar de achtergrond.

Eerst werk, gevoelens later, zeg ik tegen mezelf, hoewel ik dondersgoed weet dat 'later' niet in mijn agenda staat. Niet nu, nooit.

Ik loop de kamer door, mijn rok in de ene hand, mijn jasje over de andere. Mijn blouse is dichtgeknoopt – nou ja, grotendeels. De laatste twee knoopjes zijn nog steeds spoorloos, maar ik ga echt niet op mijn knieën rondkruipen om ze te zoeken. Vluchtige affaires hebben geen afdeling gevonden voorwerpen.

Ik bereik de deur, mijn hand zweeft boven de klink, en ik pauzeer net lang genoeg om adem te halen. Inademen, uitademen. Reset. Dit is prima. Dit *is* prima. Gisteravond was... leuk. Roekeloos, zeker, maar ook afgebakend. Een net doosje geweldige seks, dichtgebonden met een strik van wederzijds begrip: geen verplichtingen, geen complicaties, geen rommelige emoties.

Eenmalig. Niks aan de hand.

Dan, omdat dit nu eenmaal mijn leven is, hoor ik zijn stem achter me.

'Ga je nu al weg? Wat, geen koffie? Geen afscheidskus?' Rory's toon is licht, doorspekt met amusement, alsof dit een charmante ochtendroutine is die we al honderd keer hebben gerepeteerd.

'Dat is nogal aanmatigend,' zeg ik, terwijl ik net genoeg draai om over mijn schouder te kijken. Hij leunt tegen het hoofdeinde, de lakens losjes om zijn middel alsof hij de hoofdrol speelt in een reclamecampagne voor de zelfingenomen kwal. Zijn haar is een warboel, donkere lokken vallen over zijn voorhoofd op een manier die er niet zo goed uit zou mogen zien om – hoe laat is het? Zeven uur 's ochtends? Negen? Wie weet? Tijd verliest zijn betekenis als je onopgemerkt probeert te ontsnappen.

'Aanmatigend?' herhaalt hij, terwijl hij een wenkbrauw optrekt. 'Lara, je sloop je bed uit alsof je de plaats delict ontvluchtte. Vergeef me als ik dacht dat je cafeïne aanbieden een vriendelijk gebaar zou zijn.'

'Ik ben laat. Werk, weet je nog? Dat ding waar mensen me voor betalen om jou aan je deadline te houden?'

'Ah, juist. Werk. Waar we zullen doen alsof je gisteravond niet net "dat ding" noemde.'

'Gisteravond was precies wat het moest zijn,' zeg ik, met een gelijkmatige stem. 'Niets meer en niets minder.'

'Juist.' Hij houdt zijn hoofd schuin en bestudeert me alsof ik een bijzonder ingewikkelde plotwending ben waarover hij nog niet heeft besloten of hij hem geweldig of vreselijk vindt. 'En ik maar denken dat redacteuren brutaal eerlijk hoorden te zijn.'

'Brute eerlijkheid vereist geen toelichting,' kaats ik terug, mijn hand weer op de deurknop. 'Het is efficiënt. Net als vertrekken voor het ontbijt.'

'Als jij het zegt.'

Ik antwoord niet. In plaats daarvan open ik de deur en stap erdoorheen, en laat hem achter me dichtklikken met een finaliteit die ik niet helemaal voel.

Mijn hand blijft een seconde langer op de klink hangen dan nodig, alsof mijn lichaam mijn zorgvuldig uitgestippelde ontsnappingsplan nog niet helemaal heeft begrepen.

Maar zijn stem – *En ik maar denken dat redacteuren brutaal eerlijk hoorden te zijn* – kleeft aan me als een Post-it met een half afgemaakte zin erop. Onvoltooid. Incompleet.

'Efficiënt' verklaart niet waarom mijn borstkas zo strak aanvoelt, of waarom ik bewust mijn kaken moet ontspannen voordat ik me terugtrek in de veilige haven van mijn eigen kamer.

Tegen de tijd dat ik heb gedoucht en naar beneden kom om de dag officieel te beginnen, is de geur van koffie de lucht al binnengedrongen, met dank aan Rory's uitstapje naar huiselijkheid. Die man kan een menigte voor zich winnen, een bestseller schrijven en blijkbaar ook nog een fatsoenlijke pot koffie zetten. Voeg dat maar toe aan de lijst met redenen waarom ik hem niet onder mijn huid moet laten kruipen. Te veel charme is gevaarlijk; dat weet iedereen.

Ik ga aan het hoofd van de tafel zitten, waar stapels manuscriptpagina's me als een beschuldiging aanstaren. Perfect. Iets tastbaars. Iets echts. Niet... gisteravond. Of zijn geplaag. Of de manier waarop hij naar me keek, alsof ik zowel een raadsel als de oplossing was. Alleen werk.

Werk is veilig. Werk is voorspelbaar. Werk laat je niet...

'Goedemorgen', zegt hij, terwijl hij op de stoel tegenover me schuift. Hij houdt twee mokken vast, waarvan hij er een mijn kant op schuift. De koffie ruikt vol, donker en veel te verleidelijk – een beetje zoals degene die hem brengt, als ik geneigd zou zijn om dat soort vergelijkingen te maken. Wat ik natuurlijk niet ben.

'Bedankt', zeg ik kortaf, hoewel mijn hand me verraadt door meteen naar de mok te reiken. Ik neem een slok en laat de warmte door me heen sijpelen, terwijl ik mijn blik strak op het manuscript voor me gericht houd. Niet op ingaan. Niet aanmoedigen. Gewoon... redigeren.

'Waar zullen we beginnen?'

'Ik heb een lijst', zeg ik, en ik tik met mijn pen tegen de kantlijn van pagina zevenenveertig.

'Waarom verbaast me dat nou niet?'

'Te beginnen met dit cluster van bijvoeglijke naamwoorden hier. Had je echt drie verschillende manieren nodig om haar glimlach te omschrijven? We snappen het. Ze is stralend, lichtgevend *en* oogverblindend.'

'Ze is de vrouwelijke hoofdrol', zegt hij schouderophalend. 'Ik dacht dat je wat afwisseling wel zou waarderen.'

'Afwisseling wordt overschat', kaats ik terug, terwijl ik de gewraakte woorden omcirkel. 'Kies er een. Anders leest het alsof je geen besluit kunt nemen.'

'Oké. Wat nog meer?'

'Bij de overgang naar de derde akte zijn de motieven van Oliver nog steeds niet duidelijk', leg ik uit, waarbij ik mijn toon professioneel en afstandelijk houd. 'Je bouwt al die interne conflicten op, maar dan... vergeeft hij haar zomaar? Zonder aarzeling? Zonder gevolgen? Het voelt niet verdiend.'

'Oké, goed punt', zegt Rory, en hij knikt langzaam. 'Dus wat als... Wat als we een scène toevoegen waarin hij eerst de confrontatie met haar aangaat? Zeg maar, echt alles op tafel gooit voordat hij besluit haar al dan niet te vergeven?'

'Dat zou kunnen werken', geef ik toe, met tegenzin onder de indruk van hoe snel hij kan schakelen. 'Maar er is meer nodig dan alleen een confrontatie. Er moet ook een moment zijn waarop hij zichzelf in twijfel trekt – of hij er klaar voor is om weer te vertrouwen. Maak het ingewikkeld.'

'Begrepen.'

'En laat dat cliché op het dak achterwege', voeg ik eraan toe, wijzend naar de notitie die ik met rode inkt onderaan de pagina had gekrabbeld. 'Niemand heeft serieuze openbaringen op een dak met uitzicht op de skyline bij zonsondergang. Dat is al tot in den treure gedaan.'

'Hé, ik *hou* van daken', protesteert Rory, maar er is een speelse twinkeling in zijn ogen. 'Die zijn romantisch.'

'Die zijn lui', counter ik. 'En jij bent beter dan lui.'

'Wauw', knikt hij. 'Een compliment en een belediging in dezelfde zin. Ambassadeur, je verwent me echt.'

'Wen er maar niet aan.'

We duiken dieper in de derde akte en gooien ideeën heen en weer als een potje verbaal pingpongen. En ergens tussen het debatteren over de voors en tegens van een groots gebaar versus een stille verzoening, realiseer ik me iets vreemds. Hij... luistert. Hij luistert echt. En niet op de gespeelde, ja-knik-en-glimlach-manier zoals de meeste auteurs doen als ik hun oogappeltjes aan stukken scheur. Hij is betrokken, energiek, en hij gedijt op het momentum van ons gesprek, alsof het de samenwerking zelf is die iets in hem aanwakkert. Hij wil oprecht dat *Volledig, Voorgoed* het beste boek wordt dat het kan zijn. Hij is bereid hele hoofdstukken te herschrijven als dat de verhaallijn verbetert.

En, irritant genoeg, wakkert het ook iets in mij aan.

'Wacht', zegt hij plotseling, en hij knipt met zijn vingers. 'Wat als het grote keerpunt er niet om draait dat zij haar excuses aan hem aanbiedt? Wat als het erom draait dat hij zich realiseert dat hij haar verontschuldiging niet nodig heeft om verder te gaan? Dat zijn afsluiting van binnenuit komt, niet van haar.'

Ik knipper met mijn ogen, overrompeld door deze wending. Het is... goed. Echt goed. Beter dan alles wat ik heb voorgesteld. Mijn pen zweeft boven het manuscript terwijl ik het onbekende gevoel dat zich in mijn borst opkrult probeer te verwerken. Trots? Bewondering? Nee. Zeker weten honger.

'Dat... zou kunnen werken', zeg ik voorzichtig, omdat ik mezelf niet vertrouw om meer te zeggen. Want de waarheid is dat het niet alleen werkt – het is briljant. En het feit dat ik misschien zelfs maar een kleine rol heb gespeeld om hem daar te krijgen, is even opwindend als angstaanjagend.

'Zie je wel?', zegt Rory, en hij werpt me een triomfantelijke grijns toe. 'Ik zei toch dat daken romantisch zijn.'

Hij klapt zijn laptop open en maakt het scherm wakker, scrollend om de pagina in het document te vinden, klaar om de scène te schrijven. Maar dan stopt hij en kijkt op.

'Hé, Lara?'

'Ja?'

'Bedankt.' Zijn stem is zacht. Als ik eindelijk opkijk, is zijn glimlach milder, minder geoefend. Echter.

'Waarvoor?', vraag ik, met een stem die nauwelijks een fluistering is.

'Dat je me helpt het beter te maken', zegt hij simpelweg.

En verdomme, de manier waarop hij me nu aankijkt – alsof ik meer ben dan alleen zijn redacteur, meer dan zomaar een vluchtige afleiding.

Rory's hand strijkt langs de mijne als hij naar een pen reikt die niet eens aan *zijn* kant van de tafel ligt. De aanraking is vluchtig, achteloos genoeg om als toeval afgedaan te worden – behalve dat het allesbehalve zo voelt. Ik verstijf midden in een zin, mijn woorden verdampen als stoom van het wegdek.

'Stop daarmee', zeg ik, en ik trek een wenkbrauw op.

'Waarmee stoppen?' Zijn stem wordt lager, zachter, en het plagende randje wordt warmer. Gevaarlijker.

'Je hoort te brainstormen, niet... naar me te zitten broeden.'

'Broeden?' Hij grinnikt en het geluid is vol, dieper dan voorheen. 'Ik broed niet. Ik smeul. Er is een verschil.'

'Daar valt over te twisten', zeg ik, maar ik wil lachen. Verdomme.

'Geef het toe', zegt hij, en zijn grijns wordt breder. 'Je glimlacht. Je vindt me grappig.'

'Tja, iemand moet dat vinden', kaats ik terug. Want de waarheid is dat hij *wel* grappig is. En snel. En ontwapenend goed in het me doen vergeten waarom ik afstand moet bewaren.

De stilte duurt voort, strakgespannen en zinderend. Ik zou moeten wegkijken, maar dat doe ik niet. In plaats daarvan kijk ik naar hem, en plotseling voelt de tafel te klein, de kamer te warm.

Nog voor ik helemaal besef wat ik doe, sta ik al op. De stoel schuurt over de vloer, luid genoeg om me terug te brengen naar de realiteit, alleen stop ik niet. Ik stap om de tafel heen en over-brug de afstand tussen ons in drie snelle passen.

'Ik ben een theorie aan het testen,' zeg ik kortaf, mijn stem vaster dan ik me voel.

'En die is?' Zijn uitdrukking verandert, verrassing flitst over zijn gezicht, maar de verwachting in zijn ogen is onmiskenbaar.

'Of je zwoel kunt kijken,' antwoord ik, en dan kus ik hem.

Het is niet aarzelend of voorzichtig of een van de andere dingen die ik mezelf jarenlang heb aangeleerd te zijn. Het is hitte en wrijving en roekeloze overgave, en voor één keer in mijn leven kan het me niet schelen wat de gevolgen zijn.

Rory reageert onmiddellijk, zijn handen grijpen mijn middel vast terwijl hij me dichterbij trekt, waardoor het laatste beetje ruimte tussen ons verdwijnt. De kus wordt dieper, zijn mond beweegt op de mijne met een honger die de mijne evenaart. Eén hand glijdt over mijn rug omhoog en zijn vingers verstrengelen zich in mijn haar, terwijl de andere me stevig op mijn plaats houdt.

Ik hap naar adem tegen zijn lippen, en hij maakt gebruik van de opening, zijn tong glijdt mijn mond binnen op een manier die mijn knieën doet knikken. Mijn handen klampen zich vast aan zijn shirt.

'Nog steeds aan het overdenken?' zegt hij, zijn adem heet en onregelmatig.

'Hou je mond,' weet ik uit te brengen, en trek hem van zijn stoel omhoog.

Het manuscript is vergeten, de eettafel wordt een slagveld – een botsing van verlangen, frustratie en onuitgesproken waarhe-den. Zijn lippen dwalen langs mijn kaaklijn naar het gevoelige plekje net onder mijn oor, en ik onderdruk een kreun, terwijl mijn hoofd naar achteren valt om hem meer toegang te geven.

'God, Lara,' fluistert hij, zijn stem ruw en gebroken, alsof ik hem net zo uit elkaar haal als hij mij. En misschien is dat ook zo. Misschien stevenen we allebei af op iets wat we niet onder controle hebben, iets wat ons onvermijdelijk zal breken.

Maar nu kan het me niet schelen. Nu is er alleen hij – zijn

aanraking, zijn warmte, zijn alles – en voor één keer laat ik me vallen.

De koele lucht van het open raam strijkt langs mijn blote schouders en ik besef te laat dat ik nog steeds midden in de keuken sta, verward en volkomen van de kaart. Mijn blik valt op de manuscriptpagina's die over de tafel verspreid liggen – vergeten slachtoffers van onze... omweg – en een steek van schuldgevoel verkrampt mijn borst. Ik kijk naar Rory.

'Niet doen,' zeg ik, en houd een hand op voordat hij kan spreken. 'Wat je ook op het punt staat te zeggen, doe het gewoon niet.'

'Wat zeggen?' Hij haalt zijn schouders op, veel te tevreden met zichzelf. 'Dat je er goed uitziet als je een beetje van het padje af bent? Want dat is waar.'

'Rory.'

'Oké, oké. Ik zeg geen woord.'

'Mooi.' Ik gris mijn blouse van de rugleuning van een stoel, voor de tweede keer vanmorgen, en trek hem aan, waarbij ik de knopen met meer kracht dan nodig dichtmaak. 'Want hier hebben we het niet over. Nooit.'

'Echt? Nooit?' Zijn toon is licht, plagend. 'Lijkt me best zonde. Ik bedoel, we boekten behoorlijk wat vooruitgang op het gebied van—'

'Nee,' onderbreek ik hem, dit keer luider. 'Dit verandert niets. We zijn hier nog steeds om aan je roman te werken, en dat is het. Geen complicaties. Geen afleiding.'

'Zeker,' zegt hij gemakkelijk, 'als jij het zo wilt spelen.'

'Dat is precies hoe ik het wil spelen.'

DERTIEN

Dag drie. De nieuwigheid van de landelijke afzondering is er officieel wel vanaf en de routine heeft zijn intrede gedaan, als je de delicate balans tussen schrijven, redigeren en het vermijden van onderliggende seksuele spanning al een routine kunt noemen.

We hebben de grote veranderingen doorgesproken, zijn het eens geworden over de richting en nu is Rory opgegaan in zijn manuscript, met gefronste wenkbrauwen en vingers die over het toetsenbord vliegen in die koortsachtige, tranceachtige toestand die suggereert dat hij misschien wel echt vooruitgang boekt. Ik zou me verheugen in de overwinning, maar ik heb op de harde manier geleerd om niet te vroeg te juichen.

Terwijl hij werkt, grijp ik de kans om naar een manuscript van een van mijn andere auteurs te kijken dat in mijn inbox is beland. Over het algemeen wissel ik niet graag tussen projecten, omdat het tijd kost om in en uit de juiste gemoedstoestand te komen. Ik maak een uitzondering omdat ik er al naar uitkeek om het nieuwste boek van Rebecca te lezen sinds Scott & Drake aankondigden dat ze een contract voor twee boeken had getekend, volgend op haar geweldige debuut.

Maar het was een verkeerde keuze. Ik heb de zin nu drie keer gelezen, en ik kan met de beste wil van de wereld niet zeggen of hij briljant of onuitstaanbaar is.

'Je staart zo boos naar dat scherm alsof je het mee naar buiten wilt vragen voor een gevecht op de parkeerplaats,' doorbreekt Rory's stem de stilte, soepel en met een vleugje amusement. Hij leunt achterover tegen het andere uiteinde van de tafel, armen over elkaar, één wenkbrauw opgetrokken in gespeelde bezorgdheid.

'Misschien is dat ook zo,' zeg ik. 'Ik zou in ieder geval mijn benen wel even willen strekken.'

'Ah, nou, in dat geval...' Hij knikt met zijn hoofd naar het raam, waar de late middagzon door de gordijnen stroomt. 'Zullen we er voor vandaag mee stoppen? Een wandeling maken. Even een frisse neus halen voordat je voorgoed scheel kijkt.'

'Stoppen?' Ik kijk ongelovig op. 'Je hebt een deadline, Keane. Deadlines gaan niet wandelen.'

'Dat is waar,' zegt hij, terwijl hij zich met een lome elegantie van de tafel afduwt die alleen iemand die irritant lang is, kan opbrengen. 'Maar redacteuren wel. En schrijvers. Heb ik me laten vertellen.' Zijn grijns is ontwapenend, maar ik weiger me erdoor te laten inpakken. Ik heb een hele carrière opgebouwd door immuun te zijn voor charme, vooral de zijne.

'Moet jij niet een hoofdstuk herschrijven?' kaats ik terug, sla mijn armen over elkaar en geef hem mijn beste 'hier-kom-je-niet-onderuit'-blik.

'Alle experts zeggen dat je niet langer dan drie kwartier achter elkaar voor een computer moet zitten,' kaatst hij terug, terwijl hij al richting de deur loopt. 'Kom op, het is heerlijk buiten.'

Ik aarzel, kijk naar dezelfde pagina op mijn scherm en de halflege mok thee ernaast. Een frisse neus halen klinkt fijn, zeker, maar een frisse neus halen met Rory? Dat is... ingewikkeld.

'Goed dan,' mopper ik, terwijl ik opsta en de kreukels uit mijn blouse strijk. 'Maar als dit ontaardt in een of andere inspirerende natuurwandeling waarbij je David Attenborough gaat imiteren, laat ik je achter in het bos.'

'Afgesproken,' zegt hij, en hij houdt de deur met een overdreven gebaar open. 'Maar alleen omdat ik zonder jou waarschijnlijk zou verdwalen.'

Het pad is zacht onder onze voeten, gevlekt zonlicht filtert door het bladerdak boven ons. Ergens in de verte kwetteren vogels en de geur van dennen hangt zwaar in de lucht. Het is idyllisch. Pittoresk. Alsof het zo uit een van zijn boeken komt.

En toch kan ik me alleen maar concentreren op de stilte tussen ons. Niet echt ongemakkelijk, meer het soort stilte dat vol en geladen met iets onuitgesprokens aanvoelt. Een deel van mij wil die stilte vullen, om maar iets te zeggen om de betovering te verbreken, terwijl een ander deel zich aan de stilte vastklampt als aan een reddingslijn.

Rory loopt een stap voor me, zijn handen nonchalant in zijn zakken gestoken. Hij heeft hier buiten iets gemoedelijks over zich, zijn gebruikelijke rusteloze energie is getemperd door het ritme van het pad. Ik vraag me af of hij het ook voelt, het vreemde gewicht van gisteravond dat op ons drukt. De manier waarop alles, bijna onmerkbaar, verschoof, als een tektonische plaat die onder het oppervlak glijdt.

Niet dat ik aan gisteravond denk. Nauwelijks.

'Je bent wel erg stil,' zegt Rory plotseling, terwijl hij me met een plagend lachje aankijkt. 'Moet ik me zorgen maken?'

'Ik geniet gewoon van de rust,' antwoord ik, en ik houd mijn toon licht. 'Het komt zelden voor dat jij zo stil bent. Daar moet ik van genieten zolang het kan.'

'Oké, maar even serieus, gaat het? Je lijkt... anders.'

'Anders, hoezo?'

'Ik weet het niet zeker,' zegt hij, en hij richt zijn blik weer op het pad voor ons. 'Ik denk dat ik door moet lopen om daarachter te komen.'

Daar is het weer, die verschuiving, subtiel maar onmiskenbaar. Ik bijt op de binnenkant van mijn wang en weersta de drang om door te vragen, om te vragen wat hij bedoelt. In plaats daarvan laat ik de stilte weer tussen ons vallen, terwijl elke stap ons dieper het bos in voert en verder weg van de veilige afstand die we tot nu toe hadden weten te bewaren.

'Voorzichtig,' zeg ik als Rory met de gratie van een pasgeboren hert over een boomwortel stapt. 'Je wilt toch niet dat de grote romanschrijver een enkel verzwikt in de wildernis. Stel je de krantenkoppen voor.'

'Stel je de boekverkoop voor,' kaatst hij terug, terwijl hij over zijn schouder naar me kijkt. 'Schrijver overleeft barre beproeving in het bos. Vindt inspiratie. Schrijft meesterwerk. Miljoenen huilen.'

'Ik zou er goed geld voor betalen om jou hier buiten te zien overleven. Ik weet vrij zeker dat jouw idee van "primitief leven" lauwe roomservice inhoudt.'

'Hé, dan moet je weten dat ik ooit een heel weekend heb gekampeerd.' Hij spant zijn biceps aan. 'Geen wifi. Geen mini-bar. Puur natuur. Alleen ik, de sterren en een bijzonder kwade koe, die er niet bepaald blij mee was dat ik had besloten mijn tent in haar buurt op te zetten.'

'Echt heldhaftig.' Zijn belachelijkheid is bijna vertederend. Bijna.

We lopen wat verder, het geluid van de knisperende bladeren onder onze voeten vult de stiltes tussen ons. Het geplaag is vertrouwd, gemakkelijk – alsof je een oude trui aantrekt. Alleen is deze specifieke trui uit vorm gerekt, vervormd door gedachten die ik niet meer netjes in hokjes kan stoppen.

'Je ouders,' zegt Rory plotseling, zijn stem net genoeg veranderend om mijn aandacht te trekken. 'Wat vinden ze van je werk?'

Ik aarzel, niet omdat ik het antwoord niet weet, maar omdat ik het al zo vaak heb geoefend. 'Het zijn... praktische mensen.' Ik houd mijn stem gelijkmatig, afgemeten. 'Mijn vader is accountant bij een ingenieursbureau, mijn moeder is geschiedenislerares. Ze houden van dingen die ze kunnen kwantificeren. Succes in cijfers, vooruitgang in duidelijke stappen. Mijn carrière heeft niet bepaald een routekaart die zij begrijpen.'

'Moeilijk om redactioneel genie te kwantificeren?' vraagt hij.

'Zoiets,' zeg ik schouderophalend, hoewel de woorden zwaarder voelen dan ik bedoel. 'Ik denk dat ze altijd dachten dat ik iets stabielers zou gaan doen. Rechten, misschien. De financiële wereld. Zeker niet de uitgeverij. Maar ja, hier ben ik dan.'

'Hier ben je dan,' herhaalt hij, zijn stem nu zachter. 'En laat me raden: ze vragen nog steeds wanneer je een "echte baan" neemt?'

'Niet met zoveel woorden,' geef ik toe met een vage glimlach. 'Maar ja, er is altijd die ondertoon van... teleurstelling. Alsof ik een puzzelstukje ben dat ze niet kunnen laten passen.'

'Dat is belachelijk,' zegt Rory fronsend. 'Ze zouden juist op elk etentje over je moeten opscheppen. Je bent briljant, Lara.'

Zijn woorden overvallen me en een vreemde warmte trekt in mijn nek omhoog. Ik kaats de bal terug, want wat kan ik anders? 'Jij hebt hen duidelijk nog niet ontmoet. Complimentjes zijn niet hun liefdestaal.'

'Toch,' houdt hij vol, met een serieuze uitdrukking. 'Je doet iets waar je gepassioneerd over bent. Dat is meer waard dan aan iemands verwachtingen voldoen.'

'Gesproken als een man die zich waarschijnlijk nooit zorgen heeft hoeven maken over verwachtingen.'

'Ah, maar daar vergis je je in,' zegt hij, terwijl hij een laaghangende tak ontwijkt. 'Maar dat verhaal bewaar ik voor als we de fles water en het pak Custard Creams, die ik per ongeluk in de gang heb laten staan toen ik mijn laarzen aandeed, op hebben.'

'Dat meen je niet?'

'Jawel. Sorry.'

'Wat een ongelofelijke eikel ben je toch.'

'Ja. Vooral omdat ik nu een moord zou doen voor een koekje.'

Rory haalt zijn schouders op en loopt door, de manchetten van zijn jas schuren bij elke stap tegen de spijkerstof van zijn broek. Hij fluit – natuurlijk fluit hij – en het deuntje is tergend vrolijk, een schril contrast met het geknisper van dode bladeren onder onze voeten en het af en toe knappen van een takje.

'Houdt het ooit op?' roep ik hem na, terwijl ik half jog om hem bij te houden. 'Dat charmeoffensief, bedoel ik. Of ben je gewoon genetisch geprogrammeerd om zo onuitstaanbaar optimistisch te zijn?'

Hij kijkt over zijn schouder naar me. 'Onuitstaanbaar? Au. En ik die dacht dat ik verrukkelijk was.'

'Verrukkelijk zou inhouden dat je mij het tempo laat bepalen.'

'Niet mijn schuld dat je benen hebt als een kabouter,' kaatst hij terug met een grijns.

'Charmant *en* discriminerend op basis van lengte. Wat een buitenkans,' antwoord ik, maar nu glimlach ik ook. Tegen beter weten in. Het is irritant moeilijk om dat niet te doen als hij me zo aankijkt – met die scheve grijns, de rimpeltjes in zijn ooghoeken, alsof hij een nog betere grap achterhoudt.

'Goed dan, ik loop wel langzamer.' Hij past zijn pas aan de mijne aan, zijn arm strijkt een vluchtige seconde langs de mijne voordat hij weer wegzakt. Het is niets, eigenlijk, maar ik voel het toch, als een klein elektrisch schokje.

'Graag gedaan,' zegt hij grootmoedig, alsof hij me zojuist de maan heeft geschonken.

'Wauw,' zeg ik doodserieus. 'Een heer en een geleerde.'

'Geleerde?' Hij lacht, een laag, vol geluid dat door de bomen lijkt te rimpelen. 'Die heb ik al een tijdje niet meer gehoord.'

'Probeer het maar niet te ontkennen,' zeg ik met een spottend lachje. 'Alleen al op basis van je ondeugende grijns durf ik er een flink bedrag op te wedden dat je het lievelingetje van je ouders was. Er altijd met moord en brand mee wegkomen terwijl de rest het zware werk moest doen.'

'Oké, ten eerste,' – hij steekt een vinger op – 'heet dat vindingrijk zijn, niet met moord en brand wegkomen. En ten tweede,' – een tweede vinger voegt zich bij de eerste – 'moet je weten dat het zijn tol eist om bekend te staan om je schoonheid en niet om je verstand. Dus eigenlijk ben ik het slachtoffer in dit alles.'

'Juist,' zeg ik, niet in staat een lach te onderdrukken. 'Arme Rory. Het moet *zo* zwaar zijn geweest om op te groeien als hun oogappel.'

'Kijk, het is niet mijn schuld dat ik objectief gezien de schattigste was,' zegt hij. 'De jongste zijn betekent gewoon dat je in een ander soort schijnwerpers staat. Iedereen had zijn leven al op de rit – en toen was ik er, gedichten krabbelend op servetten en zeggend dat ik boeken wilde schrijven voor de kost.'

'Schandalig,' zeg ik, hoewel mijn stem nu zachter en minder speels is. Er is iets in de manier waarop hij het formuleert – een flits van zelfspot, misschien – dat me ertoe aanzet om voorzichtig te zijn.

'Vertel mij wat,' zegt hij met een spottende glimlach. 'Ze hielden niet bepaald parades voor dat idee. Behalve Aoife, natuurlijk. Zij was de enige die me niet aankeek alsof ik de kluts kwijt was.'

'Je zus?' vraag ik, mijn hoofd schuin houdend.

'Ja.' Zijn blik verschuift naar het pad voor ons, zijn kaak spant zich bijna onmerkbaar aan. 'Zij... zij begreep het gewoon, weet je? Die hele drang om te creëren. Zij was altijd degene die me pushte om groter te denken, luider te dromen. Ze liet me geloven dat ik het echt kon.'

'Klinkt alsof ze je grootste fan was,' zeg ik zachtjes.

'Dat was ze,' zegt hij, zijn stem nu bijna een fluistering. 'Dat is ze nog steeds, denk ik. Ook al is ze niet...' Zijn woorden blijven als mist in de lucht hangen.

Ik dring niet aan. Ik voel het gewicht van wat hij niet zegt, hoe zorgvuldig hij het achter de gemakkelijke charme en snelle afleidingen opgesloten houdt. In plaats daarvan laat ik de stilte tussen ons uitrekken en bied ik de weinige ruimte die ik kan.

'Hoe dan ook,' zegt hij uiteindelijk, en hij forceert een glimlach die zijn ogen niet helemaal bereikt. 'Genoeg over mij. Laten we het weer over jouw kabouterbenen hebben.'

'Gisteravond klaagde je niet.'

'En ik klaag nu ook niet. Zeker weten dat het de mooiste kabouterbenen van heel *Tír na nÓg* zijn?'

'Rot op.'

'Oké dan.'

Behalve vogelgezang is het enige geluid het gekraak van laarzen op vochtige bladeren en het af en toe ritselen van de wind door het bladerdak boven ons. Het is... vredig. Bijna ontwapenend. Ik vertrouw het niet.

'Oké,' zegt hij plotseling, de stilte verbrekend. 'Jij bent aan de beurt.'

'Waar ben ik aan de beurt voor?' vraag ik, hoewel ik precies weet waar dit naartoe gaat. Hij heeft de hele dag al aan de randen van mijn zorgvuldig bewaakte privéleven staan snuffelen, laagje voor laagje wegpelend met een mix van charme en volharding.

'Om je ontstaansgeschiedenis te delen.' Hij kantelt zijn hoofd naar me. 'Jij hebt de mijne gehoord – de benjamin van de familie, het zwarte schaap, de gouden jongen, yadda yadda. Nu wil ik weten hoe Lara Yates de koningin van de rode inkt en bijtende feedback is geworden.'

'Koningin van de rode pen?' Ik snuif. 'Die is nieuw.'

'Kom op. Vertel. Wanneer besefte je voor het eerst dat je als beroep schrijversdromen de grond in wilde boren?'

'Wauw. Jij bent echt een woordkunstenaar,' zeg ik droogjes, maar hij laat het niet los.

'Goed,' zeg ik met een zucht, terwijl ik uit gewoonte mijn bril rechtzet. 'Als je het per se wilt weten, het was nooit mijn plan om redacteur te worden. Ik wilde schrijven.'

'Echt waar?' Hij klinkt oprecht verrast, en tja, oké, dat is niet zo gek. Ik ben niet bepaald het schoolvoorbeeld van grillige, creatieve dromen. 'Wat is er gebeurd?'

'De realiteit kwam om de hoek kijken,' zeg ik, en ik hou mijn toon opzettelijk luchtig. 'Schrijven bleek moeilijk. En rommelig. En het vereist een mate van kwetsbaarheid die ik op dat moment niet bepaald wilde cultiveren. Redigeren daarentegen? Dat was logisch voor mij. Het was clean. Precies. Ik kon de chaos van iemand anders nemen en er iets coherent van maken. Iets... beters.'

Hij reageert niet meteen, en als ik weer naar hem kijk, is zijn uitdrukking peinzend, alsof hij mijn woorden in zijn hoofd omdraait, ze van elke kant bekijkt. Het is verontrustend.

'Dat is een heel diplomatiek antwoord,' zegt hij uiteindelijk. 'Maar het verklaart niet waarom je helemaal met schrijven bent gestopt.'

'Wie zegt dat ik gestopt ben?' De leugen floept er te snel, te reflexmatig uit en ik heb er meteen spijt van. Zijn wenkbrauwen gaan omhoog in een stille uitdaging en ik zucht opnieuw, dit keer dieper. 'Oké, goed dan. Ik ben gestopt. Tevreden?'

'Niet echt.' Zijn toon is mild, maar er zit een scherp randje van iets anders onder. Nieuwsgierigheid, misschien. Of bezorgdheid. 'Waarom ben je gestopt?'

'Omdat het niet goed genoeg was.' De woorden blijven tussen ons in de lucht hangen, scherp en rauw en veel te eerlijk. Ik schraap mijn keel en probeer een schijn van controle terug te krijgen. 'Ik bedoel, ík was niet goed genoeg. Althans, niet volgens mijn eigen maatstaven. En als ik daar niet aan kon voldoen, wat had het dan voor zin?'

'Ah.' Hij knikt langzaam, alsof dat alles verklaart, wat absoluut niet zo is. 'De oude paradox van de perfectionist. Als het niet perfect is, is het de moeite niet waard.'

'Zoiets,' stem ik in, terwijl ik een losse steen van het pad schop. God, waarom heb ik me door hem mee naar buiten laten slepen? Frisse lucht is overschat.

'Dat is belachelijk, weet je,' zegt hij, zijn stem nu zachter. 'Niemand begint perfect. Verdomme, niemand eindigt perfect. Zelfs jij niet, koningin van de rode pen.'

'Bedankt voor de peptalk, coach.'

'Graag gedaan,' zegt hij met een vage glimlach. Maar hij dringt niet verder aan, en daar ben ik hem absurd dankbaar voor.

We ronden een bocht in het pad en plotseling maken de bomen plaats voor een brede, glooiende open plek die uitkijkt over de vallei beneden. Het uitzicht is adembenemend: glooiende heuvels, badend in het zachte, gouden licht van de late namiddag, die vervagen in een horizon die eindeloos lijkt door te lopen. Even zegt geen van ons beiden iets. Er valt niets te zeggen.

'Wauw.'

'Ja,' zegt Rory zachtjes, en hij komt naast me staan. Hij kijkt echter niet naar de vallei. Hij kijkt naar mij.

De lucht boven ons is nu aan het veranderen, de bleke blauwtinten worden dieper en gaan over in rijkere schakeringen van amber en roze. Het is moeilijk te geloven dat dit Engeland is. Het voelt alsof ik aan de rand sta van iets groots en onkenbaars, en voor het eerst in lange tijd voel ik niet de behoefte om de stilte te vullen.

De wind steekt op, baant zich een weg door de open plek en strijkt met koele vingers langs mijn nek. Ik huiver – slechts één keer, een snelle, onwillekeurige rilling. Natuurlijk merkt Rory het op. Hem ontgaat niets.

'Loopt er iemand over je graf?' vraagt hij, terwijl hij zijn jas al uittrekt. Zijn toon is nonchalant, maar er is iets in de manier waarop hij beweegt, weloverwogen maar bescheiden, wat ik geweldig vind.

'Het gaat goed,' zeg ik snel, hoewel dat niet zo is. De avondlucht heeft nu tanden, koud en bijtend, en mijn trui is lachwekkend ontoereikend daartegen. Maar dat toegeven voelt als het verliezen van een onuitgesproken strijd waarvan ik niet precies weet waar hij over gaat.

'Ah, kom op,' zegt hij schamper, en hij stapt dichterbij. Voordat ik een ander excuus kan bedenken, wordt zijn jas om mijn schouders gedrapeerd, warm en zwaar en vaag naar hem ruikend. Het is belachelijk cliché – de dappere held die zijn jas aan de jonkvrouw in nood leent – maar in plaats van te spotten, merk ik dat ik de revers vastgrijp en de jas strakker om me heen trek.

'De ridderlijkheid is toch nog niet dood,' zeg ik, voornamelijk omdat sarcasme veiliger voelt.

'Wen er maar niet aan,' zegt hij met een grijns. 'Als de temperatuur nog twee of drie graden daalt, ruk ik hem zonder pardon weer van je lijf.'

'En laat je me dan vergeten in een greppel sterven aan onderkoeling?'

'Vergeten, nee! Je krijgt waarschijnlijk een vermelding in het dankwoord, samen met mijn ouders, mijn agent en God. Het beste gezelschap.'

Ik kijk hem van opzij aan, en probeer zijn uitdrukking te lezen zonder dat het opvalt. Er is nu geen plagende twinkeling in zijn ogen, geen spoor van zijn gebruikelijke arrogante charme. In plaats daarvan is er een openheid – een stille, standvastige soort warmte – die me volledig ontwapent.

'Hoe dan ook, ik denk dat we terug bij het huisje zijn voordat we moeilijke beslissingen moeten nemen over wie wie gaat opeten.'

'Goed om te weten.'

We staan daar in stilte, de open plek breed en leeg om ons heen, de horizon geschilderd in zachte, schemerige tinten. Het zou ongemakkelijk moeten voelen, zo dicht bij elkaar staan en niets zeggen. Maar dat doet het niet. In plaats daarvan voelt het... gemakkelijk. Alsof we op de een of andere manier in een ritme zijn beland waarvan geen van ons beiden wist dat we ernaar op zoek waren.

'Heb je ooit...' begin ik, maar stop dan en schud mijn hoofd.

'Heb ik ooit wat?' vraagt hij, zijn blik strak op mijn profiel gericht.

'Niets. Vergeet het maar.' Ik wuif het weg met een handgebaar, maar hij laat het er niet bij zitten.

'Nee, ga door. Wat?' vraagt hij opnieuw, dit keer zachter.

'Heb je ooit gewoon... de wens dat je je hersenen kunt uitzetten? Vijf minuten kunt stoppen met overal over na te denken en gewoon kunt *zijn*?' De woorden floepen eruit voordat ik ze kan tegenhouden, rauw en ongepolijst, en ik heb er meteen spijt van dat ik ze heb laten ontsnappen.

'Voortdurend,' zegt Rory zachtjes, alsof het de meest vanzelfsprekende zaak ter wereld is. En op de een of andere manier komt die simpele bekentenis harder aan dan welke grootse verklaring dan ook.

Ik draai me om en kijk hem aan, en even valt de rest van de wereld weg. Het zijn alleen hij en ik, staand aan de rand van iets waar ik nog geen naam voor heb. Iets wat tegelijkertijd angstaanjagend en onvermijdelijk voelt.

'We zijn allebei een beetje een puinhoop, hè?' zeg ik, met een poging tot een zwakke glimlach.

'Spreek voor jezelf. Ik ben een genot,' kaatst hij terug, zijn grijns is weer terug, maar zijn ogen blijven zacht.

En zomaar ebt de spanning weg, en verandert in iets lichters, makkelijkers. Maar het verdwijnt niet helemaal. Het blijft hangen, zoemend net onder de oppervlakte, een stille herinnering aan alles wat we niet zeggen.

Rory stapt voor me en blokkeert het pad als een zelfvoldane wegversperring van bijna twee meter. Hij kruist zijn armen over zijn borst, en de uitdaging staat zo klaar als een klontje op zijn gezicht geschreven.

'Goed dan', zegt hij, met een ondeugende klank in zijn stem.

'Wat dacht je ervan als we de inzet verhogen? De eerste die terug is bij de cottage, wint.'

'Wint *wat*, precies?', vraag ik. Het is een automatische reactie – eigenlijk om tijd te rekken – want ik ben absoluut niet van plan akkoord te gaan met wat voor onzin hij nu weer bekokstooft.

'Het recht om op te scheppen, natuurlijk', zegt hij schouderophalend. Dan voegt hij er met een knipoog aan toe: 'Tenzij je bang bent dat ik je ver achter me laat.'

'Bang? Van jou?' Ik maak een overdreven ongelovig gebaar naar hem. 'Je schrijft liefdesromans voor je brood, Rory. Laten we niet doen alsof je stiekem een Ierse Olympiër bent.'

'Grote woorden van iemand die waarschijnlijk sinds de middelbare school niet meer heeft hardgelopen.' Terwijl hij het zegt, verplaats ik mijn gewicht al en schat ik het ongelijke pad voor ons in. Overal liggen wortels en modderpoelen, en ik ben er niet helemaal van overtuigd dat ik niet binnen de eerste tien seconden mijn enkel verstuik.

'Prima', voeg ik er na een korte stilte aan toe, want blijkbaar heb ik nul overlevingsinstinct als het op competitief gekibbel aankomt. 'Maar niet huilen als je verliest.'

'Maak je geen zorgen, Yates. Ik zal een sportieve winnaar zijn.' En voordat ik kan antwoorden, is hij al weg – hij schiet over het pad als een bezetene, één en al lange benen en roekeloos zelfvertrouwen.

'Valsspeler!', schreeuw ik hem na, terwijl ik al in beweging kom. Het pad vervaagt onder mijn voeten wanneer ik ervandoor ga, het gekraak van takjes en het suizen van koele lucht vullen mijn oren. Ergens voor me hoor ik de zorgeloze lach van Rory.

'Pas op voor de modder!', roept hij over zijn schouder.

Het kan me niet eens schelen dat ik hijg als ik terugschreeuw: '*Jij* moet oppassen voor de modder!'

En zomaar, uit het niets, lost de spanning tussen ons volledig op en maakt plaats voor een wilde, ademloze energie die heel erg als vrijheid voelt.

VEERTIEN

Het is onze laatste dag in de cottage, en het zachte getik van de regen tegen het raam is vreemd rustgevend terwijl ik naar Rory's laatste hoofdstukken staar. Er zit nu een ritme in zijn woorden, een diepte die er voorheen niet was. Het is alsof je iemand eindelijk het juiste stukje van een puzzel ziet vinden waar hij al eeuwen mee aan het hannesen was.

'Tijd werd het', zeg ik in mezelf, terwijl ik voor het eerst geniet van het lezen van het verhaal. Niet dat ik het ooit aan hem zou toegeven, maar hij heeft echt vooruitgang geboekt. Het tempo ligt strakker, de dialogen zijn scherper. En de emotionele momenten... mijn hemel, die man kan verlangen zo beschrijven dat het voelt alsof ik iets privés verstoor.

Fiona had gelijk over deze reis. Hoezeer ik ook mopperde dat ik naar een afgelegen uithoek werd gesleept met een van onze sterauteurs – eentje die, laten we eerlijk zijn, een ego heeft zo groot als Londen – ze wist wat ze deed. Rory had focus nodig, en ik blijkbaar... nou ja, wat dit ook is. Een andere omgeving? Een herinnering dat redigeren niet alleen een kwestie van eerste hulp is, maar soms ook daadwerkelijk samenwerking inhoudt? Wat het ook is, het werkt. Voor ons allebei.

De deur zwaait achter me open en een vlaag vochtige lucht kondigt Rory's terugkeer aan. Ik kijk op als hij binnenstapt, enorme, herbruikbare supermarkttassen die aan beide schouders bungelen, er veel te opgewekt uitziend voor iemand die in een week tijd zo'n veertigduizend woorden heeft geschreven. Zijn haar is vochtig en krult een beetje aan de randen, en op zijn jas zitten wat regendruppels die hij er met een nonchalante schouderbeweging afschudt.

'Ik heb inkopen gedaan', verklaart hij, zijn stem helder en irritant zelfverzekerd. Hij laat de tassen op het aanrecht vallen en begint uit te pakken zonder me ook maar een blik waardig te keuren. 'Ik ben die magnetronmaaltijden en afhaalmaaltijden zat. Op onze laatste avond eten we iets zelfgemaakts.'

'Echt? Zonde, er liggen twee magnetronlasagnes in de koelkast die nu worden verspild.'

'Neem ze maar mee naar huis als je wilt, maar vanavond, Yates, dineren we als goden. Ik trakteer.'

'Ga vooral je gang, leef je uit. Ik hoop dat wat je ook hebt gepland eetbaar is.'

'Niet alleen eetbaar.' Hij haalt een bosje verse kruiden tevoorschijn en legt het met een dramatisch gebaar neer. 'Gedenkwaardig. Je gaat je vrienden vertellen dat je nog nooit zo lekker hebt gegeten.'

'Je legt de lat hoog', waarschuw ik. Hoewel, eerlijk gezegd, is mijn nieuwsgierigheid gewekt.

Rory komt niet op me over als iemand die veel tijd in de keuken doorbrengt – te druk met peinzen over liefdesverhalen en het charmeren van de leden van online boekenclubs. Maar er is een zelfverzekerdheid in de manier waarop hij nu beweegt, waarop hij met een geoefend gemak ingrediënten uit de tassen haalt, die bijna... verontrustend is.

'Kijk niet zo sceptisch', zegt hij zonder zich om te draaien, alsof hij aan mijn stilte mijn opgetrokken wenkbrauw kan horen. 'Dit regel ik wel.'

'Beroemde laatste woorden.' Ik sta op, rek me uit en voel de pijn in mijn schouders van het urenlang voorovergebogen zitten boven mijn laptop. Ik steek de kamer over en leun met gekruiste armen tegen de deurpost van de keuken. 'Wat is "dit" precies?'

'Geduld, Yates.' Hij geeft me een grijns over zijn schouder, het soort waar waarschijnlijk de helft van de vrouwen in Groot-Brittannië voor smelt. 'Je zult het snel genoeg zien.'

'Doodeng', zeg ik, maar ik blijf staan waar ik sta en kijk toe hoe hij een doosje cherrytomaten, een bol knoflook en een versgebakken brood uitpakt. Er zit een flow in zijn bewegingen die ik niet had verwacht, iets bijna ritmisch terwijl hij de groenten afspoelt en de ingrediënten op het aanrecht uitstalt. Hij heeft zijn jas al uitgetrokken en zijn mouwen opgerold, waardoor die onderarmen tevoorschijn komen die veel te afleidend zijn voor iemand die beweert zijn brood met woorden te verdienen.

'Je bent hier vreemd zelfverzekerd over', merk ik op en trek een wenkbrauw op. 'Moet ik me zorgen maken?'

'Alleen als je iets tegen lekker eten hebt', grapt hij, terwijl hij een blok Parmezaanse kaas tevoorschijn haalt en het met een zwierig gebaar neerzet. 'Geloof me, ik regel dit wel.'

'Nu schep je wel verwachtingen. De lat wordt gelegd.' Ik houd mijn hoofd schuin en kijk toe hoe hij een fles vierge olijfolie pakt. 'Je realiseert je dat ik het zo lang heb overleefd door niemand te vertrouwen die zonder ironie "geloof me" zegt, hè?'

'Ah, maar ik ben niet zomaar iemand', zegt Rory zonder een moment te haperen. Zijn handen werken snel, hij pakt een mes uit de lade en legt het naast een snijplank. 'Ik ben de man wiens manuscript *jij* veelbelovend noemde. Dat moet toch wel voor iets tellen.'

'Veelbelovend is een relatief begrip. Ik gebruik het meestal voor alle nieuwe auteurs, ongeacht hun talent', plaag ik.

'Zie je wel? Van jou is dat praktisch een lovende recensie', zegt hij met een grijns terwijl hij de houtige uiteinden van een bos asperges snijdt. 'Misschien word je wat milder.'

'Lijkt me sterk', antwoord ik, hoewel ik niet uit de deuropening weg ga. Er is iets vreemd meeslepends aan hem zo te zien – zo op zijn gemak, zo... doelgericht.

Rory beweegt door de kleine keuken alsof hij hier al jaren de chef-kok is. Het mes in zijn hand flitst als hij een ui snijdt met een precisie die ik niet voor mogelijk had gehouden bij iemand die op onze tweede ochtend hier geprakte avocado op toast 'zijn specialiteit' noemde.

Het ritmische geluid van het mes dat de houten snijplank raakt, vult de ruimte, en ik begin me een beetje ongemakkelijk te voelen dat ik niets doe om te helpen.

Hij gooit de gesnipperde ui met een geoefende polsbeweging in een wachtende pan en pakt dan een rode paprika.

'Heb je leren koken, lessen gevolgd, of-?'

'Mijn moeder heeft het me geleerd.'

'Slimme vrouw.'

'Dat is ze', zegt hij, terwijl hij met dezelfde snelle precisie de paprika doorsnijdt. 'Het was eigenlijk meer een ultimatum. Ik besloot vegetariër te worden toen ik vijftien was – dacht dat ik daardoor wat stoerder zou lijken of zo. Ze keek me aan en zei: "Prima, maar ik ga niet elke avond twee verschillende maaltijden koken."' Hij grijnst, duidelijk geamuseerd door de herinnering. 'Dus het was of leren koken, of voor altijd overleven op worteltjes en hummus.'

'Laat me raden,' zeg ik, terwijl ik een wenkbrauw optrek. 'Je hebt een fase gehad waarin alles wat je maakte tofu bevatte.'

'Hoe wist je dat?' Hij lacht, terwijl hij voorzichtig twee zalm-moten in de pan legt met een bevredigend gesis. 'Het was een tijdje alleen maar roerbakgerechten en treurige linzenstoofpotjes. Maar toen raakte ik verslaafd aan kookprogramma's en begon ik te experimenteren. Blijkt dat het best leuk is als je je realiseert dat een recept slechts een aanzet is, een suggestie, en dat de magie ontstaat als je het zelfvertrouwen vindt om er gewoon dingen bij te gooien.'

'Leuk,' schamper ik. 'Ik geloof je op je woord.'

'Kom op. Heb je nog nooit iets gekookt gewoon voor de lol?' Zijn uitdrukking hield het midden tussen plagerig en oprechte nieuwsgierigheid.

'Telt popcorn uit de magnetron mee?'

'Je bent een tragisch geval, Lara Yates,' zegt hij hoofdschuddend. 'Daar moeten we aan werken.'

'Sla ik over, bedankt.'

'Hoe dan ook,' gaat hij verder, terwijl hij in de pan roert en de geur van knoflook en uien de lucht vult, 'mijn moeder zei altijd dat kunnen koken handig zou zijn als ik ooit indruk op iemand wilde maken.'

'Is dat wat dit is?' vraag ik, terwijl ik naar het fornuis gebaar. 'Een uitgebreide poging om me te verblinden met je culinaire kunsten?'

'Wie zegt dat ik indruk op je moet maken?' Zijn ogen ontmoeten de mijne, donker en ondeugend. Dan haalt hij volkomen nonchalant zijn schouders op. 'Maar als het kan, waarom niet?'

'Zelfverzekerd, hè?'

'Zelfverzekerd genoeg.' Hij strooit iets groens en geurigs over de pan – peterselie, misschien. Koriander? – en roert het nog een laatste keer door. 'Je zult het zien. Het eten is bijna klaar en ik beloof je dat het beter is dan instantnoedels.'

De cottage ruikt ongelooflijk. Het is zo'n geur die je maag doet vergeten dat hij ooit vol was – geurige peper, aardse kruiden die opbloeien in de hitte en iets rijks en zurigs dat ik niet helemaal kan thuisbrengen.

'Oké, het moment van de waarheid,' kondigt hij aan, waarmee hij mijn gedachtestroom doorbreekt.

Hij draait zich om met twee borden die tot in de perfectie zijn opgemaakt. Bij de zalm zijn er geroosterde asperges en sperziebonen met knoflook. Het is levendig en fris, met spikkels rode chilivlokken die afsteken tegen de gekarameliseerde groene asperges. Het is bijna te mooi om op te eten.

'Laat je niet misleiden door de presentatie,' waarschuwt hij. 'Er zit maar zo'n tien seconden speling tussen te rauwe of te gare zalm.'

'Het ziet er geweldig uit,' zeg ik, terwijl ik over het bord buig om de heerlijke aroma's in me op te nemen.

'Vind je ook niet? Ik neem het je niet kwalijk als je om een tweede portie smeekt.'

'We hebben altijd nog die lasagnes in de koelkast als we een plan B nodig hebben.' Ik pak mijn vork en mik met opzettelijke traagheid op een stukje asperge terwijl hij toekijkt, met zijn armen over elkaar, het toonbeeld van zelfvertrouwen.

Goed. Daar gaan we dan.

De eerste hap is een openbaring. De smaken zijn helder en gelaagd – het zoete van geroosterde tomaten, de prikkeling van citroen, de subtiele nasmaak van chili op mijn tong. Het is zo'n maaltijd die erom vraagt om van te genieten, maar ik wil eigenlijk gewoon met rust gelaten worden om het naar binnen te schrokken.

'Nou?' dringt hij aan, terwijl hij zijn zalm snijdt. Hij wacht, hij wacht echt, en even weet ik niet meer wat ik moet zeggen.

'Oké,' breng ik er eindelijk uit, na een slik. 'Het is... eetbaar.'

'Eetbaar?' Hij trekt een wenkbrauw op, maar ik zie de opluchting in zijn ogen, de manier waarop zijn schouders net een fractie ontspannen.

'Goed dan,' geef ik toe en leg mijn vork met overdreven tegenzin neer. 'Het is ongelooflijk. Absoluut heerlijk.'

'Ha! En ik maar denken dat jij moeilijker te overtuigen zou zijn.'

'Overtuigen?' schamper ik. 'Laten we niet op de zaken vooruitlopen. Het is maar zalm.'

'Ja,' zegt hij zacht, zijn blik net een tel te lang op de mijne gericht. 'Gewoon zalm.'

Rory draait zijn vork rond en schept wat boontjes op. 'Weet je,' begint hij, met een ondeugende twinkeling in zijn ogen die me onmiddellijk alert maakt, 'dit is waarschijnlijk de eerste keer dat ik een etentje met iemand niet volledig heb verpest.'

'Dat vind ik moeilijk te geloven nadat ik je vanavond in actie heb gezien.'

'Moeilijk te geloven of niet, het is waar.' Hij pakt de wijnfles en schenkt mijn glas bij. 'Er was eens een keer – een eerste date, heel chic, althans, dat dacht ik toen. Ik besloot een... Hoe noemde ik het ook alweer? Oh! "Rustiek Mediterraan Feestmaal" te maken.'

'Dat klinkt ambitieus.'

'Ambitieus is nog zacht uitgedrukt.' Hij gebaart druk, en stoot daarbij bijna zijn wijnglas om. 'Stel het je voor: een feestmaal van halfgare aubergine, verbrande couscous en hummus die zo knoflookachtig was dat het vampiers op kilometers afstand had kunnen afweren.'

'Wauw,' zeg ik, en leg mijn vork neer om hem mijn volle aandacht te geven. 'En hoe reageerde je date op dit culinaire meesterwerk?'

'Ze probeerde eerst beleefd te zijn,' zegt hij, terwijl hij dramatisch zucht. 'Maar toen... kon ze het gewoon niet meer. Midden in een zin spuugde ze een hap couscous uit. Het vloog zo'n beetje alle kanten op.'

'Alle kanten op?'

'Alle kanten op,' bevestigt hij, vaag gebarend door de kamer alsof de herinnering hem nog steeds achtervolgt. 'De tafel. De vloer. Mijn shirt. Ik denk eerlijk gezegd dat er zelfs wat in haar tas is beland. Het was een slagveld.'

'Kwam er een tweede date?'

'Helaas niet.'

Rory leunt achterover in zijn stoel, een lome grijns speelt om zijn lippen terwijl hij de rand van zijn vork aflikt. Het is niets – slechts een achteloos gebaar – maar om de een of andere onverklaarbare reden voelt het als een schok die door mijn systeem gaat. Mijn blik schiet naar zijn mond en ik voel de lucht tussen ons veranderen, subtiel maar geladen, zoals de seconden voor een zomerse onweersbui.

'Je staart,' zegt hij, zijn stem laag en plagerig. De woorden zijn licht, maar zijn ogen – die zijn nu op de mijne gericht, donker en intens, en plotseling krijg ik geen adem meer.

'Nietes.'

'Welles.' Zijn grijns wordt breder, zelfvoldaan en ergerlijk, en ik wil hem van zijn gezicht vegen. Of misschien... iets heel anders doen.

'Prima,' zeg ik en duw mijn stoel met meer kracht dan nodig naar achteren. 'Je hebt wat olijfolie of zo op je kin.'

'Leuke poging.' Hij veegt met de rug van zijn hand over zijn kaak, me nog steeds geamuseerd aankijkend. 'Maar er zit niets, hè?'

'Nu niet meer,' bevestig ik en sta abrupt op. Mijn polsslag racet, mijn gedachten zijn een warboel en eerlijk gezegd heb ik ruimte nodig. Afstand. Perspectief. Maar in plaats van weg te lopen als een verstandig mens, zet ik precies één stap in zijn richting.

En dan kus ik hem.

Het is niet gepland. Zelfs niet in de verste verte. Het ene moment staar ik boos naar dat stomme, zelfvoldane gezicht en het volgende moment grijpen mijn handen de voorkant van zijn shirt en trek ik hem naar voren terwijl mijn lippen op de zijne knallen.

Een hartslag lang verstijft hij. Net lang genoeg om de paniek te laten inslaan – *O, God, waar ben ik mee bezig?* – en dan legt hij zijn handen op me, stevig en dwingend, en trekt hij me dichterbij. De kus wordt dieper, eerst langzaam maar al snel ontaardt het in iets wat vurig, dringend en totaal onbeheersbaar is.

Zijn vingers verstrengelen zich in mijn haar, kantelen mijn hoofd achterover, en ik hap naar adem tegen zijn mond. Hij maakt gebruik van de opening, zijn tong strijkt langs de mijne en de sensatie jaagt een rilling over mijn ruggengraat. Dit is waanzin. Pure, onvervalste waanzin. Maar zijn greep is vast, verankert me, en ik merk dat ik erin leun, in hem.

'Verdomme, Lara, ik heb het dessert nog niet eens geserveerd,' zegt hij. Er is een zweem van aarzeling, net genoeg om me terug te laten trekken als ik dat wil.

Dat doe ik niet.

'Houd je mond, Keane,' fluister ik, terwijl ik hem weer naar beneden trek.

De stoel schraapt luid over de vloer als hij opstaat en me moeiteloos optilt. Mijn armen slaan zich instinctief om zijn nek, en voor ik het weet, strompelen we naar de bank en botsen we onderweg tegen meubels aan. Hij laat me op de kussens zakken, zijn gewicht drukt me naar beneden, stevig en warm en volkomen overweldigend.

'Wacht,' breng ik uit, mijn stem nauwelijks hoorbaar boven het bonzen in mijn oren. 'Maar...'

'Straks,' zegt hij beslist, en snoert me de mond met nog een kus. Zijn handen glijden langs mijn zij, vinden de zoom van mijn trui, en plotseling is die weg, ergens achter ons neergesmeten. Ik zou moeten protesteren – dit is roekeloos, impulsief, absoluut niet waarvoor ik hier kwam – maar als zijn lippen over mijn hals dwalen, verdampt elke heldere gedachte.

'God, je bent onmogelijk,' zeg ik, hoewel het meer als een kreun klinkt.

'Klaag je?' grijnst hij, terwijl zijn vingers behendig de haakjes van mijn beha losmaken.

'Word maar niet verwaand,' kaats ik terug, hoewel de woorden geen kracht hebben. Zeker niet als zijn hand onder de stof glipt, over mijn blote huid strijkt, en ik reflexmatig mijn rug naar hem toe krom.

'Te laat.'

Zijn mond vindt de mijne weer, en de rest is een waas van hitte en beweging: zijn shirt voegt zich bij mijn kleren op de vloer, zijn handen verkennen elke centimeter van me, mijn been haakt zich over zijn heup als hij zich tussen ons nestelt. Het is hectisch en rommelig en zo on-mij, maar, God, het voelt goed. Alsof alles tot nu toe in grijstinten was, en dit – *dit* – technicolor is.

Rory's borstkas rijst en daalt onder mijn wang, zijn huid nog warm en glad van de chaos die we zojuist hebben ontketend. Mijn ademhaling is ook nog niet helemaal tot rust gekomen; ik adem in korte, oppervlakkige teugen terwijl ik me concentreer op de houten balken van het plafond boven ons. Een ervan is scheef, merk ik op, want blijkbaar is dit het moment voor architectonische kritiek.

'Nou,' zegt Rory, zijn stem laag en schorrer dan gewoonlijk, waarmee hij de stilte doorbreekt. Hij verschuift een beetje onder me, zodat een van mijn benen – naakt, verstrengeld met de zijne – niet ongemakkelijk van de bank bungelt. 'Als dit je reactie op mijn kookkunsten is, dan ben ik bijna bang om te zien wat er gebeurt als ik echt indruk op je maak.'

Een lach borrelt in me op voor ik het kan tegenhouden. Het is niet eerlijk hoe gemakkelijk hij dit doet: me uit balans brengen en dan doen alsof het allemaal niets voorstelde. Ik steun op een elleboog en knijp mijn ogen tot spleetjes, ook al trekken mijn lippen.

'Beeld je maar niets in. Ik heb nog een maaltijd nodig om te controleren of je geen eendagsvlieg bent.'

Ik verschuif een beetje, trek me net genoeg terug om rechtop te gaan zitten en sla de plaid van de bankleuning als een harnas om mijn schouders. Mijn bril ligt ergens aan de andere kant van de kamer, weggesmeten in het heetst van de strijd, en de wereld ziet er zonder bril zachter uit: wazige randen en gedempte kleuren. Passend, op de een of andere manier, gezien de staat van mijn gedachten.

'Hé.' Rory komt overeind, zijn donkere haar heerlijk warrig en zijn blik strak op mij gericht. Er is nu geen grijns, geen luchtig geklets om zich achter te verschuilen. Alleen hij: open en onbewaakt op een manier die ik niet had verwacht. 'Alles goed?'

'Ja,' zeg ik snel, te snel. Ik kijk hem niet aan; in plaats daarvan schik ik de plaid over mijn schoot, alsof er een onzichtbare kreukel is die dringend gladgestreken moet worden. 'Ik ben gewoon... aan het denken.'

'Aan het denken,' herhaalt hij op een onleesbare toon. Hij dringt echter niet aan. Vraagt niet om uitleg en probeert de sfeer niet op te vrolijken met een grap. In plaats daarvan gaat hij helemaal rechtop zitten, zijn knie strijkt langs de mijne, en hij wacht. Geduldig. Standvastig.

Het probleem is, ik *kan* niet stoppen met denken. Over de manier waarop hij me eerder aankeek, alsof ik iets was waarnaar hij zonder het te beseffen op zoek was geweest. Over hoeveel ik van deze week heb genoten, van zijn gezelschap, van onze afspraak: de controle verliezen, hem willen, hem nemen. Over hoeveel erger het pijn zal doen als dit onvermijdelijk uit elkaar valt.

Want dat zal het. Dat moet wel. Dit was bedoeld als een beetje plezier. Een wederzijds voordelige afspraak. Vrijblijvend. Het was niet de bedoeling dat het *dit* zou worden. Hij. Wij.

'Heb je er spijt van?' Rory's stem doorbreekt mijn spiraal, zacht maar beslist, en trekt me terug naar het heden. Er klinkt geen beschuldiging in, alleen nieuwsgierigheid. Alsof hij zich schrap zet voor een antwoord dat hij niet wil horen.

'Eerlijk?' Ik dwing mezelf om hem aan te kijken en neem de lichte frons op zijn voorhoofd in me op, de voorzichtige hoop die in zijn uitdrukking hangt. Mijn borstkas trekt pijnlijk samen, en ik haat het: hoeveel ik erom geef, hoezeer ik wou dat ik dat niet deed. 'Ik weet het niet.'

Het is geen leugen. Ik heb er geen spijt van; niet van hoe zijn handen op me voelden, of de manier waarop hij me levend deed voelen op een manier die ik in jaren niet heb gekend. Maar ik heb er wel spijt van hoe gevaarlijk dicht ik langs de rand scheer van iets wat ik misschien niet heelhuids overleef. Iets diepers, rommeligers, echter dan ik ooit van plan was het te laten worden.

'Oké, snap ik,' zegt hij na een korte stilte, terwijl hij achteroverleunt tegen de kussens. Zijn blik laat de mijne geen moment los. Er klinkt geen teleurstelling in zijn stem, geen oordeel, alleen stille acceptatie, alsof hij meer begrijpt dan ik hardop wil toegeven.

En misschien is dat wel wat me het meest beangstigt.

Hij grijpt naar de plaid en trekt er zachtjes aan totdat ik toegeef en hem me weer tegen zich aan laat trekken. Zijn armen slaan om me heen, stevig en warm, en voor een kort, vluchtig moment laat ik mezelf erin leunen. In hem. In het onmogelijke, angstaanjagende idee dat ik misschien, heel misschien, niet alles alleen hoef te doorstaan.

Maar zelfs terwijl mijn ogen dichtvallen, weigert mijn geest tot rust te komen. Want als vanavond iets heeft bewezen, is het dat ik er al dieper in zit dan ik ooit van plan was, en er is geen enkele manier om te weten hoe, of *of*, ik hier weer uit kom.

VIJFTIEN

Het hippe falafelrestaurantje dat op de een of andere manier een maandelijkse bedevaart is geworden, komt in zicht net als ik de hoek om kom, mijn hakken tikken op de stoep in een staccato ritme dat mijn hartslag weerspiegelt. Te laat. Alweer. Mijn gebruikelijke punctualiteit is gesaboteerd door een eindeloze ochtend vol vergaderingen, een overvolle inbox met manuscripten en – o, laten we die uiterst charmante vertraging van de metro niet vergeten, waardoor ik klem zat tussen een man die zich eens per maand wast en een tiener die op haar kauwgom kauwde alsof die haar geld schuldig was.

Ik zie Danny meteen. Natuurlijk is hij er al, onderuitgezakt aan ons vaste tafeltje achterin alsof de tent van hem is. Hij heeft een vork in de ene hand en zijn drankje in de andere, en verontschuldigt zich dat hij alvast maar besteld heeft.

'Kijk eens wie er eindelijk is op komen dagen,' roept hij nog voordat ik bij de tafel ben, met een brede, onuitstaanbare grijns. 'Modieus te laat of gewoon te laat? Geef maar geen antwoord, ik weet het al.'

'Hoi, Danny, het spijt me zo,' puf ik, terwijl ik op de stoel tegenover hem schuif en mijn tas met meer kracht dan nodig neerzet. Ik trek mijn jasje uit – vanochtend om zeven uur een goed idee, nu niet meer zo – en hang het over de rugleuning van mijn stoel. 'Fijn jou ook te zien.'

'Wat was het dit keer? Een conferencecall uit de hel? Een noodgeval met een redacteur? Of...' – zijn toon verandert, nu gespeeld samenzweerderig – 'moet ik je feliciteren dat je eindelijk een leven hebt?'

'Werk,' antwoord ik kortaf, terwijl ik met een hand wapper alsof ik een vlieg wegsla. 'Je weet hoe dat gaat. Deadlines, auteurs, woorden op een pagina. Heel glamoureus allemaal.'

'Juist. Want dat verklaart natuurlijk helemaal waarom je straalt alsof iemand je zojuist een serenade heeft gebracht onder een balkon, terwijl hij poedelnaakt een gedicht voordroeg.'

'Pardon?' Mijn stem schiet hoger uit dan de bedoeling was, maar ik grijp de menukaart voor me en begraaf mijn gezicht erin, alsof ik niet uit mijn hoofd weet wat erop staat. Alles om zijn blik – en die veelbetekenende glimlach – te vermijden.

Ik pak het glas muntthee dat Danny voor me besteld heeft – lieve schat, hij kent tenminste mijn prioriteiten – en neem een lange slok. Of dat probeer ik. Zodra de rand van het glas mijn lippen raakt, klinkt zijn stem, doordrenkt met dat kenmerkende sarcasme.

'Ah, daar is-ie,' zegt Danny, terwijl hij met een air van theatraal genoegen achteroverleunt in zijn stoel. Hij slaat zijn armen over elkaar als een alwetend orakel. 'Die onmiskenbare gloed van iemand die grondig... gewaardeerd is.'

De slok die ik van plan was te nemen? Afgeblazen. In plaats daarvan adem ik plotseling in, en de thee besluit dat hij liever zijn grootse debuut maakt via mijn luchtpijp dan via mijn maag. Ik hoest hevig en sla het glas bijna op tafel terwijl ik naar adem hap.

'Jezus, Danny!' Mijn stem klinkt schor, mijn ogen tranen zowel van de aanval op mijn keel als van de schaamte die aan me knaagt. 'Kun je daar niet even mee ophouden?'

'Sorry,' zegt hij lijzig, zonder ook maar een greintje spijt te tonen. Sterker nog, hij grijnst nu breder, duidelijk verrukt over mijn bijna-doodervaring. 'Maar dit zocht je zelf op. Een stralende huid, een extra fonkeling in je ogen, te laat komen? Als dat geen post-goede-seks-vibe is, dan weet ik het ook niet meer.'

'Je bent onuitstaanbaar,' sputter ik, terwijl ik een servet pak om de thee die ik op mijn hand heb gemorst af te deppen.

'Geef het toe,' dringt hij aan, zijn hoofd schuin houdend terwijl hij me bestudeert alsof ik een curieus kunstwerk ben dat hij probeert te ontcijferen. 'Iemand zorgt tegenwoordig voor wat extra veerkracht in je stap. Wie is hij? Of zij? Of hen? Voor de draad ermee, meid.'

'Er is niemand,' zeg ik stellig, terwijl ik eindelijk genoeg kalmte heb hervonden om hem boos aan te kijken. Het is echter een zwakke blik; het is moeilijk om echte verontwaardiging op te roepen als je op een leugen bent betrapt.

'Mm-hmm.' Zijn wenkbrauwen gaan omhoog en hij gebaart vaag in mijn richting met één hand. 'Verklaar die blos dan maar, schat. En kom niet met dat "het is hier warm"-onzinverhaal. Het is Engeland, en het is hier permanent koud en nat.'

'Je beeldt je dingen in,' zeg ik, terwijl ik mijn kin optil in wat hopelijk overkomt als nonchalante desinteresse, maar me waarschijnlijk alleen maar verstopt doet lijken. 'Dat heet make-up, Danny. Ik weet dat je niet bekend bent met het concept, maar soms dragen vrouwen dat.'

'Leuke poging,' kaatst hij onmiddellijk terug. 'Maar tenzij de Boots is begonnen met de verkoop van "Net-uit-bed-gerold-na-een-passievolle-nacht"-bronzer, blijf ik bij mijn oorspronkelijke theorie.'

'Je bent belachelijk.' Ik schenk mijn glas vol uit de zilveren theepot, vastbesloten om nog een laatste restje waardigheid te redden, maar mijn hand verraadt me als hij lichtjes trilt. Natuurlijk ziet Danny dat. Want natuurlijk ziet hij dat.

'Belachelijk? Misschien,' zegt hij op een lichte toon. 'Maar ook juist.'

'Goed. Jij wint. Blij nu?'

'Extatisch,' antwoordt hij vlot. 'Maar stop daar niet. Ga door, wie is de gelukkige sloeber?'

'Rory,' zeg ik, en ik kap hem af voordat hij namen kan gaan opnoemen. Het woord landt als een verdwaalde granaat tussen ons in, en ik zet me schrap voor de inslag.

Even staart Danny me alleen maar aan, een, twee keer met zijn ogen knipperend, alsof ik misschien in tongen heb gesproken. Dan schieten zijn wenkbrauwen zo hoog op dat ze praktisch in zijn haargrens verdwijnen. 'Rory *Keane*?' Zijn stem slaat over van ongeloof, en ik weet dat ik hier nooit meer vanaf kom. 'De Mr. "Internationale Hartenbreker in de Liefdesromanwereld"? Die Rory?'

'Ken je er nog een?'

'Nou, nee,' geeft Danny toe. 'Maar ik had *hem* niet echt als jouw type ingeschat. Wat is er gebeurd? Heeft hij je verleid met tragische metaforen en gefluisterde sonnetten?'

'Niets... dramatisch. Het is gewoon... gebeurd. Op een natuurlijke manier.'

'Juist. Want niets zegt "natuurlijke ontwikkeling" als met een man naar bed gaan wiens boekomslagen een waarschuwingslabel zouden moeten hebben voor spontaan zwijmelen.'

'Wil je eens ophouden met zo...' Ik zoek naar het juiste woord, maar kan het niet vinden. 'Zo *jij* te zijn hierover?'

'Nooit,' zegt hij opgewekt, maar dan verzacht zijn grijns tot iets stillers, bedachtzamers. 'Dus even voor de duidelijkheid. Je slaapt met Rory Keane. *Jouw cliënt.*' Zijn nadruk op 'cliënt' is subtiel maar scherp, als een zacht duwtje met een puntig stokje.

'Niet *mijn* cliënt,' corrigeer ik hem, terwijl ik op de rand van mijn glas tik. 'Een cliënt van Scott & Drake. Dat is een verschil.'

'Zeker. Oké.' Danny maakt een vaag handgebaar, maar zijn frons wordt dieper. 'En wat? Is dit gewoon een losse scharrel, zonder verplichtingen? Een beetje voor de lol?'

'Precies.' Mijn stem klinkt stellig, zelfverzekerd, alsof ik deze zin voor de spiegel heb geoefend. Wat, om eerlijk te zijn, best zou kunnen.

'Aha.' Danny lijkt niet overtuigd. Sterker nog, hij kijkt nu ronduit sceptisch en zijn lippen zijn tot een dunne lijn samengeperst. 'Lara, je weet toch wel over wie we het hier hebben, hè? Rory Keane? De man wiens reputatie een hele Google-zoekpagina kan vullen, en niet allemaal even vleiend?'

'Ja, daar ben ik me van bewust,' zeg ik. 'Ik weet alles over zijn reputatie, dank je zeer.'

'Leg me dan eens uit waarom je dacht dat werk en privé mengen een goed idee was,' zegt hij, en nu klinkt er ergernis in zijn stem door. 'Want als je vriend – en als iemand die heeft gezien hoe je reageert op het kleinste beetje drama op de werk-vloer – zie ik echt niet in hoe dit goed kan aflopen.'

'God, je klinkt als een HR-handboek.'

'Misschien,' zegt hij schouderophalend. 'Maar ik klink ook als iemand die je beter kent dan je denkt, Lara. En ik zeg je: je speelt met vuur. Rory Keane staat niet bepaald bekend om zijn... stabiliteit.'

'Ik ook niet,' kaats ik terug, in een poging de sfeer wat lichter te maken, maar Danny's uitdrukking vertrekt geen spier. Hij is nu serieus, zijn bezorgdheid staat duidelijk op zijn gezicht te lezen. Het maakt me onrustiger dan ik wil toegeven.

'Kijk,' zegt hij zacht, terwijl hij zijn handen op de tafel vouwt. 'Ik zeg niet dat je niet voor jezelf kunt zorgen. God weet dat je slim bent. Maar dit? Hij? Wees gewoon... voorzichtig, oké?'

'Ben ik altijd,' antwoord ik luchtig, en forceer een glimlach die een beetje te strak aanvoelt.

Danny antwoordt niet meteen. In plaats daarvan kijkt hij me een lang moment aan, zijn blik zwaar van iets dat ik niet kan plaatsen. Uiteindelijk zucht hij en haalt een hand door zijn toch al warrige haar.

'Oké dan,' zegt hij uiteindelijk, op een lichtere toon die nog steeds een ondertoon van bezorgdheid heeft. 'Maar kom niet bij mij uithuilen als de boel in je gezicht ontploft.'

'Zal ik niet doen,' zeg ik. 'Laat ik het even duidelijk voor je maken, zodat we allemaal verder kunnen met ons leven, ja?'

Danny trekt een wenkbrauw op en houdt zijn hoofd schuin als een verbaasde golden retriever. 'Nou, dit belooft wat.'

'Rory en ik...' Ik pauzeer even en weiger me van de wijs te laten brengen door de flikkering van geamuseerdheid in zijn ogen. 'We zijn twee volwassenen die toevallig met wederzijdse instemming samenwerken en... af en toe op een heel vrijblijvende manier van elkaars gezelschap genieten. Dat is alles. Geen verplichtingen. Geen complicaties. Geen emotionele investering.'

'Juist,' zegt Danny slepend. 'Want *jij* bent zo'n toonbeeld van emotionele onthechting. Vertel me meer over je nieuwe vermogen om gevoelens te compartimentaliseren, want die memo heb ik blijkbaar gemist.'

'Ach, kom op, Danny. Het is geen hogere wiskunde.'

Hij snottert. 'Nee, maar het gaat om *jou*. Jij bent niet bepaald het uithangbord voor "zonder verplichtingen". Ik bedoel, jij bent dezelfde vrouw die huilde toen ze per ongeluk haar Sims-personage dood liet gaan.'

'Dat was anders!' snauw ik, terwijl ik met mijn vork in zijn richting prik. 'Mortimer Goth verdiende beter, en dat weet je!'

'Jij bent niet gemaakt voor vrijblijvende seks. Geloof me, ik kan het weten. Ik ben sinds de universiteit je klankbord geweest bij elke relatie. En laten we zeggen dat geen van die relaties de sfeer van een "chille scharrel" uitstraalde.'

'Nou, misschien ben ik veranderd,' breng ik ertegenin. 'Mensen evolueren, Danny. Niet iedereen blijft zo vastgeroest in zijn gewoontes als jij, met je tien jaar oude Spotify-afspeellijsten en je weigering om havermelk te proberen.'

'Havermelk smaakt naar spijt,' zegt hij serieus, maar hij laat me niet los met zijn ogen. 'Je denkt misschien dat je dit onder controle hebt, Lara, maar ik zeg je: je speelt een gevaarlijk spelletje. Rory Keane is niet een of ander onschuldig experiment. Hij is... gecompliceerd. En jij? Jij bent lang niet zo onthecht als je zelf denkt.'

'Bedankt voor het vertrouwen, *bestie*.'

'Ik probeer je plezier niet te bederven of zo, oké? Ik... ik ken je gewoon. En ik wil niet zien dat je gekwetst wordt omdat je te druk bent jezelf ervan te overtuigen dat het allemaal leuk is en zonder gevoelens. Je bent al halverwege, ook al wil je het niet toegeven.'

'Oké. Bedankt voor de bezorgdheid. Kijk, we hebben lol. Dat is het. Lol. Punt. Einde verhaal.'

'Jaaa hoor.' Danny trekt een wenkbrauw op. 'Het is schattig hoe je denkt dat het waar wordt als je twaalf keer in één zin "lol" zegt.'

Dan lach ik, voornamelijk omdat als ik het niet doe, ik misschien ga schreeuwen – of erger nog, zijn punt daadwerkelijk ga *overwegen*. 'O, mijn God, Danny. Je bezorgdheid is genoteerd en gearchiveerd onder "Onnodig". Kunnen we nu verder?'

'Goed, einde preek voor vandaag,' kaatst hij terug, nu grijnzend. 'Ga je toevallig de zoeteaardappelfrietjes bestellen?'

'Vraag je dat omdat je ze wilt stelen?'

'Misschien.'

'Dit is waarom niemand projectmanagers vertrouwt. Nemen altijd hun vrijheden.'

'Nee. Ze smaken gewoon beter van andermans bord. Het slaat nergens op, maar het is ontegenzeggelijk waar, en daar wijk ik niet van af.'

We bestellen de frietjes en een verse pot muntthee, en ik leun achterover in mijn stoel, vastbesloten om te genieten van wat er nog over is van mijn lunchpauze. Wat er ook gebeurt – in welke puinhoop ik me met Rory ook stort – ik weet dat Danny er nog steeds zal zijn. Grijnzend. Frietjes stelend. Me wijzend op mijn onzin.

En eerlijk? Dat is genoeg. Voor nu, tenminste.

ZESTIEN

We zijn al bijna een week terug in Londen als ik Rory voorstel om weer eens in het echt af te spreken. Op het moment dat we van de drukke stoep de tweedehandsboekwinkel binnenstappen, is het alsof iemand de dempknop van Londen heeft ingedrukt. De chaos van de stad lost achter ons op, vervangen door het zachte gezoem van tl-buizen die vaag boven ons hangen en het zachte geritsel van pagina's die ergens achterin worden omgeslagen. De lucht ruikt naar oud papier, boenwas en een vleugje stof – alsof je een herinnering binnenstapt waarvan je niet wist dat je die had. Mijn borstkas trekt samen, maar niet op een onprettige manier; het voelt als thuiskomen.

'Wauw,' ademt Rory naast me uit, zijn stem verlaagd tot een eerbiedig gefluister, alsof hij een kerk is binnengelopen in plaats van een krappe boekwinkel, ingeklemd tussen een café en een stomerij. 'Dit is... bijzonder.'

'Iets goeds?' Ik werp een blik op hem en merk op hoe zijn gebruikelijke arrogante glimlach is verzacht tot iets rustigers. Echts. Het brengt me even van mijn stuk voordat ik me met een schouderophalen herpak. 'Ik bedoel, het is geen Foyles, maar het voldoet.'

'Meen je dat? Deze plek ziet eruit als het soort waar boeken na sluitingstijd tot leven komen.' Hij grijnst als een schooljongen.

'Pas op,' zeg ik droogjes, terwijl ik naar het dichtstbijzijnde gangpad loop. 'Als je deze plek te veel romantiseert, zou ik kunnen denken dat je zo iemand bent die boeken koopt voor de sfeer en ze nooit leest.'

'Wie zegt van niet?' Hij volgt me, dichtbij genoeg dat ik zijn aanwezigheid kan voelen zonder te hoeven kijken, wat... afleidend is.

'Nou, daar kom ik snel genoeg achter,' kaats ik terug, terwijl ik mijn vingers lichtjes langs de ruggen van de hardcovers laat glijden. 'Als je Austen verkeerd begint te citeren of Hemingway "onderschat" noemt, laat ik je hier aan je lot over.'

'Daar zal ik rekening mee houden,' belooft Rory, maar hij onderdrukt een lach.

We slingeren door de smalle gangpaden, langs scheve torens van fictie en wankel opgestapelde memoires. Ik stop abrupt bij een plank achterin en kantel mijn hoofd om een bekende titel te bestuderen.

'Deze,' zeg ik, terwijl ik een versleten paperback tevoorschijn haal en hem omhoog houd zodat hij het kan zien. De kaft is vervaagd, de hoekjes hebben ezelsoren. '*Rebecca.* Voor het eerst gelezen toen ik veertien was. De hele nacht opgebleven omdat ik het niet kon wegleggen.'

'Du Maurier,' zegt Rory onmiddellijk. 'Het enge huis, obsessieve jaloezie, sinistere ondertonen. Dat klinkt wel passend voor de veertienjarige jij.'

'Pardon?' Ik trek een wenkbrauw op, hoewel ik stiekem blij ben dat hij het kent. 'Impliceer je nu dat ik een humeurige tiener was?'

'Impliceer? Nee. Constateer? Absoluut.'

'Oké,' geef ik toe en schuif het boek terug op de plank. 'Misschien had ik wat... puberale trekjes. Maar ik waardeerde ook het vakmanschap. Het tempo, de spanning, de manier waarop ze de dreiging opbouwt zonder alles uit te spellen. Dat was de eerste keer dat ik besefte dat verhalen dat konden doen.'

'Dat is logisch,' zegt hij, nu op een zachtere toon. 'Je redigeert als iemand die van dat soort auteurs heeft geleerd – precies, meedogenloos, maar... elegant.'

Ik knipper met mijn ogen, verrast door het compliment. Ik

raak er zo van in de war dat ik snel verderloop en hem naar een andere afdeling leid.

'Hierheen,' zeg ik vlot, en wijs naar een verzameling poëziebundels. 'Mijn favoriete ontsnappingsroute als romans te groot voelden. Poëzie voelde altijd... behapbaar. Als een enkele scène, gedistilleerd tot haar puurste vorm.'

'Laat me raden,' zegt Rory, terwijl hij de ruggen van de boeken bekijkt. 'Sylvia Plath voor de donkere dagen, Mary Oliver voor de lichtere?'

'Niet slecht. Maar als je het echt wilt weten, heb ik ook een serieuze Pablo Neruda-fase gehad. Verlangen in het Spaans komt op de een of andere manier harder aan.'

'Verlangen, hè?' Zijn stem wordt lager, plagend. 'Dus je *hebt* een zachte kant.'

'Wen er maar niet aan.'

'Te laat.'

Rory komt naast me lopen. Zijn arm schampt de mijne even, een lichte aanraking die langer in mijn gedachten blijft hangen dan zou moeten.

Het is oké. Alles is oké. Gewoon twee collega's die samen door boeken snuffelen. Daar is niets wereldschokkends aan.

Behalve dan dat het als veel meer voelt dan dat.

De tuin ligt verscholen achter de winkel, verborgen in het volle zicht. Een smal ijzeren hek kraakt als ik het openduw, de scharnieren protesteren tegen jaren van verwaarlozing. De geur van bloeiende jasmijn en vochtige aarde begroet ons als een oude vriend en verzacht de scherpe randjes van de koele avondlucht. Het is hier rustiger, het verre gezoem van het Londense verkeer is gereduceerd tot een zacht gefluister op de wind. Voor een moment is het alsof we een alternatieve realiteit zijn binnengestapt – een waar de stad niet zo zwaar op je borst drukt.

'Wist je dat dit hier was?' vraagt Rory, zijn stem zacht, bijna eerbiedig. Hij laat een hand langs de met klimop begroeide bakstenen muur glijden, zijn vingers strijken over de bladeren alsof hij bang is dat ze onder zijn aanraking zullen verpulveren.

'Natuurlijk,' zeg ik en leid hem verder naar binnen. 'Het is niet echt een geheim, maar de meeste mensen nemen niet de moeite om stilte te zoeken als lawaai zo makkelijk beschikbaar is.'

'Dat klinkt als iets wat je in een van je redactionele notities zou schrijven. "Zoek de stilte. Laat het verhaal ademen."' Hij kijkt me aan, maar er zit geen kwaadaardigheid in zijn blik – alleen herkenning.

'Pas op, Keane,' kaats ik terug en knijp mijn ogen samen. 'Denk aan mijn opmerking over slechte metaforen.'

Hij grijnst, maar voor een keer volgt er geen gevat antwoord.

Ik wijs naar een verweerd bankje onder een boom in de hoek, het hout door tijd en regen grijs geworden. 'Laten we gaan zitten voordat je poëzie begint te componeren over de "verborgen oase" of welke onzin dan ook die in dat hoofd van je broeit.'

'Breng me niet in de verleiding,' zegt hij, terwijl hij me volgt als ik me op het bankje laat zakken. Het hout kraakt onder ons, kreunend onder het gewicht van twee mensen.

We zitten een tel in stilte, van het soort dat niet opgevuld hoeft te worden. Tegen wil en dank ontspannen mijn schouders en ik laat mijn blik dwalen over de flakkerende theelichtjes die willekeurig door de takken zijn geregen. Het is... vredig. En irritant intiem op een manier waarop ik niet was voorbereid.

'Goed dan', verbreekt Rory als eerste de stilte, terwijl hij achteroverleunt en een arm over de rugleuning van de bank strekt. Nonchalant, alsof we gewoon twee vrienden zijn die van de middag genieten en niet dat ingewikkelde iets wat we eigenlijk zijn. 'Favoriete auteur. Zeg het maar.'

'Dat is onmogelijk kort door de bocht', schamper ik. 'Je kunt niet een heel leven vol boeken samenvatten in één naam.'

'Jawel, hoor. Let maar op.' Zonder een seconde te aarzelen zegt hij: 'Toni Morrison. Klaar.'

'Opschepper.' Maar ik kan de glimlach die aan mijn lippen trekt niet onderdrukken. 'Oké. Virginia Woolf. Tevreden?'

'Toegegeven, ik ben onder de indruk', zegt hij, en hij buigt zijn hoofd naar me toe. 'Waarom Woolf?'

'Haar proza voelt levend. Vloeiend. Alsof ze de ruimte tussen de dingen beschrijft in plaats van de dingen zelf.' Ik haal mijn schouders op, plotseling onzeker. 'Bovendien was ze niet bang voor imperfectie. Haar concepten waren rommelig, chaotisch zelfs, maar op de een of andere manier veranderde die chaos in genialiteit.'

'Ah.' Hij knikt langzaam, zijn uitdrukking wordt zachter, bedachtzamer. 'Chaos die in genialiteit verandert. Klinkt als een goed levensmotto.'

'Of hoe het is om jouw manuscripten te redigeren.'

'Eerlijk is eerlijk', geeft hij toe. 'En voor de goede orde, je hebt geen ongelijk over Woolf. Maar als we het over vloeiend proza hebben, kan Baldwin zeker met haar wedijveren.'

'James Baldwin?', vraag ik, om er zeker van te zijn dat we het over dezelfde auteur hebben. 'Interessante keuze voor iemand die pikante hedendaagse romans schrijft.'

'Waarom? Omdat hij niet aan een happy end doet? Hij verbloemt de dingen niet. Hij duikt in de puinhoop van alles – liefde, pijn, identiteit – en maakt het toch mooi. Dat is wat ik nastreef. Of wat ik in ieder geval probeer.'

'Rommelig maar mooi', herhaal ik zachtjes, meer tegen mezelf dan tegen hem. Mijn instinct is om af te weren, om er nog een laag sarcasme overheen te gooien om het gesprek veilig oppervlakkig te houden. Maar... dat doe ik niet.

'Oké, jouw beurt', zegt hij, zijn stem doorbreekt de knoop in mijn gedachten. 'Wat is jouw heimelijke leesgenoegen? En zeg niet dat je er geen hebt. Iedereen heeft er een.'

'Goed dan', geef ik toe met een dramatische zucht. 'Massaal geproduceerde Regency-romans. Hoe belachelijker de titels, hoe beter.'

'*De hertog die durfde?*', raadt hij, met een grijns. '*Haar schandalige graaf?*'

'Probeer *De geheime gelofte van de burggraaf*', zeg ik, en hij lacht weer, zijn stem klinkt warm en ongedwongen in de koele avondlucht.

'Daar zou ik geld voor over hebben om dat te zien. Lara Yates, opgekruld met een bouquetreeksromannetje. Bril scheef, woedend de kantlijnen volkrabbelend met rode inkt.'

'Doe niet zo belachelijk', counter ik, terwijl ik een glimlach onderdruk. 'Ik zou nooit in een paperback schrijven. Dat is heilig-schennis.'

'Blij te zien dat je grenzen hebt', plaagt hij, en stoot me zachtjes aan met zijn schouder.

'Iemand moet het doen.' Ik kijk hem aan, de woorden glippen eruit voordat ik ze kan tegenhouden. 'Jij hebt ze in ieder geval niet.'

'Au!' Zijn grijns wordt schalks, zijn blik houdt de mijne net een seconde te lang vast.

'Hoe dan ook', zeg ik resoluut, terwijl ik mijn bril rechtzet en wegkijk. 'We moeten verder. Deze tuin is leuk, maar niet bepaald geïsoleerd. Ik bevries.'

'Juist', zegt Rory, terwijl hij opstaat en me een hand aanbiedt. Ik aarzel een fractie van een seconde voordat ik hem aanneem, zijn greep warm tegen mijn koude vingers. 'Ik wil niet dat je kouvat, Yates. Ik kan het me niet veroorloven dat mijn redacteur buiten gevecht is.'

'Precies', zeg ik, maar het excuus klinkt zelfs voor mijzelf zwak. Terwijl we door de poort teruglopen naar het geroezemoes van de stad, waag ik een blik op hem. Zijn uitdrukking is onlees-baar, maar er is een stille intensiteit die nog lang nadat het moment voorbij is in mijn achterhoofd blijft hangen.

Dit is prima. Alles is prima.

Behalve dan natuurlijk, dat het helemaal niet prima voelt.

De lift pingt en Rory stapt er als eerste uit, de deur met een nonchalante polsbeweging openhoudend terwijl ik volg. Typisch. Altijd net genoeg charme om het moeiteloos te laten lijken. De dakterrasbar zoemt al zachtjes, hoewel het nog lang niet druk is. Glazen balustrades omringen de ruimte en bieden een adembene-mend uitzicht op de lappendeken van de Londense skyline.

Het is zo'n schilderachtig moment dat een minder persoon weemoedig zou doen zuchten – of erger nog, hun telefoon zou pakken voor een Instagrampost met de hashtag *#blessed*. Maar ik sta daar gewoon, met mijn armen over elkaar, en probeer Rory niet de voldoening te geven te weten dat het prachtig is... en, moet ik toegeven, romantisch.

'Mooi, hè?', zegt hij ergens achter me, zijn stem laag en ongehaast. Er klinkt geen spoor van zelfgenoegzaamheid in, wat irritant is, want ik was er helemaal op voorbereid om met mijn ogen naar hem te rollen.

'Acceptabel', zeg ik in plaats daarvan.

'Voor iemand die beroepsmatig romans redigeert', antwoordt hij, en komt dichterbij – dichtbij genoeg dat ik de vage warmte van hem kan voelen nog voordat zijn schouder de mijne raakt, 'klinkt dat bijna als een compliment.'

We staan daar een tel, kijkend naar de lichtjes die in de verte aangaan als sterren die ontwaken. Het is zo irritant romantisch.

'Dus, waarop moeten we drinken om de gelegenheid te vieren? Iets pretentieus met een takje rozemarijn erin?'

'Laat dat maar aan mij over.' Hij gooit de woorden over zijn schouder terwijl hij naar de bar loopt. Ik blijf achter, met mijn handen in mijn jaszakken, en probeer me niet opgelaten te voelen.

Het duurt niet lang voordat hij terug is, met twee glazen in zijn hand. Hij zet er een met een zwierig gebaar voor me neer; de amberkleurige vloeistof weerspiegelt de warme gloed van de lichtslingers boven ons.

'Old Fashioned', zegt hij eenvoudig, terwijl hij op de stoel tegenover me schuift. 'Geen rozemarijn, geen nonsens. Precies zoals je het lekker vindt.'

Ik knipper met mijn ogen, verrast. 'Hoe weet je...'

'Kijk niet zo geschokt, Yates.' Hij leunt achterover, een mondhoek krult omhoog. 'Je had het erover op je Instagram. Bij dat vreselijke branche-evenement, weet je nog? Je maakte een of andere snarky opmerking over de trend van gedeconstrueerde cocktails.'

'Dat was... maanden geleden.' Mijn stem hapert een beetje. 'Heb je mijn hele social media doorgenomen?'

'Natuurlijk. Toen Fiona belde om te zeggen dat jij mijn nieuwe redacteur was, moest ik weten met wie ik in zee ging, zogezegd.' Zijn toon is luchtig, maar er zit iets onder.

'Nou', zeg ik, terwijl ik het glas pak en een weloverwogen slok neem om mijn reactie te verbergen. Het drankje brandt zacht en zoet, precies zoals ik het lekker vind. 'Goed om te weten dat je in staat bent tot basisonderzoek.'

'Ik zou willen beweren dat mijn onderzoeksinspanningen op z'n zachtst gezegd grondig zijn', zegt hij met een knipoog.

'Proost', zeg ik en tik zachtjes tegen zijn glas. De stad strekt zich onder ons uit, levendig en glinsterend, en even laat ik me meevoeren door het zachte geroezemoes. Maar dan voel ik zijn blik op me, stabiel en onvermurwbaar, en het trekt me onverbiddelijk terug.

'Oké, Yates', zegt hij. 'Als je één boek zou moeten kiezen, één enkel boek, om voor de rest van je leven te lezen, welk zou het dan zijn?'

'Dat is een onmogelijke vraag', zeg ik onmiddellijk, en neem nog een slok van mijn drankje. 'Geen enkele serieuze lezer zou die vraag beantwoorden. Dat is alsof je me vraagt een favoriet kind te kiezen.'

'Heb je kinderen?' vraagt hij, terwijl hij een wenkbrauw optrekt.

'Natuurlijk niet.' Ik rol met mijn ogen. 'Het is hypothetisch.'

'Goed', geeft hij toe, met de grijns van een schooljongen. 'Ik zal het beperken. Je zit vast op een onbewoond eiland...'

'Waarom moet ik in deze scenario's altijd ergens vastzitten?' onderbreek ik hem, ik kan het niet laten. 'Ben ik schipbreukeling? Vliegtuigongeluk? Heb ik Poseidon boos gemaakt?'

'Blijf bij de les, Yates', zegt hij met een grijns. 'Eén boek. Welk is het?'

'Iets praktisch. *Hoe bouw je een vlot met minimale middelen*', opper ik, en zijn lach is plotseling en helder.

'Natuurlijk kies jij een overlevingsgids', zegt hij. 'Je zou hem waarschijnlijk ook nog redigeren als je toch bezig bent.'

'Alleen als het nodig was. Oké, jouw beurt', zeg ik, en zet mijn lege glas met een zachte plof neer. 'Onbewoond eiland. Eén boek.'

'Makkelijk', zegt hij zonder aarzelen. '*Pride and Prejudice.*'

'Serieus?' Ik ben oprecht verrast. 'Mr. Darcy hier?'

'Onderschat het niet', zegt hij, en leunt dichterbij, met zijn ellebogen op tafel. 'Het is een meesterwerk. Tijdloos. Bovendien, als ik vastzit op een eiland, kan ik de inspiratie wel gebruiken om eens goed te peinzen.'

'Natuurlijk', zeg ik, terwijl mijn lippen trillen. 'Zou je dan je dagen doorbrengen met in je rijbroek het water uitlopen?'

'Nu snap je het', zegt hij lachend, en ik dwing mezelf om met hem mee te lachen, zelfs als de lucht tussen ons subtiel, bijna onmerkbaar, verandert. Zijn gelach sterft weg en laat een merkbare stilte achter.

'Rory...', begin ik, maar de woorden blijven in mijn keel steken, want plotseling is hij dichterbij. Niet veel, maar genoeg. Genoeg zodat ik de lichte stoppels langs zijn kaaklijn kan zien, de manier waarop zijn blik een halve seconde naar mijn lippen glijdt voordat hij de mijne weer ontmoet. Mijn adem stokt, en voor een keer kan ik geen enkele snedige opmerking bedenken om hem af te weren.

'Mag ik...', begint hij met een lage stem, maar hij maakt zijn zin niet af. Hij schuift gewoon op en overbrugt de resterende afstand met een stille zekerheid die de grond onder mijn voeten wegslaat.

De kus is warm, zacht, en ik wil dat hij eeuwig duurt. Ik leun iets naar voren en al het andere verdwijnt.

De lucht tussen ons voelt broos aan, alsof één verkeerde beweging hem volledig zou kunnen verbrijzelen. Mijn hart bonkt zo luid dat ik zeker weet dat het tegen de dakpannen weerkaatst, maar Rory zegt geen woord. Ik ook niet. We zitten daar, gevangen in deze vreemde, zoemende stilte, en ik staar naar zijn profiel terwijl hij over de stad uitkijkt, zijn kaak gespannen, zijn vingers trommelend op zijn knie.

'Kijk, Rory...' laat ik de zin onafgemaakt, onzeker over wat ik echt wil zeggen. 'De dag met jou doorbrengen was... fijn.'

'Juist', zegt hij snel. '*Fijn.*'

'Oké, het was veel fijner dan fijn, maar ik ga vanavond alleen naar huis.'

Ik graai in mijn tas en haal de USB-stick tevoorschijn die ik de hele dag bij me heb gedragen, degene die ik met haast in mijn appartement heb moeten zoeken, met daarop zijn laatste manuscript-aanpassingen. Het overhandigen voelt vreemd zakelijk na alles wat er net tussen ons is gebeurd, maar het voelt ook veilig. Alsof ik het deksel dichtsla op een doos die nooit geopend had mogen worden.

'Hier. Je aantekeningen. Ik dacht dat je ze liever vroeg dan laat zou willen hebben.'

'Werk', zegt hij, en pakt de USB-stick aan met een klein, humorloos lachje. 'Altijd weer terug naar het werk met jou, hè?'

'Iemand moet je in het gareel houden. We hebben drie weken, Rory. Je moet die deadline halen. Zo simpel is het. We zien elkaar niet meer totdat je deze wijzigingen hebt doorgevoerd.'

'Juist', zegt hij weer, en laat de stick in de zak van zijn jasje glijden. Even lijkt het alsof hij meer wil zeggen. In plaats daarvan staat hij gewoon op en biedt me een hand aan. 'Kom. Ik breng je naar beneden.'

'Bedankt', zeg ik, en laat hem me overeind trekken. De warmte van zijn hand blijft lang hangen nadat hij heeft losgelaten.

We gaan in stilte met de lift naar beneden, de avond is abrupt voorbij. Buiten zoemt de stad op haar eigen ritme, maar het voelt vreemd afstandelijk, alsof ik het door glas bekijk. Ik stop bij de stoeprand en draai me naar hem om.

'Goedenacht, Rory', zeg ik zachtjes, en schuif uit gewoonte mijn bril recht.

'Nacht, Lara', antwoordt hij, zijn stem even gedempt. Hij aarzelt even, zwaait dan kort naar me voordat hij wegloopt en zijn gedaante in de menigte verdwijnt.

Ik blijf nog een moment aan de grond genageld staan, de herinnering aan die kus nog op mijn huid. Dan schud ik mijn hoofd, recht mijn schouders en herinner mezelf eraan adem te halen.

Het was maar een kus, zeg ik streng tegen mezelf, *niet anders dan de vele die we eerder hebben gedeeld.* Maar terwijl ik richting het metrostation loop, kan ik het gevoel niet onderdrukken dat er iets fundamenteels is verschoven, dat ik onbekend terrein heb betreden en er geen kaart is om me terug te leiden.

ZEVENTIEN

De trein schudt als hij tot stilstand komt en ik stap het perron op, de lucht zwaar van die weeïge mix van dieseldampen en vochtig beton. Het is vreemd hoe zelfs de geur als een oordeel voelt. Welkom thuis, Lara Yates, waar je altijd te veel of niet genoeg bent.

Ik verstel de band van mijn laptoptas op mijn schouder; het gewicht ervan trekt me een beetje uit balans. Het station ziet er nog net zo uit als toen ik veertien jaar geleden vertrok om te gaan studeren, zelfs het met plakband vastgemaakte bordje 'BUITEN GEBRUIK' op de automaat is nog hetzelfde. De nostalgie overvalt me niet, hij sluipt naar binnen, langzaam en verraderlijk, en krult zich om me heen als klimop door de scheuren in oude stenen.

De taxirit van het station naar het huis van mijn ouders is weinig enerverend, wat wil zeggen: verstikkend bekend. Rijen identieke bakstenen huizen flitsen voorbij het raam, de een niet van de ander te onderscheiden, afgezien van een enkele brutale uiting van individualisme in de vorm van een stuclaag. Tegen de tijd dat ik naast het huis stop, voelt mijn borstkas strak aan, alsof ik mijn adem heb ingehouden sinds ik uit de trein stapte.

De voordeur zwaait open nog voor ik mijn gordel kan losmaken, en daar staat ze: mam. Ze kijkt de wereld nog steeds in met die specifieke mix van bezorgdheid en milde afkeuring die ze altijd als een harnas draagt, haar armen strak over haar borst gevouwen. Haar haar is korter dan ik me herinner, geverfd in een tint die te donker is om er natuurlijk uit te zien. Ze zwaait niet, ze blijft gewoon staan, omlijst door de deuropening, alsof ze zich schrap zet voor welke versie van mij er dit keer ook is komen opdagen.

'Nou, je hebt het gehaald', zegt ze als ik mijn koffer de treden op sjouw. Geen 'hallo', geen knuffel. Alleen die vijf woorden, uitgesproken op die toon die op de een of andere manier tegelijkertijd opgelucht en teleurgesteld weet te klinken.

'Jep.' Ik pers er een glimlach uit die meer als een grimas voelt. 'Ik kan nog steeds met het openbaar vervoer reizen.'

'Net aan', antwoordt ze, terwijl ze mijn schoenen bekijkt alsof ze haar persoonlijk beledigen. Het zijn praktische platte schoenen, maar blijkbaar niet *praktisch genoeg*.

Binnen ruikt het huis naar citroenboenwas en iets vaag aangebrands, een combinatie die even hardnekkig als onuitnodigend is.

Pap verschijnt in de deuropening van de woonkamer, zijn leesbril op het puntje van zijn neus. Hij kijkt net lang genoeg op van zijn kruiswoordpuzzel om een halfslachtig 'Hoi, schat' op te brengen, voordat hij zich terugtrekt in de veiligheid van zijn fauteuilfort.

'Hoi, pap', antwoord ik, hoewel hij alweer is verdwenen achter het geritsel van de krantenpagina's. Typisch.

'Heb je in de trein gegeten?', vraagt mam, terwijl haar ogen naar mijn laptoptas schieten. Niet omdat het haar iets kan schelen of ik heb gegeten, natuurlijk, maar omdat ze staat te popelen om te vragen of ik de hele reis heb gewerkt.

'Ja', lieg ik, omdat uitleggen dat ik twee uur heb gelezen over hoe een fictieve hertog een gravin verovert alleen maar zou leiden tot vragen waar ik niet op ben voorbereid.

'Goed', zegt ze, het woord kortaf en efficiënt. 'Je ziet er moe uit.'

'Dank je', straal ik. 'Precies wat iedere vrouw wil horen.'

Ze lacht niet, maar tuit haar lippen op een manier waardoor ik me weer een jaar of tien voel.

'Nou, blijf daar niet zomaar staan', zegt ze kordaat, terwijl ze zich al naar de keuken omdraait. 'Het eten is over een uur klaar, en je nicht Emma komt langs.'

Natuurlijk komt ze. Want niets zegt zo duidelijk 'welkom thuis' als eraan herinnerd worden op welke manieren je allemaal tekortschiet in vergelijking met iemand anders.

'...en dan denken we aan een lentebruiloft', kwettert Emma, haar stem zo helder en zoet als de limonade die mam per se aan gasten moet serveren. 'Je weet wel, kersenbloesem, een zachte pastel-esthetiek, misschien een ceremonie buiten, als het weer een beetje meewerkt, natuurlijk.'

'Natuurlijk', herhaal ik afwezig, terwijl ik met mijn vork door de tot moes gekookte broccoli op mijn bord roer. Het is doodge-stoomd, wat wel passend voelt, gezien mijn huidige emotionele toestand.

Emma lijkt niet te merken – of het interesseert haar niet – dat mijn enthousiasme ongeveer net zo oprecht is als de compli-menten van mam. Ze dendert door en zwaait met een gemani-cuurde hand in de lucht alsof ze al een boeket gooit. 'We wilden gewoon niet iets te ingewikkelds, weet je? Tim en ik houden van *eenvoud*.'

'Mm', zeg ik neutraal, en ik kijk naar mijn ouders aan de andere kant van de tafel. Pap is gefocust op zijn gebraden kip alsof die de antwoorden op de grote levensvragen bevat, terwijl mam meegaand knikt bij Emma's monoloog, haar uitdrukking ergens tussen beleefde interesse en zelfvoldane tevredenheid in.

'Dat klinkt... leuk', voeg ik eraan toe, omdat iemand iets moet zeggen, en blijkbaar ben ik die iemand.

'Vind je niet?', straalt Emma, stralend op een manier die alleen mensen met een vlekkeloze huid en grenzeloos zelfver-trouwen kunnen zijn. 'Ik bedoel, ik weet dat het niet voor iedereen is weggelegd' – haar ogen schieten naar mij, net lang genoeg om een steek te geven – 'maar Tim en ik voelen ons er gewoon zo klaar voor, weet je? Zo van, waarom wachten?'

'Inderdaad, waarom', mompel ik in mijn baard. Emma hoort me niet, maar mam wel. Haar scherpe ademhaling is bijna theatraal.

'Emma, schat', zegt mam, en ze stuurt het gesprek als een pro. 'Heb je al besloten wie je bruidsmeisjes worden?'

'Nog niet officieel', giechelt Emma, hoewel het overduidelijk is dat ze precies weet wie er wel – en niet – naast haar zal staan op haar grote dag. Spoiler alert: ik ben het niet.

'Nou, je hebt nog genoeg tijd om dat uit te zoeken', verzekert mam haar, voordat ze haar aandacht op mij richt. En daar komt het: de ommezwaai. 'Over tijd gesproken, Lara, hoe gaat het op je werk? Houdt je vast nog steeds druk, kan ik me voorstellen.'

'Altijd', antwoord ik met een geforceerde, strakke glimlach. 'Je weet hoe dat gaat.'

'O ja?', kaatst ze terug, terwijl ze haar hoofd op een manier schuinhoudt die me in een kussen wil laten schreeuwen. 'Ik bedoel, jij bent altijd aan het werk, nietwaar? Zelfs in het weekend?'

'Het uitgeversvak is niet bepaald hetzelfde als lesgeven, mam,' zeg ik, terwijl ik mijn toon luchtig probeer te houden ondanks de spanning die zich in mijn borst opbouwt. 'Wij hebben geen schoolbel die gaat waarna we allemaal naar huis kunnen. Deadlines nemen geen vrij.'

'Mm,' zegt ze, en ze tuit haar lippen een heel klein beetje. 'Maar je zou toch wel tijd kunnen vinden om...'

'Om wat, mam?' val ik haar in de rede. 'Om een bruiloft te plannen? Want tenzij je een bruidegom in de voorraadkast hebt verstopt, red ik me wel, hoor.'

De woorden blijven ongemakkelijk en zwaar in de lucht hangen, totdat Emma, duidelijk niet op haar gemak, haar keel schraapt. 'Ik denk dat bruiloften, eh, voor sommige mensen overschat zijn,' oppert ze, met een stem die net genoeg hapert om me spijt te laten krijgen van mijn snauw.

'Sorry,' zeg ik, en ik laat mijn blik naar mijn bord zakken. De broccoliroosjes staren me weinig behulpzaam aan.

'Het enige wat ik bedoelde,' gaat mam verder, waarbij ze de

spanning als een ware professional negeert, 'is dat het geen kwaad kan om af en toe een pauze te nemen. Je werkt zo hard, Lara... eigenlijk te hard. Je zou niet alleen moeten zijn. Niet op jouw leeftijd.'

'Bedankt, mam, dat is precies wat ik moest horen.'

'Nou, ik zeg het alleen maar omdat ik om je geef,' zegt ze op een toon die net niet verdedigend is. 'En omdat ik me, eerlijk gezegd, soms zorgen om je maak. Je steekt zoveel energie in je carrière, maar...'

'Maar wat?' vraag ik. Mijn stem is nu zachter. Kleiner.

'Niets,' zegt ze snel, terwijl ze denkbeeldige kruimels van het tafelkleed veegt. 'Vergeet dat ik iets gezegd heb.'

'Gedaan,' antwoord ik, hoewel de ergernis begint te koken.

Emma schuifelt op haar stoel, duidelijk wanhopig om van onderwerp te veranderen. 'Dus, eh, hoe dan ook, over de taart...'

Haar woorden vervagen tot achtergrondgeluid terwijl ik me concentreer op het snijden van mijn kip in precieze, gelijke stukken, en doe alsof de muren aan tafel niet op me afkomen. De woorden van mijn moeder echoën in mijn hoofd, luider bij elke herhaling: *Je werkt te hard. Je ziet er moe uit. Ik maak me zorgen om je.*

Vertaling: Je bent niet goed genoeg. Je bent nooit goed genoeg geweest.

'Neem me niet kwalijk,' zeg ik abrupt, terwijl ik mijn stoel van tafel schuif. 'Ik moet even naar het toilet.'

Niemand houdt me tegen als ik naar boven glip, naar mijn oude slaapkamer. Ik leun tegen de achterkant van de gesloten deur en staar naar de vage kneedgumafdrukken die nog steeds de plekken aangeven waar mijn posters ooit met trots hingen, mezelf dwingend om te ademen. Om het los te laten.

Maar de knoop blijft, vastgeklit en hardnekkig, en weigert losser te worden.

De gedempte geluiden van het gesprek beneden – Emma's lach, de stem van mijn moeder, snerpend zelfs als ze probeert aardig te zijn – vervagen een beetje, maar niet genoeg. Nooit genoeg.

De kamer is kleiner dan ik me herinner. Of misschien ben ik

er gewoon te groot voor geworden, als een oud vest dat ik achter in de kast bewaar uit misplaatste sentimentaliteit.

De planken staan volgestouwd met boeken, hun ruggen in ongelijke rijen opgesteld, sommige leunen gevaarlijk alsof ze uitgeput zijn van het zichzelf al die jaren overeind houden. Titels die ik in uren verslond, werelden waarin ik ontsnapte als dit huis te benauwend aanvoelde. Het is overweldigend en geruststellend tegelijk, alsof ik in een deken gewikkeld ben die vaag naar stof en verdriet ruikt.

Ik kniel bij het bed en trek de bloemetjesquilt opzij die er al ligt sinds mijn moeder hem in de uitverkoop bij Marks & Spencer kocht toen ik twaalf was. Mijn vingers tasten blindelings rond tot ze karton raken. De doos is zwaarder dan ik verwacht, of misschien ben ik gewoon niet meer gewend om het gewicht van mijn tiener-zelf te tillen.

Ik sleep hem tevoorschijn en ga in kleermakerszit op de grond zitten. Het deksel verzet zich even voordat het toegeeft en de chaotische inhoud onthult: notitieboekjes, losse papieren en een paar verfrommelde enveloppen. Een tijdscapsule van zwaarmoedigheid en ambitie.

Het eerste dagboek dat ik oppak heeft een glitterpaarse kaft. Natuurlijk heeft het dat. Ik sla het open en word meteen begroet door mijn eigen handschrift – grote, lusvormige letters die over de pagina gekrabbeld zijn met de urgentie van iemand die dacht dat elk woord ertoe deed.

Mijn eerste en enige poging om een dagboek bij te houden. Ik begon de eerste notitie op 1 januari en hield het maar vol tot 5 februari. O, God. Nee. Ik sla het dicht, mijn gezicht gloeit alsof iemand binnen kan komen en het kan zien. Alsof het iemand wat kan schelen wat mijn veertienjarige zelf dacht over... Ik kijk nog eens naar de pagina. '... of Ben mijn nieuwe kapsel vandaag had opgemerkt.' Jezus Christus.

'Verder,' zeg ik binnensmonds, terwijl ik dieper in de doos graaf. Een ander notitieboekje trekt mijn aandacht, dit keer een zwarte met een spiraalbinding, de randen gerafeld omdat het in te veel rugzakken is gepropt. Als ik het opensla, staan de pagina's vol met halfgeschreven verhalen, flarden dialoog, ideeën die in een verwoed steno zijn opgeschreven.

Eén trekt mijn aandacht – een scène tussen twee personages van wie ik de namen niet meer herken, die ruziemaken over iets dramatisch en levensveranderends. De dialoog is duidelijk beïnvloed door Brontë en Hugo, die ik in die tijd las, druipend van het melodrama, maar er zit iets ruws in. Eerlijks. Ik kan de versie van mezelf die dit schreef bijna voelen, opgekruld op precies deze vloer, terwijl ik alles wat ik had in deze woorden stortte omdat ik niet wist waar ik het anders kwijt moest.

Ik blader sneller door meer pagina's. Er zijn beginnetjes van verhalen – zoveel beginnetjes – maar geen ervan is af. Stuk voor stuk midden in een zin afgebroken, midden in een gedachte, alsof ze werden achtergelaten op het moment dat ze meer eisten dan ik bereid was te geven.

'Klassiek,' fluister ik, terwijl ik achterover leun tegen het bedframe. De bekende knoop trekt zich samen in mijn borst, dezelfde die ik al sinds het eten met me meedraag. Sinds altijd.

Want hier ligt het, voor me uitgestald: het bewijs dat ik altijd goed ben geweest in dingen beginnen en er vreselijk slecht in was om ze af te maken. Het bewijs dat ik zelfs toen – zelfs vóór deadlines en redactievergaderingen en de constante druk om het werk van anderen te verbeteren – eraan twijfelde of ik wel goed genoeg was om iets te creëren dat het waard was om te bewaren.

Ik laat het notitieboekje gesloten in mijn schoot vallen en staar naar het plafond. De glow-in-the-dark-sterrenstickers hangen er nog steeds, vervaagd en afbladderend. Vroeger lag ik hier 's nachts, me inbeeldend dat ze echt waren, me afvragend hoe het zou voelen om naar iets zo ver weg te reiken en het daadwerkelijk vast te kunnen houden.

'Pathetisch,' zeg ik hardop, hoewel mijn stem breekt bij het woord. Ik veeg langs mijn wang voordat ik me zelfs maar realiseer dat de tranen er zijn.

Ik duw het notitieboekje terug in de doos en schuif het met mijn voet onder het bed, alsof dat op de een of andere manier de puinhoop van emoties die zich een weg naar boven klauwen in mijn keel zal begraven. Uit het oog, uit het hart – of dat is tenminste wat ik mezelf wijsmaak. Behalve dat het gewicht niet weggaat. Het blijft gewoon zitten, zwaar en onwelkom, en drukt tegen mijn borst als een van die verzwaringsdekens waarvan mensen zweren dat ze je rustig moeten maken. Spoiler: het werkt niet.

'Verbeteren,' zeg ik hardop. Mijn stem kaatst tegen de muren en ik schrik ervan. Ik wrijf met een hand over mijn gezicht en probeer het opnieuw, deze keer zachter. 'Ik ben goed in dingen verbeteren.'

Dat is wel waar. Geef me een manuscript vol plotgaten en vlakke personages en ik krijg het wel op orde. Het proza strakker maken, de scènes herschikken, de spanning opvoeren... het is praktisch een tweede natuur geworden. Ik heb jarenlang die vaardigheid aangescherpt en zo een eigen hoekje in de uitgeverswereld veroverd waar ik de fixer ben. De chirurg. De persoon die de verhalen van anderen beter maakt.

Maar iets vanuit het niets creëren? Dat is... anders. Het is doodeng.

De laatste keer dat ik het probeerde, het echt probeerde, was acht jaar geleden, toen ik net bij Scott & Drake was begonnen als redactieassistent en elke avond als een bezetene zat te typen alsof mijn leven ervan afhing. En misschien was dat ook wel zo, op een kleine, melodramatische manier. Ik wilde er zo ontzettend graag goed in zijn. Iets schrijven wat niet alleen fatsoenlijk was, maar geweldig. Iets wat ertoe deed.

En toen het me niet lukte? Toen de woorden op de pagina niet overeenkwamen met die in mijn hoofd? Stopte ik ermee. Net als altijd.

'God,' Ik trek een kussen over mijn gezicht, alsof dat de gedachten die volledig op hol slaan kan dempen. 'Wat ben ik in hemelsnaam aan het doen?'

Het gaat niet alleen over schrijven. Het gaat over alles. Mijn baan, mijn leven, mijn eindeloze reeks zorgvuldig samengestelde routines die de indruk wekken dat ik mijn zaakjes op orde heb, terwijl ik in werkelijkheid het gevoel heb dat ik meestal op de automatische piloot leef. Redigeren is veilig. Comfortabel. Ik weet wat er van me wordt verwacht en ik voldoe aan die verwachtingen met een meedogenloze efficiëntie, want dat is wat ik doe. Dat is wie ik ben.

Toch?

Onder het kussen adem ik langzaam en trillerig uit. De waarheid, de lelijke, ongemakkelijke waarheid, is dat ik het niet meer weet. Ik weet niet waar ik naartoe werk of waarom. Ik weet niet of ik hogerop wil komen in de uitgeverswereld of dat ik mijn plafond al heb bereikt. Ik weet niet eens of redigeren genoeg is. Niet wanneer het idee van schrijven in mijn achterhoofd blijft hangen, hardnekkig en pijnlijk, als een oude wond die nooit helemaal is genezen.

Mijn telefoon ligt in mijn hand voordat ik me realiseer dat ik hem heb gepakt. Het is instinctief nu, deze eindeloze cyclus van afleiding. Instagram, e-mail, iets, om het even wat, om te voorkomen dat mijn gedachten te diep in mezelf afdwalen. Alleen is de wifi hier net zo slecht als in de trein en is er amper bereik. Toch swipe ik doelloos, kijkend naar het kleine laadicoontje dat ronddraait alsof het uiteindelijk de geheimen van het universum zou kunnen ontsluiten, of me in ieder geval een meme kan geven die grappig genoeg is om het gevoel te geven dat deze avond de reis waard was.

Het scherm hapert, loopt vast en gooit me dan terug naar mijn startscherm. Geweldig. Ik slaak een zucht die meer klinkt als een grom en laat de telefoon op mijn buik vallen. Hij stuitert één keer voordat hij daar blijft liggen en me uitlacht met zijn lege, nutteloze scherm.

Ik sluit mijn ogen, maar dat maakt het alleen maar erger. Zonder iets anders om de ruimte tussen mijn oren te vullen, dwalen mijn gedachten af. En waar gaan ze naartoe? Rechtstreeks naar Rory Keane, zoals altijd als ik niet oplet.

Het is eigenlijk idioot. Hij is gewoon... een man. Een belachelijk charmante, irritant getalenteerde man die me op de een of andere manier heeft laten instemmen met wat dit dan ook is. Vrienden. Geliefden. Vrienden die af en toe met elkaar naar bed gaan, maar absoluut niet over gevoelens praten, want dat zou de hele ongedwongen sfeer verpesten. Ja, dat zijn wij. Ongedwongen. Hartstikke normaal.

En toch is dit waar we zijn. Of liever, hier ben ik, liggend op een eenpersoonsbed in mijn oude slaapkamer, starend naar glow-in-the-darksterren die hun gloed allang hebben verloren, me afvragend of Rory vandaag überhaupt aan me heeft gedacht.

'God,' kreun ik en duw het kussen over mijn gezicht. 'Je bent pathetisch.'

Maar het stopt de vragen niet. Heeft hij aan me gedacht? Maakt het hem uit dat ik hier ben, gestrand in een buitenwijk, langzaam gek aan het worden? Of is hij volkomen in zijn sas, zijn volkomen prima leventje leidend, zich er totaal niet van bewust dat ik elk detail van onze eerdere gesprekken tot in den treure analyseer?

Ongedwongen. Alsof het vaak genoeg in mijn hoofd herhalen het waar zal maken. Want dat is wat we hebben afgesproken. Geen binding. Geen complicaties. Gewoon twee mensen die toevallig van elkaars gezelschap genieten, en af en toe van elkaars bed.

Maar zo simpel is het niet, hè? Dat is het nooit.

Zonder na te denken grijp ik mijn telefoon weer. Mijn duim zweeft boven het scherm en voordat ik mezelf kan tegenhouden, scroll ik door mijn contacten. Langs collega's, oude vrienden, nummers die ik jaren geleden had moeten verwijderen. En dan is hij daar.

Rory.

Zijn naam staat daar, vaag oplichtend in het schemerlicht van de kamer, alsof hij me uitdaagt erop te drukken. Te bellen. Te appen. *Iets* te doen.

Maar wat zou ik dan zeggen? Hoi, ik wilde even checken of je nog steeds onuitstaanbaar aantrekkelijk en emotioneel onbereikbaar bent. Cool, super, spreek je snel.

Ja, nee, bedankt. Ik vergrendel het scherm en gooi de telefoon naast me neer, met het scherm naar beneden, alsof het verbergen ervan ook de puinhoop in mijn hoofd zal verbergen. Maar het gewicht ervan blijft hangen, zwaar en dwingend, en trekt mijn gedachten steeds weer naar hem terug, hoe hard ik ook probeer ze ergens anders op te richten.

Het gaat prima met ons, zeg ik tegen mezelf. We zijn precies wat we zeiden dat we zouden zijn. Niets meer, niets minder.

Ik ga weer op bed liggen en staar naar het plafond alsof het een soort antwoord bevat. Het is gewoon beige verf en een vage barst die, als je heel hard je ogen dichtknijpt, een beetje op Italië lijkt. Hetzelfde plafond waar ik naar staarde toen ik zestien was, dromend over dingen als de universiteit, deze stad verlaten of, God sta me bij, trouwen met Jake Gyllenhaal. En hier lig ik dan, tweeëndertig jaar oud, op precies dezelfde plek, geen stap dichter bij het uitvogelen van wat ik wil dan ik toen was.

Alleen denk ik nu, in plaats van te dagdromen over Jake in zijn mariniersuniform, aan Rory Keane en zijn idioot perfecte kaaklijn. Niet bepaald vooruitgang.

De waarheid, degene waar ik al weken omheen dans, glipt door de barsten die ik zo zorgvuldig heb proberen dicht te smeren. Ik vind hem leuk. Niet op de ongedwongen, 'je bent leuk om mee om te gaan'-manier. Op de gevaarlijke, hartkloppende, 'waarom-heeft-hij-me-nog-niet-terug-geappt'-manier. De manier die meer wil. Meer tijd. Meer nachten. Meer... alles.

Maar dat hardop toegeven? Zelfs alleen aan mezelf? Voelt als op dun ijs stappen en het onder me horen kraken.

Want wat gebeurt er als ik het zeg, als ik erken dat ik de enige regel die we hadden al heb overtreden, en hij niet? Wat als dit hele gedoe voor hem echt zo simpel is als we hadden beloofd? Wat als hij het prima vindt om het luchtig te houden, terwijl ik hier in mijn hoofd onze eerste ontmoeting herschrijf tot iets tragisch op het niveau van Nicholas Sparks?

Ik ga abrupt rechtop zitten en gooi het kussen opzij. Mijn telefoon ligt er nog steeds, met het scherm naar beneden op het matras, praktisch zoemend van beschuldiging. Me een lafaard noemend zonder zelfs maar op te lichten.

Oké, denk ik. Stel, ik app hem. Stel, ik vertel hem dat ik dingen voel die ik niet zou moeten voelen. Wat is het ergste dat er kan gebeuren?

Hij zou aarzelen. Hij zou me niet direct afwijzen – Rory niet – maar er zou een pauze vallen, een stilte die net een tel te lang duurde voordat hij antwoordde. En in die stilte zou ik alles horen wat ik allang weet, maar te dom ben geweest om te accepteren. *O, Lara*, zou hij dan beginnen, omdat hij me niet wil teleurstellen, terwijl hij waarschijnlijk oprecht mijn hand vasthoudt. En dan zou hij me eraan herinneren – voorzichtig, altijd voorzichtig – dat dit niet is wat we hebben afgesproken. Dit was om hem te helpen het best mogelijke boek te schrijven. Niets meer, niets minder.

En hij zou gelijk hebben.

Ik laat me met een diepe zucht achterover op het bed vallen. *Je doet belachelijk,* zeg ik tegen mezelf, maar de woorden komen niet binnen zoals het hoort.

Want de waarheid is dat Rory niets heeft gedaan wat me doet denken dat hij hetzelfde voelt. Sterker nog, hij is consequent geweest. Liefdevol, ja. Aandachtig. Maar nooit meer dan wat we hadden afgesproken te zijn. Nooit iets wat suggereert dat *dit* – wat *dit* ook is – zou kunnen bestaan buiten onze tijdelijke redacteur/auteur-relatie, buiten de pagina's van zijn manuscript.

En het pijnlijkste van alles? Ik wist waar ik aan begon. Ik stemde hiermee in. Ik wist wat de gevaren waren. Dus waarom lig ik hier elke blik, elke aanraking, elke slepende stilte te ontleden, alsof het ook maar iets betekent?

Dat doet het niet.

Het boek is wat telt. Dat is de prioriteit. Daarom doe ik dit. En als ik ook maar een greintje zelfrespect over heb, herpak ik mezelf en concentreer ik me.

Ik sluit mijn ogen en dwing de spanning uit mijn lichaam. Het heeft geen zin om hier nog langer bij stil te staan, geen zin om me over te geven aan dwaze fantasieën. Ik heb een taak te volbrengen. Ik zal niet de redacteur zijn die te dichtbij komt, die de boel onnodig ingewikkeld maakt. Ik zal niet de reden zijn dat dit boek niet afkomt.

Dus wat ik ook denk te voelen? Het doet er niet toe.

Ik haal diep adem, en nog eens. Ik begraaf het. Stop het weg.

Het boek staat op de eerste plaats. Dat moet.

ACHTTIEN

Het hele weekend weersta ik de drang om Rory te bellen, te appen of op welke manier dan ook contact met hem op te nemen voor onze afgesproken redactionele bespreking morgen. Ik wil hem de ruimte geven om te schrijven en hij – nou ja, hij heeft mij ook niet gebeld – wat mijn punt bewijst.

Dus als het appje binnenkomt, net als ik me op de bank nestel met een kop thee en mijn nieuwste geheime genoegen – een absurd dramatische historische roman met zowel opengereten lijfjes als piraten – verwacht ik het echt niet. Mijn telefoon trilt tegen de armleuning en mijn eerste reactie is irritatie.

Vanavond wat drinken? Even over het boek praten. Rory x

Nieuwsgierigheid knaagt aan me; als ik op zijn meest recente versie mag afgaan, ben ik oprecht enthousiast om de nieuwste versie te lezen en te zien hoe hij mijn aantekeningen heeft verwerkt en het verhaal eigen heeft gemaakt. Mijn duim zweeft boven het toetsenbord. Aan de ene kant is het waarschijnlijk niets – gewoon Rory die Rory is, met al zijn charme en spontaniteit. Aan de andere kant... Nee, er is geen andere kant.

Toch aarzel ik. Maar de waarheid is dat ik niet heb kunnen stoppen met denken aan zijn boek. De afgelopen weken is het van middelmatig naar goed gegaan, wat geen geringe prestatie is, gezien waar we mee begonnen. Hoewel het nog lang geen eind-product is, voelt het ook rauwer aan dan zijn gebruikelijke, gepolijste werk, alsof hij een verborgen deel van zichzelf heeft blootgelegd en echt probeert te groeien als schrijver.

Prima.

Ik vraag om de details voordat ik aan mezelf kan gaan twijfelen.

Waar en wanneer?

Het antwoord komt onmiddellijk, alsof hij erop wachtte tot ik zou zwichten.

20.00 uur. Flanaghan's, Piccadilly. Het eerste rondje is van mij.

Tegen de tijd dat ik de zware houten deur van Flanaghan's openduw, heb ik hier al spijt van. De kroeg is schemerig verlicht, een en al donker hout en warme, amberkleurige lampen, en de lucht is gevuld met het zachte geroezemoes van stemmen en het gerinkel van glazen. Het is er gezellig maar druk, het soort plek waar mensen komen om te ontspannen na lange werkdagen bij een baan die ze stiekem haten.

Mijn redacteursbrein schiet vrijwel onmiddellijk in actie en scant alle kleine details. De ingelijste vintage posters aan de muren. De versleten leren banken die eruitzien alsof ze er al decennialang staan. De barman die vakkundig een waterval van blauwe vloeistof in een glas schenkt zonder een druppel te morsen.

En dan zie ik hem. Rory. Hij zit aan een klein tafeltje in de hoek, half verborgen in de schaduw van een hangende edison-lamp. Mijn verraderlijke maag draait zich om bij het zien van hem, maar ik duw dat gevoel opzij en dwing mijn hormonen te gehoorzamen.

Ik baan me een weg door de menigte, ontwijk een man die wild met zijn bierglas gebaart en een stel dat zacht maar intens ruziet. Hoe dichter ik bij Rory's tafel kom, hoe duidelijker het wordt dat hij... zich heeft opgedoft. Niet op een overdreven manier, maar genoeg om me halverwege mijn pas te doen aarzelen.

Hij draagt een donker overhemd, met de mouwen netjes opgerold tot zijn ellebogen. De bovenste twee knoopjes zijn los, wat net genoeg ruimte laat om een nonchalante moeiteloosheid te suggereren, terwijl hij er nog steeds irritant goed uitziet. Zijn haar – altijd een beetje warrig op die 'o, dit deed ik per ongeluk'-manier – zit vanavond verdacht perfect, alsof hij er daadwerkelijk tijd aan heeft besteed.

'Serieus?' vraag ik als ik aan kom lopen. 'Gewoon een informeel drankje?'

Ik houd mezelf voor dat dit gewoon is wie Rory Keane is. Dit gaat niet om mij. Hij probeert absoluut geen indruk op mij te maken.

...Toch?

'Nou,' zeg ik terwijl ik op de stoel tegenover hem ga zitten en mijn tas bewust neerzet, 'zie jij er even uit alsof je zo van de set van een of andere GQ-fotoshoot bent weggelopen.' Ik laat mijn blik ostentatief van zijn overhemd naar zijn netjes opgerolde mouwen glijden. 'Heb ik de memo gemist? Was er een kledingvoorschrift voor vanavond?'

Rory's lippen krullen zich op tot een grijns, waarbij de ene mondhoek hoger trekt dan de andere. Het is tergend zelfverzekerd, alsof hij precies weet wat hij doet. Want natuurlijk weet hij dat.

'Mag een man niet een beetje zijn best doen?' Hij leunt achterover in zijn stoel, zijn vingers strijken langs de zijkant van zijn glas. 'Bovendien ligt al het andere in de wasmand.'

'Hm.' Ik sla mijn armen over elkaar en houd mijn hoofd schuin. 'En wat zou je in hemelsnaam hebben gedaan als dit een daadwerkelijke manuscriptbespreking was geweest? Een fluwelen rokkostuum meegenomen? Een monocle?'

'Verleidelijk,' zegt hij vlot, zijn ogen fonkelen in het schemerige licht. 'Maar ik dacht dat het moeilijk zou zijn om met samengeknepen ogen aantekeningen te maken.'

'Ah, het praktische wint het dus,'

'Altijd.' Hij tilt zijn glas om een slok te nemen. Dan laat hij het net genoeg zakken om mijn blik te vangen en voegt eraan toe: 'Al moet ik toegeven dat het leuk is om te zien dat ik je aandacht heb getrokken.'

'Ik ben redacteur. Details opmerken is letterlijk mijn werk.'

'Is dat hoe we het noemen?'

Welk spelletje hij ook speelt, ik ben vastbesloten hem niet te laten winnen. Zelfs als een deel van mij – een heel klein, heel dom deel – zich afvraagt of hij misschien, heel misschien, toch *wel* indruk op me probeert te maken.

'Oké,' zeg ik, en ik pak het glas stout waarvan Rory belooft dat het de beste buiten Ierland is. Mijn vingers strijken langs de condens op mijn glas terwijl ik hem aankijk met wat hopelijk doorgaat voor afstandelijke professionaliteit. 'Vertel me alsjeblieft dat je de wijzigingen hebt doorgevoerd.'

'Meteen ter zake,' zegt hij. 'Je gaat niet eens vragen hoe mijn dag was? Me er misschien een beetje in laten komen met wat lichte conversatie?'

'Jouw dag is irrelevant voor de vraag of we al dan niet klaar zijn om iets naar de proeflezers te sturen.'

'Je zult de wijzigingen hopelijk naar tevredenheid vinden. Het staat voor je klaar in je inbox. Ik heb het doorgestuurd voordat ik wegging, klaar voor jou om het met de grond gelijk te maken.'

'Ik maak niets met de grond gelijk,' corrigeer ik hem terwijl ik mijn telefoon check en zie dat er inderdaad een e-mail van Rory is, met een bijlage. 'Eerder... voorzichtig ontmantelen in naam van verbetering.'

'Ah.' Hij leunt naar voren en laat zijn onderarmen op de tafel rusten. De beweging trekt mijn aandacht – helaas – naar de manier waarop zijn opgerolde mouwen net genoeg onderarm onthullen om afleidend te zijn. 'Voorzichtig ontmantelen. Is dat hoe je de drieënvijftig opmerkingen noemt die je alleen al bij de eerste twee hoofdstukken hebt achtergelaten?'

'Tweeënvijftig,' kaats ik terug, terwijl ik hem een veelbetekenende blik toewerp. 'Eén daarvan was geen opmerking. Het was een vraag.'

'Juist. Mijn fout.'

Ik zou weg moeten kijken. Dat doe ik niet. In plaats daarvan valt mijn blik op het kleine kuiltje dat aan de rand van zijn glimlach verschijnt – een eigenschap die ik precies twee keer eerder heb opgemerkt, maar weiger toe te geven dat ik charmant vind. Mijn greep om mijn glas wordt steviger en ik dwing mezelf om me op iets, *wat dan ook*, anders te concentreren.

De verlichting in de bar verandert zonder fanfare, een stille dimming die de randjes van alles verzacht. De plafondlampen, die een uur geleden nog zo helder en klinisch waren, gloeien nu met een warme amberkleurige tint, alsof iemand de kamer in honing heeft gedrapeerd. Zelfs het geroezemoes om ons heen lijkt te zijn afgenomen, het eens zo luidruchtige gezoem is teruggebracht tot zacht gemompel and af en toe een lachsalvo uit verre hoeken. Het is alsof het universum zelf besloten heeft tegen me samen te spannen en Rory en mij in deze onopzettelijke cocon van intimiteit te wikkelen.

'Alles goed? Je bent ineens zo stil,' zegt Rory, zijn stem die door mijn gedachten heen breekt. 'Je hebt toch niet nu al geen aantekeningen meer voor me, hè?'

'Nee, joh,' kaats ik terug, terwijl ik het laatste beetje donkere vloeistof in mijn glas ronddraai om iets te doen te hebben. 'Ik probeer gewoon te beslissen welke fout ik hierna zal fileren. Er zijn zoveel opties.'

Zijn lach is laag en vol, het geluid dat als rook opkrult in de kleine ruimte tussen ons in.

'Je kwetst me, Yates. Echt waar.'

'Goed zo. Blijf maar bloeden, dat vormt je karakter.' Ik hef mijn glas alsof ik op hem proost.

'Geef het toe,' zegt hij, zijn stem zo zacht dat hij onder het geroezemoes van de gesprekken om ons heen duikt. 'Dit zou door können gaan voor een date.'

'Zou dat zo zijn?' counter ik, terwijl ik een wenkbrauw optrek. Mijn toon is luchtig – geoefend – maar de vraag landt zwaarder dan ik bedoeld had. Het woord *date* blijft in de lucht tussen ons hangen, gewichtiger dan het zou moeten zijn.

'Nou, eens even kijken.' Hij houdt zijn hoofd schuin, zijn

grijns neigt naar roofdierachtig. 'Er is een bar, drankjes, dubieuze verlichting. Allemaal klassieke kenmerken, vind je niet?'

redesigned:

'Er ontbreekt één cruciaal element,' merk ik op, mezelf dwingend onaangedaan te klinken.

'En dat is?' Zijn blik is direct – te direct – en ik moet wegkijken voordat ik erin verdrink.

'Romantiek,' zeg ik vlak.

'Je hebt gelijk. Geen greintje van dat spul. Geen spatje.' Zijn ontkenning versterkt alleen maar het feit dat Rory Keane – een man die betaald wordt om over grootse gebaren en gestolen kussen te schrijven – naast me zit en naar me kijkt alsof *ik* de plottwist ben die hij niet zag aankomen. En erger nog? Ik vind het niet erg.

'Oké,' zegt hij na een moment, en hij draait zich een beetje zodat hij me meer aankijkt. Er is nu iets anders in zijn uitdrukking – een verandering die ik niet helemaal kan plaatsen. 'Mag ik je iets vragen?'

'Sinds wanneer vraag jij om toestemming?'

'Goed punt,' geeft hij toe. 'Maar deze is belangrijk.'

'Ga je gang dan maar,' zeg ik, en ik zet me schrap voor... Ja, voor wat eigenlijk? Ik weet het niet zeker. Een vraag over de redactie, misschien. Of een dun verhulde poging om iets schunnigs te zeggen. Wat ik *niet* verwacht, is...

'Waarom schrijf je je eigen boeken niet?'

Ik knipper met mijn ogen. 'Wat?'

'Je hoorde me.'

'Rory...' Ik lach nerveus en zet mijn glas neer. 'Waar komt dit vandaan?'

'Van het manuscript op de USB-stick die je me gaf.' Zijn stem is kalm, stabiel, alsof hij niet zojuist een bom heeft laten ontploffen midden in ons gesprek. 'Die waarvan je waarschijnlijk vergeten was dat hij er nog op stond.'

Mijn maag krimpt ineen. 'Waar heb je het over?'

'Een oud bestand,' zegt hij, terwijl hij me nu zorgvuldig observeert, alsof hij peilt of ik op het punt sta te vluchten. 'Er stond geen label op of zo. Nou ja, het heette doc.doc, dus ik opende het bijna niet. Maar de nieuwsgierigheid won het, en... tja...' Hij haalt zijn schouders op, alsof de rest van de zin niet monumentaal is. 'Laten we zeggen dat ik niet ben gestopt met lezen.'

Ik staar hem aan, voor het eerst vanavond zonder woorden. Misschien wel voor het eerst in mijn leven.

'Pagina één,' vervolgt hij zacht, en hij leunt dichterbij. 'Meer was er niet nodig. Vanaf pagina één had je me te pakken, Lara. En toen ik het uit had, kon ik het niet geloven. Ik kon niet geloven dat je *dat* talent al die tijd verborgen had gehouden.'

'Rory,' breng ik uit, hoewel mijn stem zachter klinkt dan ik van plan was. 'Het was niet de bedoeling dat je dat zou zien. Het is... het is niets. Gewoon een oude versie waar ik eeuwen geleden wat mee heb gespeeld.'

'Niets?' Zijn wenkbrauwen trekken samen, vol ongeloof. 'Lara, het is *briljant*. De personages, het tempo, de dialoog – alles klopt. Het is ruw, zeker, maar het is echt. En het is goed. Zo goed.'

'Stop,' zeg ik snel, en schud mijn hoofd. Mijn handpalmen voelen klam aan, en de kamer lijkt op de een of andere manier kleiner, alsof de muren dichterbij komen. 'Het maakt niet uit. Het is niet-'

'Niet wat?' dringt hij zachtjes aan. 'Niet klaar? Niet perfect? Want nieuwsflits: geen enkel boek is dat ooit. Dat weet jij beter dan wie dan ook.'

'Rory...' begin ik, maar hij onderbreekt me.

'Weet je hoeveel schrijvers een moord zouden doen voor jouw instinct? Voor jouw stem? Je hebt je carrière besteed aan het beter maken van de verhalen van anderen, je verschuilend achter je rode pen, maar Lara...' Hij pauzeert en zijn blik verankert zich in de mijne. 'Jij verdient het ook om gezien te worden.'

Ik kan niet ademen. Of denken. Of praten. Het enige wat ik kan doen is hier zitten, volledig van de kaart, terwijl zijn woorden tot me doordringen – dieper dan ze het recht hebben te doen.

Mijn vingers krullen zich strak om de rand van de tafel en geven me houvast terwijl het gewicht van Rory's woorden op mijn borst landt. *Jij verdient het ook om gezien te worden.* Ze echoën in mijn hoofd, ongevraagd en onophoudelijk, als een liedje dat ik niet wilde horen maar niet lijk te kunnen vergeten.

'Rory,' zeg ik eindelijk, mijn stem vaster dan ik had verwacht. 'Het is niet wat je denkt. Dat manuscript... Het was niet de bedoeling dat iemand anders het zou zien. Nooit.'

Hij houdt zijn hoofd nieuwsgierig schuin, die donkere ogen nog steeds op mij gericht alsof hij probeert te doorgronden hoe ik in elkaar steek.

'Waarom niet?'

'Omdat het oud is.' Mijn lach klinkt broos en ongeloofwaardig. 'En rommelig. En onaf. En...' Ik haal adem en duw mijn bril recht, ook al zit hij prima. '*Persoonlijk*.'

'Precies.' Hij zegt het alsof het de normaalste zaak van de wereld is, alsof hij net heeft verklaard dat de lucht blauw is en water nat. 'Daarom is het zo goed.'

'Rory.' Zijn naam ontsnapt me als een zucht. 'Je begrijpt het niet. Ik schreef dat...' Ik pauzeer, op zoek naar de juiste woorden, maar het enige wat in me opkomt zijn woorden die te onthullend voelen. 'Het was lang geleden. Ik was maar wat aan het aanrommelen. Het is niet...'

'Niet de moeite waard om te delen?' maakt hij mijn zin af, op een zachte maar sonderende toon. 'Geloof me als ik zeg dat je beter bent dan de helft van de auteurs op de lijst van Scott & Drake.'

'Stop alsjeblieft,' snauw ik. Het is makkelijker om geïrriteerd te klinken dan de waarheid toe te geven: dat zijn woorden iets in me raken wat ik al jaren begraven houd. Iets breekbaars, dwaas en veel te hoopvol.

'Ik ben eerlijk.' Zijn mond trekt in een kleine, veelbetekenende glimlach, maar er is niets zelfgenoegzaams aan. Het is eerder ontwapenend. Verdomme. 'Je verstopt je voor ieders neus, Lara. Je redigeert andermans werk terwijl je je eigen werk zou moeten publiceren. Je hebt het talent. De stem. Het lef...'

'Stop,' onderbreek ik hem. 'Ik heb niet de...' Mijn stem hapert. *Moed? Zelfvertrouwen? Stommiteit? Alle drie?*

'Jawel,' pareert hij kordaat, en hij doorbreekt mijn aarzeling alsof het niets is. 'Je wilt het gewoon niet toegeven.'

'Waarom doe je dit?' De vraag glipt eruit voordat ik hem kan tegenhouden. 'Waarom maakt het je überhaupt iets uit?'

'Omdat ik weet hoe het is.' Zijn antwoord komt onmiddellijk. 'Om aan jezelf te twijfelen. Om te tobben over elk woord dat je op papier zet, je afvragend of het wel goed genoeg is. Maar dat is het, Lara. *Jij* bent het.'

De lucht tussen ons voelt nu onmogelijk zwaar, zwanger van onuitgesproken dingen en dingen waarvan ik niet zeker weet of ik er klaar voor ben om ze te horen. Ik kijk weg en focus op de flakkerende kaars in het midden van de tafel. De zachte gloed lijkt me te bespotten, een moment te romantiseren dat lang niet zo belangrijk zou moeten voelen als het doet.

'Kijk,' zegt Rory na een stilte, op een directe toon. 'Als je mij niet wilt geloven, geloof dan misschien het feit dat ik het niet kon wegleggen. Ik ben tot drie uur 's nachts opgebleven om het te lezen – en de volgende dag heb ik het nog een keer gelezen – en jij zegt dat dat een eerste versie is? Stel je eens voor wat het zou kunnen zijn als je het daadwerkelijk afmaakt.'

'Rory...' Ik weet niet eens meer wat ik probeer te zeggen. Mijn gedachten zijn een warboel, de een botst tegen de ander voordat ik hem kan vastgrijpen. Het enige wat ik weet is dat ik me blootgesteld voel, alsof hij een deel van me ziet waarvan ik niet eens besefte dat ik het zo fel bewaakte.

'Denk er gewoon over na,' zegt hij zachtjes. 'Dat is alles wat ik zeg.'

'Ik ben niet goed genoeg.'

'Dat is klinkklare onzin,' zegt hij botweg.

Ik knipper weer met mijn ogen. Zei hij nou net...?

'Pardon?'

'Dat. Is. Klinkklare. Onzin.' Elk woord landt als een kleine stomp en op de een of andere manier voelt het minder als een belediging en meer alsof hij me een spiegel voorhoudt waar ik niet in wil kijken. 'Je houdt niemand voor de gek, en mij al helemaal niet. Ik denk dat je gewoon bang bent.'

'Bang?' Mijn lach is humorloos. 'Alsjeblieft. Ik *redigeer* schrijvers, weet je nog? Ik ben perfect gelukkig waar ik thuishoor: achter de schermen. Niet iedereen wil in de schijnwerpers geduwd worden, Keane. Sommigen van ons vermijden liever de onvermijdelijke mislukking.'

'Ja, tuurlijk,' zegt hij, zijn toon druipend van het sarcasme. 'Want falen vermijden is natuurlijk precies hetzelfde als succes vermijden.'

'Niet iedereen heeft succes nodig,' kaats ik terug, hoewel de woorden bitter smaken zodra ze mijn mond verlaten.

'Blijf jezelf dat vooral wijsmaken,' zegt Rory.

'Niet iedereen *hoeft* gezien te worden. Sommigen van ons vinden het prima om andere mensen de schijnwerpers te laten opeisen terwijl wij achter de schermen het zware werk doen. Weet je, de dingen die er *echt* toe doen.'

'Juist.' Hij knippert niet eens met zijn ogen, deinst niet terug voor de scherpe toon die ik heb geperfectioneerd tijdens redactievergaderingen. Nee, Rory Keane blijft gewoon zitten, kalm als een monnik, alsof hij op precies dit moment heeft gewacht. 'Want jij bent zo onzelfzuchtig, toch? Gewoon een nederige redacteur die ervoor zorgt dat de rest van ons zijn gouden sterren krijgt.'

Rory knijpt in zijn neus en zucht. 'Laten we kappen met die onzin, Lara. Het gaat niet om de schijnwerpers, of wel? Het gaat om wat er gebeurt als iemand te goed kijkt. Als ze je echt zien.'

'Dat is belachelijk,' zeg ik snel, maar het klinkt zelfs in mijn eigen oren zwak. 'Niet alles is een of ander diep psychologisch...'

'O nee? Ik denk dat je bang bent, Lara. En ik snap het. Jezelf blootgeven? Mensen je werk laten beoordelen? Het is doodeng. Maar ga hier niet zitten vertellen dat je liever onzichtbaar blijft, terwijl de waarheid is dat je gewoon bang bent om gezien te worden.'

'Stop.' Ik ben er klaar mee. Klaar met dit gesprek. Klaar met hem. Ik moet hier weg.

Het besef raakt me als een klap in mijn gezicht, koud en hard, en plotseling ben ik in beweging voordat ik het volledig heb besloten. Mijn stoel schraapt luid over de vloer als ik opsta, het geluid dat als een mes door de geladen stilte snijdt. Mijn handen grabbelen naar mijn tas, onhandig en ongecoördineerd op een manier die me mateloos irriteert, want het is het bewijs – het onmiskenbare bewijs – dat hij onder mijn huid is gekropen.

'Lara? Waar ga je naartoe?' Zijn stem is kalm, maar er zit een randje aan, een toon van ongeloof die me bijna doet stoppen. Bijna.

'Naar huis,' hoor ik mezelf zeggen, hoewel ik niet helemaal zeker weet of ik het meen. Mijn hart bonst zo hard dat het elk moment door mijn ribbenkast zou kunnen breken en ik voel de tranen achter mijn ogen prikken. Nee. Niet hier. Niet voor zijn neus.

'Niet doen,' begint hij, maar ik ben al halverwege de deur en klem de riem van mijn tas zo vast dat mijn knokkels er wit van zien. Mijn blik vernauwt zich en focust op de uitgang, alsof het het enige is wat me overeind houdt. Ik durf niet om te kijken. Als ik dat doe, stort ik misschien volledig in, en dat kan ik me niet veroorloven – niet hier, niet nu en al helemaal niet in het bijzijn van Rory Keane.

Ik ben halverwege de deur als zijn stem achter me door de lucht snijdt, direct en onverbiddelijk.

'Loop hier niet voor weg, Lara.'

Het is niet luid, maar het is genoeg om me te doen verstijven. Er ligt iets in zijn toon – frustratie, zeker, maar ook bezorgdheid, alsof hij denkt dat ik op het punt sta iets onomkeerbaars te doen. Alsof het verlaten van deze kamer een soort grens is waar ik niet meer overheen kan.

Mijn vingers verstrakken zich om de riem van mijn tas, het leer snijdt in mijn handpalm. Ik sta met mijn rug naar hem toe, maar ik voel zijn blik als een gewicht tussen mijn schouderbladen drukken. Een seconde – een fractie van een seconde – overweeg ik om me om te draaien. Iets te zeggen. Wat dan ook. Maar wat zou ik zeggen? Dat hij het mis heeft, dat hij het niet snapt, dat ik niet ben wat hij zo vastbesloten lijkt te geloven dat ik ben?

In plaats daarvan blijf ik staan, als aan de grond genageld, mijn ademhaling oppervlakkig en onregelmatig. De stilte strekt zich uit, zwaar en verwachtingsvol, en daagt me uit haar te doorbreken. En één angstaanjagend moment doe ik dat bijna. Mijn lippen gaan open, maar er komt geen geluid uit.

'Natuurlijk,' zegt Rory zacht en vult de leegte die ik achterlaat. 'Je rent liever weg dan dat je het risico loopt gezien te worden.'

De woorden komen aan als een klap, precies en verwoestend. Ik voel hoe ze zich in me nestelen, heet en onwelkom, en elke zenuw in mijn lichaam schreeuwt dat ik moet terugvechten. Om me om te draaien en hem precies te vertellen waar hij zijn amateuristische psychoanalyse kan steken. Maar wat dan? Zijn gelijk bewijzen door mijn zelfbeheersing te verliezen?

Nee. Niet hier. Niet bij hem.

'Maak gewoon je eigen verdomde boek af en bemoei je niet met het mijne.' Ik schud mijn hoofd en marcheer naar de deur.

De lucht buiten is koeler, de straat stiller, maar het doet niets om de storm die in me woedt tot bedaren te brengen. Mijn hart gaat tekeer, mijn borstkas voelt beklemd en mijn gedachten zijn een chaotische brij van woede, vernedering en – God sta me bij – iets wat gevaarlijk dicht in de buurt kwam van hoop.

Hoop waarop, precies? Dat hij gelijk heeft? Dat ik niet bang hoef te zijn? Dat hij misschien, heel misschien, iets in mij ziet dat het waard is om voor te vechten?

NEGENTIEN

Het is jaren geleden dat het laatste crisisberaad bij Scott & Drake werd belegd. Ik was destijds een junior redacteur, relatief nieuw in het uitgeversvak. Het was een keiharde bijeenkomst waarbij het hele productieteam op het matje werd geroepen omdat ze voorafgaand aan een belangrijke boeklancering van drukker waren gewisseld zonder een grondig vooronderzoek te doen – of Fiona en de rest van het bestuur te informeren. De nieuwe drukker leverde een product van ondermaatse kwaliteit, dat vernietigd moest worden. Het bezorgde de uitgeverij een flink probleem en kostte tienduizenden om het opnieuw te drukken. Het kostte het hoofd productie en twee senior managers hun baan.

Ik had gehoopt er nooit meer getuige van te hoeven zijn. Maar om het onderwerp – of op zijn minst een belangrijke bijdrager – van dit beraad te zijn? Het is het meest gênante moment van mijn professionele carrière. Ik duw de zware glazen deur open en alle hoofden draaien zich een fractie van een seconde naar me toe voordat ze weer naar hun laptops schieten. Alle hoofden, behalve dat van Rory, wiens blik me door de kamer volgt en lang blijft hangen nadat ik op mijn stoel ben gaan zitten. De spanning is om te snijden, hij hangt in de lucht als een donderwolk die al de hele week op barsten staat.

Ze weten allemaal dat Rory's laatste manuscript een puinhoop is. Dat is tenslotte de reden waarom de vergadering is bijeengeroepen. De meesten hebben het waarschijnlijk niet in zijn geheel gelezen, maar de fouten zijn zeker gedeeld met het bredere team, en ze maken zich zorgen. En terecht.

Ik heb geen idee hoe ik moet uitleggen wat er mis is gegaan, want dit is niet het verhaal waar we in het huisje aan werkten, en het lijkt ook niet op de versies die hij sindsdien heeft geschreven. Wat we nu hebben, is iets compleet anders. Rory heeft niet alleen het kind met het badwater weggegooid, hij heeft ook de badkuip uit het raam gesmeten en er voor de zekerheid nog een granaat in de badkamer gegooid.

Mijn handen zijn stabiel, godzijdank, hoewel ik de hitte langs mijn nek voel opkruipen. *Professioneel. Kalm. Afstandelijk.* Dat is wat ik tegen mezelf zeg terwijl ik ga zitten en met trage precisie de lederen portfolio voor me openrits. Ik houd mijn pen in de aanslag, in een overtuigende poging de chaos in mijn hoofd te verbergen.

'Kijk niet naar hem,' herinner ik mezelf, want als ik dat wel doe, ben ik bang voor wat ik tegen hem zou kunnen zeggen. Een bestsellerauteur van liefdesromans die zijn boek maar niet af lijkt te krijgen, en ook de man die mijn al gecompliceerde leven heeft weten te veranderen in één grote redactionele migraine. Hier is geen ruimte voor persoonlijke gevoelens, niet nu er zoveel op het spel staat. Niet terwijl we te maken hebben met deadlines die strakker zijn dan het mantelpakje van Fiona.

'Goed.' Fiona's stem snijdt door het geklets en het getik op de toetsenborden en eist onmiddellijk stilte. Ze verheft haar stem niet; dat hoeft ze nooit. Autoriteit straalt in golven van haar af, van de afgemeten cadans van haar woorden tot het luide geklik van haar pen als ze de dop erop doet. 'Laten we meteen ter zake komen. We hebben acht dagen om dit manuscript bij de drukker te krijgen – of we hebben helemaal geen boek.'

Iedereen in de kamer verstijft, het gewicht van haar woorden daalt als lood op ons neer. Ik kijk vanuit mijn ooghoek naar haar terwijl ze iets naar voren leunt, met haar handpalmen plat op de tafel. Fiona Scott in haar no-nonsense professionele modus is een indrukwekkend gezicht: beheerst, onverstoorbaar en net intimiderend genoeg om iedereen op scherp te houden.

'Het gaat er niet alleen om dat we een deadline halen,' vervolgt ze op afgemeten toon, elk woord valt als een perfect gerichte pijl. 'Het gaat om geloofwaardigheid. Onze reputatie. Rory, uw laatste twee boeken stonden bovenaan alle denkbare hitlijsten. Als we deze verprutsen, lijken we incompetent. U lijkt incompetent. En incompetentie, dames en heren, verkoopt geen boeken.'

Ik knik vaag en doe alsof ik iets opschrijf terwijl mijn maag zich in steeds creatievere knopen wringt. Geen druk, dus. Alleen de toekomst van onze meest winstgevende auteur en de uitgeverij die gevaarlijk boven een afgrond bengelt. Perfect.

'En nu,' zegt Fiona, haar blik versmallend, 'hebben we oplossingen nodig. Geen excuses, geen vertragingen – oplossingen. Dit manuscript glipt door onze vingers en als iemand het niet snel vastgrijpt, verliezen we het volledig.' Ze laat de woorden even in de lucht hangen.

'Vragen? Opmerkingen?' Haar ogen gaan weer door de kamer en dagen iedereen uit om iets te zeggen. Ik houd mijn mond, maar mijn gedachten razen. Oplossingen. Wat Fiona echt bedoelt, is dat we een manier moeten vinden om Rory's puinhoop op te ruimen zonder op zijn ego te trappen – of op het mijne, blijkbaar, aangezien ik de redacteur ben die verantwoordelijk is om deze ramp naar publicatie te loodsen. Niks aan de hand. Gewoon weer een donderdag bij Scott & Drake.

Rory, met zijn armen strak over zijn borst gekruist – het toonbeeld van een man die hier niet wil zijn en er zeker niet aan gewend is dat er over hem gesproken wordt, in plaats van tegen hem. Zijn kaken zijn op elkaar geklemd en hij staart naar het manuscript voor hem alsof het zijn moeder heeft beledigd. Ik kan niet zeggen of hij op het punt staat met haar in discussie te gaan of spontaan in brand te vliegen, maar beide opties lijken waarschijnlijk.

'Nou,' zegt hij eindelijk met een afgebeten stem, 'ik ben blij dat we hier vandaag zijn samengekomen om mijn ziel te ontleden voor een livepubliek.'

'Je ziel?' kaats ik terug, terwijl ik een wenkbrauw optrek. 'Grappig, ik wist niet dat je ziel een subplot had die nog steeds nergens heengaat.'

Zijn ogen schieten omhoog om de mijne te ontmoeten. O, fijn. Gaan we dit nu doen.

'Het is essentieel voor Sophie dat ze even de tijd neemt om te bezinnen,' kaatst hij terug. 'Dat sluit aan bij het hoofdthema...'

'Van wat? Overdreven navelstaren?' onderbreek ik, terwijl ik mijn toon gelijkmatig en professioneel houd. Grotendeels. 'Rory, toen ik voorstelde om de autoachtervolging te vervangen door iets wat meer met beide benen op de grond stond, had ik het over de setting. De verhaalstructuur vereist nog steeds dezelfde emotionele stuwkracht, alleen niet in een voertuig. Nu zwelgt Oliver drie hoofdstukken lang in zelfmedelijden. We hebben dit keer op keer besproken.'

'Sorry dat ik personages met diepgang schrijf,' snauwt hij, zijn frustratie krult zich om elke lettergreep. 'Niet iedereen wil kartonnen personages, Lara. Sommigen van ons streven naar nuance.'

'*Nuance*,' herhaal ik, en ik laat het woord tussen ons in hangen, de bittere nasmaak ervan proevend. 'Rory, er is een verschil tussen nuance en besluiteloosheid. Dit concept voelt als een stap achteruit. Nu brengt Oliver overdreven veel tijd door met uit het raam staren en piekeren over zijn fouten uit het verleden. Dat is geen diepgang, het is opvulling.'

'O, ja, want God verhoede dat een liefdesroman daadwerkelijk emotionele complexiteit heeft,' kaatst hij terug, zijn stem net genoeg verheffend om afkeurende blikken van de ongelukkige omstanders aan tafel te trekken.

Fiona vertrekt geen spier, wat haar aanwezigheid alleen maar onheilspellender maakt. Als een leeuwin die op het punt staat aan te vallen.

'Emotionele complexiteit is het probleem niet,' zeg ik, terwijl ik mijn stem laag en beheerst houd. 'Maar lezers moeten willen weten wat er hierna gebeurt. En op dit moment? Zullen ze dat niet willen, omdat er niets gebeurt behalve wat gevat geklets. Het tempo klopt nog steeds niet na het midden van het boek,

Rory. Als je het niet strakker trekt, leggen ze het boek halverwege weg.'

'Misschien vallen de tempoproblemen hun op omdat de redacteur haar werk niet heeft gedaan,' zegt hij binnensmonds, maar luid genoeg zodat ik het hoor. Luid genoeg zodat iedereen het hoort.

Het wordt stil in de kamer. Mijn wangen gloeien, maar ik bewaar mijn kalmte – of dat hoop ik tenminste. Ik werp een snelle blik op Fiona, die ons beiden observeert met een soort geoefende neutraliteit die ook door zou kunnen gaan voor een dodelijke blik. Geweldig.

'Pardon?' zeg ik, mijn stem bedrieglijk kalm, hoewel mijn greep op de pen verstevigt alsof het het enige is wat me nog bij mijn verstand houdt.

'Je hoorde me.' Rory leunt achterover in zijn stoel, zijn armen nog steeds over elkaar, met een uitdrukking die me uitdaagt hem tegen te spreken.

'Voor zover ik weet,' zeg ik, en ik ga rechterop zitten, 'is het niet mijn taak om jouw boek te herschrijven. Het is mijn taak om ervoor te zorgen dat je boek het lezen waard is. Als je ontevreden bent met mijn opmerkingen, zou je je misschien moeten richten op het verbeteren van het manuscript in plaats van mij de schuld te geven dat ik de gebreken aanwijs.'

'Gebreken,' herhaalt hij. 'Je bedoelt de delen van het verhaal die je gewoon niet aanstaan? Geef het toe, Lara. Dit gaat niet over het boek, het gaat erom dat jij alles in je nette kleine hokjes wilt stoppen.'

'Hokjes?' Het woord smaakt zuur als het uit mijn mond komt. 'O, alsjeblieft. Denk je dat ik niet wil dat dit boek een succes wordt? Dat ik niet wil dat *jij* een succes wordt? Neem me niet kwalijk dat ik het belangrijk vind om iets uit te brengen dat niet leest als één lange therapiesessie vermomd als plot.'

'Misschien zou je het begrijpen als je je af en toe eens wat losser zou gedragen,' bijt hij terug, zijn woorden doorspekt met iets donkerders, iets persoonlijks. Te persoonlijk.

'Losser gedragen?' Mijn stem trilt, meer van woede dan van iets anders. 'Meen je dat nou serieus-'

'Genoeg!' Fiona's stem snijdt als een zweep door de spanning en brengt ons beiden onmiddellijk tot zwijgen. Haar uitdrukking is onleesbaar, maar haar geduld hangt duidelijk aan een zijden draadje.

Ik verbreek het oogcontact met Rory en richt me in plaats daarvan op de haastig neergekrabbelde notities in mijn opschrijf- boekje, die plotseling wazig lijken. Mijn hart bonst, mijn gedachten racen. Ik kijk hem niet meer aan, maar ik voel zijn blik, zwaar en onverbiddelijk, in me branden als een beschuldiging waartegen ik me niet weet te verdedigen.

'Ik kan alleen werken met het materiaal dat ik krijg voorge- legd, ik kan niet-'

'Ik zei: genoeg.' Fiona's stem snijdt met de elegantie van een guillotine door de kamer. De lucht lijkt te trillen onder het gewicht ervan, en ik deins bijna terug. Bijna.

Tegenover me leunt Rory achterover in zijn stoel, armen over elkaar, kaken op elkaar geklemd. Zijn verzet straalt van hem af als hitte van asfalt, maar voor nu houdt hij zijn mond. Verstandig.

'Moet ik u beiden eraan herinneren wat hier op het spel staat?' vraagt Fiona, haar toon langzaam en weloverwogen, alsof ze tegen bijzonder domme kinderen praat. Ze legt haar handen plat op tafel, haar gemanicuurde nagels tikken tegen het gepo- lijste hout, en ze kijkt ons beiden strak aan. 'Dit gaat niet alleen over één boek. Dit gaat over *uw* reputatie, Rory. En over de repu- tatie van Scott & Drake als een uitgever die elke keer weer kwali- teitswerk levert. We houden ons niet bezig met halfbakken verhalen of persoonlijke vetes die vermomd worden als creatieve meningsverschillen.'

'Persoonlijke-' begin ik, maar de blik die ze mijn kant op werpt, doet de woorden in mijn keel bevriezen.

'Laat me uitpraten,' snauwt ze, haar afgemeten klinkers vallen als een voorzittershamer. 'Het kan me niet schelen welk onopge- lost... wat dit ook is' – ze maakt een vaag gebaar tussen Rory en mij – 'jullie twee deze kamer in hebben gebracht. Waar ik me wel om bekommer, is het afleveren van een manuscript dat het excel- lentieniveau weerspiegelt waar we om bekendstaan. Jullie kleine steekspel' – haar blik vernauwt zich – 'helpt niemand. Zeker jullie zelf niet.'

Ik zie een lichte trilling in Rory's mondhoek, alsof hij een grijns onderdrukt.

O nee, vriend, zo gaan we het nu even niet doen. Ik kijk hem boos aan en daag hem uit iets stoms te zeggen, maar gelukkig kiest hij voor stilte. Voor een keer.

'Zo gaan we het doen,' vervolgt Fiona, haar stem als een drumslag van finaliteit. 'Jullie gaan dit oplossen. Vandaag nog. Het kan me niet schelen hoe jullie het doen, maar jullie zullen een middenweg vinden, en dat zullen jullie doen zonder nog meer van mijn tijd te verspillen. Is dat duidelijk?'

'Kristalhelder,' zegt Rory soepel, hoewel er een scherp randje aan zijn stem zit, een gespannenheid die suggereert dat hij inslikt wat hij echt wil zeggen.

Natuurlijk klinkt hij charmant, zelfs als hij zich nauwelijks kan beheersen.

Moet fijn zijn.

'Goed.' Fiona gaat rechterop zitten en strijkt met snelle efficiëntie de voorkant van haar jasje glad. Ze kijkt naar mij, dan naar Rory, en zucht, het soort zucht dat jarenlange ervaring met moeilijke mensen verraadt. 'Want als dit boek er ook maar iets minder dan perfect uitziet, dan zijn het niet alleen jullie koppen die rollen, maar ook de mijne. En ik ben niet van plan dat te laten gebeuren.' Daarmee pakt ze haar notitieboekje en loopt ze zonder om te kijken naar de deur. De rest van het marketing- en uitgeverijteam staat onmiddellijk op en volgt haar, allemaal kijkend naar hun telefoons.

De laatste die weggaat, heeft de tegenwoordigheid van geest om de deur achter zich te sluiten, en de stilte die achterblijft is bijna verstikkend. Ik tik met mijn pen tegen mijn notitieboekje en staar naar de slordige notities die net zo goed in het Sanskriet geschreven hadden kunnen zijn, zo weinig zinnigs kan ik er nu nog van maken. Ik heb een beklemd gevoel op mijn borst, maar ik dwing mezelf om gelijkmatig te ademen, om al mijn frustratie te kanaliseren in het ritmische klik-klik-klik van de pen. Het is oké. Alles is oké. Ik ben een professional. Ik kan dit aan.

'Nou, dat was gezellig,' zegt Rory, die de stilte doorbreekt. Er zit een bitterheid in zijn stem die nieuw is – minder speels, meer stekelig. 'Alles goed daar? Je kijkt alsof je mijn moord aan het beramen bent.'

'Het gaat prima,' zeg ik droog, hoewel mijn handen de pen iets steviger vastklemmen dan nodig. Ik houd mijn blik strak op de pagina voor me gericht en weiger zijn ogen te ontmoeten, omdat ik weet – ik *weet* – dat als ik dat doe, ik die verdomde mengeling van arrogantie en kwetsbaarheid zal zien die me altijd het gevoel geeft dat ik op een richel sta. 'Ik dacht dat we ergens kwamen, maar dat laatste concept-'

'Juist. Het is op Lara's manier of anders niet, hè? Een afvink-lijstje.'

'Godverdomme, Rory.' Mijn frustratie klinkt harder dan ik bedoelde en ik heb er onmiddellijk spijt van. Maar nog voor hij kan reageren, schuif ik mijn stoel naar achteren, waarbij de poten luid over de vloer schrapen. Mijn huid voelt te strak, mijn gedachten zijn te luid en ik heb... ruimte nodig. Lucht. Iets om de knoop van emoties die zich in me vastdraait te ontwarren.

Terwijl ik mijn spullen bij elkaar pak, probeer ik me te concentreren op de woorden van Fiona, op wat er op het spel staat en wat ze er bij me heeft ingeramd. De toekomst van het boek, de uitgeverij, onze carrières; alles hangt aan een zijden draadje. Dat is wat telt. Dat is het enige wat telt, zeg ik streng tegen mezelf. En toch, hoe vaak ik het ook herhaal als een wanhopige mantra, kan ik het knagende gewicht van Rory's blik niet van me afschudden, noch de manier waarop zijn woorden als splinters onder mijn huid kruipen.

Focus, er is nog tijd om dit op te lossen. Ik pak mijn spullen en loop naar de deur. Er valt niets meer te zeggen. Professionaliteit. Gekunstelde kalmte. Afstand. Dat zijn mijn pijlers. Niet... wat deze warboel van gevoelens ook is. Zeker dat niet.

Ik ben halverwege de gang als ik besef dat ik mijn favoriete pen op tafel heb laten liggen. Maar teruggaan is geen optie.

'Laat hem het maar oplossen', zeg ik hardop terwijl ik naar mijn kantoor storm. Mijn hartslag is een onweersbui die ik niet tot bedaren kan brengen en die bij elke stap door me heen dendert. En toch ben ik hier, op de vlucht van het slagveld als een stagiaire die op haar eerste dag per ongeluk op 'Allen beantwoorden' heeft geklikt.

De Uber rijdt weg en laat me achter op de stoep voor Rory's huis. Het voelde als een kleine overwinning om eerder weg te stormen, maar ik weet dat het kleinzielig en zelfdestructief was. Rory heeft een deadline, wat betekent dat *wij* een deadline hebben. Door mijn driftbui zijn we een middag en een avond kwijt die we hadden kunnen gebruiken om deze puinhoop te proberen op te lossen.

Ik klop op zijn deur en bedenk nu pas dat het misschien verstandig was geweest om eerst te controleren of hij nog wakker was en, nog belangrijker, thuis.

De deur zwaait zo snel open dat ik achteruitdeins, mijn vuist nog half in de lucht geheven. Rory staat daar, op blote voeten, in een gekreukt T-shirt en een spijkerbroek. Zijn haar is een warboel, alle donkere golven alle kanten op geduwd, alsof hij met zijn handen erdoorheen is gegaan, of het eruit heeft getrokken. Hij knippert met zijn ogen naar me, waarbij verwarring plaatsmaakt voor iets donkerders.

'Lara', zegt hij, mijn naam een lage, schorre klank die langs de randjes van mijn zelfbeheersing schuurt. 'Wat...'

'Ik moest met je praten.' De woorden komen er te snel uit, kortaf en trillerig, alsof ze zouden versplinteren als ik ze nog langer probeer in te houden. Mijn keel is droog en mijn hart bonst zo hard dat ik zeker weet dat hij het kan horen.

Hij leunt met een arm tegen de deurpost, zijn ogen tot spleetjes geknepen terwijl hij me bestudeert. 'Het is bijna middernacht. Kon dit niet wachten tot morgen?'

'Waarschijnlijk wel', zeg ik, terwijl ik er een broos klinkend lachje uit pers. 'Maar ik wilde mijn excuses aanbieden.'

Zijn mond vormt een perfecte cirkel van verbazing, maar hij stapt opzij. 'O, dan kun je maar beter binnenkomen.'

Ik verroer me niet. Niet meteen. In plaats daarvan blijf ik daar gewoon staan, naar hem starend, naar de manier waarop zijn T-shirt om zijn schouders spant, naar de vage schaduw van stoppels op zijn kaaklijn, naar de flikkering van uitputting en ergernis in zijn ogen. En voor een seconde haat ik hem; omdat hij hier is, omdat hij zo naar me kijkt, omdat hij zijn boek zo drastisch heeft veranderd zonder me op de hoogte te brengen.

Maar bovenal haat ik mezelf. Om hoe ik me heb gedragen. Omdat het me wat kan schelen. Omdat ik gekomen ben. Omdat ik hem nodig heb op manieren die ik niet eens kan beginnen te ontrafelen zonder alles te riskeren wat ik om me heen heb opgebouwd.

'Lara', zegt hij weer, deze keer zachter, en iets in zijn toon breekt het fragiele draadje dat me nog tegenhield.

Ik stap naar binnen en voordat ik erover kan nadenken, voordat ik hem, of mezelf, de kans kan geven om vragen te stellen of muren op te trekken, grijp ik de voorkant van zijn shirt en duw ik hem tegen de muur bij de deur. Zijn adem stokt en zijn handen komen instinctief omhoog om zichzelf, of misschien mij, in evenwicht te houden, maar ik stop niet. Ik denk niet na. Ik kus hem gewoon.

Hard.

Het is niet gracieus of elegant of zelfs bijzonder gecoördineerd. Het is wanhopig, rommelig, een en al tanden en hitte en frustratie die in één roekeloze, onomkeerbare beweging uit me stroomt. Zijn lippen zijn warm, zacht maar stevig tegen de mijne en voor een angstaanjagend perfect moment beweegt hij niet. Hij laat me gewoon nemen, laat me elke greintje woede en verlangen en verwarring in hem uitstorten.

En dan kust hij me terug.

Het is als een lucifer bij benzine gooien. Zijn handen glijden naar mijn middel, trekken me dichterbij en verankeren me, zelfs terwijl al het andere – de kamer, de wereld, mijn zorgvuldig opgebouwde zelfbeheersing – wegvalt. Een hand verstrengelt zich in mijn haar, kantelt mijn hoofd net genoeg om de kus te verdiepen, terwijl de andere tegen de holte van mijn rug drukt en me tegen hem aan klemt met een kracht die mijn knieën doet knikken.

Ik graaf mijn vingers in zijn schouders, mijn nagels haken in de stof van zijn shirt terwijl ik harder druk. Ik moet iets stevigs voelen, iets echts, zelfs terwijl alles in mij ontrafelt. Er is geen ruimte meer tussen ons, geen plek voor lucht of twijfel of logica. Alleen de intense, elektrische aantrekkingskracht van hem, van dit, van de gekmakende, onmiskenbare waarheid die ik maandenlang heb proberen te begraven.

Wanneer we eindelijk hijgend uit elkaar gaan, rust mijn voorhoofd tegen het zijne en voor het eerst in een eeuwigheid, lijk het wel, sta ik mezelf toe om te ademen. Echt te ademen.

'Oké', zegt Rory, zijn stem ruw en onvast, zijn vingers nog steeds in mijn haar geklemd. 'Dus... dit gaan we nu doen?'

'Blijkbaar', weet ik uit te brengen, hoewel mijn stem nauwelijks meer is dan een fluistering. Mijn lippen tintelen nog, mijn hart racet nog steeds en ik kan het niet opbrengen om hem recht aan te kijken, want ik weet – God, ik *weet* – dat als ik dat doe, ik precies zal zien wat ik voel, teruggekaatst naar mij.

En dan heb ik geen andere keuze dan het onder ogen te zien.

Rory's shirt belandt op de grond. Mijn handen zijn overal; ze glijden over de harde vlakken van zijn borst, de ronding van zijn schouderbladen, alsof ik probeer hem alleen via aanraking uit mijn hoofd te leren. Zijn huid is warm onder mijn handpalmen, onmogelijk warm, en voor een duizelingwekkend moment vraag ik me af of ik in brand zal vliegen als ik zo dicht bij hem ben.

'Weet je dit zeker?' vraagt Rory, de woorden vederlicht over mijn huid, en ze bezorgen me een rilling over mijn rug.

'Niet praten', snauw ik, terwijl ik met meer kracht dan nodig aan de tailleband van zijn spijkerbroek trek. Mijn vingers klungelen met de knoop, trillend, ongeduldig. 'Gewoon...' zeg ik, en slik moeizaam terwijl mijn adem stokt. 'Gewoon... niet.'

Want als hij praat, wordt het echt, en als het echt is, moet ik de gevolgen onder ogen zien. De nasleep, de puinhoop, de ondraaglijke waarheid die ik de afgelopen weken heb ontkend. En op dit moment kan ik het me niet veroorloven om na te denken. Ik kan het me niet veroorloven om iets anders te voelen dan dit: de warmte van zijn lichaam, zijn mond op de mijne, de rauwe, knagende aantrekkingskracht die het onmogelijk maakt om te stoppen.

'Oké,' zegt hij zacht, met een ondertoon die ik niet wil benoemen. Hij dringt niet aan, spreekt me niet tegen, maar laat mij de leiding nemen terwijl zijn handen mijn middel vinden, die me stabiliseren en aarden op een manier die ik wanhopig hard nodig heb en tegelijkertijd haat.

Mijn jasje glijdt van mijn schouders en landt in een hoopje aan mijn voeten, snel gevolgd door mijn blouse. Zijn vingers glijden over de blote huid van mijn rug als hij met geoefend gemak mijn beha losmaakt, en ik adem in, terwijl mijn hele lichaam zich als reactie aanspant. Het is tegelijkertijd te veel en niet genoeg, en God, help me, ik denk dat ik hier in zijn armen elk moment uit elkaar kan vallen.

'Laat me-' Ik bijt op mijn lip, gefrustreerd door hoe onvast ik klink. 'Laat me dit gewoon doen.'

'Jou laten?' Zijn lippen trekken op in een halve glimlach, maar er zit geen humor in, alleen een zacht, bijtend verdriet dat ik heel hard probeer niet op te merken. 'Je geeft me hier niet bepaald veel keuze.'

'Mooi zo,' antwoord ik, terwijl ik een grijns forceer die ik niet voel. 'Misschien luister je voor de verandering eens.'

Hij laat een kort lachje horen, maar zegt verder niets. In plaats daarvan glijden zijn handen omlaag en grijpen mijn heupen vast terwijl hij me naar achteren leidt tot mijn benen de rand van de bank raken. Voordat ik er te veel over kan nadenken, trek ik hem met me mee naar beneden, trek hem dichter naar me toe, uit de behoefte om elke centimeter ruimte tussen ons te laten verdwijnen.

Dit is prima. Dit is goed. Fysiek. Simpel. Een oplossing, geen probleem.

Maar zelfs terwijl ik mezelf daarvan overtuig, is er ergens diep vanbinnen een barst, een fijne scheur die met elke aanraking, elke kus, elke gefluisterde zucht die aan mijn lippen ontsnapt voordat ik hem kan tegenhouden, groter wordt. Want dit is niet simpel, en dat is het nooit geweest, niet met hem. Niet met ons.

Terwijl mijn rok zich bij de groeiende stapel kleren op de

vloer voegt, knijp ik mijn ogen dicht, in de hoop dat de duisternis de stem in mijn hoofd die schreeuwt dat ik moet stoppen, zal overstemmen. Dat ik me moet terugtrekken. Maar het werkt niet. De duisternis versterkt juist het gewicht van zijn handen op mijn huid, de manier waarop hij mijn naam fluistert alsof het een soort gebed is, alsof ik iets ben wat aanbidding verdient.

'Niet dat ik klaag,' zegt hij, zijn stem loom en geamuseerd, 'maar ik moet toegeven... dit was niet bepaald hoe ik me ons volgende gesprek had voorgesteld.'

We liggen naakt op de bank. Zijn bank. En het voelt goed. 'O, hou je mond.'

Hij lacht. 'Maar serieus. Ik had een hele toespraak voorbereid. Dacht dat ik door het stof zou moeten. Ik zag er eerlijk gezegd tegenop. In plaats daarvan kom je gewoon binnenvallen, overweldig je me, en-'

Ik gooi een kussen naar hem. Hij ontwijkt het, nog steeds grijnzend. 'Voor de goede orde, dit betekent niet dat alles vergeven is.'

Hij wrijft over mijn schouder, zijn vingers glijden over mijn huid op een manier die veel te afleidend is voor een man die me nog een heel boek verschuldigd is. 'O, daar ben ik me terdege van bewust,' zegt hij, terwijl hij me net iets dichterbij trekt. 'Maar je bent hier net binnengestormd en hebt je op me uitgeleefd, dus vergeef me als ik moeite heb om je verontwaardiging serieus te nemen.'

Ik trek mijn schouder los, schud mijn hoofd, vastbesloten om hem me niet van de wijs te laten brengen. 'Dit is waarom ik hier ben, trouwens. Om over het boek te praten. Niet om jou een egoboost te geven.'

Zijn wenkbrauwen gaan omhoog. 'Je kwam hier om over het boek te praten? Mag ik zeggen dat ik deze nieuwe redactionele aanpak van harte goedkeur? Onorthodox, zeker. Maar je maakt je punten luid en duidelijk.'

'Hou op. We moeten het eens worden over de richting van het verhaal en ons daaraan houden.'

Zijn grijns verdwijnt een beetje, net genoeg zodat ik weet dat hij ziet dat ik serieus ben. Hij ademt uit en woelt met een hand door zijn haar.

'Oké. Wat is het plan?'

Ik kruis mijn armen en schrap me. 'Ten eerste, geen verrassingen meer. Geen impulsieve structurele veranderingen meer omdat jij daar zin in hebt. We moeten dezelfde kant op werken, anders is het einde verhaal.'

Zijn ogen scannen mijn gezicht, alsof hij naar iets op zoek is, dan knikt hij. 'Oké.'

'Oké?' Ik knipper met mijn ogen. 'Is dat alles?'

Hij spreidt zijn handen. 'Je hebt gelijk. Het spijt me dat ik je heb overvallen. Ik zal de laatste versie terugdraaien.'

Ik heb zijn akkoord en ik weet dat ik het hierbij zou moeten laten. Maar dat doe ik niet. Dat kan ik niet.

'Wat is er gebeurd? Waarom die drastische verandering?'

Rory haalt diep adem. Zijn hele borstkas komt omhoog en dan ademt hij uit. 'Ik had het gevoel dat ik een biografie aan het schrijven was in plaats van een roman. Of het nu door jouw suggesties kwam of door mijn onderbewustzijn, het was niet langer het verhaal van Sophie en Oliver. Het was dat van Lara en Rory.'

Ik schud onmiddellijk mijn hoofd. 'Ik denk niet dat dat waar is-'

'O, kom op.' Zijn blik komt omhoog en ontmoet de mijne, serieus maar niet onaardig. 'Dat was het wel. De dialogen, de setting, het conflict; wij waren het. Elke scène begon te voelen als iets uit mijn eigen leven. Uit *ons* leven. En ik... ik kan *dat* niet schrijven. Nog niet.'

Zijn woorden komen aan als een klap die ik niet zag aankomen. Ik staar hem aan, mijn hartslag versnelt, niet wetend wat ik moet zeggen.

'Dus, wat?' breng ik uit, mijn stem te gespannen. 'Raakte je in paniek en viel je terug op je oude trucjes?'

Rory ademt uit en haalt een hand door zijn haar. 'Ik deed wat ik altijd doe als iets te dichtbij komt: ik trok me terug. Ik bracht het terug tot iets veiligs, vertrouwds. Iets waarvan ik *weet* dat het werkt.'

'Formulematig,' zeg ik voordat ik mezelf kan tegenhouden.

Zijn mondhoek trekt. 'Precies.'

'En jij denkt dat wat je hebt ingeleverd de betere versie is? Degene die je daadwerkelijk gepubliceerd wilt hebben?'

Een moment van stilte. Dan-

'Nee.' Zijn kaak spant zich aan. 'Maar het is de versie die ik kon afmaken.'

De woorden hangen tussen ons in, zwaar, met onuitgesproken waarheden die aan de randen opdringen.

Ik wil hem pushen, hem vertellen dat hij had moeten doorzetten, dat hij de echte versie had moeten schrijven, de rommelige, onvoorspelbare – maar misschien heb ik dat recht niet. Misschien moet ik dankbaar zijn dat hij zich terugtrok. Want als Rory er niet klaar voor is om *dat* verhaal te schrijven... ben ik er misschien niet klaar voor om het te lezen.

'Trouwens, voor de goede orde, ik lijk totaal niet op Sophie.'

'O, echt? Waarom geloof je dan niet in "en ze leefden nog lang en gelukkig"?' vraagt Rory, zijn stem laag, bijna aarzelend, alsof hij het ijs test en er volledig op voorbereid is dat ik zal bijten.

Mijn maag keert zich om. Niet vanwege de vraag zelf – die is me al eerder gesteld, hoewel nog nooit zo direct – maar vanwege de manier waarop hij me nu aankijkt.

'Ik kan me niet herinneren dat ik ooit gezegd heb dat ik niet in 'en ze leefden nog lang en gelukkig' geloof.'

'Dat hoefde ook niet,' kaatst hij terug, terwijl hij zijn hoofd iets kantelt en zijn blik vernauwt alsof hij elk woord en elke beweging van me ontleedt. 'Het spreekt uit al je bewerkingen. De manier waarop je sentimentaliteit wegsnijdt alsof het schimmel op prima brood is. De manier waarop je elke romantische scène tot op het bot uitkleedt, alsof je bang bent om de personages te veel te laten voelen.'

'Dat heet proza strakker maken,' werp ik hem toe. 'En als je al mijn opmerkingen nog eens zou bekijken, in plaats van alleen datgene eruit te pikken wat jouw theorie ondersteunt, dan zou je zien dat ik meer dan genoeg ruimte heb gelaten voor emotionele diepgang. Eerlijk gezegd, als ik al iets doe, dan behoed ik je ervoor dat je je lezers verdrinkt in overdadige clichés.'

Hij kijkt niet weg. Hij laat me niet ontsnappen.

'Luister, Rory, we zijn hier niet om mijn opvattingen over... wat dit ook mag zijn... te bespreken. We zijn hier om ervoor te zorgen dat we dit boek afmaken. Dat is ons werk. Dat is het enige wat nu telt.'

'Denk je dat liefde echt is?' vraagt hij, zijn woorden zorgvuldig gekozen, weloverwogen. 'Niet in boeken of films of... wat dan ook. Gewoon... echt.'

Ik verstijf. Voor de verandering heb ik geen gevatte repliek, of zelfs maar een afleidingsmanoeuvre. Het enige wat ik heb is de waarheid, en dat voelt als het laatste wat ik op dit moment met hem wil delen.

'Soms,' zeg ik uiteindelijk, mijn stem nauwelijks hoorbaar. 'Maar niet voor iedereen.'

'Waarom niet voor jou?' Zijn blik houdt de mijne vast, standvastig en geduldig, alsof hij bereid is hier de hele nacht te blijven zitten wachten op een antwoord.

'Omdat...' aarzel ik, het woord blijft in mijn keel steken. *Omdat het makkelijker is om niet te hopen. Omdat teleurstelling veel minder pijnlijk is dan het alternatief.* Maar dat zeg ik allemaal niet. Dat kan ik niet.

'Omdat ik heb gezien wat er gebeurt als het misgaat,' zeg ik in plaats daarvan, op een kortaffe, afstandelijke toon. Het is geen leugen, maar het is ook niet de hele waarheid. Het is de ingestudeerde versie van het verhaal, degene die ervoor zorgt dat mensen geen vragen meer stellen.

'Begrijpelijk,' zegt Rory na een korte stilte, zijn stem neutraal, hoewel ik iets diepers in zijn ogen zie flikkeren. Teleurstelling? Begrip? Misschien wel allebei.

TWINTIG

'Zestig is een mijlpaal, hè?' vraagt Rory, zonder op te kijken van zijn laptop. Zijn stem is nonchalant, een terloopse opmerking alsof hij me vraagt het zout aan te geven in plaats van me uit te nodigen om zijn *familie* te ontmoeten. 'Mam geeft vanavond een heel feest: taart, neven en nichten, chaos. Jan en alleman komt over uit Ierland. Je zou moeten komen, dan ontmoet je de hele bende in één klap.'

Ik verstijf midden in de beweging om mijn mok thee te pakken en mijn vingers klemmen zich strakker om het keramische handvat. Ik kijk hem over mijn bril aan, en probeer in te schatten hoe serieus hij is. Zijn toon mag dan luchtig zijn, maar ik ken Rory. Hij verstopt serieuze dingen in terloopse opmerkingen, alsof hij een geheim in een grapje verpakt in de hoop dat niemand het merkt.

'Mee... naar je moeders verjaardagsfeest?' herhaal ik langzaam, alsof de lettergrepen vreemd op mijn tong liggen. '*Met jou?*'

'Zo gaat dat meestal, ja.' Hij leunt achterover in zijn stoel en rekt zich uit tot zijn shirt strak over zijn borst spant. De nonchalance zelve. 'Ze zou je geweldig vinden. En je hebt mij al overleefd, dus de rest van de Keane-clan zal een makkie zijn.'

'Rory,' begin ik, maar ik heb geen idee waar die zin naartoe gaat. Mijn gedachten blijven hangen bij *ze zou je geweldig vinden* en de moeiteloze manier waarop hij het zei, alsof het een in steen gebeiteld feit is. Alsof de gedachte om me aan zijn familie voor te stellen me geen hartstilstand bezorgt.

'Kijk,' onderbreekt hij me, en hij geeft me die ontwapenende grijns die hem uit meer problemen heeft geholpen dan hij verdient. 'Je kunt het als onderzoek zien. Auteurs en hun tragische achtergronden. Ik geef je materiaal, Yates.'

'Onderzoek,' herhaal ik, en ik haat hoe zwak mijn stem klinkt. Zijn *moeder* ontmoeten? Dat is niet terloops. Dat is... veelbetekenend.

'Denk er niet te veel over na,' voegt hij eraan toe, alsof hij precies weet wat ik aan het doen ben. Zijn ogen schieten naar de mijne en worden een fractie zachter. 'Het is maar een feestje. Geen druk.'

Geen druk. Juist. Alsof er geen gewicht aan deze uitnodiging hangt. Alsof zijn wereld binnenstappen niet iets groters betekent dan we allebei bereid zijn toe te geven. Maar het enige wat ik kan uitbrengen is een ongemakkelijk knikje, voordat ik iets zeg over dat ik niks heb om aan te trekken, terwijl mijn hart te hard in mijn oren bonst.

De auto zoemt gestaag onder ons terwijl we de stadse drukte van Londen achter ons laten en alles een stuk groener en weelderiger lijkt, en de skyline in de achteruitkijkspiegel krimpt. Rory tikt met zijn vingers op het stuur op de maat van een liedje dat zachtjes op de radio speelt, een folky melodie die ik niet herken. Hij ziet er zo ontspannen uit, met één hand lui over het stuur gedrapeerd, alsof we alleen maar naar de supermarkt gaan in plaats van naar de leeuwenkuil die zich voordoet als zijn ouderlijk huis.

Ondertussen klem ik mijn handtas vast alsof er staatsgeheimen in zitten, en staar ik uit het passagiersraam alsof de duisternis daarbuiten antwoorden heeft op de vragen die ik mezelf blijf stellen. *Wat betekent dit? Waarom nu? Zijn we... iets?*

'Je bent ongewoon stil,' zegt Rory en hij kijkt me van opzij aan. 'Als ik niet beter wist, zou ik zeggen dat je zenuwachtig bent.'

'Wie, ik? Zenuwachtig?' Ik snoof, hoewel ik vermoed dat het minder overtuigend klinkt dan ik had bedoeld. 'Ik bereid me gewoon mentaal voor op het familiespektakel waar je me zo in gaat storten.'

'Ah, de Keane-clan valt best mee.' Hij grijnst, zijn stem warm en plagerig. 'Een beetje luidruchtig, misschien. Maar dat red je wel. Je bent sterker dan je eruitziet.'

'Juist. Want niets schreeuwt zo hard "sterk" als kokerrokken en op kleur gesorteerde agenda's,' zeg ik doodserieus, wat hem een laag gegrinnik ontlokt. Het is oneerlijk hoe goed dat geluid is in het wegnemen van spanning.

'Onderschat jezelf niet. Je hebt klauwen onder al die verfijning.'

'Klauwen of niet, ik ben niet goed met menigtes. Of koetjes en kalfjes. Of...' Ik onderbreek mezelf. Toegeven dat het ontmoeten van zijn familie onmogelijk intiem voelt, dat het me bang maakt, is iets wat ik nog niet hardop durf te zeggen. Nog niet.

'Ontspan,' zegt Rory, zijn stem nu zachter. 'Ik heb het je al gezegd, ze zullen je geweldig vinden.'

'Mij geweldig vinden? Op basis waarvan precies?'

'Op basis van het feit dat ik dat ook vind,' antwoordt hij gemakkelijk, maar hij trekt meteen een grimas, alsof de woorden er zonder zijn toestemming uit zijn geglipt. Hij schraapt zijn keel en concentreert zich iets te intens op de weg voor hem. 'Ik bedoel... ze zullen je geweldig vinden omdat je... eh, geweldig bent. Vanzelfsprekend.'

Mijn hart slaat een slag over bij de implicaties. *Vindt hij mij geweldig?* Nee, vast niet. Dat kan hij toch niet zo bedoeld hebben? Of wel?

'Vanzelfsprekend,' zeg ik, terwijl ik recht voor me uit staar en mijn polsslag versnelt. De stilte die volgt is beladen, gevuld met alles wat we niet zeggen.

En plotseling voelt de rit veel langer dan hij is.

De auto rolt tot stilstand voor een witte twee-onder-eenkapwoning met sierpleister die praktisch warmte uitstraalt. Langs de reling van de veranda hangen lichtsnoeren die vrolijk flikkeren tegen de schemering, en het gedempte geluid van gelach stroomt naar buiten door een open raam ergens boven. Er staat al een verzameling geparkeerde auto's, vele met Ierse kentekenplaten, langs de oprit en op straat, wat een hint geeft naar het aantal mensen dat binnen opeengepakt zit.

'We zijn er,' kondigt Rory aan, alsof we zojuist zijn gestopt bij een filiaal van Pizza Express in plaats van bij het epicentrum van mijn sociale angst voor vanavond.

Hij zet de motor af en leunt met achteloos zelfvertrouwen achterover in zijn stoel. Ondertussen zit ik verstijfd en klem mijn tas vast alsof het een reddingsvest is.

'Geweldig.' Mijn stem is vlak en verraadt niets van de chaos die in mijn borstkas woedt. 'Ziet er... levendig uit.'

'Maak je geen zorgen,' zegt hij, en hij kijkt me aan met een glimlach die zo ontwapenend is dat er een waarschuwingslabel bij zou moeten zitten. 'Ze bijten niet. Meestal.'

'Goed om te weten,' zeg ik, maar half grappend terwijl ik weer naar het huis kijk. Het vage gerinkel van servies en flarden van gesprekken worden door de wind meegevoerd, ondersteund door wat verdacht veel klinkt als iemand die luidkeels en ietwat vals een liedje zingt. 'Tenzij het gezang telt als mishandeling.'

'Dat zal oom Declan zijn,' zegt Rory met een grinnik, terwijl hij al uit de auto stapt. 'En dat telt absoluut als mishandeling.'

Tegen de tijd dat het me lukt mijn vingers van mijn tas los te klemmen en uit te stappen, staat hij al bij de passagierskant op me te wachten, met één uitgestoken hand. Ik aarzel – blijkbaar brengt galanterie me nog steeds van mijn stuk – maar uiteindelijk pak ik zijn hand aan. Zijn handpalm is warm en aardt me, terwijl hij me over het pad naar het huis leidt.

'Ontspan je,' fluistert hij, terwijl zijn duim lichtjes over de mijne strijkt voordat hij loslaat. 'Het komt allemaal goed met je.'

Er zit een bos sleutels in de deur en voordat ik me kan omdraaien om op de vlucht te slaan, heeft hij de deur al open-gemaakt.

Het geluid overvalt me als eerste: een kakofonie van stemmen, gelach en muziek, allemaal door elkaar. Dan komt de geur: geroosterd vlees, knoflook, iets zoets en kaneelachtigs erdoorheen. Het is het soort aroma dat bij een thuis hoort, niet bij een huis, en het raakt iets diep in mijn borst. Iets wat ik liever begraven had gelaten.

'Rory!' roept een vrouwenstem ergens vanuit de drom mensen in de woonkamer. Een waas van gezichten draait zich naar ons om en plotseling voelt het alsof ik midden in een toneelstuk ben beland zonder mijn tekst te kennen.

'Hé, ma! Gefeliciteerd met je verjaardag,' antwoordt Rory, en hij glipt de kamer in alsof hij dit al duizend keer heeft gedaan. Wat natuurlijk ook zo is. Zijn hand glijdt naar de holte van mijn rug, een subtiele druk die me voorwaarts stuurt. Het geeft me houvast en jaagt mijn hart tegelijkertijd op hol.

'Iedereen, dit is Lara,' kondigt hij aan, zijn toon nonchalant maar weloverwogen. 'Lara, ontmoet... nou ja, iedereen.'

'Hoi,' slaag ik erin uit te brengen, mijn stem een tikje te hoog. Reflexmatig duw ik mijn bril recht.

'Ah, dus *dit* is Lara,' zegt een man die oom Declan moet zijn, te oordelen naar de pint in zijn ene hand en de ondeugende twinkeling in zijn ogen. 'Rory heeft heel...'

'Declan,' onderbreekt Rory hem soepel, zijn glimlach gespannen maar zijn greep op mijn rug stevig. 'Bewaar de verhalen maar voor later, oké?'

'Prima, prima.' Declan knipoogt naar me. 'Maar denk maar niet dat je eronderuit komt, Lara.'

'Ik zou er niet aan dénken,' antwoord ik, mijn toon droog genoeg om een verraste lach te ontlokken. Goed. Sarcasme is op dit moment veiliger dan oprechtheid.

'Kom zitten, schat,' zegt Rory's moeder, die druk komt aangelopen en hem in een snelle knuffel wikkelt voordat ze haar aandacht op mij richt. Ze is klein, heeft een rond gezicht en straalt een energie uit die waarschijnlijk een kleine stad van stroom zou kunnen voorzien. Haar glimlach is warm, oprecht en volkomen overweldigend. 'Wat fijn om je eindelijk te ontmoeten! Ik ben Rory's moeder, Evelyn. Hij heeft ons zo veel over je verteld.'

'O ja?' Ik werp Rory een blik toe, maar hij haalt alleen zijn schouders op, zonder enig schuldgevoel.

'Alleen maar goede dingen, dat beloof ik,' houdt ze vol, terwijl ze mijn handen kort in de hare neemt voordat ze me verder de chaos in trekt. 'Kom, dan halen we wat te eten voor je. Heb je Declans beruchte saucijzenbroodjes al geprobeerd? O, en er is trifle, of pavlova als je dat liever hebt. Of allebei!'

'Allebei klinkt geweldig,' zeg ik bedeesd, omdat ik niet weet wat ik anders moet antwoorden.

Rory volgt vlak achter me, zijn hand verlaat mijn rug niet, alsof hij precies kan aanvoelen op welk moment ik ervandoor zou kunnen gaan.

'En er is misschien nog een klein stukje appeltaart over als je geluk hebt. O, en als je daar allemaal geen zin in hebt, heb ik nog een bak Ben & Jerry's in de vrieskist...'

'*Mam*. We komen er wel uit. Maak je nou maar niet zo druk, het is je verjaardag. Ontspan je.'

'Ik kan me niet ontspannen, ik heb cocktailworstjes in de oven die omgedraaid moeten worden en ik heb Shiv naar de buurtwinkel gestuurd voor meer mayo voor de thousand island-dressing. Lara, ik haal ondertussen wat te drinken voor je, je zult wel dorst hebben.'

Evelyn loopt de gang in richting de keuken, duidelijk op een missie om ervoor te zorgen dat ik goed te eten en te drinken krijg.

'Zie je wel?' fluistert hij, zacht genoeg zodat alleen ik het kan horen. 'Ik zei toch dat ze je geweldig zou vinden.'

'Daar valt over te twisten,' antwoord ik, wat hem weer een lach ontlokt. Maar als ik zie hoe zijn moeder zich omdraait en naar hem straalt – en naar mij – vraag ik me af of hij misschien toch gelijk heeft. Nou ja, grotendeels dan.

De woonkamer zoemt van de overlappende gesprekken, lachsalvo's onderbreken de lucht als een melodie die ik niet helemaal kan volgen. Elke hoek is bezet: neven en nichten van alle leeftijden liggen languit op de grond door oude fotoalbums te bladeren, tantes zitten op armleuningen met glazen wijn in hun hand, en Rory bevindt zich midden in dit alles, volkomen op zijn gemak. Zijn lach buldert door de kamer als een van zijn ooms hem op de schouder slaat, en ik voel een scherpe, onbekende steek. Jaloezie? Misschien. Of gewoon het volslagen onwezenlijke gevoel om iemand te zien die zo volledig op zijn plek is.

Ik zit op het randje van de bank, mijn enkels over elkaar, in een poging zo veel mogelijk op te gaan in het meubilair. Mijn glas wijn is praktisch vol, omdat een slokje nemen voelt als instemmen met een niveau van ontspanning dat ik vanavond waarschijnlijk niet ga bereiken. Af en toe kijkt er iemand mijn kant op – hier een beleefde glimlach, daar een terloopse vraag – maar meestal ben ik een toeschouwer. Ietwat overweldigd door de hectische energie in het huis.

'Zit je goed?' Rory's stem bromt boven me, laag en warm, terwijl hij vooroverbuigt om dicht bij mijn oor te spreken. Zijn hand raakt terloops mijn schouder aan, wat me houvast geeft.

'Als een giraffe in een theesalon,' antwoord ik, wat hem die scheve grijns van hem ontlokt. Hij ziet er veel te tevreden met zichzelf uit, de verrader.

'Je doet het geweldig,' zegt hij zacht, terwijl hij weer rechtop gaat staan. 'Ze zijn nu al dol op je.'

'Dol op de vraag of ik zal imploderen, misschien.'

'Dat ook.' Hij knipoogt voordat hij weer in een ander gesprek wordt getrokken, dit keer met een neef van ongeveer dezelfde leeftijd. Ik kijk hoe hij door de kamer beweegt, moeiteloos charmant, het zwaartepunt waar iedereen omheen draait. Het is tergend vertederend.

Ik haal diep adem en probeer me op iets tastbaars te concentreren: de ingelijste foto's op de schouw, de bij elkaar geraapte kussens die her en der verspreid liggen, de vage geur van lamsbout en rozemarijn die uit de keuken komt zweven. Maar het is onmogelijk om de voelbare spanning in de lucht te negeren, het gevoel dat er iets – of iemand – ontbreekt. Net als ik denk dat ik het me misschien verbeeld, kraakt de voordeur open en stroomt er een vlaag koele avondlucht de kamer in.

'Is dat...?' begint iemand, maar de woorden worden verzwolgen door een collectieve zucht. Hoofden draaien naar de deuropening en plotseling verandert de sfeer, geladen met een nieuw soort opwinding.

'AOIFE!' roept Rory's moeder uit, haar stem een mengeling van schok en onverholen vreugde. De kamer barst los in chaos: schrapende stoelen, mensen die opstaan, stemmen die door elkaar heen klinken in een kakofonie van namen en begroetingen.

Rory verstijft midden in een lach, zijn uitdrukking een flits van ongeloof en verrukking. 'Nee, echt niet,' zegt hij binnensmonds, terwijl hij al naar de deur loopt.

Ik volg zijn blik en daar staat ze: een opvallende wervelwind van zwarte krullen en een felgroene jas, die een enorme rugzak van haar schouder laat glijden. Ze grijnst als ze binnenstapt, haar wangen rood van de kou, en de hele kamer lijkt naar haar toe te kantelen, als door een magneet aangetrokken.

'Verrassing!' kondigt ze aan, haar stem zangerig en melodieus, alsof haar aanwezigheid alleen nog niet genoeg is.

'Jezus Christus, Aoife,' roept Rory uit, terwijl hij haar in drie grote passen bereikt. 'Ik dacht dat je nog in Thailand zat.' Hij trekt haar in een berenknuffel die haar van de grond tilt, en ze lacht, een geluid dat licht en bruisend is. Het is het soort lach dat je doet willen meelachen, zelfs als je de grap niet kent.

'Zet me neer, jij grote lomperik,' berispt ze hem, hoewel haar toon niets dan liefdevol is. Zodra haar voeten de grond raken, geeft ze hem een speelse tik op zijn arm voordat ze zich omdraait om de rest van de familie te begroeten, die staan te dringen om haar aandacht. De allergrootste knuffel bewaart Aoife voor haar moeder. Evelyn veegt de tranen van haar wangen terwijl ze alle eetopties probeert op te sommen en tegelijkertijd vraagt hoe haar reis is geweest.

Ik blijf aan de grond genageld staan en kijk met een vreemde mengeling van fascinatie en onbehagen naar het tafereel dat zich ontvouwt. Er is iets ontwapenends aan Aoife – een moeiteloos charisma dat mensen aantrekt, net als bij Rory, maar dan zachter, minder gepolijst. Ze beweegt door de kamer alsof ze overal thuishoort, knuffelt en lacht en geeft op de een of andere manier iedereen het gevoel dat ze de hele avond alleen maar op haar hebben zitten wachten.

Mijn blik schiet terug naar Aoife en Rory – broer en zus – die dicht bij elkaar staan, hun hoofden naar elkaar toe gebogen terwijl ze praten. Er is een vanzelfsprekendheid tussen hen, een soort codetaal, geboren uit jaren en een gedeelde geschiedenis, die me er plotseling pijnlijk bewust van maakt hoe weinig ik eigenlijk over Rory weet.

'Met Aoife is het altijd dikke pret. Stem als Céline Dion,' gaat Declan verder, zijn toon gevuld met onmiskenbare trots. 'Ze is altijd de hort op, maar als ze opduikt, is het meteen feest.'

'Zo lijkt het wel,' bevestig ik, niet in staat om weg te kijken. Rory's gezicht straalt op een manier die ik nog niet eerder heb gezien, open en onbevangen, en Aoife doet niet voor hem onder, haar handen druk gebarend terwijl ze praat. Wat voor spanning er ook in de lucht hing, is volledig verschoven, vervangen door iets warmers, intiemers. En om redenen die ik niet helemaal kan verklaren, jaagt het mijn zenuwen weer door mijn lijf.

'Nou, nou,' zegt Aoife, haar stem die door de kamer klinkt als zonlicht dat door de wolken breekt. 'Dus dit is de beroemde Lara.'

Ik recht instinctief mijn rug, overrompeld door de pure warmte die ze uitstraalt als ze de kamer doorkruist in mijn richting.

Haar handdruk is stevig maar pretentieloos en haar glimlach – breed, stralend, ontwapenend oprecht – geeft me het gevoel dat ik tegelijkertijd gezien en onmiddellijk onder de loep genomen word.

'Beroemd?' slaag ik erin uit te brengen, mijn toon veel koeler dan wat er onder de oppervlakte kolkt. Mijn hart bonst een onregelmatig ritme. 'Dat is een beetje overdreven.'

'Helemaal niet,' zegt Aoife, haar ogen fonkelend met iets tussen ondeugd en bewondering. 'Je bent tegenwoordig het enige waar hij over appt. Nou ja, jij en zijn werk. Maar vooral jij.'

'Vooral mijn werk,' valt Rory haar soepel in de rede, terwijl hij met een ontspannen grijns naast me verschijnt. Zijn hand zweeft weer bij mijn rug, raakt net de stof van mijn jurk aan, en ik weet niet of het bedoeld is om mij of zichzelf tot steun te zijn. Misschien allebei.

'Ja, ja,' plaagt Aoife, haar Ierse accent zwaarder wordend van vermaak. 'Werk. Wat je trouwens volledig aan mij te danken hebt. Of ben je voor het gemak vergeten wie je op weg heeft geholpen?'

'Op weg geholpen?' Het woord glipt eruit voordat ik het kan tegenhouden. Ze kijken me allebei aan – Rory snel, behoedzaam; Aoife met een luchtige soort nieuwsgierigheid, alsof ze net heeft gemerkt dat ik misschien oplet.

'Ah, dus,' zegt ze, en lacht lichtjes. 'Het vuile kleine geheim van het Keane-familie-imperium.' Ze wiebelt dramatisch met haar vingers, alsof ze een groot complot onthult. 'Rory schrijft de woorden, maar ik polijst de ruwe diamanten.'

'Polijst,' herhaalt Rory, hoewel er nu een spanning in zijn kaak zit die er even geleden nog niet was. 'Dat is één manier om het te zeggen.'

'Laat je niet door hem voor de gek houden,' zegt Aoife, samenzweerderig naar me toe leunend, haar krullen die op en neer veren terwijl ze beweegt. 'Hij is briljant, natuurlijk. Maar soms heeft een broer gewoon een zus nodig om hem te vertellen wanneer zijn hoofdpersonage zich als een complete idioot gedraagt of wanneer zijn liefdesscènes meer tenenkrommend dan zwijmelwaardig zijn.'

'Juist,' zeg ik zwakjes, mijn lippen die zich in een beleefde glimlach krullen die opgeplakt aanvoelt. Mijn gedachten draaien al op volle toeren, terwijl ik de stukjes in elkaar probeer te passen van wat ik net heb gehoord. Rory's boeken – de bestsellers waarvan miljoenen exemplaren zijn verkocht, de Scott & Drake-melkkoe – zijn... wat? Een groepsproject?

'Ze overdrijft,' mengt Rory zich erin, zijn stem laag en voorzichtig. 'Het is niet-'

'Overdrijven?' onderbreekt Aoife hem en trekt een wenkbrauw op in gespeelde verontwaardiging. 'Wat, herinner je je de nachten niet dat we tot zonsopgang opbleven om dat godsgruwelijke einde van *Lakewood Hearts* te herschrijven? Of toen ik de helft van *Falling for April* moest herschrijven omdat je held klonk alsof hij een synoniemenwoordenboek had ingeslikt? Hoe heb je het er deze keer alleen vanaf gebracht, zonder mijn genialiteit om alles te repareren, hè? Daar had je je handen vol aan, Lara, daar twijfel ik niet aan.'

'Genoeg, Aoife,' zegt Rory, zijn glimlach nu volledig verdwenen. Er zit een scherp randje aan zijn stem dat haar alleen maar harder doet lachen, zich niet bewust van – of misschien onverschillig voor – de spanning die tussen ons oploopt.

'Hoe dan ook,' gaat ze onverstoord verder en draait zich met een knipoog weer naar me toe. 'Je weet hoe hij is – hij is één en al grote ideeën, maar heeft geen geduld. Iemand moet ervoor zorgen dat die grootse gebaren op papier ook echt overkomen, toch?'

'Aoife, alsjeblieft.'

'Maak je geen zorgen, Lara. Hij is nog steeds het genie waar iedereen hem voor houdt. Ik ben slechts de onzichtbare drijvende kracht achter de schermen.'

Onzichtbaar. Het woord valt als een steen in mijn maag, zwaar en koud. Mijn blik schiet naar Rory, op zoek naar een of andere ontkenning, een geruststelling dat dit slechts een speelse overdrijving van een zus is. Maar zijn uitdrukking – stijf op elkaar geklemde lippen, schuldbewust, defensief – vertelt me alles wat ik moet weten.

'Interessant', zeg ik, hoewel mijn stem dunner klinkt dan ik zou willen. Mijn keel voelt droog en schor, alsof hij wordt dichtgeknepen.

'Nietwaar?' Aoife straalt, duidelijk tevreden met zichzelf. 'En ik die dacht dat *jij* de intimiderende zou zijn, als belangrijke redacteur en zo. Maar kijk nou toch naar je...' Ze gebaart naar me, haar toon warm maar onmiskenbaar neerbuigend. 'Heel gewoon. Lief zelfs.'

'Dank je', zeg ik, hoewel de knoop in mijn maag met de seconde strakker wordt. Gewoon. Lief. Onzichtbaar.

Ik dwing mezelf een slokje te nemen van de wijn die Rory me eerder gaf, maar die smaakt nu bitter, als azijn op mijn tong. Aan de andere kant van de kamer lacht Rory's moeder om iets wat een andere gast heeft gezegd, het geluid klinkt vrolijk en onbewust. De lucht voelt benauwend, de warmte van het huis drukt op mijn huid als een gewicht dat ik niet van me af kan schudden.

'Neem me een ogenblik niet kwalijk', zeg ik en ik zet mijn glas met voorzichtige precisie neer op een tafeltje in de buurt. Mijn stem klinkt zelfs in mijn eigen oren afstandelijk, maar het kan me niets schelen.

'Alles in orde?' vraagt Rory met gefronste wenkbrauwen, maar ik kijk hem niet aan als ik langs hem heen loop.

'Prima', lieg ik, mijn hakken tikken op de hardhouten vloer terwijl ik de woonkamer uit loop, de hal in.

Want ik heb ruimte nodig. Lucht. Iets om me aan vast te houden terwijl de grond onder mijn voeten wegzakt.

Samen schrijven. Bijschaven. Hoe ze het ook willen noemen. De details doen er nu nauwelijks toe. Wat ertoe doet, is dat de man in wie ik wekenlang heb geloofd – de man voor wie ik... God, de man voor wie ik begin te vallen – niet is wie ik dacht dat hij was.

En dat voelt op de een of andere manier erger dan alle leugens bij elkaar.

Mijn longen vergeten hoe ze moeten werken.

Ik sta net binnen de deuropening van de woonkamer en klamp me vast aan het kozijn alsof het de wereld kan tegenhouden met draaien. Mijn borstkas voelt beklemd, mijn hartslag is een razende roffel die het geroezemoes van de gesprekken om me heen overstemt. De hitte die in mijn nek prikt, heeft niets te maken met het drukke huis of de wijn die ik nauwelijks had aangeraakt. Aan de andere kant van de kamer lacht Rory om iets wat zijn neef zei, zijn hoofd achterovergegooid op die gemakkelijke, zorgeloze manier van hem, alsof het universum zich plooit om het hem naar de zin te maken.

Samen schrijven, had Aoife gezegd, haar stem zangerig en geamuseerd, alsof ze niet zojuist een bom voor mijn neus had laten ontploffen.

Ik slik met moeite, het geluid is luid in mijn eigen oren. Mijn vingers trekken samen tegen het deurkozijn. Mijn huid voelt te strak, alsof het verraad tot in mijn cellen is doorgedrongen en ik het nu moet dragen. Met me meedragen.

'Hé.'

Rory's stem snijdt door de nevel, plotseling en veel te dichtbij. Ik knipper met mijn ogen en realiseer me dat hij voor me staat. Zijn glimlach vervaagt als hij ziet wat er dan ook op mijn gezicht te lezen staat. Hij kijkt een halve seconde verward, maar dan verandert er iets. Zijn ogen worden groter en zijn uitdrukking –

god, het is alsof ik een goochelaar zijn masker zie afvallen midden in een truc.

'Is het waar?' Mijn stem snijdt door de geluidslagen die uit de voorkamer komen. Het kan me niet eens schelen wie het hoort. Mijn handen trillen nu, dus ik bal ze tot vuisten langs mijn zij. 'Wat Aoife zei? Over je boeken?'

Zijn kaken spannen zich aan. Het is dezelfde blik die hij heeft als hij zich door een gat in het plot heen probeert te bluffen tijdens een van onze redactievergaderingen. Alleen is er dit keer geen manuscript tussen ons. Geen professionele afstand om de klap te verzachten.

'Lara...' Zijn stem is nu zachter, bijna smekend, maar het zorgt er alleen maar voor dat mijn maag nog harder omdraait.

'Niet doen.' Ik doe een stap achteruit en houd een hand op alsof die hem fysiek kan tegenhouden om dichterbij te komen. 'Gewoon... niet doen.'

Zijn schouders zakken in en voor het eerst sinds ik hem heb ontmoet, ziet Rory Keane er volkomen verloren uit. Kwetsbaar op een manier die niet bij hem past en misschien ook nooit zal passen. De charme, de bravoure – alles is weg. Vervangen door een jongen die eruitziet alsof hij is betrapt met zijn hand in de koektrommel. Maar daar kan ik me niet op concentreren, niet als ik in korte, oppervlakkige teugen adem en mijn brein niet ophoudt met tegen me te schreeuwen dat ik *dit moet oplossen,* ook al weet ik niet hoe.

'Laat het me uitleggen', zegt hij, zijn stem nu laag en dringend. 'Het is niet...'

'Niet wat het lijkt?' Mijn lach is bitter. 'Beledig ons niet allebei door te doen alsof dit niet precies is wat het lijkt, Rory.'

Zijn mond gaat open, maar er komen geen woorden uit. En voor een keer spreekt zijn stilte luider dan wat dan ook had kunnen doen.

Ik wacht niet tot hij het opnieuw probeert. Mijn voeten bewegen voordat mijn brein kan volgen en dragen me naar de voordeur alsof het de enige reddingsboot op een zinkend schip is. Het huis is plotseling te luid en te stil tegelijk – het gedempte geroezemoes van gesprekken sterft weg, het klinken van glazen stopt halverwege een toost. Het is een kakofonie van verbijsterde stiltes die me achtervolgt terwijl ik ga.

'Waar ga je...' Rory's stem doorbreekt de stilte, schor en wanhopig, maar ik draai me niet om. Als ik hem nu aankijk – naar zijn belachelijk serieuze gezicht, naar die smekende ogen – zou ik kunnen breken. En dat kan ik me niet veroorloven. Niet hier. Niet voor het oog van zijn hele familie.

Mijn hakken tikken bij elke stap en slaan spijkers in de doodskist van wat dit... ding tussen ons dan ook had moeten zijn. Ik bereik de voordeur, mijn hand fummelt naar de klink. De lucht voelt dik aan, alsof ik door stroop waad, en mijn vingers werken niet mee. Natuurlijk. Natuurlijk spant zelfs de deur nu tegen me samen.

'Laat me helpen...' Rory weer. Dichterbij dit keer. Te dichtbij.

'Waag het niet.' Eindelijk krijg ik de deur open. De koude nachtlucht slaat me in het gezicht als een soort kosmische reanimatiepoging en ik stap naar buiten zonder achterom te kijken, terwijl ik de deur met een bevredigende *plof* achter me laat dichtslaan.

EENENTWINTIG

De kille avondlucht bijt in mijn wangen terwijl ik de oprit afstorm. Verraad ligt zwaar op mijn maag, het draait en woelt als iets levends.

'Hoe heb je het er dit keer alleen vanaf gebracht, zonder mijn geniale brein om alles op te lossen, hè?' Haar letterlijke woorden. Alles valt plotseling op zijn plek. Al die tijd, elk concept, elk telefoontje tot diep in de nacht over plotwendingen en problemen met het tempo. Aoife. Zijn zus. Zijn geheime muze.

Hoe kon ik het niet zien? De aanwijzingen waren er, als broodkruimels uitgestrooid: zijn vage antwoorden als ik vroeg waar hij zijn ideeën vandaan haalde, de manier waarop hij altijd van onderwerp veranderde als ik doorvroeg waarom dit boek zo anders was dan de andere. En Aoife... Ze gleed de avond in alsof ze er thuishoorde, alsof zij het ontbrekende puzzelstukje was waarvan ik niet had beseft dat ik het zocht.

Al die tijd... Mijn keel knijpt samen en ik knipper hard tegen de prikkende tranen die dreigen te vallen. Nee. Nu niet. Hier niet. Ik weiger Rory Keane – of wie dan ook, wat dat betreft – mij zo te zien instorten.

'Verdomme, Lara, wacht!', snijdt Rory's stem door de stille nacht, maar ik draai me niet om.

Natuurlijk volgt hij me. Hij moet ook altijd het laatste woord hebben, hè? Ik versnel mijn pas, het grindpad maakt plaats voor grote tegels. Elke stap voelt als een uitroepteken achter de gedachten die door mijn hoofd razen: *Hoe durft hij? Hoe durft hij?*

'Wacht...' Zijn voetstappen knerpen achter me, sneller nu, dichterbij. 'Lara, wil je alsjeblieft heel even stilstaan?'

'Waarom?', werp ik het woord over mijn schouder, zonder te vertragen. Mijn stem is bijtend, op het randje van hysterisch. Goed. Laat hem die scherpte maar horen. Laat hem er maar in stikken. 'Zodat je weer een nieuw verhaal kunt verzinnen? Of misschien een nieuw einde kunt bedenken, Rory? Iets wat... bevredigender is voor je publiek?'

'Kunnen we hier alsjeblieft gewoon over praten?'

'Praten?', roep ik en ik draai me zonder waarschuwing om, waardoor hij een paar meter verderop moet stoppen. Door de plotselinge beweging glijdt mijn bril van mijn neus en ik duw hem met meer kracht dan nodig terug op zijn plek. 'Waarover precies, Rory? Want volgens mij hebben we al meer dan genoeg gezegd.'

Hij kijkt me dan aan, kijkt me écht aan. Er ligt iets rauws in zijn uitdrukking – iets bijna jongensachtigs in de manier waarop zijn donkere haar rommelig over zijn voorhoofd valt, zijn ademhaling onregelmatig omdat hij achter me aan is gerend. Maar ik trap er niet in. Dit keer niet.

'Kijk,' begint hij, en hij haalt een hand door zijn haar alsof hij tijd probeert te winnen. 'Ik wilde niet...'

'Niet doen.' Ik hou een hand op en onderbreek hem. 'Waag het niet om dit weg te proberen te praten. Je mag dit niet gladstrijken met je charmante praatjes of wat je ook doet om mensen te laten vergeten dat je vol...'

'Hou op,' snauwt hij en hij stapt dichterbij. Zijn stem is nu luider, bozer, en het verrast me genoeg om me midden in mijn zin de mond te snoeren.

Een seconde lang staan we daar gewoon, de spanning tussen ons knettert in de koude nachtlucht. Zijn ogen zoeken de mijne, wanhopig, wild, alsof hij daar iets probeert te vinden waarvan hij weet dat hij het al verloren heeft.

'Alsjeblieft,' zegt hij weer, zachter dit keer. Zijn stem breekt bij het woord en iets in mij trekt pijnlijk samen.

Verdorie. Verdorie, zijn stomme oprechtheid, zijn stomme ernst, zijn stomme alles.

'Vertel het me dan,' zeg ik, mijn stem zacht maar dodelijk. 'Hoe past Aoife in dit alles?'

Hij verstijft. Maar voor een seconde, maar lang genoeg voor mij om het op te merken. Lang genoeg voor het kleine, dwaze deeltje van mij dat nog hoop had om te verschrompelen en te sterven. Zijn mond gaat open, maar er komen geen woorden. Het is alsof je een beginnende bestuurder ziet afslaan bij een groen licht en ik denk: O *God, dit is het, hè?*

'Rory.' Mijn stem breekt, maar ik ga door. 'Je wilde dat ik in je geloofde. Dat ik je vertrouwde. En nu kun je me niet eens in de ogen kijken en me de waarheid vertellen?'

Eindelijk kijkt hij me aan. Hij slikt moeizaam. Aarzelend. Weer.

Mijn stem wordt luider, gevoed door de pure brutaliteit van zijn stilte. 'Zeg iets! Wat dan ook! Of moet ik zelf de eindjes aan elkaar knopen? Want laat me je vertellen, Rory, het plaatje ziet er niet best uit van waar ik sta.'

Nog steeds niets. Zijn keel beweegt alsof hij de woorden eruit probeert te persen, maar ze zitten ergens vast tussen zijn ego en het laatste restje fatsoen dat hij nog heeft. Hoe langer hij stil is, hoe luider al het andere wordt: de ritselende bladeren, het verre gezoem van verkeer, het suizen in mijn oren.

'Ongelooflijk,' zeg ik en ik doe een stap achteruit. Mijn borstkas voelt beklemd, alsof alle lucht uit de wereld is gezogen. 'Dus dit is het. Dit is wie je echt bent.'

'Wacht,' zegt hij eindelijk, zijn stem schor en aarzelend, alsof hij weet dat het te weinig, te laat is. 'Lara, het is niet...'

'Niet doen.' Ik onderbreek hem en schud mijn hoofd. Mijn woede begint af te brokkelen, de randjes barsten, en maakt plaats voor iets diepers. Iets zwaarders. 'Je beseft niet eens wat je hebt gedaan, hè?'

En daar is het: die flits van schuld in zijn uitdrukking. Een vonkje spijt dat me alleen maar bozer maakt omdat het niet genoeg is. Het zal nooit genoeg zijn.

Ik gooi mijn handen in de lucht, een plotseling gebaar dat de geladen stilte tussen ons doorbreekt. 'Weet je wat grappig is, Rory? Ik begon je zowaar te geloven.' Mijn stem klinkt luider dan ik van plan was, maar het kan me niet schelen. De woorden trillen op het randje van woede, alsof ze op dit moment hebben gewacht om los te barsten. 'Al dat gepraat over een writer's block en het hervinden van je inspiratie... God, wat was ik een idioot.'

Zijn ogen worden groot, zijn lippen gaan open alsof hij me wil onderbreken, maar ik dender door en plet elke poging van hem om iets te zeggen.

'Heb je enig idee hoe vernederend het voelt om er op de harde manier achter te komen dat ik gewoon... Wat? Een gemak-kelijke vervanging was voor je zus? Een kortere weg om je zoge-naamde creatieve dip te omzeilen?'

'Dat is niet...'

Ik onderbreek hem met een lach die bitter smaakt in mijn keel.

'Probeer het niet eens, Rory. Niet doen.' Ik prik met een vinger naar hem, mijn hand trilt een beetje, al hoop ik dat hij het niet kan zien. 'Je hebt daar dag in, dag uit gezeten, en me de ene leugen na de andere opgedist over hoe vast je zat. Hoezeer je me nodig had. En de hele tijd was Aoife...' haar naam brandt als zuur op mijn tong, '...wat precies aan het doen? De gaten voor je invullen terwijl jij de gekwelde artiest uithing?'

Hij stapt dichterbij, zijn handen opgeheven alsof hij een klap afweert. 'Lara, stop. Laat het me alsjeblieft... alsjeblieft uitleggen.'

'O, ga je gang,' snauw ik, en ik sla mijn armen over elkaar. 'Ik hoor heel graag de uitleg waarom je tegen me gelogen hebt. Waarom je me gebruikt hebt.'

'Ik heb je niet gebruikt!' Hij gaat met een hand door zijn haar, zo gefrustreerd dat het bijna lijkt alsof hij het eruit wil trekken. 'Ik zweer het je, Lara, zo was het niet. Ik... Aoife was helemaal niet betrokken bij dit boek. Op het leven van mijn moeder, geen woord ervan.'

'Dat lijkt me onwaarschijnlijk, gezien haar bekentenis daarnet.'

'Ze ging op reis voordat ik het idee voor *Fully, Forever* bedacht. Het was de bedoeling dat ze een maand weg zou blijven, maar ze werd daarginds verliefd en vertelde me dat ze niet meer terugkwam en dat ik er voor dit boek alleen voor stond.'

'O, kom op. Er bestaat e-mail, videochat en-'

'Ik heb de eerste versie helemaal zelf geschreven. Dat moest wel. Ze zat aan de andere kant van de wereld en wilde er niets mee te maken hebben.'

Hij zet een stap dichterbij en ik zet er een naar achteren.

'Toen ik eenmaal besefte dat ze het meende, ben ik begonnen met schrijven. Ik wilde bewijzen dat ik het zelf kon.'

'Nou, gefeliciteerd,' zeg ik, en ik spreid mijn armen in een nepfeestgebaar. 'Je hebt zeker iets bewezen. Je hebt bewezen dat je een leugenaar bent.'

Zijn gezicht vertrekt een beetje en heel even denk ik dat ik een gevoelige snaar heb geraakt. Maar dan begint hij te praten en de woorden struikelen over elkaar heen, het ene nog wanhopiger dan het andere.

'Ik was niet aan het liegen. Niet over de blokkade, niet over... niet over dat ik je nodig had. God, Lara, je moet het begrijpen.' Zijn stem breekt en hij drukt zijn handpalmen tegen elkaar, alsof hij bidt dat ik hem geloof. 'De druk, de verwachtingen... het is als een gewicht dat me elke seconde verplettert. Iedereen verwacht van mij dat ik briljant ben, dat ik weer een bestseller aflever, en ik... ik kon het gewoon niet alleen. Ik blokkeerde volledig.'

'Dus je dacht: "Hé, ik sleep Lara gewoon mee in deze puinhoop",' kaats ik terug. 'Want zij heeft duidelijk niets beters te doen dan Rory Keane van zichzelf te redden.'

'Nee!' zegt hij snel, te snel. 'Ik had niet gepland dat dit zou gebeuren. Ik dacht gewoon... ik dacht dat als ik misschien iemand had die het begreep, iemand die in het werk zelf geloofde...' Zijn stem stokt en hij slaakt een gefrustreerde zucht. 'Het was niet mijn bedoeling om je te kwetsen.'

Ik staar hem aan, mijn armen nog steeds over elkaar, mijn nagels in mijn onderarmen gedrukt.

'Nou, nogmaals gefeliciteerd, want het is je toch gelukt.'

Hij krimpt ineen en voor een kort moment zie ik het: zijn masker glijdt af. De charmante, zelfverzekerde Rory Keane verdwijnt en maakt plaats voor iets rauws en ongepolijsts eronder. Iets wat me bijna, bíjna, milder wil stemmen. Maar dan herinner ik me de stilte van daarnet, de aarzeling die luider schreeuwde dan welke verontschuldiging dan ook, en het sprankje sympathie dooft uit.

'Je begrijpt het niet,' zeg ik zacht, mijn stem nu gevaarlijk kalm. 'Je hebt niet alleen tegen me gelogen. Je hebt me ergens in laten geloven. In jou.' Mijn borstkas trekt samen en ik haat de trilling die ik in mijn stem voel sluipen. 'En toen rukte je het weg alsof het niets betekende.'

'Het betekende *alles*,' zegt hij, en zijn stem breekt bij dat woord. 'Jij betekent alles, Lara. Ik heb het gewoon... ik heb het verknald, oké? Ik heb een fout gemaakt.'

Ik schud langzaam mijn hoofd, mijn kaken op elkaar geklemd terwijl ik de brok in mijn keel wegslik. *Fout*. Het woord voelt zo klein vergeleken met het gapende gat dat hij in mijn hart heeft achtergelaten. 'Een fout is iemands koffiebestelling vergeten, Rory. Wat jij deed? Dat is geen fout. Dat is een keuze.'

'Lara, alsjeblieft-'

'Nee.' Het woord schiet uit mijn mond voor ik het kan tegenhouden, als een van mijn rode strepen in een manuscript. 'Geen excuses meer. Geen halve waarheden. Geef me alleen hier antwoord op...' Mijn stem beeft, niet van zwakte, maar van een woede zo krachtig dat het voelt alsof die me levend kan verbranden. 'Was er ook maar íéts van echt? Of was ik gewoon een plotinstrument voor je?'

Hij deinst terug, alsof de vraag fysiek de lucht uit zijn longen slaat.

Goed. Laat hem maar zweten.

'Dat is niet eerlijk,' zegt hij, zijn stem laag en gespannen. 'Je weet dat het echt was.'

'O ja?' Mijn lach is hol, bitter, en zo on-mij dat ik hem nauwelijks herken. 'Want op dit moment lijkt het er nogal op dat dit alles...' ik maak een gebaar tussen ons, mijn hand trilt ondanks mezelf, '...gewoon een handige manier voor jou was om de gekwelde artiest uit te hangen terwijl ik jouw rotzooi opruimde. Had je *mij* nodig, Rory? Of had je een co-auteur nodig die goede koffie zette en geen overuren rekende?'

'Hou op,' smeekt hij, zijn ogen wanhopig de mijne zoekend, alsof hij denkt de juiste knop te kunnen vinden om alles wat tussen ons instort ongedaan te maken. 'Je verdraait het tot iets wat het niet was. Denk je dat ik dit gepland heb? Dat ik ging zitten en dacht: "O, weet je wat echt zou helpen met mijn writer's block? Ik zoek een vervanger voor Aoife." Denk je dat ik *dit* had kunnen regisseren?'

'Waarom niet?' counter ik, mijn woorden snel en bijtend. 'Het is je gelukt om iedereen voor de gek te houden. De uitgevers. De lezers. Verdomme, je had zelfs mij overtuigd. Dus vertel me eens waarom ik niet zou moeten geloven dat je me gewoon gebruikte om je boek voor je te schrijven.'

'Omdat ik...' hij struikelt over zijn woorden, zichtbaar stikkend in welk excuus hij ook maar wil uitspugen. Als dit een van zijn boeken was, zou dit het deel zijn waar de held een of andere grootse verklaring aflegt, iets meeslepends en poëtisch dat alles netjes oplost. Maar zonder Aoifes sturende hand om die scène voor hem te schrijven, ziet hij er gewoon... verloren uit.

'Omdat ik je dat niet zou aandoen,' zegt hij uiteindelijk, zijn stem krakend onder het gewicht ervan. 'Dat zou ik niet kunnen.'

'Zou je het niet kunnen of zou je het niet willen?' dring ik aan, en ik laat de stilte die volgt zwaar in de lucht hangen. 'Groot verschil, Rory.'

Zijn handen vallen hulpeloos langs zijn zij, zijn vingers trillen alsof ze me willen aanraken, maar het niet durven.

'Het was echt,' zegt hij, en er ligt nu iets kwetsbaars in zijn stem terwijl hij naar adem hapt. 'Alles. Elk afzonderlijk moment. Je moet me geloven, Lara.'

'Moet ik dat?' fluister ik, terwijl ik de trilling in mijn stem haat, de tranen haat die in mijn ogen prikken.

'Ja!' Hij zet weer een stap naar voren, bijna dichtbij genoeg om me aan te raken, maar hij houdt zichzelf in, en op de een of andere manier doet die terughoudendheid meer pijn dan als hij me had vastgegrepen. 'Je was niet zomaar iemand op wie ik leunde als het moeilijk werd. Jij *bent* het, Lara. Het enige wat het allemaal de moeite waard maakte.' Zijn woorden stromen eruit, wanhopig en ongepolijst, elk woord een smeekbede. 'Door jou wilde ik beter zijn. Voor jou. Voor ons.'

'Ons', herhaal ik bitter, het woord voelt vreemd en rauw op mijn tong. 'Dat moet jij nodig zeggen, iemand die me wekenlang recht in mijn gezicht heeft voorgelogen.'

'Het was niet mijn bedoeling je te kwetsen', zegt hij, en opnieuw breekt zijn stem. 'Ik zweer het, ik dacht-ik dacht dat als ik het boek gewoon kon afmaken met jouw begeleiding, ik dan misschien... genoeg zou zijn.'

'Genoeg voor wie?', eis ik, terwijl de woede weer in me opvlamt. 'Voor mij? Want even voor de duidelijkheid, Rory: ik heb je nooit gevraagd om iets te bewijzen. Ik hoefde niet dat je perfect was. Ik wilde alleen maar dat je eerlijk was.'

'Nou, daarin heb ik gefaald, nietwaar?', antwoordt hij bitter, 'maar waag het niet om hier te staan en te doen alsof wat wij hadden niet echt was. Ik weet dat jij het ook voelde. Zeg me dat ik ongelijk heb, Lara. Kijk me in de ogen en zeg me dat je het niet voelde.'

Ik beantwoord zijn blik en zijn woorden voelen als een steen in mijn maag. Maar dan herinner ik me de leugens, het verraad, en ik dwing mezelf me staande te houden.

'Misschien voelde ik het ook', zeg ik zacht, mijn stem koud en kortaf. 'Maar dat verandert niets aan het feit dat jij het hebt verpest.'

Ik schud mijn hoofd, de beweging duidelijk en definitief, als een deur die dichtslaat. Ik sla mijn armen over elkaar, alsof ik mezelf zo op de een of andere manier bij elkaar kan houden, kan voorkomen dat de barsten zich verder verspreiden.

'God, je snapt er echt niets van, hè? Je hebt niet alleen tegen me gelogen, Rory. Je hebt me *gebruikt*. Zoals een van je verdomde schema's of personageschetsen, gewoon een stuk gereedschap om je verhaal te krijgen waar je het wilde hebben.'

'Lara-'

'Niet doen', snauw ik, en ik hef een hand op om hem te stoppen. 'Sta hier niet te proberen dit te herschrijven, Rory. Ik ben redacteur, weet je nog? Ik herken een plotwending als ik er een zie.'

Hij deinst terug en heel even voel ik me bijna schuldig. Bijna. Maar dan herinner ik me de weken die ik over zijn manuscript gebogen heb gezeten, het verbeterend, in de overtuiging dat elk woord, elk moment dat we deelden, naar iets echts toewerkte. Niet dit. Niet... niets.

'Heb je enig idee hoe vernederend dit is?', ga ik verder, terwijl mijn stem stijgt ondanks de brok die in mijn keel ontstaat. 'Te bedenken dat terwijl ik voor je viel, jij gewoon-' Ik maak een vaag, boos gebaar, alsof de woorden in de lucht tussen ons zouden kunnen verschijnen. 'Wat? Aantekeningen aan het maken was? Materiaal aan het verzamelen?'

'Ik geef om je, ik *hou* van je. Dit was geen spelletje voor me. Ik heb het verprutst, oké? Ik heb fouten gemaakt, maar alles wat ik voor je voelde, dat was echt. Dat is het nog steeds.'

'Nou, fijn voor je', zeg ik, het sarcasme druipt als vergif van mijn woorden. 'Maar het punt is, Rory: liefde is niet genoeg. Niet zonder vertrouwen. En jij? Jij hebt dat compleet vernietigd. Ik ben klaar met je, Rory.'

Ik loop bij hem weg en ik kijk niet om. Als ik dat doe, stort ik misschien volledig in, en dat kan ik me niet veroorloven. Niet nu. Nooit meer.

Ik ruk mijn telefoon uit mijn tas, mijn vingers trillen als ik het scherm ontgrendel. De koele nachtlucht bijt in mijn huid, maar het is niets vergeleken met de ijzigheid die zich in mijn borst verspreidt. Mijn duim zweeft een fractie van een seconde boven de Uber-app voordat ik erop druk, want God verhoede dat ik lang genoeg aarzel zodat Rory zou denken dat ik het heroverweeg.

'Laat me je naar huis brengen', zegt hij achter me, zijn stem laag, schor, wanhopig.

'Geen schijn van kans', snauw ik, zonder de moeite te nemen naar hem om te kijken. Als ik dat doe, zie ik dat gezicht, die stompzinnig oprechte ogen, die ongeschoren kaaklijn die hem op de een of andere manier nog irritant aantrekkelijker maakt, en dan zou ik misschien... nee. Nee. Ik doe dit niet. Niet nog een keer.

De app laadt langzaam, alsof hij me uitlacht, en ik klem mijn handen vaster om de telefoon alsof ik hem fysiek sneller kan laten gaan. Er verschijnt een bericht: 'Chauffeurs in uw omgeving zoeken.' Geweldig. Echt geweldig. Ik tik met mijn voet, elke tik tegen de grond een herinnering om me groot te houden. Linkervoet, rechtervoet. Adem in, uit. Stop met huilen. Niet hier. Niet waar hij bij is.

'Lara...' Zijn stem breekt.

'Ga terug naar binnen, Rory. Je zus is terug, ga je boek afmaken. Dat zou nu makkelijk moeten zijn.'

Eindelijk accepteert een chauffeur de rit en ik adem trillend uit, opluchting en vrees vermengen zich in mijn keel. Zeven minuten. Ik kan nog zeven minuten van dit overleven.

'Vaarwel, Rory', breng ik uit, de woorden blijven een beetje in mijn keel steken. Ik wacht niet op zijn antwoord. Ik weet niet eens of hij er een heeft. In plaats daarvan steek ik de weg over en wacht aan de stoeprand, starend in de lege straat alsof die een soort verlossing inhoudt.

TWEEËNTWINTIG

De afgelopen drie maanden heb ik gedaan alsof Rory Keane niet bestaat. Het was makkelijker dan ik had verwacht. Routine is een betrouwbaar iets, en de mijne heeft me volledig opgeslokt: koffie in de ochtend, manuscripten van nieuwe auteurs om aan te werken, vergaderingen die in elkaar overvloeien. Ik heb me begraven in de woorden van anderen, en verhalen die niet van hem zijn gecorrigeerd, verfijnd en geperfectioneerd. Dat is waar ik het beste in ben.

Nadat ik de eindredactie van zijn boek had afgerond, nadat ik mijn naam op de laatste pagina had gezet en het naar de proeflezers had gestuurd, hield ik mezelf voor dat het klaar was. Afgelopen. Voorbij. Een afgesloten hoofdstuk – een hoofdstuk dat nooit geschreven had mogen worden.

En toch blijft het hangen. Niet op de voor de hand liggende manieren. Ik google zijn naam niet en zoek niet naar geroezemoes in de branche. Ik vraag me niet af waar hij is, wat hij doet. Ik denk er zeker niet aan hoe het voelde om met hem samen te werken, met hem te ruziën, hem te willen. Maar heel af en toe vang ik op kantoor een terloopse opmerking op, een achteloze vermelding van zijn boek of de aanstaande lancering. En dat raakt me als een papercut: klein, scherp, onzichtbaar tot het steekt.

Ik schuif de gedachte van me af als ik ga zitten voor de wekelijkse acquisitievergadering. Rory Keane is oud nieuws. Op dit moment is het mijn taak om me te richten op wat komen gaat. En wat dat ook is, het heeft niets met hem te maken.

'... Waar we hier echt naar kijken, is de verzadiging van de markt met verhaallijnen over de verlossing van miljardairs', zegt Claire, haar stem schiet door de vergaderruimte als een goed gemikte pijl.

Ik knik, mijn pen boven mijn notitieboekje alsof ik daadwerkelijk iets ga opschrijven. Miljardairs die hun hart vinden op onwaarschijnlijke plaatsen: een hondenpark, een cupcakewinkel, een geitenyoga-retraite. Het is allemaal heel erg *dat heb ik al eens gezien en geredigeerd*. Normaal gesproken zou ik aan deze vergadering bijdragen met scherp inzicht en een vleugje sardonische flair, want laten we eerlijk zijn, niets schreeuwt zo 'betrokken' als een slimme kwinkslag over de onwaarschijnlijkheid dat een Wall Street-magnaat weet hoe hij scones moet bakken. Maar vandaag voelt het alsof mijn brein aan het bufferen is.

'Gedachten, Lara?' Fiona's toon is neutraal, maar haar opgetrokken wenkbrauw is dat allerminst.

'Eh, ja', zeg ik en ga rechter in mijn stoel zitten. Ik blader door de opsommingen in de aanbiedingsbrief van de literair agent en probeer iets samenhangends te verzinnen. 'Ik denk... als we verder willen met verhalen in deze trant, moeten we ons richten op unieke settings of belangen die nieuw aanvoelen.'

'Zoals?' Fiona wil meer. Als een hond met een bot zal ze niet loslaten. Ze leunt achterover in haar stoel, armen over elkaar, en wacht tot ik iets zinnigs zeg.

'Nou...' Ik aarzel, maar heel even, maar lang genoeg om een prikkende hitte in mijn nek te voelen. *Denk na, Lara. Denk na.* 'We zouden de auteur kunnen vragen haar boek te situeren in een... minder conventionele sector. Misschien een tech-miljardair die alles achter zich heeft gelaten om een wijngaard te runnen?'

'Interessant', zegt Fiona, hoewel haar uitdrukking ondoorgrondelijk blijft. Het soort ondoorgrondelijkheid waardoor je elke beslissing die je ooit hebt genomen in twijfel wilt trekken, te beginnen met je carrièrekeuze.

'Of', neemt Claire, een van de redactieassistenten, het woord, waarmee ze genadig de schijnwerpers omleidt, 'we spelen in op nostalgie. Een miljardair die de bibliotheek van zijn geboorteplaats koopt om te voorkomen dat er een flatgebouw van wordt gemaakt.'

De kamer gonst van instemming en ik slaag erin een kleine, professionele glimlach te produceren. Crisis afgewend. Voor nu. Maar de knagende frustratie over mezelf blijft.

Ik had niet moeten aarzelen. Claire had niet hoeven inspringen. Ik hoor degene te zijn die onwrikbaar is, die altijd de slimste inbreng in de kamer heeft. Dat is mijn ding. Behalve dan dat mijn ding momenteel op vakantie is, ergens ver weg van deze vergaderruimte. Ik ben een puinhoop en het lukt me maar niet om mezelf te herpakken.

'Loop even met me mee', zegt Fiona zodra de vergadering is afgelopen, haar afgemeten toon laat geen ruimte voor tegenspraak.

'Natuurlijk', antwoord ik en loop naast haar terwijl ze door de gang schrijdt.

'U hebt goed werk geleverd met het boek van Rory. U mag trots op uzelf zijn.'

'Dank u. Dat ben ik ook.'

Een heus compliment van Fiona. Als ik een gokker was, dan zou er waarschijnlijk een maar volgen.

'Dus, hoe vond u dat de vergadering ging?' vraagt ze, zonder me aan te kijken.

'Prima', zeg ik, en zorg ervoor dat mijn stem stabiel blijft. 'We hebben een aantal sterke titels gekozen en ik denk dat onze aanbiedingen overtuigend zijn.'

'Vindt u?' Fiona stopt abrupt en draait zich naar me toe. 'Want wat ik zag, was dat Claire de gedurfde keuzes maakte en u er gewoon maar wat bij hing.'

Au. Voltreffer. Ik onderdruk de neiging om mijn bril recht te zetten, een nerveus trekje dat Fiona maar al te goed kent, en dwing mezelf haar in de ogen te kijken. 'Ik geef toe dat ik daarnet niet op mijn best was.'

'Niet alleen vandaag', zegt Fiona, haar stem wordt net zacht genoeg om de woorden harder te laten aankomen. 'Lara, u hebt Rory Keane geholpen zijn sterkste manuscript tot nu toe af te leveren. Het was werkelijk niet weg te leggen. U bent een van de meest getalenteerde redacteuren met wie ik ooit heb gewerkt. Maar de laatste paar maanden, eigenlijk sinds hij het heeft ingeleverd, lijkt u... afgeleid. Onkarakteristiek afgeleid.'

'Ik had veel aan mijn hoofd', zeg ik, het excuus smaakt hol, zelfs terwijl ik het uitspreek.

'Iedereen heeft een hoop op zijn bordje,' werpt Fiona tegen. 'Dat is nu eenmaal de aard van dit werk. En terwijl we al die bordjes in de lucht houden, moeten we er ook voor zorgen dat er geen enkele aan diggelen valt. Ik heb het nodig dat u elke dag op uw best bent, vooral bij onze midlist-auteurs die op ons rekenen om hun werk naar een hoger niveau te tillen. Niet elke klant is een Rory Keane, maar ze verdienen allemaal dezelfde mate van aandacht.'

Daar was het weer. Zijn naam, als een granaat tussen ons in gegooid. Mijn maag draait zich om, maar ik houd mijn gezicht in de plooi.

'Begrepen,' zeg ik kordaat, hoewel het woord voelt alsof ik glas inslik.

'Goed,' zegt Fiona, haar toon weer zakelijk. 'Want ik wil dit gesprek niet nog eens hoeven voeren. U bent beter dan dit, Lara. Bewijs mijn ongelijk niet.'

Daarmee draait ze zich om en loopt weg, me in de gang achterlatend, terwijl het gewicht van haar woorden als een rotsblok op me drukt. Beter dan dit. Ben ik dat? Of heb ik iedereen, inclusief mezelf, al die tijd voor de gek gehouden?

Fiona's woorden echoën in mijn hoofd als ik de deur van mijn kantoor openduwen en binnenstap, en hem stevig achter me dichttrek alsof ik probeer haar stem – en de knagende twijfel – aan de andere kant te houden. De vertrouwdheid van mijn kantoor kalmeert me normaal gesproken, maar nu voelt het muf, als het leven van iemand anders. Niet het mijne.

Ik laat me in mijn stoel vallen, het leer kraakt onder mijn gewicht, en staar naar de stapel manuscripten op mijn bureau. Ze liggen netjes opgestapeld, zoals ik er altijd op sta, de ruggen op één lijn als soldaten die op orders wachten. Normaal gesproken zou dit voldoening geven – een tastbaar teken van controle in een chaotische branche. Vandaag? Ik zie alleen maar rommel. Pagina na pagina vol verhalen van anderen die ik zou moeten bijschaven, perfectioneren, naar een hoger niveau tillen.

'Wees beter,' had Fiona gezegd. Alsof het zo eenvoudig was. Alsof ik alleen maar met mijn vingers hoefde te knippen om weer een redactionele tovenaar te worden, onaantastbaar en onwankelbaar. Maar er wordt hier niets geknipt. Alleen het geluid van mijn ademhaling – oppervlakkig en onregelmatig – terwijl ik versteend blijf zitten, mijn handen slap in mijn schoot.

'Kom op, Yates,' zeg ik zachtjes, en kijk naar het manuscript boven op de stapel. Een romance. Godallemachtig. De titel, *Verlangens op de wind*, prijkt in zwierige letters op de omslagpagina. Ik pak het op en blader door de eerste paar pagina's. Overal clichés – door het lot gedoemde geliefden, verboden passie, een stormachtige nacht waarin alles verandert. Normaal gesproken zou ik meedogenloos zijn, met mijn rode pen door de clichés heen strepen en van het proces genieten.

Vandaag kan ik niet eens de energie opbrengen om het grappig te vinden.

In plaats daarvan flitst Rory's gezicht door mijn hoofd – zijn scheve glimlach, zijn stomme kuiltjes in zijn wangen, zijn absurde zelfvertrouwen waardoor kwetsbaarheid er op de een of andere manier makkelijk uitzag. En dan, erger nog, zijn stem: *'Je bent er zo snel bij om het werk van anderen te verbeteren, Lara. Heb je er ooit over nagedacht waarom je geen kans waagt met dat van jezelf?'*

'Hou op,' sis ik en sla het manuscript neer. Het geluid weerkaatst tegen de muren, waardoor ik schrik. Mijn hand trilt als ik hem terugtrek.

Het punt is... hij had geen ongelijk. Dat is wat het meest steekt. Onder de charme en de halve waarheden en het vermogen om te veel te snel te zien, zag hij mij. En ik haatte het. Haat het nog steeds.

Verdomme. De kamer voelt nog steeds te klein, de muren komen te dichtbij, het gewicht van de verwachtingen drukt op mijn borst.

Ik vond deze baan vroeger geweldig. Ik voelde me er levend door. Nu voel ik me alleen maar vastzitten – alsof ik in cirkels ren, deadlines najaag, fouten vermijd, dingen oplos voor iedereen behalve voor mezelf. Misschien heeft Fiona gelijk. Misschien ben ik hier niet meer geschikt voor.

Nee. Nee. Ik weiger te gaan malen.

Ik druk mijn handpalmen tegen mijn slapen en dwing de twijfel weg. Buiten hoor ik gedempt gelach uit een naburig kantoor. Iemand anders is succesvol – sluit waarschijnlijk een deal of geeft briljante feedback of wat 'betere' redacteuren dan ook doen.

Ik kijk weer naar *Verlangens op de wind.* Dan naar de rest van de stapel inzendingen – elk manuscript vertegenwoordigt de dromen van een auteur, hun ambities, hun ziel. Elk manuscript vertegenwoordigt maanden en misschien wel jaren van het leven van de schrijver. Het is mijn taak om ze door te werken en te beslissen of ze goed genoeg zijn voor Scott & Drake. Mijn maag keert zich om. Ik wil erom geven. God, ik *moet* erom geven. Maar op dit moment voel ik alleen maar de zware, pijnlijke afstand tussen wie ik ben en wie ik ooit was.

Oké, één ding tegelijk. Slechts één.

Mijn pen valt uit mijn vingers en klettert tegen het bureau. Ik raap hem niet op.

In plaats daarvan duw ik mijn stoel naar achteren en sta op, ijsberend door de krappe lengte van mijn kantoor. Drie stappen naar het raam. Drie stappen terug naar de deur. Ik kan me nergens op concentreren. Nu niet. Niet met *zijn* stem die in mijn hoofd blijft hangen alsof hij een soort exclusieve toegangspas heeft om me te kwellen.

Je bent bang om gezien te worden, Lara.

Ik proest zachtjes en sla mijn armen strak over elkaar. Het lef. De absolute brutaliteit van Rory Keane om me de les te lezen alsof hij een soort orakel van persoonlijke waarheden is. Alsof hij me beter kent dan ik mezelf ken.

Wat betekent dat überhaupt?

Maar de waarheid is dat ik precies weet wat hij bedoelde. En erger nog – ik weet dat hij geen ongelijk had.

Ik stop met ijsberen en leun met mijn rug tegen de rand van mijn bureau. Mijn handen klemmen zich vast aan het koele hout, alsof het me overeind kan houden. Een verzameling hoogtepunten van elk moment waarop ik veiligheid boven risico heb gekozen, onzichtbaarheid boven kwetsbaarheid.

Universiteit. Daar begon het, hè? Toen mijn docent creatief schrijven voorstelde mijn korte verhaal in te sturen naar *The London Magazine.* Ik had beleefd geglimlacht, hem bedankt voor zijn 'vriendelijke' woorden en vervolgens het manuscript zo diep in een la begraven dat het net zo goed een graf had kunnen zijn. Te riskant. Te blootgesteld. Wat als ze het haatten? Wat als ze het geweldig vonden? Hoe dan ävén, ik kon het niet aan.

Beter om op de achtergrond te blijven, heb ik altijd gedacht. Het is comfortabel. Het is vertrouwd. *Het is daar veiliger.*

En o, wat heb ik me vastgeklampt aan die veiligheid. Het werk van anderen redigeren, hun fouten herstellen, *hun verhalen vormgeven.* Nooit de mijne. Altijd die van hen. Want om het verhaal van iemand anders vorm te geven, hoef je niet kwetsbaar te zijn. Het vereist geen validatie van iemand anders. Het eist niet dat je je hart op de pagina legt en het risico loopt te zien hoe het aan flarden wordt gescheurd.

'God,' kreun ik, en knijp in de brug van mijn neus onder mijn bril. 'Wanneer ben ik zo'n cliché geworden?'

Rory's gezicht flitst door mijn hoofd – de manier waarop zijn kaak zich spande toen hij die woorden zei, alsof hij me uitdaagde om tegen te sputteren, maar al wist dat ik dat niet zou doen. Hij keek dwars door me heen. Dwars door de strak gestreken bloesjes, de snijdende kritiek en die uitstraling van onverstoorbare professionaliteit die ik jarenlang heb geperfectioneerd.

Je bent bang om gezien te worden.

Hij had het gezegd als een uitdaging. Alsof hij me probeerde te provoceren. En verdomme, het werkt.

Ik knijp mijn ogen dicht, maar de herinneringen blijven komen. De manier waarop zijn stem zachter was geworden toen hij eraan toevoegde: 'Je verstopt je, Lara. En dat is zonde. Want je hebt meer talent in je dan je beseft.'

Mijn keel knijpt samen en mijn ogen prikken. Ik haat dit. Haat het dat hij me zo heeft geraakt. Haat het dat zijn woorden zo hard aankwamen en me dwongen om dingen onder ogen te zien die ik jarenlang netjes had weggestopt.

Want de waarheid is dat ik altijd aan mezelf heb getwijfeld. Er altijd van uitging dat wat ik te zeggen had niet goed genoeg, niet slim genoeg, niet belangrijk genoeg was. Daarom hield ik me stil tijdens vergaderingen, tenzij ik absoluut zeker wist dat ik gelijk had. Daarom redigeerde ik manuscripten met chirurgische precisie, doodsbang dat ik iets over het hoofd zou zien en zou bewijzen dat Fiona – of wie dan ook – me ten onrechte vertrouwde.

En daarom heb ik Rory nooit de waarheid verteld. Hoezeer ik zijn definitieve manuscript bewonderde. Hoe graag ik in zijn verhaal wilde geloven, zelfs toen mijn twijfels luider schreeuwden. Hoezeer ik...

Nee. Ik schud mijn hoofd en kap de gedachte af voordat die wortel kan schieten. Die kant wil ik niet op. Niet nu. Misschien wel nooit.

Maar één ding is duidelijk: Rory zag iets in mij waarvan ik mezelf mijn hele leven heb wijsgemaakt dat het niet bestond. En hoezeer ik hem ook wil negeren, hem wil afschrijven als een leugenaar, een bedrieger en een zelfingenomen narcist, ik kan de waarheid achter zijn woorden niet ontkennen.

'Meer talent dan ik besef,' zeg ik en proef de woorden. Ze voelen vreemd. Onwennig. Maar er is iets – een sprankje mogelijkheid, klein en kwetsbaar, maar onmiskenbaar levend.

'Misschien heeft hij gelijk,' geef ik zachtjes toe. De woorden blijven in de lucht hangen, zwaar van de betekenis van alles wat ze impliceren.

Misschien is het tijd om te stoppen met me te verstoppen.

Ik kijk naar mijn schoudertas.

Ik haal diep adem, graai in het ritsvakje, haal de geheugenstick eruit en steek hem in mijn laptop. Even gebeurt er niets. Dan begint er een klein groen lampje te knipperen. Er staan maar twee bestanden op: een vroege versie van Rory's verhaal, met honderden bijgehouden wijzigingen, van voordat ik hem had overtuigd om de achtervolging en het explosieve middenstuk te schrappen, en mijn manuscript. *Mijn* verhaal. Voor een keer niet dat van iemand anders.

Ik staar naar de bestandsnaam van een document dat ik al acht jaar niet heb geopend.

Doc.doc

Acht jaar. Lang genoeg om mijn haar te laten groeien en mezelf ervan te overtuigen dat deze specifieke mislukking beter af was in een digitale doodskist.

'Open het gewoon,' fluister ik in mezelf, alsof tegen mezelf praten dit op de een of andere manier minder zielig maakt. Mijn vingers zweven boven de trackpad. Ze bewegen niet. God, zelfs mijn handen komen nu in opstand.

Maar mijn hart bonst alsof ik een marathon heb gelopen en elke slag schreeuwt dat ik hem eruit moet halen. Haal hem eruit. Loop weg. Ga weer het werk van anderen redigeren, hun zinnen uit elkaar halen terwijl de mijne hier blijven liggen, onaangeraakt, ongetest, ongezien.

'Oké. Prima.' Ik probeer de zelftwijfel van me af te schudden en dubbelklik op het bestand. Het scherm flikkert, en daar is het: *Het verlangen tussen ons, door Lara Yates,* geschreven in een irritant hoopvol lettertype waar ik nu spijt van heb. Het voelt alsof ik naar een jongere, naïevere versie van mezelf kijk die dacht dat haar dit daadwerkelijk zou lukken. Arm ding. Ik kan nog steeds niet geloven dat Rory het heeft gelezen.

De eerste zin staart me aan, een zin waar ik ooit weken over heb gepiekerd. Ik begin te lezen. Eerst is het alsof ik een oude wond open, gevoelig en vertrouwd, maar niet geheel onverdraaglijk. Dan, ergens rond bladzijde twee, begint de pijn.

Mijn hoofdpersonage, Ashley, een nuchtere junior redacteur die haar eigen rommelige liefdesleven probeert te navigeren, voelt nu beangstigend herkenbaar. Te herkenbaar. Heb ik dit echt geschreven? Of heeft mijn onderbewustzijn gewoon aantekeningen gemaakt over mijn toekomst en besloten broodkruimels achter te laten?

De parallellen zijn overduidelijk. De mannelijke hoofdpersoon, Matthew, een knorrige maar onweerstaanbare boomchirurg met die grijns en die bagage... Ja, hij kon net zo goed Rory's naam op zijn voorhoofd getatoeëerd hebben. Ashley's gewoonte om elke interactie te overdenken terwijl ze tegelijkertijd doet alsof het haar niet kan schelen? Check. De manier waarop ze mensen blijft afstoten omdat het makkelijker is dan toegeven dat ze misschien echt iets – of iemand – wil? Dubbelcheck.

'Jezus Christus,'

Maar in plaats van het bestand te sluiten en het naar mijn prullenbak te slepen waar het thuishoort, ga ik door. Pagina na pagina, scène na scène, word ik dieper in de wereld gezogen die ik heb gecreëerd en de emoties die eronder borrelen. Het is rauw, hier en daar onhandig, maar er zit een kern van waarheid in, iets wat ik voorheen niet zag. Toen was ik te druk bezig het perfect te maken, de scherpe randjes eraf te vijlen tot het steriel aanvoelde. Nu zie ik dat de structuur solide is; het heeft alleen wat aanpassingen nodig om het tempo te verbeteren.

Begraven onder de onhandigheid glinstert er iets. Een bepaalde zinswending hier, een onverwachte observatie daar. Kleine vonkjes van iets krachtigs, ongepolijst maar levend. Het is alsof ik op een stoffige zolder snuffel en een oude doos met vergeten schatten vind – de helft is troep, natuurlijk, maar de andere helft? De andere helft is intrigerend.

'Oké, niet verschrikkelijk,' geef ik met tegenzin toe. 'Zeker nog te redden.'

Mijn handen vinden bijna zonder na te denken het toetsenbord. Het begint met kleine correcties – het proza strakker maken, het overbodige wegsnijden, clichés vervangen door specifiekere beelden. Dan, voordat ik het besef, herschrijf ik hele stukken, en verweef ik details en introspectie die ik destijds nooit had durven opnemen. Dingen die ik sindsdien heb gezien, gevoeld, meegemaakt. Een zijdelingse steek over het gewicht van verwachtingen. Een ongemakkelijke, te eerlijke bekentenis midden in een ruzie.

Een moment van stilte dat meer zegt dan woorden ooit zouden kunnen.

Hoe meer ik werk, hoe minder het voelt als redigeren en hoe meer het voelt als uitademen na jarenlang mijn adem te hebben ingehouden. Ik sta mezelf toe om slordig en onvolmaakt te schrijven, zonder me zorgen te maken of het wel gepolijst of verkoopbaar is, of een van de dingen die ik van een van mijn auteurs zou eisen. Voor een keer maak ik me geen zorgen over wie het gaat lezen – ik schrijf gewoon voor mezelf.

'Ze viel niet sierlijk,' typ ik, en verwijder de oorspronkelijke, tenenkrommende openingszin zonder pardon. 'Ze viel als een boom die door de bliksem werd getroffen: plotseling, hevig en onmogelijk te negeren.'

Ik pauzeer en herlees de zin. Is hij perfect? Nee. Maar hij is eerlijk en intrigerend. En op dit moment voelt dat als genoeg.

Wanneer ik het middelpunt bereik – een geladen ruzie tussen Ashley en Matthew die eindigt in een kus waarvan geen van beiden toegeeft dat ze die wilden – moet ik stoppen met lezen. Mijn hart bonkt, mijn hoofd tolt. Het is zo overduidelijk wat er aangepast moet worden. De dialoog is stijf, de spanning is verwaterd. Ik heb ze niet genoeg laten voelen, heb *mezelf* niet genoeg laten voelen toen ik het schreef. Als ik een paar extra hoofdstukken aan het einde van het eerste deel zou toevoegen, zou dat de emotionele wond die Ashley met zich meedraagt beter verklaren, en dat zou later in de roman een grotere beloning opleveren.

Gewoon wat opmerkingen, probeer ik mezelf te overtuigen terwijl ik het document in de revisiemodus zet. Mijn vingers beginnen bijna automatisch nieuwe opmerkingen te typen, ideeën vast te leggen en flarden dialoog te schrijven die later kunnen worden ingevoegd. De woorden vullen de rechtermarge als een gedachtenstroom, sneller dan ik ze kan ordenen, maar ik stop niet. Als ik stop, zal de twijfel weer binnensluipen en fluisteren dat ik mijn tijd verdoe. Dat ik me nooit zal kunnen meten met echte professionele schrijvers, zoals Rory, die op elke pagina pure genialiteit lijken te laten vloeien.

Rory. Alleen al zijn naam snoert iets in mijn borst samen. Ik schud het van me af en concentreer me op de notities voor me.

Dit gaat niet over hem. Niet helemaal, tenminste. Maar hoe zeer ik het ook haat om het toe te geven, de ontmoeting met hem – de ruzies, de intimiteit, de manier waarop hij me gewoon lijkt te *snappen* – heeft iets in me veranderd. En misschien, heel misschien, is dat precies wat ik nodig had om dit verhaal eindelijk goed te krijgen.

Ik markeer stukken proza, voeg steeds meer opmerkingen toe en verwijder hele scènes alsof ik mijn eigen twijfelzucht probeer voor te blijven.

'Ashley zou dat niet zeggen.' Ik markeer een stuk dialoog in felgeel. *Ze zou... ze zou het afketsen. Een sarcastische opmerking maken in plaats van toe te geven wat ze voelt.*

Ik typ een nieuw gesprek uit. Het eerste deel komt nu stukje voor stukje tot stand, met meer tempo, levendiger. Ik voeg een opmerking toe om later op terug te komen: *Meer spanning hier. Laat haar hem willen, maar er harder tegen vechten.*

Een kleine glimlach trekt aan mijn mondhoek terwijl ik doorga en het verhaal vormgeef tot iets wat meer als het mijne voelt. Rory's stomme stem dringt mijn hoofd weer binnen: *Je bent bang om gezien te worden.*

'Ja, nou,' zeg ik, terwijl mijn vingers over de toetsen vliegen, 'misschien ben ik er klaar voor om gezien te worden.'

De cursor knippert me aan, verwachtingsvol en onverbiddelijk. Mijn vingers doen een beetje pijn van het typen. Ik weet niet eens hoe lang ik hier al zit, voorovergebogen over mijn toetsenbord als een soort op cafeïne draaiend mormel. De mok naast me is leeg, een veeg lippenstift is opgedroogd op de rand. Er zit waarschijnlijk koffiedik tussen mijn tanden. Glamoureus.

Ik leun achterover in mijn stoel en strek mijn armen boven mijn hoofd totdat mijn ruggengraat protesterend kraakt. Een zucht ontsnapt me – lang, diep, trillerig op een manier die te persoonlijk voelt voor een leeg kantoor. Mijn blik valt op het scherm. Woorden. *Mijn* woorden. Pagina's vol. Sommige gepolijst, andere ruwer dan Rory's stoppelbaard, maar ze staan er. Echt. Van mij.

Een nerveus lachje borrelt op voordat ik het kan tegenhouden, gekleurd met ongeloof. Het is niet perfect – nog niet eens in

de buurt – maar voor één keer voelt dat niet als falen. Het voelt...
eerlijk. Alsof ik een beschermende laag heb weggetrokken
waarvan ik niet eens wist dat ik hem droeg en iets rauws heb laten
doorschemeren.

'Nou,' fluister ik, terwijl ik mijn bril rechtzet alsof ik daardoor
op de een of andere manier rechter, helderder zal zien. 'Daar ben
je dan, rommelig dingetje van me.'

Het manuscript staart me aan, zonder zich te verontschuldi-
gen, me uitdagend om door te gaan. Ik zou doodsbang moeten
zijn. En dat ben ik ook. Een beetje. Maar onder die angst zit iets
anders, iets warmers, sterkers: vastberadenheid.

Jarenlang ben ik de stille geweest: de oplosser, de poetser, de
onzichtbare steiger die het meesterwerk van iemand anders overeind hield. Ik heb mezelf wijsgemaakt dat ik dat prima vind, dat
op de achtergrond zijn bij me past. Maar terwijl ik hier nu zit en
naar deze onvolmaakte, vurig levende zinnen staar, voel ik de
leugen ineenstorten. Misschien had Rory gelijk. Misschien heb ik
me zo lang achter de verhalen van anderen verscholen dat ik
vergat dat ik er zelf een had.

En misschien – heel misschien – is het tijd om daar verandering in te brengen.

Ik houd de muis boven het opslaan-icoontje, mijn hand trilt
een beetje. Het is belachelijk, eigenlijk. Het opslaan van een
Word-document zou niet zo monumentaal moeten voelen, maar
dat doet het wel. Het voelt als een keuze maken, alsof ik voor
mezelf kies. Ik klik.

Het scherm knippert eenmaal, ter bevestiging dat het bestand
veilig is. Er moet natuurlijk nog meer bewerkt worden. Ik heb de
laatste honderd pagina's nog niet eens herlezen. Er zijn tempoproblemen, vooral in het middengedeelte, en misschien verander ik
de vrouwelijke beste vriendin nog in een mannelijke beste vriend
om meer in te spelen op de jaloerse trekjes van de mannelijke
hoofdpersoon. Maar er is een duidelijk pad. Een weg vooruit.

Mijn hartslag vertraagt. Ik leun weer achterover, mijn handen
nutteloos in mijn schoot, terwijl een vreemde, onbekende kalmte
over me neerdaalt. Niet de afwezigheid van zenuwen – die heb ik
nog genoeg rondzoemen – maar een stille zekerheid daaronder. Ik

ben hiermee bezig. In voor- en tegenspoed werk ik eindelijk weer aan mijn manuscript na een onderbreking van acht jaar. Waartoe? Dat weet ik nog niet precies, maar het voelt gewoon goed om er weer middenin te zitten.

Terwijl ik naar het raam kijk, snijdt het late middagzonlicht door de jaloezieën en schildert het gouden strepen op mijn bureau. Buiten zoemt de stad door, onverschillig voor deze kleine revolutie die plaatsvindt in het hoekkantoor van Scott & Drake Publishing. Maar ik voel het: een sprankje hoop, koppig en nieuw, dat wortel schiet in mij.

'Oké,' fluister ik tegen niemand in het bijzonder, het woord zacht maar vastberaden, een belofte aan mezelf. 'We zullen zien.'

DRIEËNTWINTIG

De vergaderzaal is zo onberispelijk dat ik er de kriebels van krijg. Het stalen en glazen bureau tussen ons zou kunnen doorgaan voor een catwalk, als catwalks ontworpen waren om te intimideren. Ik schuif een beetje op mijn stoel en strijk mijn rok glad, die plotseling te strak, te beklemmend aanvoelt. Tegenover me leunt Vanessa Scott, medeoprichtster van Scott & Drake Publishing en algeheel vernietiger van ego's, met een laserfocus naar voren. Haar gemanicuurde nagels tikken ritmisch op een openliggende map. Bovenaan staat mijn naam netjes gedrukt.

'Nou, Lara', zegt ze, 'je hebt jezelf dit keer overtroffen.'

Ik dwing mezelf tot een glimlach. *Mezelf overtroffen?* Dat impliceert dat mijn werk normaal gesproken niet van dit niveau is. Ik weet niet zeker of er een addertje onder het gras zit bij dit compliment of niet. Ik knik, want wat doe je anders als de baas van je baas je aankijkt alsof je een goocheltruc bent die ze nog niet helemaal doorheeft?

'Rory's voorverkoopcijfers hebben officieel de tweehonderdduizend overschreden en het is nog een week tot de lancering', gaat Vanessa verder, haar lippen gekruld in een zeldzame maar berekende glimlach. 'Je hebt een goede schrijver genomen en hem uitzonderlijk gemaakt. Het team heeft het erover. Dit soort succes gebeurt niet zomaar.' Ze neemt een pauze en laat het compliment als lokaas in de lucht hangen.

'Dank u wel', zeg ik, terwijl ik mijn bril rechtzet, ook al is dat niet nodig. Mijn keel voelt droog, dus ik slik en heb er onmiddellijk spijt van als het geluid onnatuurlijk luid lijkt in de stilte. 'Het was... een teamprestatie.'

'Wees niet zo bescheiden', antwoordt Vanessa, terwijl ze mijn afwimpelende opmerking wegwuift. 'Schrijvers als Rory kom je niet elke dag tegen, maar laten we niet doen alsof zijn laatste succes niet rechtstreeks te danken is aan jouw redactionele genialiteit. Fiona heeft een vroege versie gezien en zei dat die nogal te wensen overliet.' Haar ogen vernauwen zich een beetje, berekenend. 'Wat me brengt bij de reden waarom ik je vandaag heb laten komen.'

Daar komt het. De hinderlaag. Ik ga rechterop zitten en probeer er beheerst uit te zien, of in ieder geval minder geneigd om op de vlucht te slaan.

'Gezien je staat van dienst', zegt Vanessa, 'willen we je de functie van hoofdredacteur aanbieden. Per direct.' Ze zegt het zo nonchalant, alsof ze vraagt of ik melk in mijn koffie wil.

Mijn hart hapert. Hoofdredacteur. De woorden zouden me een triomfantelijk gevoel moeten geven, een gevoel van bevestiging. Maar in plaats daarvan is er dit sluipende onbehagen dat zich diep in mijn maag nestelt. Directeur. In de zin van verantwoordelijk. In de zin van zichtbaar.

'Wauw', breng ik uit, mijn stem kalm en stabiel. Binnenin heerst er chaos. 'Dat is... een ongelofelijk aanbod.'

'Ja, dat is het ook', stemt Vanessa in, met het soort zelfvertrouwen dat suggereert dat het niet ter discussie staat. 'We hebben iemand nodig die verborgen juweeltjes kan ontdekken, ze kan koesteren en risico's durft te nemen.' Haar blik houdt me in haar greep en daagt me uit om met mijn ogen te knipperen. 'Je hebt bewezen dat je het instinct – en de vasthoudendheid – hebt om precies dat te doen. Rory's boek is het levende bewijs.'

Ik knik weer, mijn hoofd beweegt alsof het loszit van de rest van mijn lichaam. Mijn gedachten zijn een wirwar van trots en paniek. Trots omdat, nou ja, *hallo*, carrièremijlpaal. Paniek omdat ik het gefluister al kan horen: *Ze heeft geluk gehad.*

'Natuurlijk', gaat Vanessa verder, zich niet bewust van het

feestje van het oplichterssyndroom dat in mijn hoofd woedt, 'vereist deze rol een zekere mate van lef. Debutanten promoten betekent dat je kansen moet nemen, voor hen en voor jezelf. Ben je daar klaar voor?'

Ben ik dat? Mijn borstkas trekt samen. Ik zou ja moeten zeggen. Ja, ik ben er klaar voor om ruw talent om te smeden tot bestsellergoud. Ja, ik zal de uitdaging aangaan. Ja, natuurlijk hoor ik hier thuis. Maar de waarheid is dat ik niet weet of ik het ben. Want wat als ik faal? Wat als Rory's boek een toevalstreffer was en ik gewoon een bedrieger ben met een rode pen en een talent voor doen alsof?

'Absoluut', zeg ik in plaats daarvan, want mijn mond heeft blijkbaar geen boodschap aan mijn existentiële crisis.

'Goed.' Vanessa glimlacht weer, breder dit keer, maar niet minder intimiderend. 'We maken het officieel bekend op de personeelsvergadering van vrijdag. Denk in de tussentijd na over wie je eerste project wordt. Ik wil iemand die onverwacht is. Iemand met een potentieel dat alleen jij kunt zien.'

'Begrepen', zeg ik, hoewel mijn hersenen schreeuwen: *Afbreken! Afbreken!* Het idee om nieuw talent uit te kiezen is opwindend en volkomen angstaanjagend. Wat als ik de verkeerde persoon kies? Wat als ik hun carrière verpest nog voor die goed en wel begonnen is?

'Gefeliciteerd, Lara', zegt Vanessa, terwijl ze opstaat en haar hand uitsteekt. 'Dit is welverdiend.'

'Dank u wel', antwoord ik, terwijl ik haar beweging volg en haar hand schud met wat ik hoop professionele kalmte is en niet pure wanhoop.

Terwijl ik de vergaderzaal verlaat, voelen mijn benen alsof ze op de automatische piloot bewegen.

'Gefeliciteerd, Lara!' kwettert iemand als ik langs de kantine loop. De stem dringt nauwelijks door het suizen van het bloed in mijn oren heen. Ik slaag erin een strakke glimlach op te zetten en steek een hand op in een vage benadering van een zwaai, maar mijn tempo vertraagt niet. Als ik stop, val ik hier misschien wel in duizend stukjes zelftwijfel uiteen, midden in de glimmende, openbare gangen van Scott & Drake.

Het is hier een drukte van jewelste: assistenten die voorbij-snellen met wankele stapels manuscripten, redacteuren die in deuropeningen samenscholen om te discussiëren over omslagont-werpen, het gezoem van printers die contracten uitspugen die waarschijnlijk iemands leven zullen veranderen. Het is allemaal zo vertrouwd, maar vandaag voelt het alsof ik erdoorheen loop in de verkeerde huid, als een bedrieger die probeert op te gaan in een wereld waar ze per ongeluk in verzeild is geraakt.

'Hoofdredacteur', probeer ik de nieuwe titel uit terwijl ik een groepje stagiairs ontwijk dat rond het koffiezetapparaat staat. De woorden klinken vreemd, zelfs absurd, alsof ze bij iemand anders horen. Iemand die niet stiekem doodsbang is om als een bedrieger ontmaskerd te worden.

Tegen de tijd dat ik de receptie bereik, zijn mijn gedachten een wirwar van *wat als*'en en *hoe is het in godsnaam mogelijk*'s.

Hoe ben ik hier in godsnaam in verzeild geraakt? Wat als Vanessa een fout heeft gemaakt? Wat als ik niet aan haar verwach-tingen kan voldoen?

De koele bries raakt me zodra ik naar buiten de straat op stap en verjaagt de benauwende stilte van de kantoorlucht. Ik blijf even stilstaan op de stoep en laat het lawaai van Londen over me heen komen. Het is chaotisch, maar op een vreemde manier aardend – alsof de stad zelf me eraan herinnert om in te ademen, uit te ademen, te herhalen.

Ik kijk op naar de hemel, grijs en zwaar van de wolken, en dan omlaag naar de gepoetste neuzen van mijn schoenen. Mijn handen gaan naar mijn heupen en ik sluit even mijn ogen in een poging de storm die in mijn hoofd woedt te overstemmen.

Herpak je, Yates. Maar de woorden blijven niet hangen. In plaats daarvan dwalen mijn gedachten af naar Rory – zijn gebrui-kelijke zelfvertrouwen dat barstte als oude verf, zijn stille beken-tenis bij een glas wijn diep in de nacht, dat hij niet zeker wist of zijn nieuwe boek wel 'genoeg' was. Hoe hij niet zeker wist of *hij* wel genoeg was.

En nu, hier op de drukke stoep, begrijp ik het. God, wat begrijp ik het goed.

Want hoezeer ik hem toen ook geruststelde en hem vertelde

dat hij niets hoefde te bewijzen, de waarheid is dat ik niet zeker weet of ik die woorden zou geloven als iemand ze tegen mij zou zeggen. Niet wanneer elk deel van mij het gevoel heeft dat ik in het diepe ben gegooid zonder te weten hoe ik moet zwemmen.

Het gewicht ervan drukt op me – die angst dat we het misschien allebei maar faken, en wachten tot iemand het doorheeft. Maar dan denk ik aan hoe Rory zichzelf uit die neerwaartse spiraal heeft gesleept, hoe hij elke greintje twijfel en onzekerheid in iets echts, iets tastbaars heeft gegoten. En misschien... misschien kan ik hetzelfde doen.

'Oké,' fluister ik, terwijl ik mijn jasje rechttrek en mijn schouders recht. De stad bruist om me heen, maar op de een of andere manier voelt dat geruststellend. Alsof het niet uitmaakt of ik faal of slaag; de wereld draait hoe dan ook door.

Ik haal diep adem en stap naar voren, opgaand in de stroom voetgangers. Twijfel knaagt nog steeds aan de randen van mijn bewustzijn, maar er is ook vastberadenheid, koppig en onverzettelijk. Want als Rory zijn demonen kan bevechten, kan ik misschien – heel misschien – de mijne bevechten.

VIERENTWINTIG

Het manuscript ligt op mijn salontafel. Driehonderdtachtig vellen A4, enkelzijdig en met dubbele regelafstand. Ik heb vrijwel elk woord op het scherm herschreven, bijgeschaafd, aangepast en veranderd, maar dit is de eerste keer dat ik met een papieren versie werk. Mijn laatste controle voordat ik met zekerheid kan zeggen dat het af is.

Waarschijnlijk.

Misschien.

Hangt ervan af hoe deze leessessie gaat.

Met een diepe zucht reik ik ernaar en sla de titelpagina om. Mijn hand trilt een beetje, maar ik negeer het. De eerste pagina staart me aan: Hoofdstuk Een.

Daar gaan we dan.

Ik begin te lezen en verwacht het ergste. Ik zet me schrap voor clichés, onhandige metaforen en houterige dialogen, maar het blijkt precies het tegenovergestelde te zijn. Strak, slim proza dat zo natuurlijk vloeit dat ik het bijna niet als het mijne herken. Een seconde lang vraag ik me af of ik het geplagieerd heb.

Nou, dat is... onverwacht.

En dan lees ik verder. Mijn redacteursbrein neemt het stuur over en ontleedt elk woord, elke komma, elk ritme. Ik kan er niets aan doen, dit is nu eenmaal wat ik doe. Maar in plaats van een puinhoop, vind ik een verhaal. Een tempo dat werkt. Personages die leven. En dan komen de nieuwere hoofdstukken, degene die ik schreef nadat Rory als een soort overmoedige tornado mijn leven was binnengestormd.

Die hoofdstukken? Die zijn levend.

Ik zie hem erin terug, in de charmante gevatheid van mijn held, in de rommelige kwetsbaarheid van mijn heldin. Zijn vingerafdrukken zijn overal, en niet omdat hij me notities of feedback of iets dergelijks heeft gegeven. Het is subtieler dan dat. Hij is verweven in het verhaal zelf. Kleine momenten, kleine waarheden, rechtstreeks geleend uit gesprekken waarvan we op dat moment niet beseften dat ze belangrijk waren.

De ironie ontgaat me niet. Rory was de eerste die ons verhaal in fictie omzette, stukjes van ons vormgaf en verdraaide tot iets verteerbaars voor lezers, iets nastrevenswaardigs. En nu ben ik hier, en doe ik precies hetzelfde.

Behalve... dat het anders is.

Want dit is geen voorstelling. Ik boetseer geen glanzende, perfect gestructureerde romance uit ons. Er is geen keurige ontknoping in drie bedrijven, geen grootse verklaring op commando. Dit gaat niet over het veranderen van pijn in een perfect verkoopbaar liefdesverhaal. Het gaat over het begrijpen ervan. Hem begrijpen. Mezelf begrijpen.

'Natuurlijk duikt u hier ook op,' hon ik, terwijl ik hoofdschuddend de pagina omsla. 'U kunt er ook niets aan doen, hè?'

Maar zelfs terwijl ik met mijn ogen rol, valt de warmte die in mijn borst opbloeit niet te ontkennen. Want ergens onderweg voelde dit niet langer als een oefening in zelfkastijding, maar begon het te voelen als... hoop.

Ik sla nog een pagina om, mijn vingers maken lichte vegen in de inkt. De woorden vervagen even en ik knipper een paar keer met mijn ogen om ze weer scherp te krijgen. Ik ben hier nu al uren mee bezig, of misschien minuten; de tijd voelt rekbaar als je probeert te beslissen of je briljant of compleet waanzinnig bent. Hoe dan ook, één ding is duidelijk: Rory heeft misschien stukjes van mij genomen en ze tot fictie gesponnen, maar hij heeft ze alleen maar geleend. Ik heb stukjes van hem genomen en ze begrepen.

En daarom is het dit keer anders.

De scène die ik lees is een van de nieuwere, een van Rory's onbewuste gastoptredens. Mijn heldin ijsbeert door haar appartement, ruziënd met de held aan de telefoon. Hun gekibbel is scherp, maar heeft een zwaardere, onuitgesproken onderlaag. Het is goed. *Echt* goed. Het soort dialoog dat je naar voren doet leunen, dat je het gevoel geeft dat je iets echts afluistert.

'Oké,' zeg ik hardop, want blijkbaar heb ik het stadium bereikt waarin ik tegen mijn eigen manuscript praat. 'Dat was helemaal niet slecht.'

Helemaal niet slecht verandert al snel in *eigenlijk best geweldig* terwijl ik doorlees, en elke pagina trekt me dieper in deze wereld die ik stukje voor pijnlijk stukje heb opgebouwd. Natuurlijk is er een derde partij nodig, een andere redacteur om de gebreken te ontdekken. Maar wat werkt, is... zo'n beetje alles. Er zit een stem in, ritme. Personages die als mensen voelen, niet als marionetten. Er zit hart in.

Tegen de tijd dat ik het einde van het hoofdstuk bereik, zit ik rechterop en is mijn redacteursbrein ongebruikelijk stil. Voor een keer is het niet aan het ontleden of twijfelen. In plaats daarvan is er iets heel anders binnengeslopen, een gevoel waar ik jaren voor op de vlucht was. Trots.

Dat is wanneer het me raakt: *dit is niet alleen goed. Het is waardig.*

En die gedachte? Dat ene vonkje van erkenning? Het is zowel opwindend als angstaanjagend. Want als het waardig is, als *ik* waardig ben, dan heb ik geen excuus meer. Geen schild om achter te schuilen, geen zelfspottende grapjes over hoe ik 'slechts' een redacteur ben die wat aanmoddert. Als ik in dit verhaal geloof, ook al is het maar een klein beetje, dan moet ik er misschien daadwerkelijk iets mee doen.

Ik leg de papieren neer en sta abrupt op. Mijn hartslag is luid, te luid, alsof het geluid alleen al dit breekbare besef zou kunnen verbrijzelen. Het manuscript ligt daar, stilletjes beschuldigend, terwijl ik door mijn woonkamer ijsbeer. Eén stap, twee stappen, omdraaien. En weer opnieuw.

'Insturen?' mompel ik in mezelf. 'Zeker. Waarom niet? Laten

we dan ook maar meteen mijn borstkas openrijten en iemand mijn nog kloppende hart geven.'

Want dat is wat het zou zijn, nietwaar? Dit manuscript insturen betekent iemand anders uitnodigen om alles te zien, heel mijn wezen, de delen die ik zo lang verborgen heb gehouden dat ik bijna was vergeten dat ze bestonden. Het betekent risico. Kwetsbaarheid. Potentieel catastrofale vernedering.

En toch... moet ik steeds aan Rory denken. Hij was degene die me maanden geleden, tussen de conceptversies van zijn eigen boek door, vertelde: 'Het is de angst die betekent dat je iets goeds op het spoor bent. Niemand is bang voor middelmatigheid.' Destijds rolde ik zo met mijn ogen dat ik dacht dat ik er iets mee verrekt had, maar nu? Nu voelt het alsof hij het rechtstreeks tegen mij had, alsof hij op de een of andere manier wist dat dit moment zou komen.

Rory snapt het. Hij weet hoe het is om iets na te jagen dat tegelijkertijd te groot, te persoonlijk en te onmogelijk voelt. Hij weet hoe het is om jezelf kwetsbaar op te stellen, zelfs als elk instinct schreeuwt dat je je gedeisd moet houden, dat je op veilig moet spelen. En toch doet hij het. Elke keer weer.

'Zal wel lekker zijn,' mompel ik, hoewel er geen greintje venijn in mijn stem zit. Alleen een vage, schoorvoetende bewondering.

En misschien ook een beetje afgunst. Want de waarheid is dat ik die moed wil hebben. Ik wil de persoon zijn die de sprong waagt, die genoeg in zichzelf gelooft om het risico op een val te nemen. Of ik wil op zijn minst weten dat als ik volledig afga, het niet is omdat ik het niet eens heb geprobeerd.

Ik kijk weer naar het manuscript dat geduldig op de salontafel ligt, met de hoekjes van de bladzijden die iets omhoogkrullen en het onmiskenbare gewicht van mogelijkheden. Mijn maag draait zich om, half van angst, half van hoop.

Dus. Wat wordt het?

De vraag blijft onbeantwoord maar levendig in de lucht hangen en daagt me uit om erachter te komen.

Het is af. Of tenminste, zo af als het maar kan zijn. Wekenlang heb ik zitten sleutelen, twijfelen en mezelf ervan overtuigd dat het nog één laatste redactieronde nodig had. Maar de waarheid is dat ik niet bang ben voor de redactie; ik ben bang voor wat daarna komt. Insturen. Beoordeeld worden. Publiekelijk falen.

Dat is precies waarom ik het naar niemand bij Scott & Drake kan sturen. Als ze het zouden afwijzen, zou ik elke dag naar mijn werk moeten gaan in de wetenschap dat mijn collega's – *de mensen die mij zien als de redacteur, degene die verhalen verbetert, niet schrijft* – weten dat ik niet goed genoeg was. En als ze het wel zouden accepteren? Dan zou ik nooit weten of het was omdat het boek het verdiende, of omdat ze zich gewoon verplicht voelden.

Dus in plaats daarvan stuur ik het naar een literair agent. Een frisse blik. Iemand die me niet kent, die niets geeft om kantoorpolitiek, alleen om het werk. Want als dit boek een kans maakt, wil ik dat het op eigen benen staat. En zo niet? Dan moet ik de enige zijn die het weet.

De cursor knippert me uitdagend toe, alsof hij me durft uit te dagen om de benen te nemen. Mijn handen zweven boven het toetsenbord, licht trillend, dit keer niet van de cafeïne, maar van iets zwaarders, iets rauwer. Angst, misschien. Of hoop. Ze voelen hetzelfde als ze zo dicht bij elkaar komen.

De eerste stap is eenvoudig genoeg: het inzendingenportaal openen. De website laadt langzaam, waarbij elk draaiend wieltje weer een kans is voor de twijfel om binnen te sluipen. Maar ik laat het niet toe. Dit keer niet. In plaats daarvan concentreer ik me op de handelingen – de klik van de muis, het tikken van de toetsen – alsof het opbreken in kleinere taken me ervan weerhoudt de omvang te zien van wat ik op het punt sta te doen.

Ik typ de titel van het boek in het vak. Mijn vingers haperen een halve seconde voordat ik ze dwing verder te gaan. *Auteur. Dat ben ik, denk ik.*

'Bestand uploaden,' lees ik, terwijl ik het bestand met de

eerste drie hoofdstukken naar het oplichtende blauwe vak sleep. Mijn borstkas trekt samen terwijl de voortgangsbalk tergend langzaam vooruit kruipt en de seconden onmogelijk lang lijken te duren. Tot slot plak ik mijn begeleidende brief erin. Dit is het. Geen weg meer terug.

Voordat ik er te lang over kan nadenken, druk ik op 'Verzenden'.

Er is een zacht zoeven terwijl het bestand in cyberspace verdwijnt en een moment lang wordt alles doodstil. Rustig. Alsof het universum zelf samen met mij zijn adem inhoudt.

En dan komt het: een adrenalinestoot die zo hevig is dat ik er duizelig van word. Ik leun achterover in mijn stoel en adem trillerig uit terwijl de omvang van wat ik zojuist heb gedaan, tot me doordringt. Het is weg. De wereld in. Onherroepelijk. Mijn werk, mijn hart, mijn risico; het ligt nu allemaal in andermans handen.

Onverwacht borrelt er een lach in me op, die me verrast door zijn opgetogen klank. Het is niet echt opluchting, of zelfs triomf. Het is iets wat meer lijkt op vrijheid en zich in mij ontrolt als een lint dat eindelijk uit de knoop wordt gehaald. Voor het eerst in jaren voel ik me... gewichtloos.

Ik kijk uit het raam, waar de stadslichten tegen de nachtelijke hemel flikkeren als kleine stipjes van mogelijkheid. Ergens daarbuiten leest misschien binnenkort iemand mijn woorden, beoordeelt ze. Hopelijk vinden ze het goed.

Ik sta op en rek de spanning uit mijn schouders die er zo strak als een veer in opgerold zit. Mijn stoel kraakt protesterend achter me als ik hem naar achteren schuif. Het is stil hier, te stil, het soort stilte dat je hyperbewust maakt van je eigen ademhaling, je eigen gedachten. Het gezoem van de koelkast in de keuken is plotseling oorverdovend.

De reis is nog niet voorbij. Verdomme, misschien is hij pas net begonnen. Maar terwijl ik hier sta, op blote voeten in mijn woonkamer, en naar het bevestigingsbericht op mijn scherm staar, voel ik me er eindelijk klaar voor, voor alles. Wat er ook gebeurt, ik denk dat het wel goed komt met me.

VIJFENTWINTIG

De Southbank bruist van het leven, een chaotische symfonie van straatartiesten, geklets en de occasionele gil van een overenthousiaste peuter. Ik probeer me op Danny's stem te concentreren terwijl hij zich naast me door de menigte wurmt, met zijn handen nonchalant in zijn jaszakken gestoken.

'Ligt het aan mij', zegt hij, terwijl hij een verdwaalde skateboarder ontwijkt met de gratie van iemand die gewend is aan de chaos van de stad, 'of voelt het hier altijd alsof iedereen collectief heeft besloten het concept van persoonlijke ruimte te vergeten?'

'Dat is Londen voor je', antwoord ik, terwijl ik een stel ontwijk dat selfies maakt met een levend standbeeld. 'Een masterclass in nabijheidsmanagement.'

'Nabijheidsmismanagement, zul je bedoelen.'

We lopen nog een paar passen voordat Danny's hoofd naar iets voor ons draait. Zijn gezicht licht op als een kind dat de Kerstman ziet, wat me onmiddellijk nerveus maakt. Die blik betekent problemen.

'Ah, kijk, *dat* is waar ik het over heb', kondigt hij aan, terwijl hij iets naar rechts stuurt zonder op mijn reactie te wachten. Mijn blik volgt de zijne en landt op – natuurlijk – een ijscokar. En dat terwijl we nog geen twintig minuten geleden hebben geluncht.

'Waag het niet', waarschuw ik, hoewel mijn toon elke venijnigheid mist. Hij staat het menubord al te bestuderen alsof het de Steen van Rosetta is.

'Kom op, Lara', zegt hij, terwijl hij mijn naam op die melodramatische manier uitrekt waarvan hij weet dat het me irriteert. 'Het leven is te kort om langs een softijskraam te lopen zonder het bestaan ervan te erkennen.'

'We hebben letterlijk net gegeten. Echt *net*.'

'Details', wuift hij me weg, terwijl hij dichterbij stapt om de opties te inspecteren. 'Trouwens, een dessert eet je niet omdat je honger hebt. Je eet het voor de geest. En mijn geest zegt dat ik twee bolletjes gezouten karamel met spikkels nodig heb.'

'Spikkels?' herhaal ik vol ongeloof, want natuurlijk is *hij* het type dat spikkels bestelt alsof hij acht jaar oud is. 'Je beseft toch wel dat je een volwassen man bent, hè?'

'Zeker', zegt hij luchtig, terwijl hij over zijn schouder naar me kijkt. 'Maar wat heeft het voor zin om volwassen te zijn als je je niet af en toe als een kind kunt gedragen? Je zou het eens moeten proberen. Misschien word je er wat losser van.'

'Bedankt, maar ik sla over.' Zijn enthousiasme is bijna aanstekelijk, zelfs als het om zoiets belachelijks als een ijsje gaat.

'Moet je zelf weten', antwoordt hij met een overdreven schouderophalen. 'Maar kom straks niet bij me huilen als je overvallen wordt door toetjesjaloezie. Je krijgt geen likje.'

'Ja, dat overleef ik wel', zeg ik, terwijl ik met gekruiste armen toekijk hoe hij zijn bestelling plaatst. De verkoper geeft hem een hoorntje dat gevaarlijk hoog is opgestapeld met goudkleurige krullen en – jawel – een absurde hoeveelheid regenboogspikkels en frambozensaus. Danny neemt een triomfantelijke hap en draait zich dan weer naar me om met het soort tevreden uitdrukking dat in een reclamespotje thuishoort.

'Zie je wel? Geluk in eetbare vorm.' Hij houdt het hoorntje naar me uit als een offer. 'Eén hapje. Slechts één. Ik beloof je dat het je strenge redacteursfaçade niet in gevaar brengt.'

'Absoluut niet', zeg ik. Hij kent me te goed om alles wat ik zeg letterlijk te nemen, en de waarheid is dat ik niet echt geïrriteerd ben. Geamuseerd, misschien. Met tegenzin gecharmeerd, zeker.

'Jouw verlies', zingt hij, terwijl hij weer naast me komt

wandelen als een man die nergens hoeft te zijn en alle tijd van de wereld heeft. De zon valt in zijn golvende haar, de wind speelt met zijn jas terwijl hij nog een klodder karamel van de bovenkant van zijn hoorntje likt. Hij ziet er zo volkomen op zijn gemak uit, zo totaal ongestoord door de hectische energie die om ons heen zoemt, dat ik hem bijna benijd. Bijna.

'Oké, maar hypothetische vraag', zeg ik als we weer samen verder lopen. 'Wat gebeurt er als je dat ding laat vallen? Moet ik dan doen alsof ik je niet ken?'

'Wat stoutmoedig van je om aan te nemen dat ik ooit zou laten gebeuren dat zo'n tragedie zich voltrekt', riposteert hij, terwijl hij het hoorntje omhooghoudt alsof het een heilig artefact is. 'Dit is een band gesmeed in vertrouwen, Lara. Een man en zijn ijsje.'

'Juist', zeg ik, met mijn ogen rollend. 'En ik maar denken dat je je loyaliteit bewaarde for mensen.'

'Mensen zijn overschat', verklaart hij en geeft me dan een snelle grijns. 'Huidig gezelschap uitgezonderd, natuurlijk.'

Danny zwenkt plotseling naar links en botst bijna tegen een man die een heel boeket zonnebloemen vasthoudt. Ik stop abrupt en kijk toe hoe hij zijn zinnen zet op een van de tweedehandsboekenstalletjes alsof het een verborgen schatkist is. Zijn ijshoorntje – wonderbaarlijk intact – bungelt gevaarlijk in zijn hand, maar zijn andere hand reikt al naar een versleten paperback die schuin omhoog staat.

'Ah', zegt hij, terwijl hij het boek dramatisch omdraait alsof hij de Heilige Graal inspecteert. 'Hier is het. Het kroonjuweel waar ik naar op zoek was: Rory Keane's Definitieve Gids naar Pretentieuze Literaire Roem.' Hij geeft me een duivelse grijns en tikt met zijn wijsvinger op de stoffige kaft.

'Erg grappig', zeg ik en ik stap ondanks mezelf dichterbij. Het boek is niet eens van Rory – het is een of andere oude zelfhulphandleiding – maar Danny's optreden heeft een kleine grijns op mijn gezicht getoverd voordat ik het kan tegenhouden. Hij merkt het, natuurlijk. Hij merkt het altijd.

'Kom op, geef het toe', zegt hij, terwijl hij met het boek naar me zwaait alsof het bewijs is van mijn schuld. 'Je hoopt stiekem dat ik een illegale kopie van zijn volgende grote hit vind, nog voor de officiële lancering. Misschien iets met de titel *Hoe je geen eikel moet zijn.*'

'Ten eerste vereist dat dat Rory zijn manuscripten daadwerkelijk afmaakt zonder dat ik zijn handje vasthoud', kaats ik terug, hoewel mijn maag ongemakkelijk samentrekt bij de vermelding van de lancering. Ik kijk naar de ruggen van de boeken die netjes op de kraam staan en veins interesse in een gehavende Agatha Christie. 'Ten tweede ben je niet grappig.'

'O nee?' Danny trekt een wenkbrauw op en leunt samenzweerderig naar voren. 'Want die combinatie van gekreun en gerol met je ogen van daarnet voelde als een lach die probeerde te ontsnappen. Vecht er niet tegen, Lara, geef je over aan het lachen. Laat de giechels los.'

'Geloof me, dat is geen gelach. Dat is wanhoop.' Ik weet wat er nu komt. Ik voel het borrelen in de manier waarop Danny naar me kijkt, hoe zijn plagerijen overgaan in iets veel doelbewusters.

'Wanhoop? Over de boekpresentatie, bedoel je?' Zijn toon is bedrieglijk nonchalant, maar de bedoeling achter zijn woorden is onmiskenbaar. Hij schuift het willekeurige boek terug op de plank zonder te kijken, zijn volle aandacht volledig op mij gericht. 'Je vermijdt het onderwerp al de hele dag. Dacht je dat ik het niet zou merken?'

'Misschien wil ik je gewoon niet vervelen met uitgeversdrama.'

'Leuke poging.' Danny stapt dichterbij en blokkeert mijn zicht op de boeken volledig. Niet dat ik ze echt las. 'Maar we weten allebei dat dat het niet is. Dus, wat is er aan de hand? Bang voor de schijnwerpers? Of is het gewoon Rory zelf die ervoor zorgt dat je je eigen dood in scène wilt zetten en het land wilt ontvluchten?'

'Geen van beide,' lieg ik, mijn stem te snel, te defensief. 'Het gaat prima met me. Het is gewoon... niet mijn ding, dat is alles.'

'Jaja. Zeker. En ik neem aan dat het feit dat je nu praktisch staat te trillen omdat ik erover begonnen ben gewoon... Wat? Een leuke nieuwe eigenaardigheid is?'

'Laat maar, Danny,' waarschuw ik, maar mijn poging tot

standvastigheid landt ongeveer net zo goed als een doorweekt papieren vliegtuigje. Hij geeft geen krimp, zijn uitdrukking verzacht, maar blijft even vasthoudend.

'Kijk, ik snap het,' zegt hij, zijn stem net genoeg zakkend om me tot stilstand te brengen. 'Grote evenementen, slijmerige types, die hele "hé, kijk allemaal naar mij"-sfeer... het is niet bepaald Lara Yates' idee van een leuke tijd. Maar het vermijden ervan gaat niet oplossen wat er ook door dat overanalytische brein van je spookt. Het is ook jouw avond.'

Ik wend me af, alsof het uitzicht over de rivier een ontsnapping zou kunnen bieden aan zijn vragenvuur.

'Het is niet de presentatie zelf, oké? Het is... alles eromheen. Rory, het boek, het feit dat ik...' Ik slik moeizaam. Mijn keel voelt strak aan en mijn stem wordt lager. 'Het feit dat ik dat boek praktisch met veel trekken en duwen uit hem heb moeten krijgen. En nu moet ik daar staan en doen alsof ik er trots op ben. Op hem.'

'Wacht,' zegt Danny en hij stopt abrupt. Hij stapt een beetje voor me, waardoor ik ook moet vertragen. 'Je moest het met veel trekken en duwen uit hem krijgen? Wat betekent dat nou weer?'

'Precies wat het betekent,' antwoord ik, terwijl ik vaag met mijn hand wuif. 'Heb je enig idee hoeveel van dat boek van *mij* kwam? Scènes structureren, dialogen verbeteren, gedetailleerde aantekeningen over wat er veranderd moest worden...'

'Maar, verbeter me als ik het fout heb, is dat niet wat een redacteur doet?'

'Ja, maar op de een of andere manier, door alle veranderingen en herschrijvingen, heeft hij mij als het ware in het boek gestopt, ons erin gestopt. Hij heeft ons in de personages veranderd en de personages in ons.'

'En het resultaat is een geweldig verhaal. Dat zei je zelf.'

'Dat is het ook. Zonder twijfel, het is het beste wat hij ooit heeft geschreven.'

Danny kijkt me van opzij aan, oprecht verward. 'Sorry, en dat is een probleem omdat...?'

'Omdat ik geen personage wil zijn in het verhaal van een ander. Ik wil niet dat anderen flarden lezen van wat ik zeg als ik blij ben, of slaperig, of woedend.'

'Lenen niet alle schrijvers uit het echte leven?'

'Misschien wel, maar...' Ik aarzel, de woorden blijven even steken. 'Maar dan is er nog het andere deel. Het deel waarin ik dingen over Rory weet die niemand anders weet. Dingen die al dit succes... hol laten voelen. Alsof ik heb geholpen een huis te bouwen terwijl ik wist dat de fundering gebarsten was.'

'Oké, stop.' Danny's stem snauwt me toe en plotseling staat hij voor me en blokkeert mijn pad volledig. Ik bots bijna tegen hem op en struikel een stap achteruit.

'Serieus?' zeg ik, terwijl ik naar hem opkijk. 'Wat doe je?'

'Ik maak een punt.' Zijn toon is luchtig, maar zijn uitdrukking niet. Hij plant zijn voeten stevig op de grond en kruist zijn armen over elkaar, alsof hij me uitdaagt langs hem te komen. 'Je doet dat ding weer.'

'Welk ding?'

'Dat ding waarbij je jezelf ervan overtuigt dat je de schurk bent in het verhaal van ieder ander. Alsof je een of andere redactionele poppenspeler bent die aan de touwtjes trekt, en die arme Rory Keane slechts je onwetende marionet is.' Hij schudt geërgerd zijn hoofd. 'Lara, kom op. Je weet dat dat niet waar is.'

'Weet ik dat?' snauw ik terug, terwijl ik mijn armen over elkaar sla om hem na te doen. 'Want het voelt verdomd alsof ik ergens een grens heb overschreden. Als mensen wisten hoeveel van dat boek van mij...'

'Stop,' zegt hij weer, dit keer steviger. Zijn ogen ontmoeten de mijne, standvastig en onwankelbaar. 'Je hebt geen grens overschreden. Je hebt je werk gedaan. Sterker nog, je hebt veel meer gedaan dan nodig was, zoals altijd. En ja, misschien leunde Rory meer op je dan de meeste auteurs zouden doen, maar dat ligt niet aan jou. Dat ligt aan hem.'

Ik open mijn mond om te protesteren, maar hij houdt een hand op om me de mond te snoeren. 'Nee. Begin er niet eens over. Jij bent niet de schuldige, je ondermijnt niemand en je bent absoluut niet verantwoordelijk voor welke existentiële crisis Rory Keane dan ook mag hebben over zijn creatieve proces. Het is je toegestaan' - hij benadrukt het woord alsof het een vreemd concept is - 'om trots te zijn op wat je hebt bijgedragen zonder je er schuldig over te voelen. Want weet je wat? Zonder jou was dat boek niet half zo goed geweest als het nu is.'

'Dat is de lat niet heel hoog leggen,' antwoord ik, terwijl ik naar de stoep staar.

'Doe dat niet,' zegt Danny zacht, terwijl hij dichterbij komt. Zijn stem wordt zachter, maar hij wijkt niet. 'Bagatelliseer het niet. Je bent briljant, Lara. En je verdient het om erkend te worden voor alles wat je bijdraagt, zelfs als je je er ongemakkelijk bij voelt, zelfs als het je doodsbang maakt. Want je voor altijd achter de schermen verstoppen? Dat is geen genialiteit. Dat is angst.'

Ik sla mijn armen strak over mijn borst, het universele signaal voor: *ik ben klaar met dit gesprek.*

Maar Danny geeft niet op. 'Rory Keane is jou zijn ziel verschuldigd... oké, misschien de helft van zijn ziel. En die boekpresentatie? Het gaat er niet om dat je komt opdagen om Rory's ego te strelen; het gaat erom dat je komt opdagen voor iets wat jij mede tot stand hebt gebracht. Dat is een groot verschil.'

'Voor mij niet,' mopper ik, mijn blik afdwalend naar de rivier. Het water kabbelt tegen de oevers en heel even wou ik dat ik erin kon oplossen. Gewoon in de stroming zinken en me ver weg laten voeren. Ergens waar noch Rory Keane, noch zijn stomme, overdreven opgehemelde literaire meesterwerk bestaat, en dit gesprek ook niet.

Danny zucht, het geluid overdreven maar niet onvriendelijk. 'Wat dacht je hiervan: je hoeft niet de hele tijd te blijven. Kom opdagen, knik wijselijk tijdens zijn voorleessessie, doe zo'n twintig minuten je beleefde praatje, en glip dan via de achterdeur naar buiten als ze in de rij gaan staan om hun boeken te laten signeren. Ik help je zelfs met het plannen van de ontsnappingsroute. We timen het perfect, zodat je kunt verdwijnen terwijl iedereen is afgeleid door de hapjes.'

Ik kijk naar hem op en knijp mijn ogen argwanend tot spleetjes. 'Ben je me aan het omkopen met een manier om er vroeg tussenuit te knijpen?'

'Ja,' antwoordt hij zonder een seconde te aarzelen. 'En snacks. Want ik ken je. Je bent van tevoren te gestrest om te eten, dus we gaan daarna ergens langs voor dumplings om het te vieren, of zoiets. Jij mag kiezen.'

Mijn armen verslappen een fractie, maar ik houd mijn toon ijzig. 'Je bent echt vastbesloten om me hiernaartoe te krijgen, hè?'

'Jou dwingen? Nee.' Hij grijnst en buigt zich iets naar voren alsof hij een geheim deelt. 'Je overtuigen met charme, overredingskracht en onwrikbare logica? Absoluut.'

ZESENTWINTIG

Ik stap de centrale hal van het Natural History Museum binnen en heb meteen het gevoel dat ik op de filmset van iemand anders ben beland. Vanavond wordt de majestueuze victoriaanse architectuur overspoeld door warme, zorgvuldig geplaatste spots van onderaf, die dansende schaduwen werpen op de marmeren zuilen en gewelfde plafonds. De grandeur van het museum is op zich al indrukwekkend, maar in combinatie met de nauwgezette inspanningen van ons marketingteam voelt de ruimte ronduit magisch aan.

Boven me hangt het enorme skelet van een blauwe vinvis – Hope, zoals het museum haar noemt – aan het plafond, haar kolossale lijf bevroren in een eeuwige duik. De botten, die dankzij de evenementenverlichting blauw en roze oplichten, strekken zich uit over de hele lengte van de hal en werpen langgerekte schaduwen op de muren.

Verderop doemt een prehistorische reus op: de ribbenkast van een dinosaurus die als de overblijfselen van een scheepswrak boven ons uitsteekt, zijn ruggenwervels een gekartelde, oeroude ruggengraat tegen de glazen panelen en het vergulde steen.

De botten hangen aan bijna onzichtbare kabels, wat de griezelige illusie wekt dat de wezens midden in een vlucht zijn, wanhopig op zoek naar een plekje op de eerste rij bij de boekpresentatie.

Ik kijk om me heen, op zoek naar iets om te helpen – iets om te redigeren – maar alles is al klaar. De tafels zijn vlekkeloos gedekt, het linnen is gesteven, de centerpieces zijn subtiel maar elegant. Projectieschermen doemen gracieus op, waarop levendige afbeeldingen van de boekomslag voorbijkomen, afgewisseld met zorgvuldig gekozen citaten uit lovende vroege recensies. In het midden van dit alles staat een glanzende, extra grote display met pas gedrukte hardbacks, net zo precies gerangschikt als beelden in een galerie. En daar, levensgroot ernaast, hangt Rory's auteursportret, vastgelegd in zwart-wit – zijn ongedwongen zelfvertrouwen straalt als een baken van het doek.

Er is absoluut niets meer voor mij te doen. Mijn redactionele vingerafdrukken zijn hier onzichtbaar, netjes verborgen achter marketingglans en sfeervolle verlichting. Het boek bestaat nu buiten mij om, en Rory blijkbaar ook.

Ik zou moeten weggaan. Ik *wil* weggaan. Mijn hakken draaien al richting de uitgang als ik, om een of andere onverklaarbare reden, verstijf. Verdomme.

Ik kijk weer naar de display en het auteursportret ernaast.

'Doe dit niet', mompel ik in mezelf, terwijl ik mijn bril rechtzet alsof die me op de een of andere manier kan beschermen tegen de nieuwsgierigheid die aan mijn vastberadenheid knaagt.

Rory Keane, bestsellerauteur en mijn vaste professionele kwelgeest. En ook de man met wie ik besloot een friends-with-benefitsrelatie te hebben, waar geen van beiden mee om kon gaan. Vergeet dat ik zowat heb gebloed op elke versie van dit verdomde boek, dat ik het uit hem heb getrokken toen hij zonder zijn gebruikelijke coauteur zat. Vergeet dat ik hem hielp de kern te vinden van het verhaal dat hij nu aan de wereld promoot. Nee. Hij ging er met de eer vandoor en liet mij achter met niets dan een gekrenkt ego, een diepe teleurstelling en het knagende gevoel dat het niet was afgesloten.

Je bent beter dan dit, zeg ik tegen mezelf, terwijl ik de riem van mijn tas strakker vastgrijp. 'Je hebt geen afsluiting nodig. Je hoeft hem niet te zien. En je hoeft al helemaal niet in een menigte zwijmelende fans te staan terwijl hij zich koestert in de gloed van zijn eigen genialiteit.'

Toch blijven mijn voeten aan de grond genageld. Ik staar weer naar de glanzende poster, naar Rory's naam in grote blokletters. Rory Keane. De man die nooit helemaal kon beslissen wat hij wilde – van zijn verhaallijnen, van zijn carrière, van *mij*. En toch, tegen alle logica in, kreeg hij alles.

Natuurlijk gaat het hem voor de wind. Waarom ook niet?

Mijn telefoon trilt in mijn tas en rukt me terug naar de realiteit. Ik vis hem eruit, half hopend op een afleiding, maar het is slechts een e-mailherinnering voor een vergadering morgen. Niets dringends. Nog geen excuses om te vertrekken. En ik ben op zoek naar excuses.

Maar ben ik dat wel? Want de waarheid – de lelijke, ongemakkelijke waarheid – is dat een deel van mij hier *wil* zijn. Niet omdat ik Rory mis (ik mis Rory absoluut *niet*) maar omdat er een kleine, kleingeestige voldoening is in de wetenschap dat ik een aandeel had in zijn succes. Ik was degene die hem aanspoorde om dieper te graven, om iets echts te schrijven. Als hij daar gaat staan om voor te lezen uit *ons* boek, moet ik dat dan niet op zijn minst te zien krijgen?

En daar is het, de kern van het probleem. Als ik blijf, moet ik hem onder ogen komen. Als ik dat niet doe, zal ik de avond doorbrengen met me afvragen wat hij zei, hoe het publiek op de lezing reageerde, of hem was opgevallen dat ik er niet was. Hoe dan ook, ik verlies.

Mijn vingers klemmen zich strakker om de riem, mijn knokkels worden wit. Ik haal diep adem en probeer de chaos van emoties die in me wervelt tot bedaren te brengen. Gekwetstheid. Woede. Nieuwsgierigheid die verdacht veel naar hoop smaakt. Niets ervan is logisch. Het voelt allemaal te veel.

Verzin een smoesje en loop gewoon weg.

De stem is van iemand die weigert haar leven verder te laten ontsporen door een charmante man met mooie woorden.

Maar mijn voeten? Die weigeren opnieuw te bewegen.

Ik drijf naar de boekendisplay, erdoor aangetrokken als een mot door een vlam.

Zijn naam glanst in ingedrukte gouden letters op de glanzende omslagen en schreeuwt praktisch *bestseller*. Want dat is het. Het is echt irritant.

Mijn hart slaat een slag over en valt dan in een ongelijkmatig ritme. Natuurlijk doet het dat. Want niets zegt 'je bent volledig over iemand heen' zoals je hart dat op hol slaat bij het zien van zijn naam.

Het boek is zwaarder dan ik verwacht, solide in mijn handen. Er zijn duidelijk kosten noch moeite gespaard voor deze eerste druk. Ik kijk om me heen, irrationeel zeker dat iemand me in de gaten houdt en me veroordeelt voor dit moment van zwakte. Niemand doet dat, natuurlijk. Zo wreed is het universum niet. Gewoon... wreed genoeg om onze paden in de eerste plaats te laten kruisen.

Mijn duim strijkt langs de rand van de omslag en voordat ik mezelf ervan kan weerhouden, sla ik het open. Rechtstreeks naar de opdrachtpagina. Als een dwaas. Als iemand die niet beter weet.

De woorden komen binnen als een mokerslag:

Voor L.Y.-

Omdat je me leerde wat het betekent om met hart en ziel te schrijven.

Omdat je me zag toen ik mezelf niet kon zien.

Voor alles. Altijd.

Mijn adem stokt, alsof de lucht uit mijn longen is geslagen. Een seconde lang sta ik daar maar, starend naar de pagina, de letters die vervagen tot ze onherkenbaar zijn. En toch betekenen ze *te veel*. Elk woord voelt als een zorgvuldig gerichte pijl die precies in de roos treft.

'Altijd,' fluister ik in mezelf en proef het woord alsof het nieuw en onbekend is. Mijn keel knijpt samen terwijl er iets warms en ondraaglijks in mijn borst opbloeit. Woede? Verdriet? Hoop? God, ik weet het gewoon niet meer. Het is allemaal een warboel, een kluwen van emoties die ik niet weet hoe te ontwarren.

'Serieus?' sis ik, en ik kijk de bladzijde boos aan alsof die terug kan kijken. 'Mag hij dit zomaar doen? Mag hij zomaar... een boek opdragen en dan gewoon...' Ik klap de kaft dicht en houd de roman tegen mijn borst alsof hij zou kunnen ontsnappen. Mijn ogen prikken en een angstaanjagend moment lang denk ik dat ik echt ga huilen. Maar nee. Niet hier. Niet nu.

Ik klem het boek vaster, mijn nagels graven in de stofomslag. Dit is precies waarom ik hier niet naartoe wilde komen. Waarom ik mezelf had voorgenomen dat het me niet zou raken. Omdat Rory Keane nooit half werk levert. Niet met zijn schrijven. Niet met zijn charme. En blijkbaar ook niet met zijn vermogen om mijn zorgvuldig opgebouwde muren met één verdomde paragraaf aan flarden te scheuren.

'Je bent zo'n idioot,' fluister ik tegen mezelf, maar de woorden missen kracht. Ze klinken hol, zelfs in mijn eigen oren. Mijn spiegelbeeld staart me aan vanaf de glanzende kaft, vervormd en verwrongen, en ik haat hoe klein ik eruitzie. Hoe kwetsbaar.

Altijd.

Als ik er maar lang genoeg aan denk, verliest het zijn kracht. Maar natuurlijk blijft het hangen, het wikkelt zich om me heen als rook en weigert los te laten. Verdomme. Zijn stomme talent en zijn stomme woorden en...

Mijn vingers trillen als ik het boek terug op de stapel leg, voorzichtig om de andere niet te verstoren. Maar het maakt niet uit. Het kwaad is al geschied. Die woorden zijn nu in mijn geheugen gegrift, getatoeëerd aan de binnenkant van mijn oogleden.

'Loop weg,' fluister ik, mijn stem wankel maar vastberaden. 'Loop gewoon weg.' En deze keer luisteren mijn voeten. Min of meer. Eén stap, en nog een. Maar het gewicht in mijn borst wordt niet lichter. Integendeel, het wordt zwaarder, trekt me naar beneden, bindt me aan iets wat ik dacht achtergelaten te hebben.

Altijd.

Het woord kleeft aan me als een schaduw terwijl ik naar de uitgang loop.

Vanaf de stapel staart het boek me na, precies waar ik het heb achtergelaten. De rug is glanzend en bescheiden, maar het zou net zo goed mijn naam kunnen schreeuwen. Ik haat het dat het daar ligt, zo onschuldig, alsof het geen granaat vol emoties vasthoudt met mijn naam op de pin gegraveerd.

Altijd.

Het woord echoot in mijn hoofd, krult zich als een haak onder mijn ribben en trekt me achteruit, of misschien vooruit. Naar hem toe.

Ik sla mijn armen strak over mijn borst en negeer hoe mijn hartslag blijft versnellen. De opdracht was niet zomaar een rits poëtische onzin verpakt in Rory's gebruikelijke charme. Nee, dit was opzettelijk. Berekend. Een uitnodiging vermomd als een afscheid. Ik kan zijn stem bijna door de woorden horen, laag en vastberaden, me uitdagend om er iets aan te doen.

Ik kan nu niet naar de boekpresentatie gaan. Hoe zou dat er überhaupt uitzien? Zou ik achteraan blijven hangen en doen alsof ik maar een van de velen was? Of zou ik dom genoeg zijn om recht op Rory af te stappen en een verklaring te eisen? Nee. Nee, het is beter om te doen alsof ik ziek ben en naar huis te gaan. Logisch. Professioneel. Veilig. Daar ben ik goed in, toch?

Ik duw de zijuitgang open en de koude nachtlucht voelt als een klap in mijn gezicht. De straten buiten zijn rustig, op het occasionele getoeter van een taxi en het geroezemoes van groepjes die op weg zijn naar spannendere vrijdagavondplannen na. Ik haal diep adem en druk mijn vingers tegen mijn slapen. Ik heb de juiste keuze gemaakt. Weggaan was de enige optie. Er is absoluut geen reden om mezelf aan dat circus daarbinnen te onderwerpen.

Ik ben al halverwege het trottoir als ik mijn naam hoor.

'Lara!'

Ik draai me om en zie Danny naar me toe stappen. Hij ziet er even opgelucht als geërgerd uit. Hij is een beetje buiten adem, zijn marineblauwe colbert zit scheef en zijn haar is verward, alsof hij met de wind heeft gevochten.

'Ben je...' Hij houdt abrupt in en neemt me op. 'Wacht even. Waar heb je in godsnaam uitgehangen? Ik heb je steeds gebeld. We zouden elkaar bij het station ontmoeten.'

Ik krimp ineen en besef dat ik mijn telefoon uren geleden op stil heb gezet. 'O. Juist. Ja, sorry daarvoor.'

Danny knijpt zijn ogen samen en kijkt dan naar de grote museumingang achter me.

'Wacht, was je binnen?'

'Nee.' Ik sla mijn armen over elkaar. 'Ik bedoel, technisch gezien wel. Maar nu niet meer.'

Hij zucht scherp. 'Lara, wat is er in hemelsnaam aan de hand?'

'Het is ingewikkeld,' mompel ik, nu al een hekel hebbend aan de richting die dit gesprek opgaat.

'O, dat geloof ik best.' Hij slaat zijn armen over elkaar en bestudeert me. 'En met ingewikkeld, bedoel je dan "volledig vermijdbaar maar vereist een interventie omdat je alles weer eens catastrofaal aan het overdenken bent"?'

'Danny...'

'Want,' dendert hij door en negeert me, 'je hebt het moeilijkste deel al gedaan. Je bent hierheen gekomen.'

Ik staar hem aan. 'Dat is... niet waar.'

Hij grijnst. 'Lara, ik ken je.'

'Oké, prima. Ja. Ik ben weggegaan.' Ik zucht en haal een hand door mijn haar. 'Het voelde... verkeerd. Om daarbinnen te zijn. Alsof ik medeplichtig was aan dit hele gebeuren. Aan het steunen van hem.'

Danny houdt zijn hoofd schuin. 'Of was het meer dat je iets voelde, en dat je dat niet prettig vond?'

Ik geef hem een venijnige blik. 'Ik voelde niets.'

'Juist.' Hij zucht. 'Oké, laten we het dan praktisch bekijken. Je bent redacteur. Je hebt je uit de naad gewerkt voor dit boek. Je zei zelf al dat het een bestseller lijkt te worden. Dat is ook jouw succes. Je hoeft niet met Rory te praten als je dat niet wilt, maar je hoort daar binnen te zijn. Je moet dit omarmen.'

Ik aarzel, mijn vingers trillen langs mijn zij. Hij heeft gelijk, natuurlijk. Ik haat het dat hij gelijk heeft.

'En,' gaat hij verder, 'we hadden een afspraak. Ik ben helemaal hiernaartoe gekomen met de belofte van dure wijn en de vage mogelijkheid van wat roddels over beroemdheden. Je kunt me niet aan mijn lot overlaten in een zaal vol uitgeverstypes. Straks word ik nog geadopteerd door een of andere snobistische literair agent die alleen maar experimentele romans van zeshonderd pagina's over rouw en kapitalisme leest.'

Ik adem scherp uit. 'Dus het gaat om jouw leed, is het niet?'

'Natuurlijk.' Hij grijnst. 'Maar het gaat ook om jou. Kijk, ik snap dat je in de stress schiet, maar gedane zaken nemen geen keer. Je hebt aan dat boek gewerkt. Het is nu uitgegeven. Dan kun je maar beter vieren dat je verdomd goed werk hebt geleverd.'

Ik kijk om naar de imposante ingang van het museum.

Danny geeft me een duwtje. 'Kom op, Lara. Doe het voor mij. Doe het voor de wijn. Doe het omdat je diep vanbinnen weet dat je liever spijt hebt dat je wel bent gegaan dan dat je niet bent gegaan.'

Ik adem langzaam uit, terwijl mijn vastberadenheid afbrokkelt.

'Goed dan,' mompel ik.

Danny gooit triomfantelijk zijn handen in de lucht. 'Kijk, daar is ze.'

'Zwijg en loop door voordat ik me bedenk.'

Hij grijnst en haakt zijn arm door de mijne terwijl we terug-lopen naar het museum. 'O, ik loop al. Rechtstreeks naar de bar, voor mijn leed.'

Ik rol met mijn ogen, maar als ik op mijn horloge kijk, sta ik stil. 'Wacht. Het evenement begint pas over een uur.'

Danny stopt midden in zijn pas, geschandaliseerd. 'Meen je dat nou? Heb ik me hier vol zorg en gerechtvaardigde verontwaar-diging naartoe gehaast, om er vervolgens achter te komen dat we nog een vol uur te doden hebben?' Hij tsk't dramatisch en schudt zijn hoofd. 'Geen zorgen, lieve Lara, want ik heb een oplossing.'

'O, God.'

Hij recht zijn rug en zet zijn meest grandioze toon op. 'Wij zullen ons begeven naar The Queen's Arms, en zij zal ons omarmen met de beste stouts, ales en wijnen totdat de vrolijkheid een aanvang neemt.'

Ik adem uit, geamuseerd ondanks mezelf. 'Je wilt gewoon een drankje vooraf.'

'Absoluut,' zegt hij. 'En het liefst wat friet. Ik kan een literair evenement niet op een lege maag doorstaan.'

Ik aarzel, maar hij geeft me een zacht rukje en leidt me weg van de trappen van het museum.

'Kom op. Een drankje zal helpen. Om de geest te sterken. De twijfel te verdrinken. Bovendien mag je nog net iets langer van mijn verrukkelijke gezelschap genieten.'

Ik schud mijn hoofd en geef me eindelijk gewonnen. 'Prima. Maar als ik ga indrinken voor een branche-evenement, trakteer jij.'

Danny drukt een hand op zijn hart. 'Het zal me een eer zijn.'

En met die woorden slaan we af richting de pub, mijn maag nog steeds in de knoop, maar mijn vastberadenheid iets steviger.

ZEVENENTWINTIG

Tegen de tijd dat we terug zijn in het museum, gonst de evenementenruimte van de energie, een soort zoemende spanning die mijn huid doet prikkelen. Zodra we binnenstappen, heb ik meteen spijt van alles. Elke *enkele* keuze die me hier heeft gebracht. Van de zwarte hakken die in mijn tenen knellen tot het jasje dat ik heb gepakt in een misplaatste poging om me te beschermen tegen wat deze avond ook moge brengen. Niets ervan werkt. Ik voel me nog steeds kwetsbaar. Bijna naakt.

Danny geeft me een duwtje met zijn elleboog, een stille herinnering dat ik niet alleen ben in dit circus.

'Adem,' mompelt hij, alsof hij tegen een schichtig paard praat. 'Of doe in ieder geval alsof.'

Hij pakt mijn hand terwijl we langs de garderobe de grote zaal inlopen.

'Mooie opkomst,' zegt iemand achter me op een nonchalante toon, alsof we het over het weer hebben in plaats van over de signeersessie van het jaar. Ik duik opzij, laat hen passeren en trek Danny mee naar de hoek van de kamer, in een poging om te verdwijnen.

'Ik vind het geweldig wat je met ons uitkijkpunt hebt gedaan. Als we een beetje hurken, gaan we misschien door voor sierplanten.'

Ik geef hem een boze blik. 'Je had niet hoeven komen, hoor.'

'En dit missen?' Hij gebaart naar de weelde om hen heen.
'Pardon. Dit is het leukste dat ik in jaren heb meegemaakt.'

Proberen me te verbergen helpt niet. De ruimte leeft – mensen kletsen, lachen, nippen champagne uit delicate flûtes – en hoewel niemand naar me kijkt, voel ik me gezien. Té gezien.

Waarom ben ik hier ook alweer? Misschien is het professionele nieuwsgierigheid. Misschien masochisme. Waarschijnlijk beide.

Tegen beter weten in scannen mijn ogen de kamer, op zoek naar hem. Naar Rory. Natuurlijk doen ze dat. Want blijkbaar is zelfbeheersing nu optioneel. Mijn keel voelt dichtgeknepen, en niet alleen omdat de lucht ruikt naar duur parfum en angst. Dit is niet mijn wereld. Niet echt. En toch sta ik hier, middenin, met een bonzend hart alsof ik op iets wacht.

Correctie: op iemand.

'Glaasje bubbels?' biedt Danny aan, terwijl hij er twee van de tafel pakt. Ik schud mijn hoofd en hij haalt zijn schouders op. 'Ach, nou ja. Ik heb het nu aangeraakt, dus het zou onbeleefd zijn om het niet op te drinken.'

De lichten worden iets gedimd en het geroezemoes van de gesprekken zwakt af als Rory het kleine podium opstapt. Hij ziet er... *goed* uit. Natuurlijk ziet hij er goed uit. Lang, zelfverzekerd, met die irritant perfecte combinatie van nonchalant zelfvertrouwen en charme op maat – een marineblauw jasje over een wit overhemd, de mouwen opgerold alsof hij op het punt staat zijn handen vuil te maken aan iets creatiefs en diepzinnigs. Zijn donkere haar is kunstig warrig, waarvan ik zeker weet dat het hem minstens vijf minuten voor de spiegel kost, terwijl hij doet alsof het moeiteloos is.

'Goedenavond,' zegt hij, zijn stem die als warme honing door de stilte snijdt, zacht en onmogelijk vast.

Het publiek leunt naar voren – letterlijk. Danny klapt opgewonden. Zelfs ik voel mezelf een beetje naar voren hellen, als door een magnetische kracht die ik niet kan weerstaan. Geweldig. Gewoon geweldig. Mijn plan om op te gaan in het behang loopt op rolletjes.

'Bedankt dat jullie hier allemaal vanavond zijn om de publicatie van *Helemaal, Voor Altijd* te vieren.' Zijn blik glijdt door de zaal, landt niet op mij – godzijdank – maar mijn borstkas trekt desondanks samen, een onvrijwillige reactie waar ik geen toestemming voor heb gegeven. 'Dit boek is... wel, het is speciaal voor me. Om een heleboel redenen.'

Ik verstijf. Mijn handpalmen zijn klam tegen de koele steel van het champagneglas dat ik als een reddingsboei vastklem. Doe dit niet, Rory. Houd je aan je script. Praat over hoe lang het duurde om te schrijven, of hoeveel cafeïne er tijdens de revisies is verbruikt. Maak een grap over deadlines. Alles behalve datgene waarvan ik denk dat je het gaat zeggen.

Hij opent het boek nog niet. Het ligt op het spreekgestoelte als een geheim dat wacht om onthuld te worden, de kaft glanzend onder de zachte spot.

'Schrijven is altijd persoonlijk,' vervolgt hij, terwijl zijn toon verandert, zachter nu, bijna introspectief. 'Maar dit boek... dit boek heeft me uitgedaagd op manieren die ik niet had verwacht.'

Mijn hart bonkt harder daarvan, want ik weet precies wat hij bedoelt. Ik was erbij. Elke brainstormsessie tot diep in de nacht. Elke herschrijving. Elke ruzie waarbij zijn koppigheid frontaal botste op mijn perfectionisme. Elke aanraking, elk gevoel, elk verlangen...

'Soms,' zegt Rory, zijn handen nu de randen van het spreekge-stoelte vastgrijpend, 'heb je hulp nodig om je weg te vinden. Een muze, zou je het kunnen noemen. Een inspiratie. Iemand die je ziet – zelfs als je niet zeker weet waar ze naar kijken. Zelfs als je niet zeker weet of je wilt dat ze je ware ik zien.' Zijn stem breekt een heel klein beetje, een barstje dat niemand anders misschien opmerkt, maar ik wel. God, ik voel het in mijn borst. Ik voel het ook in mijn hand als Danny er hard in knijpt – hij is net zozeer in de ban van de toespraak als iedereen.

Rory pauzeert. Er is een verschuiving in de zaal, een collectief ingehouden adem, en ik realiseer me dat de mijne ergens tussen mijn keel en mijn ribbenkast vastzit. Hij wijkt af van het script. Dat zie ik. Het pr-team van Scott & Drake, dat aan een van de tafels het dichtst bij het podium zit, ziet het ook, en hun gezichten vertonen nu vijftig tinten paniek. Dit is niet gerepeteerd. De Rory die ik ken – de professionele, gepolijste auteur die elk publiek kan charmeren – maakt plaats voor iemand anders. Iemand puur. Kwetsbaar.

'Voordat ik uit het boek lees,' zegt hij, terwijl hij de ogen van het publiek aankijkt maar het op de een of andere onmogelijke manier laat voelen alsof hij alleen tegen mij praat, 'is er iets wat ik moet zeggen. Iets wat ik al heel lang geleden had moeten zeggen.'

Nee. Nee, nee, nee. Mijn polsslag schiet omhoog, paniek laait heet op achter mijn borstbeen. *Rory, waag het niet-*

Het is volkomen stil in de kamer, op het vage geritsel van iemand die op zijn stoel verschuift na. Mijn greep om Danny's hand wordt steviger, mijn nagels drukken halvemaantjes in zijn handpalm, maar hij trekt zich niet terug. Het enige wat ik kan doen is naar hem staren – naar Rory – en proberen dit moment te rijmen met de man die ik dacht te kennen.

Er daalt een stilte neer over de grote zaal, het soort verwachtingsvolle stilte dat alleen ontstaat wanneer een publiek weet dat het op het punt staat iets belangrijks te horen. Rory staat aan het spreekgestoelte, microfoon in de hand, de uitvergrote kaft van *Helemaal, Voor Altijd* gloeiend op de schermen achter hem. Zijn gebruikelijke zelfvertrouwen is er, maar er is ook iets anders – iets zwaarders.

Die blik ken ik. Die heb ik eerder gezien, als hij op de rand van een idee balanceert, onzeker of hij de sprong moet wagen.

Hij ademt uit, laat zijn blik over het publiek glijden en buigt dan iets naar de microfoon. 'Ik had een toespraak voorbereid voor vanavond. Iets wat gelikt en charmant was, vol met de gebruikelijke bedankjes aan mijn fantastische team bij Scott & Drake, mijn agente Samantha en natuurlijk de Grote Baas daarboven. En dat verdienen ze ook. Meer dan ik onder woorden kan brengen.' Zijn ogen schieten even naar het publiek achterin – naar mij – voordat zijn blik verdergaat.

'Maar er is iets wat ik eerst moet zeggen.'

Er gaat een golf van nieuwsgierigheid door het publiek. Ik knijp iets te hard in Danny's hand en dit keer piept hij van de pijn, waarna ik loslaat. 'Het is oké', fluistert hij. 'Knijp maar zo hard je wilt, ik heb er nog een.'

Rory haalt de microfoon uit de standaard en begint heen en weer te lopen.

'Jarenlang heb ik het geluk gehad om op dit soort podia te staan en lof in ontvangst te nemen voor mijn boeken. Bestsellers. Verfilmingen. Prijzen. Een carrière waar de meeste schrijvers een moord voor zouden doen.' Hij pauzeert. 'Maar de waarheid is... ik heb het nooit alleen gedaan.'

Gefluister golft door de zaal.

Danny leunt naar me toe en fluistert: 'Ik zweer het, als dit zo'n groots "stop de bruiloft"-moment wordt, dan ga ik het filmen.'

Ik werp hem een boze blik toe.

Hij grijnst. 'Te vroeg?'

Rory haalt diep adem en vervolgt dan met vaste stem: 'Elk boek met mijn naam op de omslag – de boeken die jullie hebben gelezen, waar jullie van hielden, die jullie aan vrienden hebben aangeraden – waren niet alleen van mij. Vanaf het allereerste begin had ik een coauteur. Iemand die net zoveel hart en ziel in deze verhalen heeft gestoken als ik, zo niet meer. Iemand die nooit om erkenning heeft gevraagd, nooit de schijnwerpers heeft opgeëist.'

Hij draait zich een beetje om, alsof hij haar zoekt. 'Mijn zus, Aoife, verdient elk greintje erkenning dat ik ooit heb gekregen. Meer zelfs, waarschijnlijk. Ze is de beste schrijfster die ik ken, de beste partner die ik me had kunnen wensen en de beste zus die iemand zich ooit zou kunnen wensen.' Zijn stem wordt zachter. 'En dit had ik al veel eerder moeten zeggen.'

Het is doodstil in de zaal. Een seconde verstrijkt. Dan nog een.

Hij verplaatst zijn gewicht en grijpt de randen van het spreekgestoelte vast. 'Verandert dit iets aan de boeken? Verandert dit hoe jullie naar mij kijken?' Hij laat de vragen hangen en laat zijn blik over de gezichten voor hem glijden. 'Misschien. Misschien niet. Dat moeten jullie zelf maar beoordelen.'

Er valt een stilte. Dan een aarzelend applaus.

'Dank je, Aoife', zegt hij, zijn stem vast maar vol emotie. 'Voor alles.'

Ik kan niet klappen. Mijn handen zijn als bevroren, mijn

gedachten slaan op hol. Want als Rory daar kan staan, in de felle schijnwerpers van honderd waakzame ogen, en zich zo kwetsbaar kan opstellen... welk excuus heb ik dan nog om me te verbergen?

Het applaus stokt ongemakkelijk, alsof het publiek niet zeker weet of het moet doorzetten. Gedempte stemmen botsen in een onderstroom van verbazing en verwarring. Iemand naast me slaakt een zachte zucht – misschien theatraal, misschien oprecht – en ik zweer dat ik ergens achter mijn linkerschouder het woord 'schandalig' hoor fluisteren. Danny geeft me een flûte prosecco aan en instinctief neem ik hem aan.

Ik voel het: de energie verandert, knettert en vult de lucht als statische elektriciteit voor een onweersbui. Mensen buigen naar elkaar toe, hun opwinding is voelbaar, en toch sta ik aan de grond genageld, mijn hart bonkt als een op hol geslagen drumband. Mijn hoofd tolt, terwijl ik probeer te bevatten wat er zojuist is gebeurd. Rory Keane – *perfecte Rory Keane*, wiens publieke imago net zo aantrekkelijk is als zijn boekomslagen – heeft zojuist zijn borstkas opengereten en het publiek zijn bloedende, kloppende waarheid overhandigd.

Aoife. Hij heeft haar naam genoemd. Toegegeven. Hardop. Tegen iedereen.

Mijn vingers klemmen zich om mijn glas, de koele condens glijdt tegen mijn handpalm. Ik wil boos op hem zijn – om iets, om het even wat – maar de emotie komt niet echt binnen. In plaats daarvan is er die vreselijke, allesverterende pijn die onder mijn ribben opbloeit terwijl mijn brein naar houvast zoekt.

Danny moet het opmerken, want hij peutert het glas voorzichtig uit mijn vingers voordat ik het steeltje doormidden breek. 'Laten we "letsel door glas" maar niet toevoegen aan het drama van vanavond, oké?'

Rory die zijn tekortkomingen toegeeft? Rory die onder deze verzengende lichten staat en zich volledig blootgeeft? Dit is geen man meer die op veilig speelt. Dit is... iets heel anders. En verdomme, dat hij me dit laat voelen.

'Dat is niet alles', zegt Rory, zijn stem snijdt zuiver door het aanzwellende rumoer.

Het publiek is nu echt opgewarmd. En dan gebeurt het.

Zijn ogen vinden de mijne.

Het gebeurt niet meteen; hij laat eerst zijn blik door de zaal gaan, alsof hij zoekt, alsof hij toestemming nodig heeft. Maar dan haken die groene ogen zich vast in de mijne, alsof ze met een onzichtbaar touw zijn verbonden, en plotseling vervaagt al het andere – het zachte geroezemoes, het geschuifel van voeten, zelfs de te zoete parfumgeur van de vrouw naast me – tot ruis.

Danny, die nooit een moment mist, grapt: 'Als je er nu vandoor gaat, fake ik wel dat ik flauwval om voor afleiding te zorgen.'

'Nog iemand verdient mijn dank vanavond', zegt Rory, en er zit een minuscule trilling in zijn stem, zo klein dat de meeste mensen het niet zouden opmerken. Maar ik wel. Natuurlijk doe ik dat.

'Iemand die me heeft uitgedaagd, gefrustreerd en tot het uiterste heeft gedreven op manieren die ik nooit voor mogelijk had gehouden.'

O nee. O, absoluut niet.

'Zij is de reden dat dit specifieke boek bestaat', gaat Rory verder, terwijl hij een exemplaar van *Voor Altijd, Volledig* omhoog houdt. Zijn blik is nog steeds op mij gericht, onwankelbaar en meedogenloos. Zijn stem wordt lager, zachter, maar draagt op de een of andere manier nog verder. 'Niet alleen heeft ze het grootste deel van dit boek herschreven, waarvoor ze mijn eeuwige dank verdient. Ze heeft me eraan herinnerd hoe eerlijkheid eruitziet. Hoe moed voelt. Ze heeft me eraan herinnerd hoe je kwetsbaar moet zijn, zelfs als het je doodsbang maakt.'

Mijn longen trekken samen. Ik kan niet ademen. Ik denk dat ik hier, te midden van dit helse museum, omringd door twintigers die Bookstagrammers zijn en een of andere vent met rode bretels over een wit overhemd, daadwerkelijk ga flauwvallen.

Hij beweegt een beetje en voor het eerst vanavond straalt zijn houding geen moeiteloos zelfvertrouwen uit – het is iets rauwer, ontdaan van elke vorm van acteerwerk.

'De waarheid is', zegt hij, met vaste stem ondanks de flikkering van onzekerheid in zijn uitdrukking, 'ik zat vast.'

Leden van het publiek gaan wat rechterop zitten, nu echt aandachtig.

'Ik bedoel geen writer's block. Ik bedoel vast. Want voor het eerst in mijn carrière moest ik dit alleen doen. Ik moest aan mezelf bewijzen dat ik iets kon schrijven zonder mijn zus aan mijn zijde, zonder de persoon die elk vorig boek mede had vormgegeven. Maar ik was er niet klaar voor. Ik wist niet hoe.' Hij slikt. 'Want de waarheid is dat ik mijn hele carrière had geschreven over de liefde, maar ik had geen idee wat het echt was. Niet tot zij er was.'

De woorden landen als een lawine in mijn borstkas.

De zaal is nu volkomen stil. Niemand beweegt. Niemand durft.

'Ik heb mijn succes gebouwd op het idee van de perfecte liefde', vervolgt Rory, zijn vingers klemmen zich nu iets vaster om het spreekgestoelte. 'Liefde die een keurige formule volgt, liefde die altijd op haar pootjes terechtkomt. Het soort dat logisch is in een drieledige structuur. Maar dat is niet wat Lara Yates me heeft geleerd.'

O, God.

'Ze heeft me geleerd over rommelige liefde. De soort die je uitdaagt. Die je dwingt om te groeien, om beter te zijn. De soort die niet netjes of voorspelbaar is, de soort die je niet in een mal van clichés en verplichte goede eindes kunt gieten. De soort die je doodsbang maakt.' Hij ademt trillend uit, alsof hij zichzelf dwingt door te gaan, ondanks de druk op zijn borst. 'Ze heeft mijn pagina's verscheurd en elke leugen, elke gemakzuchtige kortere weg, elke keer dat ik op clichés vertrouwde in plaats van op de waarheid, aan het licht gebracht. Ze heeft niet alleen dit boek beter gemaakt. Ze heeft *mij* beter gemaakt.'

Mijn keel zit dicht. Te dicht.

Rory beweegt zich en kijkt me dan weer recht aan.

'En, Lara,' zegt hij, en mijn naam verlaat zijn lippen als een steen in een stille vijver. 'Ik wil dat je iets weet.'

Nee. Alsjeblieft niet.

'Met jou werken heeft mijn leven veranderd.' Zijn stem

wordt zachter, is nauwelijks meer dan een zucht. Dan nog stiller, niet voor het publiek, niet voor iemand anders dan voor mij.

'Van jou houden...' Zijn stem breekt, heel even maar, maar genoeg om mijn handen tot vuisten te ballen. 'Van jou houden is het grootste risico geweest dat ik ooit heb genomen. En het beste wat ik ooit zal doen.'

De stilte die volgt is oorverdovend, het gewicht van zijn woorden hangt zwaar in de lucht.

Vaag ben ik me bewust van de reactie van het publiek – zacht gehijg, een paar hoorbare uitroepen – maar het is allemaal achtergrondgeluid bij het suizen in mijn oren. Want dit is niet echt. Het kan niet echt zijn. Rory Keane, bestsellerauteur en professionele hartenbreker, staat niet op een podium voor tientallen vreemden toe te geven dat hij van me houdt.

Ik voel hun blikken, zwaar en opdringerig, maar ik kan me niet bewegen. Kan niet praten. Ik kan alleen maar daar staan, blootgesteld, terwijl Rory wacht – hoop en vastberadenheid in elke lijn van zijn gezicht gegrift. Danny zet me niet onder druk, zegt niets. Hij knijpt alleen zachtjes in mijn arm, alsof hij woordeloos zegt: *Ik ben er voor je.*

De lucht voelt te dik, alsof ik door een wollen trui probeer te ademen. Ik sta aan de grond genageld, ook al schreeuwt elk instinct in mijn lichaam dat ik moet *bewegen*. Vooruit, achteruit, eender waarheen, maar niet hier. Rory's woorden weerkaatsen nog steeds in mijn hoofd – *'Van jou houden is het grootste risico geweest'* – als een wrede echo ontworpen om kortsluiting in mijn hersenen te veroorzaken.

Dit kan niet waar zijn.

Een deel van me wil lachen. Een hysterische, bijna manische lach die me waarschijnlijk door de beveiliging naar buiten zou laten begeleiden. Want dit – deze grootse, meeslepende liefdesverklaring voor een publiek – is het spul van liefdesromans. *Zijn* liefdesromans, om precies te zijn. Degenen die ik maandenlang redigeer, terwijl ik met mijn ogen rol om alle overdreven toespraken en 'ik ga dood zonder jou'-proclamaties. En nu, op de een of andere manier, *beleef* ik er een.

De ironie ontgaat me niet. Hij blijft tenminste trouw aan zijn imago.

'Ga nou maar,' fluister ik binnensmonds, terwijl ik mijn voeten dwing zich naar de deur te draaien. Ga weg. Ren. Doe *alles*, behalve hier als een hert in de koplampen staan terwijl Rory Keane zijn ziel blootlegt voor iedereen om te zien. Voor *mij* om te zien.

Maar ik beweeg niet. Mijn verraderlijke lichaam blijft onbeweeglijk, mijn handen klemmen de band van mijn tas zo stevig vast dat mijn knokkels pijn doen. Want hoezeer ik ook ervandoor wil gaan, er is een ander deel van me – een stiller, gevaarlijker deel – dat niet wil rennen. Dat wil blijven. Dat hem wil geloven.

Dit is niet echt. Het is... een publiciteitsstunt. Een truc. De rationalisaties buitelen door mijn hoofd, zwak en hol.

Hij kijkt me nog steeds aan – recht aan – met een intensiteit waarvan ik niet wist dat hij die bezat. Zijn uitdrukking is rauw, onbewaakt en zo pijnlijk kwetsbaar dat ik niet kan wegkijken.

'Godverdomme, Rory.' Het was niet de bedoeling dat hij dit zou doen. Het was niet de bedoeling dat hij *mij* het verhaal zou maken.

Mijn polsslag is een tromslag in mijn oren. De aandacht van het publiek voelt verstikkend, hun gefluister als ruis die tegen mijn huid drukt. En toch... en toch, onder alle angst, alle twijfel, is er iets anders. Iets warms en dwingends, dat aan de randjes van mijn vastberadenheid trekt.

Hoop.

Wees niet dom. Hoop is gevaarlijk. Van hoop raak je alleen maar gekwetst. Maar Rory's woorden blijven zich in mijn hoofd herhalen, koppig en onverbiddelijk: Van jou houden is het beste geweest wat ik ooit zal doen.

Danny buigt zich naar me toe, zijn stem laag en zeker. 'Ga.' Eén woord, ferm en onverbiddelijk. Als ik aarzel, voegt hij eraan toe: 'Je krijgt er spijt van als je het niet doet. En geloof me, ik heb niet het geduld om het komende decennium naar je analyses hierover te luisteren.'

Mijn keel trekt samen, en voordat ik mezelf ervan kan weerhouden, zet ik een stap naar voren.

Dan nog een.

En nog een.

Elke beweging voelt monumentaal, alsof ik door drijfzand waad, maar ik blijf doorgaan. Het publiek gaat langzaam voor me opzij, gezichten vervagen tot een waas van kleur en geluid. Eerst concentreer ik me op de grond – glimmende schoenen, afgetrapte hakken, stoelpoten, de rand van iemands handtas. Alles behalve Rory. Maar als ik dichterbij kom, heft mijn blik zich, als een magneet naar hem toe getrokken.

Hij heeft zijn ogen niet van me afgewend. Geen seconde.

Ik bereik de rand van het podium. Mijn handpalmen zijn klam en mijn maag is een storm van zenuwen, maar er is nu geen weg meer terug. Wat er ook gebeurt, ik ben hier. Ik *kies* ervoor om hier te zijn.

Voor hem. Voor ons. Voor wat dit ook mag zijn.

Daar staat hij, lang en stabiel, microfoon in de ene hand, zijn andere onhandig langs zijn zij hangend alsof hij niet weet wat hij ermee moet doen. Zijn ogen zijn op mij gericht, groot en onbewaakt, en voor het eerst sinds ik hem ken, ziet hij er... nerveus uit. Rory Keane, de man die een zaal vol literatuurcritici een slecht geschreven boodschappenlijstje zou kunnen laten aanbidden, is nerveus. Vanwege mij.

'Hoi,' slaag ik erin te zeggen, mijn stem nauwelijks meer dan een fluistering. Het is absurd, eigenlijk, want ik weet vrij zeker dat de helft van dit publiek is gestopt met ademen om te horen wat er nu gebeurt.

'Hoi,' zegt hij terug, zacht en zeker. Zijn lippen trillen, alsof hij wil glimlachen, maar zichzelf niet helemaal durft te vertrouwen. En God helpe me, ik denk dat ik daardoor nog meer van hem hou.

Er is een pauze – nee, een *moment*. Een van die filmische stiltes waarin de wereld collectief haar adem lijkt in te houden. Ik voel het gewicht van ieders ogen, de hitte van hun nieuwsgierigheid die op me drukt.

'Rory...' begin ik, maar mijn stem hapert. Verdomme. Waarom kon ik dit niet oefenen? O ja, omdat ik nooit van plan was hier überhaupt te zijn!

'Niet doen,' onderbreekt hij me zachtjes, en hij stapt dichterbij. De microfoon zakt naar zijn zij, vergeten, en nu zijn wij er alleen nog. 'Je hoeft nu niets te zeggen.'

'Dat is fijn,' geef ik toe. 'Want ik heb geen idee wat ik moet zeggen.'

Zijn lach is kort, ademloos, maar er zit een vleugje opluchting in. 'Je bent er. Dat is genoeg.'

Genoeg. Het woord ligt zwaar op mijn borst en breekt iets binnenin me open. Jarenlang voelde niets wat ik deed ooit als genoeg – niet op het werk, niet in het leven, zelfs niet in de stille momenten waarin ik durfde te dromen van iets meer. Maar Rory... hij kijkt naar me alsof ik de maan voor hem heb opgehangen, en ik denk, misschien, heel misschien, heeft hij gelijk. Misschien *is* komen opdagen wel genoeg.

'Saboteer je altijd je eigen boeklanceringen met dramatische openbare bekentenissen?'

'Alleen als de persoon van wie ik het meest hou ter wereld erbij betrokken is,' kaatst hij terug, even gevat als altijd. Zijn stem wordt lager, zachter en is plotseling alleen voor mij bedoeld. 'En alleen als ik doodsbang ben om haar te verliezen.'

Verdorie. Verdorie, die stomme, prachtige oprechtheid van hem. Ik zet nog een stap dichterbij, dichtbij genoeg om de vage stoppels op zijn kaak te zien, om te zien hoe zijn hartslag in zijn hals klopt. Hij is ook kwetsbaar, besef ik, en op de een of andere manier maakt dat dit alles tegelijkertijd makkelijker en oneindig veel moeilijker.

'Rory,' probeer ik opnieuw, dit keer zachter. Ik weet niet wat ik op het punt sta te zeggen, maar het maakt niet uit, want een seconde later overbrugt hij de afstand tussen ons.

De kus is... Nou, hij is alles. Zacht en dringend, aarzelend en allesverslindend, als duizend onuitgesproken woorden die in één ademtocht ontsnappen. Zijn hand omvat mijn gezicht, zijn vingers verstrengelen zich in mijn haar en ik smelt tegen hem aan voordat ik erover kan nadenken. Er is geen ruimte voor twijfel of angst, alleen de overweldigende zekerheid dat dit, precies hier, de plek is waar ik hoor te zijn.

Het publiek barst los. Applaus, gejuich, iemand die van

achteruit fluit – ik weet bijna zeker dat het Danny is – maar het dringt nauwelijks tot me door. Rory trekt zich net genoeg terug om zijn voorhoofd tegen het mijne te laten rusten, zijn adem warm en onregelmatig. Zijn ogen onderzoeken de mijne en ik zweer dat er een heel sterrenstelsel aan emoties in wervelt: hoop, opluchting, liefde en iets anders waar ik de vinger niet op kan leggen.

'Hoi,' zegt hij weer, grijnzend als een idioot.

'Hoi,' antwoord ik, buiten adem en ondanks mezelf glimlachend. En voor het eerst in heel, heel lange tijd heb ik het gevoel dat het misschien wel goed met me komt.

'Dat was... dramatisch.'

'Ik moest er zeker van zijn dat ik je aandacht had. Je weet dat ik een zwak heb voor grootse romantische gebaren. En voor de goede orde, het was nog beter geweest tijdens een achtervolging.'

'Gefeliciteerd,' zeg ik schamper, terwijl ik mijn hand weer laat zakken. 'Je hebt ons allebei officieel voor schut gezet. Hoop dat je tevreden bent.'

'Dat ben ik,' antwoordt hij, terwijl zijn blik de mijne vasthoudt. 'Ben *jij* tevreden?'

Tevreden. Het woord landt zacht, maar is zwaar, als een steen die over het water keilt voordat hij in de diepte zinkt. Ik knipper mijn ogen en kijk naar hem op, terwijl mijn gedachten worstelen om een antwoord te vinden dat niet verraadt hoezeer ik op dit moment van streek ben. Tevreden? Wie heeft er tijd om tevredenheid te verwerken als ze net in het openbaar is gekust door haar ex-samenwerkingspartner-die-haar-muze-werd-die...

'Vraag het me over vijf minuten nog eens,' weet ik uit te brengen, mijn stem vaster dan ik had verwacht.

'Oké,' zegt Rory, zonder zijn ogen van me af te wenden. 'Maar voor de goede orde, ik blijf het vragen tot je antwoord ja is.'

Ik weet niet of ik moet lachen, huilen of hem een klap moet geven. In plaats daarvan schud ik alleen mijn hoofd en onderdruk de glimlach die dreigt door te breken.

Het publiek is nog steeds aan het rumoeren – klappen, juichen, iemand is dit hele gebeuren waarschijnlijk aan het livestreamen – en het begint tot me door te dringen dat we hier op een podium staan, onder zeer felle lichten, ongelooflijk... zichtbaar zijn. Mijn wangen worden vuurrood als de realiteit weer binnenkomt.

'Rory,' sis ik en buig me dichter naar hem toe, mijn stem zo zacht dat alleen hij het kan horen. 'De mensen staren.'

'Laat ze maar.' Zijn toon is onmogelijk luchtig, alsof hij niet zojuist mijn zorgvuldig opgebouwde leven voor de neus van de halve uitgeverswereld heeft laten ontploffen. 'Daar komen ze wel overheen.'

'O ja?' kaats ik terug en trek een wenkbrauw op. 'Want ik weet vrij zeker dat we trending zullen zijn op BookTok.'

'Goed.' Hij grijnst en voor een seconde wil ik hem haten om hoe onuitstaanbaar zelfverzekerd hij eruitziet. 'Ik heb altijd al viraal willen gaan op sociale media.'

Ik rol zo hard met mijn ogen dat het een wonder is dat ze niet uit mijn hoofd vallen. Maar dan strijken zijn vingers langs de mijne – slechts de lichtste, kortste aanraking – en al mijn snedigheid verdampt als mist in de zon.

'Rory...' begin ik, maar mijn stem hapert. Er is te veel om te zeggen, te veel waar ik nog niet klaar voor ben om te zeggen, en de woorden vormen een knoop in mijn keel. Hij lijkt het hoe dan ook te begrijpen, want zijn uitdrukking wordt zachter, de grijns maakt plaats voor iets stillers, iets echts.

'Hé,' zegt hij zacht, zijn stem zo laag dat het me tot rust brengt. 'Het is oké. We komen er wel uit.'

'Waar komen we uit?' vraag ik, hoewel ik het antwoord al weet.

'Alles. Jij en ik. Wij. Wat dit ook is.'

Mijn hart maakt een belachelijk sprongetje en ik voel me plotseling alsof ik op de rand van een klif sta, de wind die door mijn haren waait, de grond kilometers ver onder me. Angstaanjagend, opwindend, onvermijdelijk.

'Gedurfd van je om aan te nemen dat er een "wij" is,' zeg ik, met de bedoeling droog te klinken, maar het komt er eerder ademloos uit.

'Gedurfd is een beetje mijn ding,' kaatst hij terug.

'Rory,' zeg ik weer, dit keer zachter, en ik weet niet eens wat ik erachteraan ga zeggen. Misschien niets. Misschien alles.

'Ja?'

'Verpest dit niet,' zeg ik, half plagerig, half serieus. Want als iemand de macht heeft om dit – wat dit ook is – te verpesten, dan is hij het wel. Of misschien ben ik het. Waarschijnlijk wij allebei, als ik eerlijk ben.

'Zou er niet aan dénken,' belooft hij, en voor het eerst denk ik dat ik hem misschien wel geloof.

Dan trekken we ons terug, net genoeg om elkaar volledig aan te kijken, en het gewicht van wat er is gebeurd – wat er *gebeurt* – komt tussen ons in te liggen als iets breekbaars, iets kostbaars. Zijn ogen ontmoeten de mijne, standvastig en onderzoekend, en op dat moment voelt het alsof we aan de vooravond staan van iets groots en onbekends. Iets angstaanjagends. Iets geweldigs.

En misschien, heel misschien, is dat genoeg.

ACHTENTWINTIG

ACHTTIEN MAANDEN LATER...

Mijn vingers volgen de randen van het proefexemplaar op de tafel voor me – mijn proefexemplaar. De omslag is glad, het papier stevig, zwaarder dan ik had verwacht. Het voelt... echt. Te echt.

Voor wat de honderdste keer moet zijn, blader ik door de pagina's, mijn duim blijft even haken op de hoek van hoofdstuk één. Daar staat het. Mijn naam. In een vetgedrukt schreefletter-type, me aanstarend alsof het mijn overmoed bespot.

Lara Yates. *Auteur.*

'Belachelijk,' zeg ik, en duw mijn bril hoger op mijn neus. Het levert me een nieuwsgierige blik op van de barista achter de toonbank, maar ik negeer haar. In plaats daarvan staar ik naar het boek. Mijn boek.

Mijn borstkas trekt samen. Opwinding? Angst? Allebei. Absoluut allebei.

Er schuift een schaduw over de tafel en voordat ik kan opkijken, glijdt er iemand in de stoel tegenover me met het soort moeiteloze zelfvertrouwen dat ik nooit zal begrijpen.

'Dus dit is hem?'

Rory Keane. Natuurlijk. Hij heeft die lome grijns op zijn gezicht die eigenlijk een waarschuwingssticker zou moeten hebben, en zijn donkere haar valt net genoeg over zijn voorhoofd om hem een 'zo werd ik wakker'-charme te geven. Zijn overhemd hangt los, zijn jasje nonchalant over één schouder geslagen, want Rory Keane komt niet zomaar een kamer binnen – hij wandelt naar binnen alsof de tent van hem is. Als hij ziet hoe krampachtig ik het proefexemplaar vasthoud, zegt hij er niets van.

'Gefeliciteerd, Lara,' zegt hij zacht. Niet plagend. Gewoon... oprecht.

Rory vraagt het niet. Natuurlijk vraagt hij het niet.

Voordat ik met mijn ogen kan knipperen, schiet zijn hand over de tafel en zijn lange vingers strijken langs de mijne terwijl hij het proefexemplaar zo uit mijn handen grist alsof het een of ander onbenullig hebbedingetje is en niet, je weet wel, *de bekroning van mijn hele bestaan.*

'Hé, hé,' zeg ik en knijp mijn ogen tot spleetjes. 'Dat is geheim materiaal.'

'Mooi zo, ik ben gek op geheimen.' Zijn grijns is tergend, het soort dat genoeg kattenkwaad uitstraalt om een heilige aan zijn geloften te laten twijfelen. Hij leunt achterover in zijn stoel en slaat de omslag open met een overdreven nonchalante beweging. 'Eens zien wat we hier hebben.'

'Rory,' waarschuw ik, maar het klinkt slap, gênant slap. Mijn stem doet dat trillerige, half strenge, half stiekem opgetogen ding, want het is volkomen absurd om hem – de bestsellerauteur van *The Sunday Times*, de onbetwiste koning van de romantiek, de professionele hartenbreker – de eerste zin van *mijn* boek te zien lezen.

Hij schraapt dramatisch zijn keel en tuurt naar de pagina alsof hij zich voorbereidt op een openbare voorleessessie. "In de kantlijnen van zijn leven was ze altijd slechts een redacteur geweest – tot de dag dat hij zichzelf in het hare schreef." Hij laat het boek een beetje zakken en trekt één donkere wenkbrauw naar me op. 'Oef. Je hebt het echt op mijn baan voorzien, hè?'

'Geef terug.' Ik reik naar voren, maar hij houdt het net buiten mijn bereik, zijn grijns wordt breder. De brutaliteit van die man.

'Nog niet,' zegt hij, en hij kantelt zijn hoofd alsof hij over iets heel diepzinnigs nadenkt. 'Misschien ben je wel beter dan ik. Moet ik me zorgen maken?'

'Ja. En geef nu de gestolen waar terug voordat ik de beveiliging bel.'

'Beveiliging?' Zijn lach is laag, warm en veel te aanstekelijk. Ik voel hoe die als rook om de randen van mijn vastberadenheid krult. 'Lara, alsjeblieft. Je zou me missen als ze me wegsleepten.'

'Dat valt te bezien.'

'Geef maar toe,' gaat hij verder, terwijl hij speels met de rand van het proefexemplaar tegen de tafel tikt. 'Dit is goed. Echt heel goed. Je moet trots zijn.'

'Dat ben ik. Heel trots.'

Ik kan mijn ogen maar niet van het boek afhouden. Het is van mij – elk woord, elke komma, meer dan tien jaar werk, als je de tijd meerekent vanaf het moment dat ik begon tot de publicatie. En nu ligt het hier, midden op een plakkerige cafétafel naast een halfleeg latteglas. Op de een of andere manier is het angstaanjagender dan opwindend.

'Hé,' zegt Rory, en doorbreekt de ruis in mijn hoofd. Hij staat op en komt naar mijn kant van de tafel. Hij steekt een hand uit, met zijn handpalm naar boven, en stopt net voordat hij de mijne raakt. Ik reik omhoog en pak zijn hand; hij wacht tot ik zijn blik weer ontmoet. 'Het is echt, Lara. Jij hebt dit gedaan.'

'Ja,' fluister ik, nauwelijks hoorbaar. 'Dat heb ik.'

Er verschuift dan iets, subtiel en onmogelijk aan te wijzen, maar ik voel het toch. Ik sta op en Rory dicht de ruimte tussen ons. Zijn voorhoofd strijkt tegen het mijne, warm en stabiel, en mijn adem stokt van verrassing.

'Zie je wel?' zegt hij. 'Niet zo eng, toch?'

Ik reageer niet, in ieder geval niet met woorden. In plaats daarvan laat ik mijn ogen dichtvallen en leun ik een heel klein beetje tegen hem aan – in dit moment, vluchtig en fragiel maar onmiskenbaar echt.

En voor het eerst, misschien wel ooit, geloof ik hem.

Rory trekt zich net genoeg terug om me in de ogen te kijken, zijn voorhoofd nog zo dichtbij dat ik een vaag spoor van warmte kan voelen. Zijn blik is standvastig, onderzoekend en – natuurlijk – een tikkeltje zelfgenoegzaam, alsof hij precies weet wat voor chaos hij veroorzaakt.

'Oké, Yates,' zegt hij. 'Dus, wat gebeurt er nu?'

Ik knipper met mijn ogen naar hem, even van mijn stuk gebracht door de vraag, hoewel dat niet zou moeten. Dat is typisch Rory – altijd meteen in het diepe duiken zonder te controleren of ik tijd heb gehad om een reddingsvest aan te trekken.

'Nu?' herhaal ik, om tijd te rekken, want, nou ja, ik weet niet zeker of ik kan antwoorden zonder als een idioot te klinken. Mijn hersenen voelen aan alsof de bedrading volledig is verstoord sinds hij naar voren leunde.

'Ja, nu,' herhaalt hij, het woord uitrekkend alsof het vanzelfsprekend is. 'Want nu ben je een grote, beroemde auteur en zo. Ik denk... ik moet weten of je het nog steeds prima vindt om met deze grote lomperik op te trekken.'

Op dat moment dringt het tot me door hoeveel gewicht die woorden dragen, ondanks de luchtigheid van zijn toon. Ondanks al zijn bravoure en brutale grijnzen, zegt Rory zulke dingen niet zomaar. Niet als het ertoe doet. En dit? Dit doet er zeker toe.

'Rory,' begin ik, maar mijn stem breekt halverwege zijn naam, en ik moet mijn keel schrapen om het opnieuw te proberen. 'Je bent belachelijk, weet je dat?'

'Dat ben ik,'

Ik kijk weer naar het boek, de kraakheldere pagina's getekend door de vingerafdrukken van elke twijfel die me hier heeft gebracht. Het hoogtepunt van jaren die ik achter de schermen heb doorgebracht, waarin ik mezelf ervan overtuigde dat in de schijnwerpers staan niets voor mensen zoals ik was. En nu? Nu zit ik tegenover de persoon die me altijd heeft aangespoord om anders te geloven, degene die door al mijn smoesjes heen prikte en desondanks bleef.

'Altijd', zeg ik eindelijk, het woord ontsnapt me voordat ik er te lang over kan nadenken. Ik kijk op terwijl ik het zeg, en kijk hem recht in de ogen, en dit keer hapert mijn stem niet. 'Jij bent altijd onderdeel van wat volgt.'

De glimlach die op zijn gezicht verschijnt is langzaam, bedachtzaam - alsof hij ervan geniet - en het voelt als de zon die doorbreekt door wolken waarvan ik niet eens wist dat ze er nog waren.

Rory buigt als eerste naar voren.

Niet allemaal tegelijk, niet in een groots, filmisch gebaar. Nee, het is kleiner dan dat - doelbewust, weloverwogen, alsof hij precies weet wat hij met me doet. En natuurlijk weet hij dat. Zijn hand komt omhoog en stopt vlak bij mijn gezicht, alsof hij wacht tot ik hem tegenhoud. Maar dat doe ik niet. God helpe me, ik doe het niet.

Altijd, had ik gezegd, en nu is er geen weg meer terug.

'Zeg iets', smeekt hij, zijn stem zo laag dat er een rilling over mijn rug loopt. Zijn adem is warm, dichtbij genoeg om mijn wang te strelen. 'Wat dan ook. Zeg dat ik moet stoppen, zeg dat ik door moet gaan - zeg dat ik een idioot ben, het maakt me niet uit.'

'Je bent een idioot.'

'Nou, bedankt zeg', zegt hij. Zijn ogen schieten over mijn gezicht, zoekend, analyserend, wachtend.

En dan kust hij me.

Het is eerst voorzichtig, bijna aarzelend, alsof hij aftast of ik me zal terugtrekken. Maar dat doe ik niet. In plaats daarvan buig ik naar hem toe - een klein beetje maar, net genoeg - en dat is alles wat nodig is. De wereld kantelt. Of misschien ben ik dat gewoon. Hoe dan ook, alles spitst zich toe op dit ene moment: de zachte druk van zijn lippen op de mijne, het lichte schuren van zijn stoppelbaard tegen mijn huid. Het is... aardend. Ontwapenend. Angstaanjagend.

Perfect.

Ik realiseer me pas dat ik mijn ogen heb gesloten als de rest van het café verdwijnt - het gerinkel van kopjes, het geroezemoes van gesprekken. Het enige wat overblijft is hij. Hij, en de constante warmte van zijn hand die nu mijn kaak omvat, alsof ik zou kunnen verdwijnen als hij loslaat.

Ik kantel mijn hoofd een beetje, waardoor de kus intenser wordt, en een zacht geluid ontsnapt hem - verrassing of opluchting of iets heel anders, ik weet het niet. Ik merk het nauwelijks op voordat zijn andere hand zijn weg naar mijn gezicht vindt en me in het moment verankert. Er zit nu een hitte in, een stille drang, maar het is nooit gehaast. Nooit onzorgvuldig. Elke beweging voelt afgemeten, doelbewust, alsof hij zich bewust is van elke barrière die we hebben moeten overwinnen om hier te komen.

Als we eindelijk uit elkaar gaan, is dat niet omdat een van ons dat wil - het is omdat het moet. Zuurstof is blijkbaar niet onderhandelbaar.

'Weet je wat?' zegt hij. 'We zouden samen een boek moeten schrijven.'

'Dat hebben we al gedaan.'

'Ik bedoel een met allebei onze namen op de omslag.'

'Samenwerkingen zijn riskant.'

'Zeker', stemt hij gemakkelijk in. 'Maar soms zijn ze magisch.'

God, hij is irritant. En briljant. En heeft mogelijk gelijk.

'Oké', zeg ik, en met een lachje buig ik naar voren. 'Dan is het magie.'

'Dan is het magie', herhaalt hij, en dan vindt zijn hand de mijne op tafel, zijn vingers verstrengelen zich met de mijne alsof het de normaalste zaak van de wereld is.

Voor een keer denk ik er niet te veel over na. Ik analyseer of ontleed het niet, en zoek niet naar verborgen betekenissen. Ik laat mezelf het gewoon voelen - de warmte van zijn hand, het constante gevoel van mogelijkheid tussen ons, de stille zekerheid dat wat er ook komt, we het samen zullen doorstaan.

'Klaar voor?' vraagt hij, zijn stem laag en vol van iets dat verdacht veel op hoop lijkt.

'Altijd', zeg ik, het woord glipt zonder aarzeling over mijn lippen.

En als hij vooroverbuigt voor nog een kus, weet ik - ik *weet* het - dat dit het begin is van iets groters dan wij beiden. Iets dat elk risico waard is.

Een Zomer in Maine

Quand l'amour croise l'ambition, ça fait des étincelles.

alia smith

EEN ZOMER IN MAINE

Rachel Holmes is een ambitieuze pr-manager die volledig op succes is gericht. Haar leven draait om het binnenhalen van de volgende grote deal.

Dan Rhodes was ooit een soapster. Nu is hij een alleenstaande vader die een rustig leven leidt, ver buiten de schijnwerpers.

Wanneer Rachel door een misverstand met haar reis aan de verkeerde kant van het land strandt, vallen haar plannen voor een carrièrebepalende pitch in duigen. In plaats daarvan voelt ze een onverwachte klik met de charmante maar koppige Dan en zijn dochter, Chloe.

Rachel houdt niet van omwegen, maar nu ze verstrikt raakt in de wereld van Dan en een zachtere kant van haar eigen ambities ontdekt, staat ze voor een tweesprong die ze nooit had zien aankomen.

Haar toekomst was altijd duidelijk... tot nu.

Een zwijmelwaardige roman over tegenpolen, liefde, familie en de onverwachte reizen die ons thuis-brengen.

EEN

Ik haal diep adem en stap met ferme pas de vergaderzaal binnen, mijn hakken tikken helder op de geboende vloer. De lucht is zwaar van de geur van dure koffie en nauwelijks verholen scepsis. Twaalf leidinggevenden uit de fastfoodbranche zitten rond de strakke glazen tafel met hun armen over elkaar, hun blikken verwachtingsvol. Ze denken dat ik dit niet aan hen kan verkopen. Wat aandoenlijk.

Ik tover mijn beste zakelijke glimlach tevoorschijn en plaats mijn portfolio met een resolute *plof* op tafel.

'Heren. Stelt u zich een plantaardige burger voor die niet alleen fantastisch smaakt, maar ook perfect aansluit bij de duur-zaamheidsbelofte van uw merk,' zeg ik, met een heldere, krachtige stem. 'Onze campagne zal uw nieuwe aanbod positioneren als de vanzelfsprekende keuze voor gezondheids- en milieubewuste consumenten.'

Er valt een stilte. Een van de directeuren trekt een wenk-brauw op, alsof ik zojuist heb voorgesteld om boerenkoolmilk-shakes te gaan serveren.

Ik houd hun blik vast en ga verder. 'Het is niet zomaar een burger – het is de burger die de discussie verandert.'

Terwijl ik dieper inga op de details van de voorgestelde marketingstrategie voor hun nieuwe, gezonde menuoptie, zie ik de leidinggevenden instemmend knikken en de bezwaren die ze van plan waren te uiten, als sneeuw voor de zon verdwijnen. Ik belicht de belangrijkste verkooppargumenten: de heerlijke smaak van de burger, de voedingswaarde en het potentieel om een nieuwe demografische klantengroep aan te trekken. Je ontwikkelt een zesde zintuig voor of je pitch aanslaat bij een publiek en, niet om mezelf op de borst te kloppen... na zeven minuten eet iedereen in de kamer uit mijn hand.

'Door samen te werken met influencers uit de welzijnssector en sociale media in te zetten, creëren we een buzz en stimuleren we de vraag naar uw plantaardige optie,' leg ik uit, terwijl ik naar de kleurrijke dia's wijs die achter me worden geprojecteerd. 'Dit is een kans om uw merk te vestigen als een leider in de verschuiving van de fastfoodindustrie naar gezondere, duurzamere producten. Kortom, mijn team en ik zullen uw product positioneren als een burger die goed is voor u, goed voor de planeet en goed voor de zaak.'

De hoofddirecteur, een man met grijzend haar en een eeuwige frons, schraapt zijn keel. 'Dat is... indrukwekkend.'

En terecht.

Het beleefde applaus vertelt me dat ik de spijker op zijn kop heb geslagen. Ik beantwoord de vragen met gemak en houd mijn antwoorden beknopt en strategisch.

Dit is mijn speeltuin, en ik ben de baas.

Net als we aan het afronden zijn, stapt een man naar voren aan wie ik niet veel aandacht had besteed – een lange directeur met donker haar en de zelfverzekerde nonchalance van iemand die gewend is zijn zin te krijgen. Hij glimlacht.

'Geweldige presentatie.' Hij steekt zijn hand uit. 'Lyle.'

Ik schud zijn hand, stevig maar kort. 'Rachel Holmes.'

'U weet duidelijk waar u het over heeft. Ik zou het er graag verder over hebben. Misschien tijdens een etentje?' Zijn glimlach is glad, alsof hij het antwoord al weet.

Ik glimlach terug, maar mijn glimlach is professioneel, onverstoorbaar. 'Ik heb als principe om zaken en privé gescheiden te houden.'

Zijn gezichtsuitdrukking vertoont een fractie van een seconde een hapering voordat hij zich herpakt. 'Nou, dat is jammer.' Hij geeft me zijn kaartje. 'Maar hoe dan ook, ik verheug me op onze samenwerking.'

Ik stop het kaartje in mijn portfolio, alweer met mijn gedachten elders. Terwijl ik door de gang loop, gonst de vertrouwde roes van succes door mijn aderen. Een stap dichter bij het binnenhalen van deze klant. Een stap dichter bij het partnerschap. Mijn privéleven mag dan een dorre woestenij zijn, maar mijn carrière? *Die staat in vuur en vlam.*

De waarheid is dat ik altijd beter ben geweest in het managen van merken dan van mensen. Verhalen bedenken en ideeën verkopen is voor mij net zo natuurlijk als ademhalen, maar relaties opbouwen? Dat is waar het rommelig wordt. Op het werk verloopt alles volgens een strategie: doelstellingen, deliverables, meetbare resultaten. Als een pitch niet aanslaat, kan ik precies aanwijzen waarom, ervan leren en het opnieuw proberen. Maar in mijn privéleven? Daar is geen keurige PowerPointpresentatie om me door de chaos van menselijke relaties te loodsen.

Ik heb jarenlang mijn professionele imago geperfectioneerd: de competente, zelfverzekerde, altijd voorbereide vrouw die alles aan iedereen kan verkopen. Ik weet hoe ik een indruk moet maken, hoe ik een kamer kan achterlaten die bruist van ideeën en mogelijkheden. Maar na werktijd, als de kantoorlichten doven en ik alleen in mijn smetteloze, eenzame appartement ben, voel ik het gewicht van dat gepolijste vernis me verpletteren.

Ik denk aan mijn oude vrienden, degenen die langzaam uit mijn leven verdwenen terwijl ik de carrièreladder beklom. Verjaardag-sms'jes die onbeantwoord bleven, uitnodigingen voor etentjes die werden afgeslagen vanwege deadlines en vergaderingen. Zelfs als ik die vriendschappen nu weer zou willen aanhalen, zou ik niet weten waar ik moest beginnen. Ik heb me in mijn ambitie gewikkeld als een veiligheidsdeken, overtuigd dat ik niemand nodig heb.

Maar soms, heel soms, betrap ik mezelf erop dat ik door sociale media scrol en pauzeer bij foto's van mensen die ik vroeger kende. Lachend in drukke kroegen, hand in hand op strandvakanties, kijkend hoe hun kinderen hun eerste stapjes zetten – hun beste leven leidend. En dan raakt het me, scherp en onverwacht:

ik heb een leven opgebouwd dat zo perfect is samengesteld, dat ik er zelf niet echt meer in pas.

Ik duw de gedachte weg en focus me in plaats daarvan op de overwinningsroes van de pitch. Vandaag is er geen ruimte voor zelfmedelijden. Ik heb ze overtuigd, en dat is wat telt. Ik vier het later wel, misschien met een glas van iets duurs en een stille toost op mezelf. Wie anders zal het tenslotte doen?

Terwijl ik door de gang loop, nog steeds nagenietend van de succesvolle presentatie, zie ik Helen door de glazen wanden van haar kantoor. Mijn baas is het toonbeeld van moeiteloze autoriteit, perfect gekleed in een marineblauw mantelpak, haar gemanicuurde vingers in elkaar gevouwen. Maar haar uitdrukking is onleesbaar, en dat – *dat* – is verontrustend.

'Rachel, ga zitten.'

Ik laat me in de stoel tegenover haar bureau zakken, nog steeds high van de succesvolle pitch. 'Wat is er? De vergadering ging goed.'

'Inderdaad,' beaamt ze. 'Sterker nog, het ging zo goed dat ik je verplicht op vakantie stuur.'

Ik knipper met mijn ogen. 'Pardon. U *wat?*'

Helen leunt achterover en bestudeert me als een puzzel die ze net heeft opgelost. 'Je hebt in achttien maanden geen enkele dag vrij genomen. Je hebt een pauze nodig voordat je instort. Twee weken. Geen discussie mogelijk.'

'Maar-'

Ze houdt een hand op. 'Niet onderhandelbaar. Ga een boek lezen, zoek je familie weer eens op. Verdorie, neem een hobby.'

Ik doe mijn mond open en dan weer dicht. Helen is een van de weinige mensen op aarde die nog koppiger is dan ik. Ik zou hiertegen kunnen vechten, maar ik zou verliezen. En de waarheid is dat er niemand in mijn leven is die mijn tijd opeist. Geen partner. Geen kinderen. Zelfs mijn vriendschappen zijn onder het gewicht van mijn werk vervaagd.

Een handig excuus om die realiteit niet onder ogen te hoeven zien.

'Goed dan,' zucht ik. 'Maar ik ben er niet blij mee.'

Helen trekt een spottende grijns. 'Dat verwacht ik ook niet

van u. En nu weg uit mijn kantoor, voordat ik ga vermoeden dat u het hier *leuk* vindt. En wie weet? Misschien verrast u uzelf nog en geniet u er zelfs van.'

Ik laat mezelf binnen met de sleutel die mijn zus Claire verstopt houdt onder een plastic steen die, eerlijk gezegd, een belediging is voor het begrip camouflage. Technisch gezien is het het huis van Claire en Richard – een groot, modern huis dat ze kochten nadat Lily was geboren. Kort daarna nodigden ze mam uit om bij hen in te trekken. Ze woonde al tientallen jaren alleen, nog steeds in het kleine huisje waar we allemaal opgroeiden, en ze vonden het geen fijn idee dat ze daar in haar eentje zat. Dit huis had de ruimte en de redenering was simpel: meer hulp met de kinderopvang voor hen, meer gezelschap voor haar.

Toch ruikt het, zodra ik binnenstap, als het huis van mam: naar lavendel en versgebakken koekjes. Een geur die zo diep nostalgisch is dat hij me bijna van mijn stuk slaat.

Een vertrouwde warmte omhult me en trekt aan herinneringen die ik lang begraven waande. De indeling is anders, zeker, maar het gevoel is hetzelfde. En mams invloed is overal zichtbaar: de bloemenkussens, de gebreide plaid over de rugleuning van de bank, de fauteuil waarin ze nog steeds de krant leest met haar thee, net als toen we klein waren.

Destijds had ik mezelf ervan overtuigd dat de beste zijn – op school, met atletiek, zelfs op de jaarlijkse wetenschapsbeurs – de enige manier was om ertoe te doen. Mam heeft me nooit gepusht om perfect te zijn, maar ik hunkerde naar de geruststelling van hoge cijfers en trofeeën als bewijs dat ik iets goed deed. Eens, nadat ik het regionale debatkampioenschap had gewonnen, had mam me zo stevig geknuffeld dat ik dacht dat ik zou breken, terwijl ze fluisterde hoe trots ze was. Maar het enige waar ik aan kon denken, was de jongen die tweede werd, de manier waarop zijn gezicht betrok toen mijn naam werd genoemd.

In mijn hoofd was er geen ruimte voor fouten of een tweede

plaats. Ik dacht dat als ik maar hard genoeg werkte en elke variabele onder controle hield, ik dat knagende gevoel van ontoereikendheid nooit meer zou hoeven voelen. Zelfs nu, hier in deze vertrouwde gang, is het moeilijk om de drang om de beste te zijn van me af te schudden – om harder te werken, beter te presteren en aan iedereen, inclusief mezelf, te bewijzen dat ik de moeite waard ben.

Misschien is dat de reden waarom ik nooit ben gestopt met pushen – waarom ik mezelf in werk begroef in plaats van duurzame relaties aan te gaan, waarom succes synoniem werd met eigenwaarde. Als ik ook maar een seconde zou verslappen, zou alles misschien uit elkaar vallen. En dat is een risico dat ik nooit heb durven nemen.

'Mam? Claire?' roep ik.

Mams stem doorbreekt mijn gedachten en brengt me terug naar het heden. 'Rachel? Gaat het?'

Ik forceer een glimlach en schud de restanten van oude onzekerheden van me af. 'Ja, mam. Ik had gewoon... wat tijd over.'

Ik tref haar aan in de woonkamer, opgekruld in haar fauteuil, met haar ogen vastgelijmd aan de tv.

'Hé.' Ik schuif wat speelgoed aan de kant en plof naast haar op de bank.

'O! Perfecte timing. Je *moet* echt deze serie zien die ik aan het kijken ben.'

Ik werp een blik op het scherm. Een ruig knappe man met doordringende blauwe ogen is in een verhitte discussie verwikkeld met een al even mooie vrouw. *Malibu Lagoon*, lees ik op de titelinformatie. Ik heb er nog nooit van gehoord, maar dat zegt niet veel. Ik heb nauwelijks tijd om de televisie aan te zetten, dus grote, populaire series gaan compleet aan me voorbij. Een snelle zoekopdracht op IMDb onthult dat deze telenovela-achtige soapserie vier seizoenen liep voordat ze acht jaar geleden abrupt werd stopgezet. Ze heeft een verrassend hoge beoordeling en, afgaande op de commentaren, een legioen fans net als mijn moeder.

Ik trek een wenkbrauw op. 'Echt? Een soapserie?'

Mam wuift mijn opmerking weg. 'Hij is *heel* goed gemaakt. En de hoofdrolspeler? *Ugh*, zo getalenteerd.'

Ik bestudeer het scherm. De man *is* opvallend, een en al broeierige intensiteit en het uiterlijk van een filmster. Als ik een campagne zou casten, zou hij een droom voor elke marketeer zijn.

'Is hij niet knap?' zwijmelt mam, alsof ze mijn gedachten leest. 'Zo goed.'

Ik knik afwezig, mijn gedachten dwalen alweer af naar mijn werk. Instinctief pak ik mijn telefoon om mijn e-mails te checken, maar een breaking news-melding trekt mijn aandacht.

'Mount Spurr in Alaska opnieuw uitgebarsten,' luidt de kop, vergezeld van een dramatische foto van een enorme aswolk die uit de vulkaan opstijgt.

Ik voel een knoop in mijn maag. Ik kan me niet voorstellen dat je naast zo'n angstaanjagende natuurkracht woont die elk moment kan uitbarsten. Ik weet niet hoe de mensen die dat wel doen 's nachts überhaupt kunnen slapen.

'Rachel, luister je wel naar me?' Mams stem rukt me terug naar de realiteit.

'Sorry, mam. Ik was even het wereldnieuws aan het bijlezen. Ik ben één en al oor, beloofd.'

Mam zucht en schudt haar hoofd. 'Je zit altijd aan dat ding vastgeplakt. Zelfs als je verondersteld wordt te ontspannen.'

Ik voel een steek van schuldgevoel, wetende dat ze gelijk heeft. Ik ben de laatste tijd zo opgeslokt door mijn werk dat ik nauwelijks tijd heb gehad voor iets anders, inclusief een bezoek aan mijn moeder.

Ik leun achterover en sta mezelf toe om voor het eerst in wat maanden lijkt te ontspannen. Ik ben al een hele tijd niet op bezoek geweest en het voelt... vreemd. Bijna alsof ik hier niet meer thuishoor.

Ik verhuisde zo snel als ik kon uit mams huis, wanhopig om iets van mezelf te maken. Zelfs op de middelbare school was ik al het meisje met de gekleurde agenda en de stapel schoolboeken die groter was dan mijn hoofd. Het meisje dat tot middernacht opbleef om extra opdrachten af te maken, puur om er zeker van te zijn dat niemand mij kon verslaan als beste van de jaargang.

Mijn hemel, ik herinner me het gevoel nog toen ik die acceptatiebrief van Northwestern opende, mijn handen trilden zo erg dat ik hem bijna in tweeën scheurde. Het ging niet eens om het weggaan – nee, daar was ik klaar voor. Het ging erom te bewijzen dat ik het kon. Dat ik de beste kon zijn. Dat al die late nachten en door stress veroorzaakte migraines iets betekenden.

Mam maakte zich toen zorgen om me en zei altijd dat ik mezelf te hard pushte. Claire, aan de andere kant, dacht gewoon dat ik gek was. 'Je bent net een hamster aan een espresso-infuus,' grapte ze eens toen ik aan het blokken was voor de examens. 'Rustig aan, Rach. Je bent al zo goed als binnen.'

Maar rustig aan doen voelde nooit als een optie. Niet voor mij. Ik kon het mezelf niet toestaan om gewoon goed genoeg te zijn. Ik moest de beste zijn. Ik moest iets van mezelf maken – iets groots, iets belangrijks.

Misschien had mam al die jaren geleden gelijk. Misschien heb ik mezelf te hard gepusht. Maar de gedachte om het rustiger aan te doen, om te stoppen en de balans van mijn leven op te maken, beangstigt me. Want wat als ik, wanneer ik stop, besef dat het allemaal helemaal niets waard is?

'Ik weet het, ik weet het,' geef ik toe, terwijl ik mijn telefoon wegleg. 'Ik zal proberen meer los te koppelen, dat beloof ik.'

'Dat kun je maar beter doen. Je bent nog niet te oud voor de vliegende pantoffel, hoor.'

Eerlijk is eerlijk, het vermogen van mijn moeder om iemand vanaf de andere kant van de kamer met een pantoffel te raken is legendarisch. Toen Claire en ik opgroeiden, kon ze je arm, je been, of welk lichaamsdeel haar dan ook ergerde, van tien meter afstand raken. Hij werd nooit met kwade opzet gegooid, maar de precisie was verbluffend.

'Denk je dat je het nog in je hebt, mam? Je bent geen dertig meer en ik ben geen acht.'

'Dat is waar, maar *jij* bent nu wel in de dertig, en gelukkig voor mij ben je een veel groter doelwit. Ik schat mijn kansen goed in.'

Mam laat een hand boven haar enkel zweven, haar vingers trillen boven haar pantoffel als een revolverheld die op het punt staat te trekken.

'Oké. Oké.' Ik geef me gewonnen en leg mijn telefoon met het scherm naar beneden op de salontafel. Uit het oog, uit het hart.

Zodra ik dat doe, glimlacht mam en zet ze de televisie uit. 'Dus, wat is er aan de hand?'

'Er is niets aan de hand.'

'Het is vier uur 's middags. Ben je ontslagen?'

'Nee!' piep ik, geschokt door de gedachte. 'Ik... Ik heb vakantie.'

'Sinds wanneer?'

'Sinds ongeveer een uur.'

Ik praat mam bij over mijn gedwongen sabbatical en geef stom genoeg toe dat ik niet echt weet wat ik met mezelf aan moet. Maar zelfs terwijl de woorden mijn mond verlaten, weet ik dat het een fout is.

Met de soepele gratie van een poema staat ze op uit haar fauteuil en belt het mobiele nummer van mijn zus voordat ik weet wat er gebeurt.

Dertig minuten later is mijn leven verwoest.

'Claire haalt je zondag om tien uur op,' kondigt mam aan, veel te ingenomen met zichzelf. 'Pak warme kleren in.'

Ik staar haar aan. 'Mam. Nee.'

'O, kom op. Een blokhut aan Lake Michigan! Frisse lucht! Tijd met het gezin! Je bent *dol* op je nichtjes.'

'Ik ben dol op ze in kleine doses,' mompel ik. 'Liefst als ze slapen.'

Mam grijnst. 'Zie dit dan als karaktervorming.'

'Ik *heb* geen karakter nodig. Ik heb wifi nodig en een koffiezet-apparaat waar geen handarbeid aan te pas komt.'

Mam dept op mijn wang. 'Je moet een beetje leven, lieverd.'

'Bedankt voor de steun.'

'Graag gedaan.'

'Ik was sarcastisch.'

'Dat weet ik. Nou, ik vind het geweldig dat jullie allemaal samen weggaan,' zegt ze en ze richt haar aandacht weer op haar programma.

Ik staar vol ongeloof naar de stralende, zelfvoldane grijns van mijn moeder. Ik hou niet van vakanties. Ik hou zeker niet van kamperen. En ik ben meer het soort tante van 'hier heb je je verjaardagscadeau, ga nu maar lekker spelen', tenminste totdat ze zindelijk zijn en een fatsoenlijke zin kunnen vormen.

Op de een of andere manier moet ik nu tien dagen opgescheept zitten met mijn zus, haar man en hun twee luidruchtige peuters in hun blokhut aan Lake Michigan. Het is niet dat ik niet van mijn zus en haar gezin hou, maar het idee om weg te zijn van mijn werk, van de stad, vervult me met een onbehaaglijk gevoel van angst. Op de een of andere manier zit ik vast aan een reis naar de wildernis, om op elanden te jagen en uit beekjes te drinken, of wat mensen dan ook doen als ze in de buitenlucht zijn.

Ik kreun.

Dit wordt een ramp.

Of, op zijn minst, heel, *heel* onhandig.

Twee weken weg van mijn werk? Weg van mijn team, mijn klanten, mijn *vooruitgang*? Ik werk al jaren toe naar een partnerschap, en ik kan geen indruk maken op de hoge piefen als ik marshmallows aan het roosteren ben en doe alsof ik van de natuur geniet.

Ze zeggen: uit het oog, uit het hart. Wat als iemand anders instapt en hen imponeert tijdens mijn afwezigheid? Wat als ik terugkom en ontdek dat al mijn harde werk stilletjes op het bordje van iemand anders is geschoven?

Ik zorg dat het lukt. Dat *moet* wel. Want het laatste wat ik me kan veroorloven is om vergeten te worden.

TWEE

'Woehoe, we zijn in Wisconsin!', juicht Richard als we het bord passeren dat de staatsgrens aankondigt. Claire, die op de passagiersstoel zit, grijnst en geeft hem een high five.

De roadtrip naar de blokhut is nu al een ware beproeving van mijn geduld en we zijn pas negentig minuten onderweg. Ik zit op de achterbank samengeperst tussen twee kinderzitjes, met mijn babbelende en giechelende nichtjes aan weerszijden van me. De lucht is zwanger van de geur van aardbeienyoghurt en babydoekjes, en ik voel al een hoofdpijn opkomen achter mijn ogen.

'Rach, Rach, kijk!' Mijn oudste nichtje, Lily, duwt een kleverige handvol chips onder mijn neus. 'Ik deel met jou!'

'O, ehm, dank je, Lily', breng ik eruit, terwijl ik voorzichtig een slap chipje aanneem en probeer geen vies gezicht te trekken. 'Dat is heel lief van je.'

Claire vangt mijn blik in de achteruitkijkspiegel en grijnst. 'Is dit niet leuk, Rach? Net als vroeger, op pad voor een familieavontuur.'

'Zeker, als je met "vroeger" bedoelt "nooit", want we hebben in onze jeugd absoluut niet veel roadtrips gemaakt', mompel ik, en ik schuif ongemakkelijk heen en weer als Lily's zusje, Anna, een schelle gil laat horen.

'Ach, kom op, waar is je avontuurlijke geest gebleven?', plaagt

Claire. 'Dit wordt geweldig, zul je zien. Qualitytime met de familie!'

Ik open mijn mond om iets terug te zeggen, maar plotseling klinkt er gerinkel en gespetter, en als ik naar beneden kijk, zie ik een klodder paarse yoghurt van mijn blouse druipen. *Versace. Geruïneerd.*

'Oepsie!', giechelt Lily, zwaaiend met haar nu lege yoghurtbeker. 'Tante Rachel heeft mijn tussendoortje aan!'

Ik sluit mijn ogen en tel tot drie, en herinner mezelf eraan dat dit slechts tijdelijk is, dat ik een beetje rommel en lawaai wel aankan omwille van mijn familie. Maar als ik de koude yoghurt door mijn kleding op mijn huid voel sijpelen, kan ik niet anders dan me afvragen waar ik in hemelsnaam aan begonnen ben.

Dit is een fout, waarschuwt een stemmetje in mijn hoofd. Je zou terug in Chicago moeten zijn, gefocust op je carrière, in plaats van babysitter te spelen in een afgelegen blokhut.

Maar dan herinner ik me mijn belofte aan mama, en de weemoedige blik in haar ogen toen ze me aanspoorde om iets meer te vinden dan alleen werk. En ik denk aan Claire, die er altijd voor me is geweest, zelfs als ik het te druk had om iets terug te doen.

Nee, zeg ik streng tegen mezelf. Dit is geen fout. Dit is een kans. Een kans om weer in contact te komen met wat er echt toe doet, om uit te zoeken wie ik ben buiten mijn functietitel.

Ik open mijn ogen en glimlach naar Lily, die nu vrolijk yoghurt op haar eigen gezicht smeert. 'Weet je wat, Lil? Ik denk dat paars me eigenlijk best goed staat.'

Claire lacht vanaf de voorstoel, en ik voel een sprankje warmte in mijn borst. Misschien valt deze reis toch wel mee.

'Oké meiden, wat moeten we morgen als eerste doen als we wakker worden in het huisje aan het meer?', vraagt Richard aan Lily en Anna.

'S'mores maken!', roept Lily.

'Zwemmen!', is het weerwoord van Anna.

Ze kwebbelen opgewonden verder, terwijl ik probeer het te negeren. Ik schraap mijn keel.

'Dus, ehm, Lily... hoe gaat het op de kleuterschool?', vraag ik, in een poging een gesprek aan te knopen met mijn vijfjarige nichtje.

Ze draait zich om en knippert met haar ogen. 'Ik vind het niet leuk.' Er valt een ongemakkelijke stilte. 'We moeten er werken. Letters en cijfers schrijven. Saai.'

'O, uh, wauw. Dat klinkt... leuk.' Ik forceer een glimlach.

Ik word van een verder ongemakkelijk gesprek gered wanneer mijn mobiel overgaat. Ik frons naar de naam op het scherm: Helen, mijn baas. Dat kan niet veel goeds betekenen.

'Sorry, deze moet ik even aannemen. Noodgeval op het werk', zeg ik, opgelucht door de onderbreking. 'Helen, wat is er aan de hand?'

'Rachel, ik heb geweldig nieuws', zegt Helen ademloos. 'Raad eens wie er net aan de lijn hing om ons uit te nodigen voor een pitch?'

'Doe me dit niet aan. Wie?', Ik wist meteen dat als Helen zo geheimzinnig deed, het groot nieuws was. 'Wie?!'

'Je probeert ze al maanden binnen te halen?'

Mijn hartslag versnelt. 'GreenShoots?'

'Jep. Ze willen een nieuwe richting inslaan. Maar er is een addertje onder het gras: ze hebben een aanbesteding uitgeschreven. Vier bureaus, waaronder wij.'

Een golf van opwinding stroomt door me heen, gevolgd door een ijzeren vastberadenheid. Ik heb te hard gewerkt om GreenShoots binnen te halen om ze nu te verliezen. Bijna achttien maanden van subtiele maar constante benadering, en het heeft eindelijk zijn vruchten afgeworpen.

'Een pitch is prima; de concurrentie kan ik wel aan. Wanneer willen ze het voorstel hebben?'

Helen zucht. 'Dat is nu juist de crux. Ze willen de pitches morgen al.'

'Morgen?!', Het woord explodeert uit mijn mond, waardoor Richard bezorgd achterom kijkt. Ik wuif hem weg.

'Ik weet het, ik weet het. Ze doen het met opzet, om te zien hoe we onder druk reageren. Ze willen frisse ideeën, geen gelikte poppenkast', legt Helen uit.

Mijn gedachten gaan op hol, ik zie de kernboodschappen,

tactieken en casestudy's die ik nodig heb om ze omver te blazen al voor me, jetlag of niet. Ik ben de juiste persoon voor de klus en dat moeten ze weten.

'Oké, dat regel ik', zeg ik vastberaden. 'App me alle details van de pitch, dan begin ik met de strategie. Zeg maar tegen GreenShoots dat ze het meest overtuigende voorstel krijgen dat ze ooit hebben gezien, zelfs met zo weinig tijd.'

'Dat is mijn steronderhandelaar', zegt Helen trots. 'Ik wist dat ik op je kon rekenen.'

Ik hang op, de adrenaline giert door mijn aderen. Deze pitch kan mijn carrière maken. Ik moet hem winnen. Ik moet naar Portland, en snel.

Maar als ik opkijk, herinner ik me plotseling waar ik ben: klem in de SUV van mijn zwager, die met elke afgelegde kilometer verder van het vliegveld wegscheurt. De moed zinkt me in de schoenen.

Wat moet ik in hemelsnaam nu doen?

Ik zet me schrap voor het gesprek dat ik op het punt sta te voeren. 'Richard, ik wil dat je de auto omdraait. Ik moet naar het vliegveld.'

'Wat?', Claire draait zich in haar stoel om naar mij te kijken, haar wenkbrauwen gefronst. 'Dat meen je niet! We gaan letterlijk op vakantie.'

'Ik weet het, ik weet het.' Ik houd sussend mijn handen omhoog. 'Maar dit is een enorme kans. Ik probeer al meer dan een jaar een grote klant binnen te halen, en de pitch is morgen. Ik moet erbij zijn.'

'Ongelooflijk.' Claire schudt haar hoofd, haar lippen tot een dunne streep samengeperst. 'Kies je nu echt weer werk boven familie? Alweer?'

Ik krimp ineen bij de beschuldiging, maar ik krabbel niet terug. 'Als ik deze klant binnenhaal, is mijn partnerschap zo goed als binnen. Het is alles waar ik naartoe heb gewerkt. Ik beloof het, zodra ik deze deal heb gesloten, gaan we op een echte vakantie, op mijn kosten.'

Claire snuift en draait zich om, met haar armen strak over elkaar. De meiden op de achterbank zijn stilgevallen; hun eerdere opwinding is verdwenen. Ze hebben geen idee waar we het over hebben, maar ze voelen aan dat het niet goed zit.

'Richard, alsjeblieft.' Ik leun naar voren, mijn stem dringend. 'Ik zou het niet vragen als het niet belangrijk was.'

Richard ontmoet mijn blik in de achteruitkijkspiegel, met een onbesliste uitdrukking. Na een lang moment zucht hij. 'Goed dan, Rach.'

Een golf van opluchting overspoelt me, snel gevolgd door een steek van schuldgevoel als de meiden beginnen te jammeren.

'Maar mam, dat betekent dat het nog langer duurt voor we bij het meer zijn!'

'Ik wil niet nog langer in de auto zitten!'

Ik sluit me af voor hun geklaag, mijn gedachten draaien al op volle toeren met ideeën voor de pitch. Dit is mijn kans om mezelf te bewijzen, om iedereen bij Channing Gabriel te laten zien dat ik uit het juiste hout gesneden ben om partner te worden.

Terwijl Richard de auto door het verkeer loodst, terug richting Chicago, pak ik mijn telefoon en begin als een bezetene te typen. Ik moet een presentatie voorbereiden, en ik laat me deze kans verdomme niet door de vingers glippen.

Het vliegveld bruist van de activiteit als ik door de schuifdeuren haast. Ik zie mijn assistente, Emily, bij de incheckbalies staan, haar rode haar een baken in de menigte.

'Emily!' roep ik, zwaaiend om haar aandacht te trekken.

'Rachel, daar bent u!' Ze haast zich naar me toe en overhandigt me mijn ticket, een kleine handbagagekoffer en een kledingzak. 'Ik heb het blauwe pak gekozen, ik hoop dat u dat goed vindt. U gaat deze pitch helemaal rocken.'

Ik neem de spullen dankbaar aan, een glimlach trekt aan mijn lippen. 'U bent een reddende engel, Em. Echt waar.'

We banen ons een weg door de drommen reizigers, op weg naar de security. Terwijl we in de rij wachten, praat Emily me bij over de laatste kantoorroddels, maar mijn gedachten zijn al bij de pitch, terwijl ik de belangrijkste punten doorneem en anticipeer op mogelijke vragen. Em zwaait me uit als ik mijn ticket aan de TSA-medewerker laat zien.

Eenmaal in de lucht pak ik mijn laptop en stort me op de

presentatie, waarbij ik dia's verfijn en mijn voordracht oefen. De uren vliegen voorbij, en als het vliegtuig landt in Portland, voel ik een golf van zelfvertrouwen. Dit kan ik.

Bij het uitstappen grijp ik naar mijn koffer in het bagagevak boven mijn hoofd, mijn gedachten nog steeds bij de openingszinnen van mijn pitch. Als ik de slurf in stap, doorbreekt een diepe, welluidende stem mijn gedachten.

'Pardon, mevrouw? Ik denk dat u mijn koffer heeft.'

Ik draai me om en zie een opvallende man met een gebeiteld gezicht en een charmante glimlach. Er zijn kaaklijnen... en dan is er hij. Hij wijst naar de tas in mijn hand, en ik kijk omlaag en zie een klein rood lintje aan het handvat. Het bloed stijgt me naar de wangen als ik mijn vergissing besef.

'O mijn god, het spijt me zo!' Ik overhandig hem de koffer, verward, en hij geeft me de mijne.

Zijn ogen fonkelen van vermaak. 'Geen zorgen, het overkomt de besten. Ik neem aan dat u hier voor zaken bent?'

We lopen samen verder en kletsen gemoedelijk over de beproevingen van het bedrijfsleven. Er is een onmiskenbare vonk, en ik voel me aangetrokken tot zijn scherpzinnigheid en warmte.

Maar als we de slurf verlaten, rent er een prachtige vrouw met wapperende blonde haren op hem af en trekt hem in een stevige omhelzing. 'Schat, ik heb je zo gemist!'

De realiteit slaat hard in, en ik lach innerlijk om mijn dwaasheid. Natuurlijk is een man als hij bezet. Ik geef een beleefd knikje en draai me om richting de uitgang, mijn focus weer gericht op de taak die voor me ligt.

En dan zie ik het. Het bord dat me ter plekke doet verstijven.

'Vacationland, welkom in de staat Maine.'

Nee!

Dit.

Kan.

Niet.

Waar zijn?

Mijn hart zakt in mijn schoenen als het besef tot me doordringt. Ik ben niet in Portland, Oregon. Ik ben aan de verkeerde kant van het land.

Nee. Nee, nee, nee. Dat kan niet kloppen. Ik knipper hard met mijn ogen, alsof ik het bord kan dwingen te veranderen. Ik graai in mijn tas, trek bijna de rits eraf terwijl ik mijn ticket tevoorschijn haal en het met trillende handen openvouw. Mijn ogen scannen de kleine lettertjes: Portland International Jetport (PWM).

O mijn God. PWM. Niet PDX.

Mijn hart bonkt zo luid in mijn oren dat ik het geklets van de andere passagiers om me heen nauwelijks hoor. Ik staar naar de letters en probeer ze te dwingen van plaats te wisselen, om op magische wijze te veranderen in de juiste luchthavencode. Maar dat doen ze niet. Omdat het niet kan.

Ik klem het ticket vast als een reddingslijn, mijn brein probeert verwoed te reconstrueren wat er in hemelsnaam zojuist is gebeurd. Hoe heb ik dit niet gemerkt? Hoe heb ik dit kunnen laten gebeuren? Ik ben altijd zo nauwgezet, zo georganiseerd; ik controleer alles dubbel, zelfs driedubbel.

Ik voel me licht in mijn hoofd. Ik kijk om me heen, alsof iemand tevoorschijn kan springen om me te vertellen dat het allemaal een grap is, dat ik niet zojuist naar de verkeerde verdomde kant van het land ben gevlogen; het is gewoon een verborgen camera, een YouTube-prankkanaal. Maar er is niemand om met me mee te lachen, geen vriendelijk gezicht om me gerust te stellen dat het niet zo catastrofaal is als het lijkt.

Paniekerig pak ik mijn telefoon en scroll naar de bevestigings-mail van Emily. Daar staat het, zo klaar als een klontje: Portland, ME. Mijn maag draait om. Hoe heb ik dat kunnen missen? Hoe hebben wij dat allebei niet gezien? Ik blader opnieuw door de vluchtinformatie, alsof de woorden op de een of andere manier zullen veranderen, maar het zijn nog steeds dezelfde verdoemde coördinaten die naar Vacationland wijzen in plaats van naar de westkust.

Mijn knieën worden week en ik strompel naar een bankje en zak erop neer. De ernst van mijn fout raakt me als een op hol geslagen trein. Ik ben in Maine. Ik hoor in Oregon te zijn. Ik hoor morgenochtend te pitchen voor een van de grootste potentiële klanten uit mijn carrière.

Ik kan niet ademen. Ik druk mijn handpalm tegen mijn voorhoofd en probeer te kalmeren, maar het heeft geen zin. De realiteit verstikt me en ontneemt de zuurstof uit mijn longen.

'O, hemeltjelief.' De woorden ontsnappen aan mijn lippen, terwijl ongeloof en paniek tegelijkertijd in mijn borst opstijgen. 'Wat heb ik gedaan?'

Als een bezetene haast ik me naar de servicebalie van de luchtvaartmaatschappij, mijn gedachten malend over de ernst van mijn fout. De rij lijkt eindeloos lang, en elke seconde die voorbijgaat, voelt als een eeuwigheid. Ik tik ongeduldig met mijn voet, mijn ogen schieten naar de vertrekborden, tegen beter weten in hopend dat er een vlucht is die me op tijd in Oregon kan krijgen.

Terwijl ik wacht, flitsen de tv's boven de balie met het laatste nieuws. De ernstige toon van de nieuwslezer vult de lucht. 'De aswolk van de vulkaanuitbarsting in Alaska verspreidt zich snel over Canada en de noordelijke Verenigde Staten, wat leidt tot ongekende verstoringen van het luchtverkeer. Experts voorspellen de komende uren massale vertragingen en annuleringen.'

Mijn maag draait zich om terwijl ik kijk naar het flikkerende vertrekbord, waar het woord 'VERTROUD' naast de ene na de andere vlucht verandert in 'GEANNULEERD'. De realiteit van de situatie overspoelt me als een vloedgolf. Ik ben gestrand en ik ga op geen enkele manier naar die pitch kunnen vliegen.

Met trillende handen pak ik mijn telefoon en begin te zoeken naar alternatieve routes. Trein- en busdienstregelingen, alles wat me naar Portland, Oregon zou kunnen brengen. Maar diep vanbinnen weet ik dat het zinloos is. De afstand is te groot, de tijd te kort.

Ik stap uit de rij, mijn benen voelen als lood. Het drukke vliegveld lijkt te vervagen terwijl de last van mijn falen op mijn schouders neerdaalt. Ik zoek een rustig hoekje en laat me in een stoel zakken, terwijl ik mijn gezicht in mijn handen begraaf.

'Denk na, Rachel, denk na', mompel ik in mezelf en probeer wanhopig een oplossing te bedenken. Maar hoe meer ik mijn hersens pijnig, hoe duidelijker het wordt dat er geen uitweg is uit deze puinhoop.

De teleurstelling is een bittere pil om te slikken, maar ik weet dat ik de realiteit van de situatie moet accepteren. De pitch, het partnerschap, de toekomst waar ik zo hard voor heb gewerkt... het glipt allemaal door mijn vingers en er is niets wat ik kan doen om het te stoppen.

Met een bezwaard hart pak ik mijn telefoon weer en mijn vingers zweven boven Helens nummer. Ik aarzel, opziend tegen het gesprek dat me te wachten staat. Maar ik weet dat ik het niet langer kan uitstellen.

Zodra de verbinding tot stand komt, zet ik me schrap voor de onvermijdelijke gevolgen. 'Helen, met Rachel. Ik heb slecht nieuws...'

Terwijl ik uitleg dat ik in Maine ben, blijft ze grotendeels kalm, hoewel je haar woordkeuze gerust pittig zou kunnen noemen. De magische oplossing die ik hoopte dat ze uit de hoge hoed zou toveren, blijft echter uit.

'De TSA legt alle vluchten stil. U komt op geen enkele manier in Oregon.'

De moed zinkt me in de schoenen. 'Maar de pitch...'

'Maakt u zich daar maar geen zorgen over. Gezien de omstandigheden, zal Zoe de presentatie overnemen. Zij kan vanuit Seattle rijden.'

'Zoe?' Ik voel een golf van frustratie. 'Maar ik werk hier al maanden aan, Helen. GreenShoots is *mijn* klant.'

'Nog niet, Rachel. Ik heb geen keus. De pitch is morgen, we moeten daar aanwezig zijn.'

Ik ijsbeer heen en weer, terwijl mijn gedachten op hol slaan. 'Wat als ik mijn invloed bij GreenShoots gebruik om de dag van de pitch te veranderen? Ik weet zeker dat ze er begrip voor zullen hebben, gezien de situatie.'

'Nee, Rachel', zegt Helen kordaat. 'Zij hebben de datum vastgesteld en wij moeten ons daaraan houden. We sturen Zoe.'

'Maar Zoe heeft mijn *groene* geloofsbrieven niet', werp ik tegen, terwijl de wanhoop in mijn stem kruipt. 'Ze werkt in hemelsnaam voornamelijk voor grote oliemaatschappijen. En ze rijdt in een 5-liter Mustang GT. Zou het niet beter zijn als ik via

Zoom aan de vergadering deelneem, om onze CO_2-voetafdruk te verkleinen?'

Mijn argumenten zijn aan dovemansoren gericht. 'Rachel, dit staat niet ter discussie', zegt Helen op een toon die geen tegenspraak duldt. 'Zoe is, na u, de beste closer in het bedrijf en Green-Shoots is een klant die Channing Gabriel absoluut moet binnenhalen.'

Ik voel mijn woede opkomen, maar ik probeer die in bedwang te houden. 'Dus, als Zoe de deal sluit, betekent dat dan dat zij het partnerschap krijgt?'

Er valt een stilte aan de andere kant van de lijn. 'Rachel, ik stel voor dat u van uw twee weken vakantie in Maine geniet en uw werk een tijdje vergeet.'

'Maar Helen...'

'Dat is een bevel, Rachel. Stuur uw presentatie en aantekeningen naar Zoe. Nu.'

De verbinding wordt verbroken en ik blijf naar mijn telefoon staren, kokend van frustratie. Ik kan niet geloven dat dit gebeurt. Ik heb zo hard gewerkt en nu komt Zoe binnenvallen om er met de eer vandoor te gaan.

Ik wil schreeuwen, mijn telefoon door de luchthaven gooien, maar ik dwing mezelf om te kalmeren. Als ik mijn kalmte verlies, los ik niets op.

Ik kijk uit het raam en zie hoe vliegtuigen die hadden moeten vertrekken, terugkeren naar de terminal om hun passagiers uit te laden. Niemand van ons gaat ergens heen.

Twee weken in Vacationland. Vergeef me maar als ik geen gat in de lucht spring.

De taxi laveert door de drukke straten van Portland en ik buig me naar voren, de gebouwen afspeurend naar enig teken van een vrije hotelkamer. Ik probeer opnieuw te kijken op de vele reis-apps die ik op mijn telefoon heb, maar alles is grijs gekleurd en spot met me met een 'uitverkocht'-banner. De chauffeur kijkt me aan in de achteruitkijkspiegel, zijn blik vol medeleven.

'Pech met al die geannuleerde vluchten, hè?' zegt hij hoofdschuddend. 'Het lijkt wel of iedereen gestrand is.'

Ik knik, mijn aandacht nog steeds gericht op de voorbijkomende winkelpanden. 'Zou u toevallig hotels kennen waar nog kamers beschikbaar zijn?'

Hij grinnikt. 'Ik wou dat ik u kon helpen, maar ik rijd al de hele dag mensen rond en elke tent is volgeboekt.'

Ik zak achterover in de stoel, terwijl mijn gedachten op hol slaan. Ik kan de nacht niet op straat in Portland zwerven. Ik heb een plan nodig.

Alsof het zo moet zijn, gaat mijn telefoon. Het is mijn moeder. Ik aarzel even voordat ik opneem, me schrap zettend voor de onvermijdelijke stroom vragen.

'Rachel, schat, gaat het wel met je? Je zus vertelde me wat er met je vlucht is gebeurd.'

Ik zucht en wrijf over mijn slaap. 'Het gaat prima, mam. Ik probeer alleen een slaapplaats voor de nacht te vinden.'

'O, liefje, wees nou niet als Maria en Jozef en eindig in een kribbe. Waarom huur je niet gewoon een auto en kom je naar ons toe bij Lake Michigan? We zouden het enig vinden als je erbij bent.'

Ik weet niet zeker of mam helemaal begrijpt hoe ver ik van Wisconsin af ben. 'Mam, het zou dagen duren om terug te rijden naar... Wacht eens? Ben je bij Claire?'

'Ja, toen ze je op het vliegveld hadden afgezet, kwam Richard langs en vroeg of ik jouw plek wilde innemen. Dus hier ben ik. Eerlijk gezegd denk ik dat ze gewoon een babysitter wilden, maar een gegeven paard moet je niet in de bek kijken. Kom op, kom ook.'

De gedachte om de rest van mijn vakantie met mijn familie door te brengen is verleidelijk, aangezien het alternatief is om die alleen door te brengen in een vreemde stad. Ik sta op het punt om mams suggestie serieus te overwegen als de taxi langs een enorm industrieel complex rijdt, met op het bord in dikke letters 'Harcourt Foods'.

Plotseling ontstaat er een idee in mijn hoofd. Harcourt Foods is een van de grootste producenten van diepvriesmaaltijden in het land. Als ik hen als klant zou kunnen binnenhalen...

'Rachel? Ben je daar nog?'

Ik word teruggeroepen naar het heden. 'Ja, mam, ik ben er nog. Luister, ik waardeer het aanbod, maar ik denk dat ik een tijdje in Portland blijf. Er is iets waar ik voor moet zorgen.'

'Weet je het zeker, schat? We zouden je er echt heel graag bij hebben.'

'Dat weet ik en ik beloof dat ik het goedmaak met jullie. Maar dit is belangrijk.'

Er valt een stilte en ik kan de radertjes in haar hoofd bijna horen draaien. 'Nou, goed dan. Ik moet zeggen dat ik er niets van begrijp. Beloof je dat je belt als je iets nodig hebt?'

'Zal ik doen. Bedankt, mam. Ik hou van je.'

Terwijl ik ophang, buig ik voorover en tik de chauffeur op zijn schouder. 'Zou u me trouwens naar het dichtstbijzijnde autover-huurbedrijf kunnen brengen?'

Hij knikt en voegt in op de afslagstrook. Ik leun achterover, terwijl mijn gedachten al een plan vormen. Partnerschap of niet, ik verlaat Maine niet met lege handen.

Harcourt Foods, hier kom ik.

Het autoverhuurbedrijf is een gekkenhuis, vol met gestreste reizigers die zich haasten om een voertuig te bemachtigen. Ik sluit aan in de rij en tik ongeduldig met mijn voet terwijl ik door mijn telefoon scroll, op zoek naar zo veel mogelijk informatie over Harcourt Foods. Hun CEO, Jonathan Harcourt, heeft de repu-tatie een onvervalste traditionalist te zijn. Zowel vriend als vijand noemt hem 'Oude Harcourt' en hij staat zeker niet bekend om zijn inzet voor innovatie en duurzaamheid. Als steunpilaar van de pluimvee-industrie zal het een hele kluif worden om hem ervan te overtuigen af te stappen van de diepvrieskipnuggets waarop hij zijn imperium heeft gebouwd.

Maar... dankzij mijn marktonderzoek voor GreenShoots en IncrediBurger heb ik data. Heel veel. Overtuigende, gedetail-leerde feiten en cijfers die een verschuiving in eetgewoonten en een groeiende vraag naar plantaardige alternatieven aantonen.

Als ik CGPR kan pitchen als het bureau dat hun imago kan vernieuwen en hem ervan kan overtuigen dat plantaardig winst betekent, zou dat alles kunnen veranderen.

Verzonken in gedachten schrik ik op als de medewerker roept: 'Volgende!'

Ik stap naar de balie en zet mijn charmantste glimlach op. 'Hallo. Ik wil graag een auto huren, het liefst iets elektrisch, compacts en zuinigs.'

De medewerker, een jonge man met een naamplaatje waarop 'Ethan' staat, kijkt me verontschuldigend aan. 'Het spijt me, mevrouw, maar we hebben bijna niets meer als gevolg van de geannuleerde vluchten. Het enige voertuig dat we nog hebben, is een pick-up.'

Ik knipper met mijn ogen terwijl ik deze informatie verwerk. Een pick-uptruck? Dat staat zo ongeveer zo ver af van mijn strakke, stadse, groene levensstijl als maar kan. Maar nood breekt wet, toch?

'Die neem ik', zeg ik en ik overhandig mijn creditcard.

Even later staar ik naar een gigantische truck, waarvan de rode lak onder de lichten van het parkeerterrein glinstert. Ik klauter achter het stuur en pas de stoel aan voor mijn kleinere postuur. De motor brult tot leven en, eerlijk is eerlijk, ik kan een grijns niet onderdrukken. Er is iets krachtigs aan het zitten achter het stuur van dit beest. Het doet me pijn om het te denken, maar misschien, heel misschien, snap ik waarom Zoe ervoor kiest om in haar Mustang te rijden, ondanks de maatschappelijke druk om elektrisch te rijden.

Terwijl ik door de onbekende straten van Portland navigeer, buitelen de ideeën voor een mogelijke pitch voor Harcourt Foods door mijn hoofd. Ik zal de nadruk leggen op CGPR's staat van dienst met groene initiatieven, onze innovatieve socialemediastrategieën en ons vermogen om een band op te bouwen met jongere, milieubewuste consumenten. Bijna op instinct rijdend heb ik de stad verlaten en bevind ik me in de rustigere buitenwijken.

Er verschijnen borden voor Biddeford en als ik de stadsgrenzen nader, vind ik een schilderachtig motel aan de rand van de stad, waarvan het neon 'vrij'-bord een baken van hoop is na een paar zeer zware uren. De eigenaar, een heer van begin veertig, stelt zichzelf voor als James, staat erop mijn handbagagekoffer naar mijn kamer te dragen en geeft me een sleutel met een veelbetekenende glimlach.

'Bel maar naar de receptie als u iets nodig heeft', zegt hij vriendelijk.

Ik knik dankbaar en voel plotseling het gewicht van de dag op me drukken.

'Dank u wel. Dat zal ik doen.'

OVER DE AUTEUR

Alia Smith schrijft hartverwarmende romantische komedies vol humor, charme en precies de juiste hoeveelheid chaos.

Wanneer ze geen liefdesverhalen schrijft, is ze meestal opgekruld met een boek te vinden, leeft ze mee met reality-tv of probeert ze te voorkomen dat Galaxy – haar kat en belangrijkste muze – op haar toetsenbord gaat zitten.

Ze woont in een gezellig huis in Oxfordshire, waar ze er heilig van overtuigd is dat elke grote romance begint met een goede kop thee.

www.aliasmithbooks.com

WOORD VAN DE AUTEUR

Hoi,

Ontzettend bedankt voor het lezen van *Bookish with Benefits*!

Het was ontzettend leuk om te schrijven. Ik hoop oprecht dat je van het lezen hebt genoten.

Als je het een leuk boek vond, zou ik je ontzettend dankbaar zijn als je zo vriendelijk zou willen zijn om een recensie achter te laten.

Recensies helpen auteurs om verschillende redenen enorm, niet in de laatste plaats omdat ze feedback geven over wat lezers leuk vinden en de zichtbaarheid van het boek in webwinkels vergroten.

Alvast bedankt en ik ben benieuwd naar je mening.

Alia xx

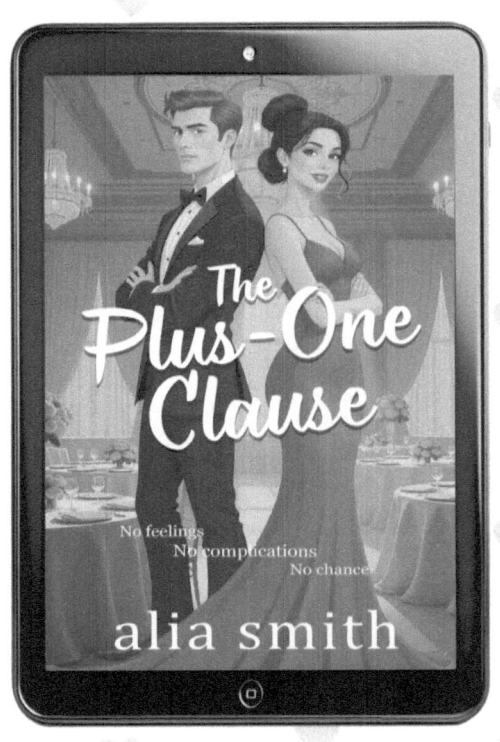

BINGE THE SERIES

BALKON
media